COLLECTION
FOLIO CLASSIQUE

D. A. F. de Sade

Les Crimes de l'amour

nouvelles héroïques
et tragiques
précédées d'une

Idée sur les romans

*Texte établi et présenté
par Michel Delon*

Gallimard

PRÉFACE

*An VIII : le calendrier républicain restait officiellement de
rigueur, mais le grégorien regagnait du terrain, à l'image de la
situation générale du pays. Le décorum révolutionnaire subsis-
tait mais le coup d'État de Brumaire, vécu par les fidèles de 89
et même parfois de 93 comme une consolidation des acquis de la
Révolution, apparaissait à beaucoup comme le début du retour
en arrière. Les émigrés étaient nombreux à rentrer. Fatigués de
ces dix années qui venaient de faire basculer la France d'un
monde dans un autre, bien des Français aspiraient au calme que
promettent les régimes forts et les uniformes au pouvoir, quitte à
frémir par procuration au récit des exploits militaires, sur des
champs de bataille, les plus éloignés possible, ou à la lecture de
romans noirs, situés également par-delà les frontières.*

*Que pouvait penser le badaud qui, l'été ou l'automne de
l'an VIII, apercevait ce livre nouveau, à la devanture du libraire
Massé, rue Helvétius, ci-devant rue Sainte-Anne, ou, à deux
pas, chez l'un de ses confrères du Palais-Royal :* Les Crimes
de l'amour, nouvelles héroïques et tragiques *? Le titre ni
le sous-titre n'avaient de quoi trop le surprendre. Ils lui
promettaient un frisson d'inquiétude sinon banal, du moins
connu, pouvait-il croire. Depuis deux siècles, les recueils
d'histoires tragiques s'étaient succédé et la mode venait de s'en*

renouveler dans les dernières années du XVIIIe siècle. Au XVIe siècle, c'était l'Italie qui avait donné l'exemple de récits sanglants. Sous le Directoire, il venait d'outre-Manche et, les romans d'Ann Radcliffe ou de Lewis suscitant une floraison d'imitations, tout un imaginaire traditionnel était écoulé sous le label anglais. Les critiques associaient ce goût de leur temps pour la terreur à l'épisode révolutionnaire que les Français venaient de vivre. Les crimes de l'amour auraient relayé ceux du pouvoir.

En feuilletant les quatre volumes du libraire Massé, l'acheteur savait que l'attendait un double dépaysement, historique et géographique. Onze nouvelles l'entraîneraient vers les guerres religieuses ou dynastiques des XVe et XVIe siècles, avant de le ramener dans le présent, le feraient voyager en Angleterre et en Italie, puis plus loin dans le Nord jusqu'en Suède, plus loin dans le Sud jusque dans une Espagne marquée par la présence arabe. La France elle-même, dans ce contexte littéraire, se mettait à ressembler aux paysages lointains et le présent prenait certains reflets inquiétants du passé. Aux marches du pays, les Ardennes et la Forêt-Noire étalaient leur zone d'ombre ; dans son cœur même, les recoins du Massif central échappaient au contrôle des forces de l'ordre — fussent-elles royales, républicaines ou bientôt impériales. Ces décors appelaient des conspirations et des paroxysmes. D'innocentes victimes seraient séquestrées dans des châteaux isolés, des désirs impatients briseraient les règles de la décence.

*D. A. F. Sade, auteur d'*Aline et Valcour *: le nom d'auteur sur la couverture pouvait ne rien dire à notre acheteur, ni lui rappeler le roman qui, cinq ans plus tôt, entrelaçait un drame familial dans l'Ile-de-France et les aventures de deux amants traversant le continent africain à la recherche l'un de l'autre. Mais une lecture particulièrement attentive du recueil de nouvelles devait lui faire soupçonner ce qui se racontait dans les* *milieux littéraires parisiens et ce que les critiques ne se firent pas faute de répéter dans leurs feuilletons. Cet homme de lettres, cet honnête D. A. F.* Sade était l'auteur de romans parfaitement scandaleux, publiés anonymement durant les années révolution- naires : Justine *en 1791,* La Philosophie dans le boudoir *en 1795,* La Nouvelle Justine, suivie de l'Histoire de Juliette, sa sœur *en 1797, autant de livres dont on ne voulait même pas prononcer le nom.*

L'accumulation des crimes commis involontairement par Mlle de Florville ou tout à fait volontairement par Eugénie de Franval, dans deux des nouvelles du recueil, n'est pas sans faire songer au mouvement de surenchère qui anime l'histoire des deux sœurs, Justine et Juliette. « Reconnais-moi », *s'exclame Flor- ville, au comble de la douleur et de l'exaspération,* « reconnais à la fois ta sœur, celle que tu as séduite à Nancy, la meurtrière de ton fils, l'épouse de ton père et l'infâme créature qui a traîné ta mère à l'échafaud ». *La voilà incestueuse, meurtrière, infanti- cide et matricide, malgré elle.* « Tu es à la fois parjure, faussaire, incestueux et calomniateur », *crie Mme de Franval à son mari, sans savoir que sa mort lui permettra d'ajouter l'assassinat à la litanie de ces crimes. Ce que Florville vit comme une effroyable fatalité est assumé, revendiqué comme un choix de vie par Franval et sa fille. Le crime est source de malheur et de remords pour les uns, les autres en tirent gloire et jouissance. La même différence oppose l'honnête Justine et Juliette l'impudique. Elle transmue le calvaire de la première en une prestigieuse carrière pour la seconde, alors que le détail de ce qu'elles subissent l'une et l'autre n'est pas si différent.*

Le romancier exotérique *des* Crimes de l'amour *se contente d'effacer les traces trop visibles de ce qui fait le scandale d'œuvres* ésotériques *comme* Justine *: la crudité des descriptions sexuelles et le triomphe du crime au dénouement. Justine finissait frappée par la foudre qui est désormais réservée* *au père incestueux et criminel :* « *La foudre qui s'est tue jusqu'à cet instant, étincelle dans les cieux et mêle ses éclats aux bruits funèbres qu'on entend.* » *Elle couronne le destin de celui qui, tel Don Juan, a choisi la transgression systématique. Aucun sévice n'est épargné à Justine et à ses compagnes de malheur. Il suffit de quelques allusions dans* Les Crimes de l'amour *pour savoir que Mme de Franval appartient à la même race des victimes.* « *Inondée de ses larmes, dans l'abattement de la mélancolie, ses beaux cheveux négligemment épars sur une gorge d'albâtre* », *elle ressemble* « *à ces belles vierges que peignit Michel-Ange au sein de la douleur* ». *Marquée par la religion, elle est vouée à la passivité et à la souffrance. Ce que les romans ésotériques — certains diront pornographiques — énumèrent dans la lumière crue de leurs orgies, est évoqué ici dans le demi-jour et au détour d'une phrase. Nous entrevoyons l'épouse martyre* « *évanouie et en sang sur le seuil de la porte d'une de ses femmes* », *puis* « *renversée aux pieds de Franval, ses mains saignantes* », *nous apprenons enfin qu'elle rendit l'âme* « *dans des supplices impossibles à dire* ». *Il n'en faut pas plus pour imaginer le pire ; la figure rhétorique distingue deux types d'écriture, explicite ou implicite.*

Les nouvelles des Crimes de l'amour *ne représenteraient-elles qu'une version édulcorée de la grande danse de mort sadienne, de son rituel de sperme et de sang ? La critique moderne les a longtemps boudées, fascinée par les textes tétanisés dans la violence. L'effort de Sade pour se soumettre à la décence minimale requise pour une publication non clandestine, lui permet des effets discrets sans doute, mais non moins forts, littérairement.* « *A l'heure indiquée, il fit trouver la femme et la fille de ce malheureux. Tout était bien fermé du côté de la place, de manière qu'on ne voyait, dans l'appartement où il tenait ses victimes, rien du latin qui pouvait s'y passer* » : *telle est la scène des* Cent vingt journées de Sodome *qui précède immédiatement le viol des victimes au moment où leur père et mari meurt sur l'échafaud. Sade la réutilise dans* Ernestine, *mais, s'il ne nous décrit plus ce qui se passe précisément dans l'appartement et sur la place publique, d'autres détails apparaissent qui alourdissent l'atmosphère.* Ernestine *arrive dans une pièce :* « ce salon, assez vaste, donnait sur la place publique ; mais les fenêtres étaient closes absolument de ce côté : une seule, sur les derrières, faiblement entrouverte, laissait pénétrer quelques rayons, à travers les jalousies baissées sur elle, et personne n'était dans cette pièce quand Ernestine y parut ». *L'univers du roman est emblématiquement fermé sur lui-même, celui de la nouvelle fait jouer l'ombre et la lumière, le visible et l'invisible, le dicible et l'indicible. L'angoisse et l'espoir, également, pour parler en termes psychologiques. Les détails du décor y prennent un relief, un pouvoir évocateur, absents de la cruauté chirurgicale des* Cent vingt *journées.*

Les personnages acquièrent un frémissement et une ambiguïté dont pouvait se passer l'abstraction des orgies et des tortures. Justine et Juliette étaient dès les premières pages figées dans leur rôle respectif. L'amour effleurait, il est vrai, la vertueuse Justine, prête à s'éprendre du sodomite marquis de Bressac ; un mouvement de pitié échappait bien également à Juliette ; mais ce n'était que des tentations fugitives et sans lendemain. Si plusieurs des figures des Crimes de l'amour *relèvent du même manichéisme, en revanche le brigand Tranche-Montagne ne renonce pas, dans son repaire des Cévennes, à toutes les politesses du baron de Franlo. Son amour pour celle qu'il a choisi d'épouser ne se démentira jamais. Elle-même, d'abord révulsée d'horreur à l'idée de basculer dans le monde des hors-la-loi, semble se résigner sans trop de peine à vivre parmi eux et donne toute satisfaction à son brigand de mari. Les regrets qui l'accablent ensuite, délivrée et rendue à ses parents, sont-ils seulement d'avoir écouté son ambition, sans que s'y mêle le souvenir de Franlo ?*

Le châtiment confère à Oxtiern ou à Franval une complexité qui manquait à leur personnage de scélérat. Tout-puissants, la naissance et la fortune leur avaient permis de réaliser leurs désirs les plus fous. Les résistances du réel les meurtrissent avec la brutalité du refoulé. Franval, qui collectionnait les crimes, voit converger vers lui tous les châtiments, il est au même moment frappé dans sa fortune, dans son corps, dans l'objet même de sa passion, sa fille. La société et la nature se déchaînent contre lui. Oxtiern également passe d'un absolu du crime à un absolu du malheur : il est plongé vivant dans l'obscurité des mines. On entend la voix de l'auteur dans la dénonciation de ce juste châtiment : « La prison d'un homme dédommage-t-elle la société des maux qu'il lui a faits ? » L'emprisonnement permet de confondre les méchants et leurs victimes. « Il n'y a point de situation dans le monde qui puisse se comparer à celle d'un prisonnier, dont l'amour embrase le cœur. » C'est Herman, séparé d'Ernestine, qui parle ici, mais les plaintes de tous les emprisonnés — pour de bonnes ou de mauvaises raisons — finissent par se ressembler. Sade poursuivi autrefois pour ses frasques se pose en philosophe victime d'une nouvelle inquisition. Et quand Laurence, la chaste amoureuse de la nouvelle italienne, prisonnière de son beau-père, se voit arracher ses livres, ses cahiers, et jusqu'au portrait de son fiancé, comment ne pas y entendre un écho de l'expérience vécue par Sade, arraché de la Bastille en 89 pour une autre geôle et laissant derrière lui ses livres, ses manuscrits surtout, le rouleau des Cent vingt journées *en particulier ?*

Jean Paulhan ne nous avait-il pas prévenus ? Sade s'identifie aux victimes aussi bien qu'aux bourreaux. Il est des paroxysmes et des convulsions où, par-delà le plaisir et la souffrance, on ne distingue plus les uns des autres. Fantasmatiquement ou littérairement parlant. De part et d'autre de Laurence *et*

Antonio, « *l'océan de voluptés* » *où le libertin florentin veut plonger le héros, ressemble à* « *l'océan de douleurs* » *où croit se perdre l'héroïne. Tel est aussi le dénouement d'*Eugénie de Franval, *quand le héros, au milieu d'une nature en désordre, finit dans un orgasme de sang :* « *son sang impur coule sur la victime et semble la flétrir bien plus que la venger* ». *Fin moralisante ? voire. La décence des* Crimes de l'amour *a des perversités qu'ignorait la crudité de* Juliette *ou des* Cent vingt journées.

Le propre de l'écriture sadienne est de ne savoir s'arrêter. Elle doit sans cesse se dépasser. Son mouvement la porte à vouloir toujours dire plus, soit dans le pléonasme, soit dans la litote. Les Infortunes de la vertu *est à l'origine un conte philosophique voltairien qui souligne ironiquement le décalage entre les valeurs prônées par la morale officielle et les réalités de la société.* Justine ou les malheurs de la vertu *puis* La Nouvelle Justine *vont noircir le trait, détailler les violences, multiplier les agressions. Le texte s'enfonce dans l'outrance, laissant encore place, pourtant, à une surenchère possible. Alors que les libertins se livrent sous nos yeux à tout ce qui peut — et ne peut pas — se faire, il leur faut parfois s'enfermer dans un cabinet, nous claquer la porte au nez, pour nous contraindre à imaginer pire. Ou, du moins, à supposer un pire imaginable.*

Le mouvement est inverse dans Aline et Valcour *ou dans* Les Crimes de l'amour. *L'écrivain recherche un surcroît d'effet dans une retenue de l'écriture. Le brouillon d'*Eugénie de Franval *montre comment il procède. Une première version évoquait les leçons de volupté données par le père à sa fille :* « *Franval lui en apprit tous les mystères, il lui en traça toutes les routes (...). Elle aurait voulu le recevoir dans mille temples à la fois.* » *Cette première version développait ensuite l'émotion du complice qui a obtenu le droit d'admirer la jeune fille dans sa nudité :* « *L'encens vola aux pieds du dieu dont le sanctuaire lui* *était interdit.* » *Ces phrases représentent une formulation moyenne. Des métaphores convenues, plus précisément religieuses (le temple, l'encens, le sanctuaire) disent les réalités du sexe. Au-delà, on passerait du figuré au propre — si l'on peut dire — et on obtiendrait un langage pornographique. En deçà, c'est le texte imprimé des* Crimes de l'amour *qui résume toute la scène incestueuse dans ces seuls mots :* « telle est l'époque où Franval voulait consommer son crime : Frémissons !... il le fut », *et la scène avec Valmont, le complice, par une phrase :* « Tout était disposé pour satisfaire Valmont ; et son tête-à-tête eut lieu près d'une heure dans l'appartement même d'Eugénie. » *En choisissant de supprimer deux passages encore trop explicites, Sade s'autocensure et explore, du même coup, les pouvoirs du langage classique. Il lui suffit de faire remarquer que Mme de Franval partage* tous *les désirs de son mari pour rappeler, à qui sait entendre, quels ils sont. Deux, trois occurrences de* sang *suggèrent les grandes boucheries des* Cent vingt journées, *mais la focalisation diffère. La scène avec Valmont s'achevait comme une pièce de théâtre :* « Une gaze tombe, il faut se retirer. » *Or la gaze, c'est aussi l'euphémisme du langage classique.*

L'excès fonctionne finalement comme la retenue. La Nouvelle Justine *cite* La Mettrie : « On dit mieux les choses en les supprimant, on irrite les désirs, en aiguillonnant la curiosité de l'esprit sur un objet en partie couvert, qu'on ne devine pas encore, et qu'on veut avoir l'honneur de deviner. » *Le texte conclut :* « Tels sont les motifs de la gaze que nous jetons sur les scènes que nous ne faisons qu'annoncer. » *Sade sait jouer des différents langages et chacun d'entre eux contient les autres comme un palimpseste.*

La meilleure preuve en est que, dans le registre même de la littérature avouable, une intrigue peut donner lieu à deux versions et à deux dénouements. Le motif suédois fournit la matière d'un drame, Oxtiern ou les effets du libertinage *(1791, repris en 1799), et d'une nouvelle,* Ernestine. *Sur scène, le dénouement est heureux : Oxtiern, le libertin, n'a pu faire exécuter l'amant de la jeune fille, ni mener à bien son projet de meurtre de la fille par le père. Dans l'imaginaire romanesque, dans l'espace de la lecture privée, ces deux crimes sont perpétrés, quoique punis ensuite. Le vice peut être frappé sans que la vertu soit heureuse. La morale est sauve dans* Oxtiern, *l'ambivalence se maintient dans* Ernestine. *Sur les onze nouvelles du recueil, trois seulement s'achèvent sans sacrifice de la vertu. Mais un dénouement peut toujours en cacher un autre.* Laurence et Antonio *raconte l'histoire d'un père rival de son fils,* La Comtesse de Sancerre *celle d'une mère rivale de sa fille. La première nouvelle finit heureusement, selon les canons traditionnels, la seconde fait couler le sang des deux amants. Le lecteur qui passe de l'une à l'autre, prend la mauvaise habitude de soupçonner le malheur derrière la joie et le pire derrière l'anodin. Le choix du* sombre *et du* tragique *dans* Les Crimes de l'amour *permet à Sade de faire miroiter tour à tour les certitudes de la morale et les séductions du libertinage.*

L'épopée du désir, dans sa version ésotérique, fait défiler toutes les perversions. Quand il peut aller jusqu'au bout de lui-même, le libertin se révèle cruel, sodomite, incestueux, scatologique. Mais derrière la gaze de la décence, sa cruauté se réduit à quelques voies de fait, jusqu'à la première effusion de sang, et son goût de la transgression se concentre sur l'inceste. Le contexte n'en autorise pas moins une définition précise de cette cruauté que la postérité nommera sadisme *; et sa netteté lui donne la frappe d'une maxime classique : « Les méchants se plaisent au spectacle des maux qu'ils causent, et chacune des gradations de la douleur dont ils absorbent leurs victimes est une jouissance pour eux. » Le ton léger des contes et historiettes, conçus originellement comme le contrepoint des* Crimes de

l'amour, *autorise les références à la sodomie et à l'homosexua-*
lité : Attrapez-moi toujours de même *ou* Il y a place
pour deux *présentent avec complaisance des prélats ou des*
précepteurs friands de garçons. Les Crimes de l'amour *tirent*
principalement leurs effets de l'inceste, qui permet d'accéder à la
dignité tragique.

Il faut dire que les amours consanguines avaient, sur la scène
classique, reçu leurs lettres de noblesse littéraire. La tradition
qui remonte au théâtre grec était réactualisée dans les dernières
décennies du XVIIIe *siècle et faisait de l'inceste un véritable lieu*
commun. Le goût philosophique et bourgeois pour les robinson-
nades, pour les premiers matins du monde multipliait les frères
et les sœurs livrés à eux-mêmes, tandis que l'aristocratie, repliée
sur soi, vantait une endogamie poussée à l'extrême. Le drame
bourgeois semble se nourrir d'incestes, évités de justesse, grâce à
quelque adultère ancien. L'œuvre de Beaumarchais n'échappe
pas à la règle. La tragédie, des Guèbres de Voltaire *(1768) à*
Abufar *de Ducis (1795), la fiction romanesque, de* Cleveland *de Prévost (1731-1739) à* René *de Chateaubriand*
(1802), ont affectionné ces étreintes interdites, mais que la mort
ou la révélation d'une identité nouvelle faisait rapidement
rentrer dans l'ordre. Le roman libertin, seul, les laissait
s'épanouir : qu'on pense à Félicia de Nerciat *(1775), au*
Rideau levé *attribué à Mirabeau (1788) ou encore aux œuvres*
de Rétif qui parvient à confondre les frissons de la transgression
et les effusions moralisantes.

Sade orchestre à sa façon ce thème auquel le public était donc
habitué. Plus question d'esquive. L'inceste au contraire s'ag-
grave. Il est double, triple. Dans Florville et Courval,
l'héroïne va coucher tour à tour avec son frère, avec le fils qu'elle
a eu de lui, puis avec son père. Le meurtre de la mère complète le
schéma œdipien. Frémissements et pressentiments n'empêcheront
pas la consommation de ces amours. Mais l'héroïne ne survit pas

*à la prise de conscience. C'est au contraire de l'acceptation lucide, du choix volontaire de l'inceste qu'*Eugénie de Franval *tire sa force. Le père et la fille savent ce qu'ils font. C'est en toute conscience qu'Eugénie appelle Franval « mon ami, mon frère » et se débarrasse de sa mère. Cette passion transforme un débauché en une figure tragique, jetant son défi aux forces de la société, de la religion et de la nature. La Forêt-Noire, où se cachait le château des* Cent vingt journées, *sert de cadre à ses feux. La vertueuse belle-famille possède des terres en plaine (en Picardie), celles de Franval réclament les hauteurs et l'obscurité des Ardennes ou de la Forêt-Noire. L'élitisme et le goût de la transgression se mêlent chez lui. Il ne se livre pas à de longues dissertations comme ses pairs de l'*Histoire de Juliette, *ne fouille pas la Bible, les récits de voyage et les traités philosophiques pour justifier son amour. Il lui suffit de quelques passes d'armes rhétoriques avec le curé venu le prêcher. Débarrassé de ses timidités et de ses excuses théoriques, l'inceste dans* Eugénie de Franval *atteint à la pureté cristalline du scandale.*

*Le fascinant est que, sous la plume de Sade, l'intensité ne contredit pas l'ironie. Florville accumule les crimes sans le savoir ; cette surenchère devient une gageure : battre le roman anglais sur son propre terrain. « Cette tendre et aimable épouse lisait un soir auprès de son mari, un roman anglais d'une incroyable noirceur et qui faisait grand bruit pour lors. — Assurément, dit-elle en jetant le livre, voilà une créature presque aussi malheureuse que moi. » Les héros dénudés des fictions libertines feuillettent quelque roman leste ; l'héroïne sombre lit un roman noir. La scène ici hésite entre la mise en abyme et l'autoparodie. L'onomastique d'*Eugénie de Franval *joue pareillement des références littéraires. Sade donne à Valmont, le complice de Franval, le nom du personnage de Laclos, et à une figure secondaire, le bijoutier Zaïde, celui d'une* *héroïne de Mme de La Fayette. Eugénie, incestueuse et matricide, emprunte son prénom à* La Philosophie dans le boudoir *où la jeune héroïne la précède dans les mêmes égarements, tandis que le brave et vertueux curé Clervil reçoit le même nom, phonétiquement, que la pire compagne de Juliette, Clairwill. Tels sont aussi les échos qui circulent entre les deux pans de la création sadienne.*

   D. A. F. Sade, comme le nomme la page de titre, ne peut s'empêcher de placer tous ces signes qui contredisent son refus officiel d'endosser la paternité de Justine *ou de* La Philosophie dans le boudoir, *textes présentés comme posthumes. Il a pourtant déployé bien des efforts pour se faire accepter, en l'an VIII, par le public. Passé par cette triple épreuve du feu que constituent les années de prison, la condamnation à mort, puis la misère, il se raccroche à l'espoir d'être reconnu comme homme de lettres. Au début de la Révolution, sortant des geôles du roi, il publie sous le manteau* Justine ou les malheurs de la vertu *et donne au théâtre* Oxtiern ou les effets du libertinage. *En 1795, l'équilibre est maintenu entre* La Philosophie dans le boudoir, *ouvrage posthume de l'auteur de* Justine *et* Aline et Valcour *qui poursuit la veine d'*Oxtiern. *Le pornographe récidive en 1797 avec* La Nouvelle Justine *et il se murmure dans les milieux littéraires qu'il prépare une suite de* La Philosophie dans le boudoir, *autrement corsée. Dans le reflux idéologique du Directoire, les attaques nominales se multiplient contre un auteur jugé insupportable. Certains se souviennent même que l'auteur de livres scandaleux est le protagoniste de faits divers qui ne le furent pas moins et qui avaient défrayé la chronique en 1768 et en 1772. On avait alors parlé de femmes disséquées vives, d'autres empoisonnées, de rapt et de viol d'enfants... Trente ans plus tard, la folle rumeur d'Arcueil et de Marseille rattrape le malheureux, coupable de quelques peccadilles de grand seigneur. Il ne convient plus de se*

*targuer de son patriotisme, il faut prouver son sérieux d'homme
de lettres.*

　Accusé d'avoir écrit Justine ou les malheurs de la vertu,
Sade fait rejouer et publie Oxtiern *avec un sous-titre trop
parfaitement symétrique pour être honnête :* Oxtiern ou les
malheurs du libertinage. *Il choisit, parmi la cinquantaine de
nouvelles qu'il garde depuis la Bastille, onze d'entre elles, d'une
incontestable dignité « héroïque et tragique ». Il en épure le
style, élimine les mots malsonnants et les scènes trop directement
évocatrices. Sur le modèle des recueils de Baculard d'Arnaud ou
de Florian, c'est-à-dire selon le principe de la variété géographique et historique des intrigues, il construit* Les Crimes de
l'amour. *En 1784, les* Six Nouvelles *de Florian réunissaient
des nouvelles française, allemande, espagnole, grecque, portu-
gaise et persane ; en 1792, ses* Nouvelles nouvelles *convo-
quaient d'autres nationalités. Dans les* Épreuves du sentiment, *Baculard d'Arnaud mêlait à ce type de nouvelle
nationale des* anecdotes historiques. *Sade, à son tour, fait
alterner nouvelles, contes et anecdotes, diversifie les décors et les
époques. L'universalité du désir n'en paraît que mieux. Du
Moyen Âge à l'époque contemporaine, du Sud au Nord, les
mêmes désirs brisent les mêmes freins moraux.*

　*Sade ne se contente pas de soigner la présentation de ses
nouvelles, il leur adjoint une* Idée sur les romans *qui se veut
un essai historique sur le genre. L'époque est alors aux synthèses
critiques et les tentatives se sont succédé pour définir un genre
exclu du Parnasse classique qui s'est imposé comme le principal
genre littéraire. On réédite l'ancien* Traité de l'origine des
romans *de Huet, qui date du XVIIᵉ siècle. En 1787, Marmontel
avait donné un* Essai sur les romans considérés du côté
moral, *bien timoré. En 1795, Mme de Staël publiait l'*Essai
sur les fictions : « *il y a un ouvrage au monde, c'est* La
Nouvelle Héloïse, *dont le principal mérite est l'éloquence de*

la passion ; et quoique l'objet en soit souvent moral, ce qui en reste surtout, c'est la toute-puissance du cœur. On ne peut classer une telle sorte de roman : il y a dans un siècle une âme, un génie qui sait y atteindre ». En 1800, Sade n'est pas moins enthousiaste pour Rousseau.

*L'Avertissement, composé douze ans auparavant à la Bastille, dont on a gardé le manuscrit, rendait d'abord hommage à Prévost. « Prévost parut et créa, si nous osons le dire, le véritable genre du roman. » Mais de l'Avertissement à l'*Idée, *Sade reste fidèle à ses admirations : Prévost, Rousseau et les Anglais, Richardson et Fielding. Les critiques modernes se sont étonnés de certaines absences dans le panorama brossé par le romancier. Le silence sur* Les Liaisons dangereuses *prouverait sa jalousie à l'égard de la réussite de Laclos. Mais il faudrait s'étonner aussi que Sade ne mentionnât ni* Jacques le fataliste, *ni* La Religieuse, *révélés au grand public en 1796, qui pouvaient retenir son attention, l'un par la discussion du* fatalisme, *l'autre par la peinture des amours et des cruautés de couvent. Mais les romans de Laclos et de Diderot sont absents des autres essais sur le genre de l'époque. Le choix de Sade, plus prudent que certaines de ses considérations théoriques, reste celui de son temps.*

Alors que la France du Consulat s'apprête à renouer avec le catholicisme, que le vicomte de Chateaubriand fourbit les encensoirs qui vont répandre leur encens pour le Concordat et la sortie, savamment préparée, du Génie du christianisme, *Sade réaffirme son athéisme et, comme les idéologues, au même moment, s'interroge sur le besoin d'illusion de l'être humain. « Partout il faut qu'il prie, partout il faut qu'il aime. » La fiction est originellement de l'ordre de la religion et de l'amour, projection des besoins affectifs de l'individu. Mais le philosophe sait que la nature est une force aveugle et que, en amour, seul le physique est bon. Le roman moderne doit trouver son inspiration dans ces révélations de la philosophie. Les deux métaphores qui viennent sous la plume de Sade pour dire l'originalité du roman moderne sont celles du volcan et de l'inceste, c'est-à-dire deux motifs essentiels de son imaginaire. Le volcan, ou les violences d'une nature délivrée d'un finalisme béat ; l'inceste, ou les violences de l'amour délivré des lisières du moralisme. Le mot d'ordre du créateur éclate donc : « Ce sont des élans que nous voulons de toi, et non pas des règles. »* Jean Fabre a justement souligné la force de la formule : « Aucun manifeste romantique n'en trouvera de plus concise ni de plus ardente pour dicter au poète son devoir. Le grand naturalisme de Sade soulève finalement l'Idée sur les romans, *fait voler en éclats son appareil pédantesque.* »

L'effort du recueil et de la préface pour échapper au solipsisme ne relève pas du compromis, ou, pire, de la compromission. Marqué par trente ans d'épreuves, le sexagénaire se plaît à donner au public deux images de grands criminels rachetés par la souffrance, Franval et Oxtiern. Les démêlés de Franval avec sa belle-mère rappellent ceux de Sade avec la présidente de Montreuil, mais il expie au soir de sa vie. Le roi de Suède a eu raison de pardonner ; Oxtiern, libéré, a tenu parole : « mille actions plus généreuses et plus belles les unes que les autres ont réparé ses erreurs, aux yeux de toute la Suède ; et son exemple a prouvé à cette sage nation que ce n'est pas toujours par les voies tyranniques, et par d'affreuses vengeances, que l'on peut ramener et contenir les hommes ». La France sera-t-elle aussi sage que la Suède ?

L'énergie des volcans et des crimes peut être canalisée pour le bien public, le brigand Tranche-Montagne redevenir le baron de Franlo, et le marquis débauché se transformer en un digne citoyen homme de lettres. A cet espoir, ou à cette illusion, la société répond par la voix de Villeterque puis par celle de Dubois, préfet de police. Villeterque refuse d'apercevoir une

différence entre Les Crimes de l'amour *et* Justine, *il er*
dénonce haineusement l'auteur. Le préfet de police signe des
ordres de perquisition pour saisir des éditions de Justine *et*
d'arrestation : Sade retourne en prison, *une nouvelle fois.*
Il y
passera les quatorze dernières années qui lui restent à vivre
Inlassablement, il replongera sa plume dans son double encrier.
D'une encre, il achève Les Journées de Florbelle, *nouvelle*
forteresse du crime, dont le manuscrit sera saisi et détruit. De
l'autre, il rédige ses grands romans historiques, encore mécon-
nus, La Marquise de Gange, Isabelle de Bavière,
Adélaïde de Brunswick.

L'écrivain présentait l'une de ses héroïnes des Crimes de
l'amour, *Faxelange, comme une « figure romantique ». Ceux*
qui, dans les décennies suivant sa mort, se réclameront du mot
d'ordre romantique, avouent tout bas leur admiration mêlée
d'effroi pour une œuvre dont l'inspiration se dissémine dans
leurs créations. On ne peut sans doute pas isoler un sillage
particulier des Crimes de l'amour. *Mais Charles Nodier*
n'aurait peut-être pas imaginé le couple formé par Jean Sbogar,
son brigand-dandy, et la belle Antonia, sans le baron de Franlo
et Mlle de Faxelange. Le recueil de 1800 peut être l'un des
modèles de Champavert, *contes immoraux de Petrus Borel*
*(1833). Sade se gaussait dans l'*Idée sur les romans *des*
Contes moraux *de Marmontel, Borel proclame son retourne-*
ment des valeurs et la nouvelle Monsieur de l'Argentière,
l'accusateur reprend le scénario cruel du chantage et de la
trahison qui entraîne le viol d'Ernestine et la mort de son amant.
Laurence et Antonio, *scènes d'une Renaissance italienne*
hantée par les noires leçons de Machiavel, n'est pas sans faire
songer aux Chroniques italiennes : *Stendhal parle aussi à*
*leur propos d'*histoires tragiques. *Son idéal de la passion*
refuse l'apathie sadienne et la froideur du roué. Mais un
François Cenci, richissime aristocrate, qui se vante de son

athéisme et de ses amours infâmes, se réjouit de la mort de ses fils et violente sa fille, ressemble fort au Charles Strozzi de Sade. Stendhal refuse seulement d'adopter le point de vue du scélérat et de réduire les victimes à l'état de pâles marionnettes.

Après avoir exploré le romantisme, il faudrait interroger le symbolisme et passer en revue les décadents. Les souvenirs de Poe se confondent avec ceux de Sade dans Les Diaboliques *de Barbey et dans les* Contes cruels *de Villiers. « Il est impossible, Monsieur, que le bonheur puisse se trouver dans le crime », affirme, péremptoire, l'antagoniste de Franval. Ramassée, la formule sert de titre à Barbey pour l'une de ses* Diaboliques. *Dans plus d'un recueil de contes et de nouvelles, Jean Lorrain a signé sa dette à l'égard du divin marquis.*

C'est enfin le surréalisme qu'irrigue l'imaginaire des Crimes de l'amour. *Il a inspiré à Maurice Heine et Gilbert Lely leur vocation de biographe et d'éditeur de Sade, tandis que Breton, Char et Eluard, pour ne choisir que les plus grands, chantaient la violence qui ouvre « une brèche dans la nuit morale », et la liberté,*

Cette liberté
Pour laquelle le feu même s'est fait homme
Pour laquelle le marquis de Sade défia les siècles de ses
    grands arbres abstraits
D'acrobates tragiques
Cramponnés au fil de la Vierge du désir.

Michel Delon

LES CRIMES

DE

L'AMOUR,

NOUVELLES HÉROÏQUES ET TRAGIQUES;

Précédés d'une IDÉE SUR LES ROMANS,
et ornés de gravures.

PAR D. A. F. SADE, auteur d'Aline et Valcour.

Amour, fruit délicieux, que le Ciel permet à la terre
de produire pour le bonheur de la vie, pourquoi faut-il
que tu fasses naître des crimes? et pourquoi l'homme
abuse-t-il de tout[1]?

Nuits D'YOUNG.

A PARIS.

CHEZ MASSÉ, Editeur propriétaire, rue Helvétius,
n°. 580.

AN VIII.

IDÉE SUR LES ROMANS

On appelle roman, l'ouvrage *fabuleux* composé d'après les plus singulières aventures de la vie des hommes [1].

Mais pourquoi ce genre d'ouvrage porte-t-il le nom de roman ?

Chez quel peuple devons-nous en chercher la source, quels sont les plus célèbres ?

Et quelles sont enfin, les règles qu'il faut suivre pour arriver à la perfection de l'art de l'écrire ?

Voilà les trois questions que nous nous proposons de traiter ; commençons par l'étymologie du mot.

Rien ne nous apprenant le nom de cette composition chez les peuples de l'Antiquité, nous ne devons, ce me semble, nous attacher qu'à découvrir par quel motif elle porta chez nous celui que nous lui donnons encore.

La langue *romane* était, comme on le sait, un mélange de l'idiome celtique et latin, en usage sous les deux premières races de nos rois ; il est assez raisonnable de croire que les ouvrages du genre dont nous parlons, composés dans cette langue, durent en porter le nom, et l'on dut dire une *romane,* pour exprimer l'ouvrage où il s'agissait d'aventures amoureuses, comme on a dit

une *romance*, pour parler des complaintes du même
genre. En vain chercherait-on une étymologie différente à ce mot ; le bon sens n'en offrant aucune autre, il
paraît simple d'adopter celle-là.

Passons donc à la deuxième question.

Chez quel peuple devons-nous trouver la source de
ces sortes d'ouvrages, et quels sont les plus célèbres ?

L'opinion commune croit la découvrir chez les
Grecs, elle passa de là chez les Mores, d'où les
Espagnols la prirent, pour la transmettre ensuite à nos
troubadours, de qui nos romanciers de chevalerie la
reçurent.

Quoique je respecte cette filiation, et que je m'y
soumette quelquefois, je suis loin cependant de l'adopter rigoureusement ; n'est-elle pas en effet bien difficile
dans des siècles où les voyages étaient si peu connus, et
les communications si interrompues ? Il est des modes,
des usages, des goûts qui ne se transmettent point ;
inhérents à tous les hommes, ils naissent naturellement
avec eux : partout où ils existent, se retrouvent des
traces inévitables de ces goûts, de ces usages et de ces
modes.

N'en doutons point : ce fut dans les contrées qui, les
premières, reconnurent des Dieux, que les romans
prirent leur source, et par conséquent en Égypte,
berceau certain de tous les cultes [2] ; à peine les hommes
eurent-ils *soupçonné* des êtres immortels, qu'ils les firent
agir et parler ; dès lors, voilà des métamorphoses, des
fables, des paraboles, des romans ; en un mot, voilà des
ouvrages de fictions, dès que la fiction s'empare de
l'esprit des hommes. Voilà des livres fabuleux, dès
qu'il est question de chimères : quand les peuples,
d'abord guidés par des prêtres, après s'être égorgés

pour leurs fantastiques divinités, s'arment enfin pour
leur roi ou pour leur patrie, l'hommage offert à
l'héroïsme balance celui de la superstition, non seulement on met, très sagement alors, les héros à la place
des Dieux, mais on chante les enfants de Mars comme
on avait célébré ceux du ciel ; on ajoute aux grandes
actions de leur vie, ou, las de s'entretenir d'eux, on
crée des personnages qui leur ressemblent... qui les
surpassent, et bientôt de nouveaux romans paraissent,
plus vraisemblables sans doute, et bien plus faits pour
l'homme que ceux qui n'ont célébré que des fantômes.
Hercule*, grand capitaine, dut vaillamment combattre ses ennemis, voilà le héros et l'histoire ; Hercule
détruisant des monstres, pourfendant des géants, voilà
le Dieu... la fable et l'origine de la superstition ; mais
de la superstition raisonnable, puisque celle-ci n'a
pour base que la récompense de l'héroïsme, la reconnaissance due aux libérateurs d'une nation, au lieu que
celle qui forge des êtres incréés, et jamais aperçus, n'a
que la crainte, l'espérance, et le dérèglement d'esprit
pour motifs. Chaque peuple eut donc ses dieux, ses
demi-dieux, ses héros, ses véritables histoires et ses
fables ; quelque chose, comme on vient de le voir, put
être vrai dans ce qui concernait les héros ; tout fut
controuvé, tout fut fabuleux dans le reste, tout fut
ouvrage d'invention, tout fut roman, parce que les
Dieux ne parlèrent que par l'organe des hommes, qui,
plus ou moins intéressés à ce ridicule artifice, ne

---

* Hercule est un nom générique, composé de deux mots celtiques,
Her-Coule, ce qui veut dire, monsieur le capitaine ; *Hercoule* était le
nom du général de l'armée, ce qui multiplia infiniment les *Hercoules* ;
la fable attribua ensuite à un seul les actions merveilleuses de
plusieurs. (Voyez *Histoire des Celtes*, par PELLOUTIER [3].)

manquèrent pas de composer le langage des fantômes de leur esprit, de tout ce qu'ils imaginèrent de plus fait pour séduire ou pour effrayer, et par conséquent de plus fabuleux ; « c'est une opinion reçue, (dit le savant Huet [4]) que le nom de roman se donnait autrefois aux histoires et qu'il s'appliqua, depuis, aux fictions, ce qui est un témoignage invincible que les uns sont venus des autres ».

Il y eut donc des romans écrits dans toutes les langues, chez toutes les nations, dont le style et les faits se trouvèrent calqués, et sur les mœurs nationales, et sur les opinions reçues par ces nations.

L'homme est sujet à deux faiblesses qui tiennent à son existence, qui la caractérisent. Partout il faut *qu'il prie*, partout il faut *qu'il aime ;* et voilà la base de tous les romans ; il en a fait pour peindre les êtres qu'il *implorait*, il en a fait pour célébrer ceux qu'il *aimait*. Les premiers, dictés par la terreur ou l'espoir, durent être sombres, gigantesques, pleins de mensonges et de fictions ; tels sont ceux qu'Esdras [5] composa durant la captivité de Babylone. Les seconds, remplis de délicatesse et sentiments ; tel est celui de Théagène et de Chariclée, par Héliodore ; mais comme l'homme *pria*, comme il *aima* partout, sur tous les points du globe qu'il habita, il y eut des romans, c'est-à-dire des ouvrages de fiction qui, tantôt peignirent les objets fabuleux de son culte, tantôt ceux plus réels de son amour.

Il ne faut donc pas s'attacher à trouver la source de ce genre d'écrire, chez telle ou telle nation de préférence ; on doit se persuader par ce qui vient d'être dit, que toutes l'ont plus ou moins employé, en raison du plus ou moins de penchant qu'elles ont éprouvé, soit à l'amour, soit à la superstition.

Un coup d'œil rapide maintenant sur les nations, qui ont le plus accueilli ces ouvrages, sur ces ouvrages mêmes, et sur ceux qui les ont composés ; amenons le fil jusqu'à nous, pour mettre nos lecteurs à même d'établir quelques idées de comparaison.

Aristide de Milet est le plus ancien romancier dont l'Antiquité parle ; mais ses ouvrages n'existent plus. Nous savons seulement qu'on nommait ses contes, *les Milésiaques* ; un trait de la préface de *l'Ane d'or* semble prouver que les productions d'Aristide étaient licencieuses : *Je vais écrire dans ce genre,* dit Apulée en commençant son *Ane d'or.*

Antoine Diogène, contemporain d'Alexandre, écrivit d'un style plus châtié *les Amours de Dinias et de Dercillis,* roman plein de fictions, de sortilèges, de voyages et d'aventures fort extraordinaires, que Le Seurre copia en 1745 dans un petit ouvrage plus singulier encore ; car non content de faire, comme Diogène, voyager ses héros dans des pays connus, il les promène tantôt dans la lune, et tantôt dans les enfers [6].

Viennent ensuite les aventures de Sinonis et de Rhodanis, par Jamblique ; les amours de Théagène et Chariclée, que nous venons de citer ; la *Cyropédie,* de Xénophon ; les amours de Daphnis et Chloé [7], de Longus ; ceux d'Ismène et d'Isménie, et beaucoup d'autres, ou traduits, ou totalement oubliés de nos jours.

Les Romains plus portés à la critique, à la méchanceté, qu'à l'amour ou qu'à la prière, se contentèrent de quelques satires, telles que celles de Pétrone [8] et de Varon, qu'il faudrait bien se garder de classer au nombre des romans.

Les Gaulois[9], plus près de ces deux faiblesses, eurent leurs bardes, qu'on peut regarder comme les premiers romanciers de la partie de l'Europe que nous habitons aujourd'hui. La profession de ces bardes, dit Lucain, était d'écrire en vers les actions immortelles des héros de leur nation, et de les chanter au son d'un instrument qui ressemblait à la lyre ; bien peu de ces ouvrages sont connus de nos jours. Nous eûmes ensuite les faits et gestes de Charles le Grand, attribués à l'archevêque Turpin, et tous les romans de la Table Ronde, les Tristan, les Lancelot du Lac, les Perce-Forêts, tous écrits dans la vue d'immortaliser des héros connus, ou d'en inventer d'après ceux-là qui, parés par l'imagination, les surpassassent en merveilles ; mais quelle distance de ces ouvrages longs, ennuyeux, empestés de superstition, aux romans grecs qui les avaient précédés ! Quelle barbarie, quelle grossièreté succédaient aux romans pleins de goût et d'agréables fictions, dont les Grecs nous avaient donné les modèles ; car bien qu'il y en eût sans doute d'autres avant eux, au moins alors ne connaissait-on que ceux-là.

Les troubadours parurent ensuite, et quoiqu'on doive les regarder plutôt comme des poètes que comme des romanciers, la multitude de jolis contes, qu'ils composèrent en prose, leur obtiennent cependant, avec juste raison, une place parmi les écrivains dont nous parlons. Qu'on jette, pour s'en convaincre, les yeux sur leurs fabliaux, écrits en langue *romane* sous le règne de Hugues Capet, et que l'Italie copia avec tant d'empressement.

Cette belle partie de l'Europe, encore gémissante sous le joug des Sarrasins, encore loin de l'époque où elle devait être le berceau de la renaissance des arts, n'avait presque point eu de romanciers jusqu'au dixième siècle ; ils y parurent à peu près à la même époque que nos troubadours en France, et les imitèrent ; mais osons convenir de cette gloire : ce ne furent point les Italiens qui devinrent nos maîtres dans cet art, comme le dit La Harpe [10] (page 242, vol. 3), ce fut au contraire chez nous qu'ils se formèrent ; ce fut à l'école de nos troubadours que Dante, Boccace, Tassoni, et même un peu Pétrarque, esquissèrent leurs compositions ; presque toutes les nouvelles de Boccace se retrouvent dans nos fabliaux.

Il n'en est pas de même des Espagnols, instruits dans l'art de la fiction, par les Mores, qui eux-mêmes le tenaient des Grecs, dont ils possédaient tous les ouvrages de ce genre, traduits en arabe ; ils firent de délicieux romans, imités par nos écrivains, nous y reviendrons.

A mesure que la galanterie prit une face nouvelle en France, le roman se perfectionna, et ce fut alors, c'est-à-dire au commencement du siècle dernier, que d'Urfé écrivit son roman de *l'Astrée* qui nous fit préférer, à bien juste titre, ses charmants bergers du Lignon aux preux extravagants des onzième et douzième siècles ; la fureur de l'imitation s'empara dès lors de tous ceux à qui la nature avait donné le goût de ce genre ; l'étonnant succès de *l'Astrée*, que l'on lisait encore au milieu de ce siècle [11], avait absolument embrasé les têtes, et on l'imita sans l'atteindre. Gomberville, La Calprenède, Desmarets, Scudéry crurent surpasser leur original, en mettant des princes ou des rois à la place des bergers du Lignon [12], et ils retombèrent dans le défaut qu'évitait leur modèle ; la Scudéry fit la même

faute que son frère ; comme lui, elle voulut ennoblir le
genre de d'Urfé, et, comme lui, elle mit d'ennuyeux
héros à la place de jolis bergers. Au lieu de représenter
dans la personne de Cyrus un prince tel que le peint
Hérodote, elle composa un Artamène plus fou que tous
les personnages de *l'Astrée*... un amant qui ne sait que
pleurer du matin au soir, et dont les langueurs
excèdent au lieu d'intéresser ; mêmes inconvénients
dans sa *Clélie* où elle prête aux Romains, qu'elle
dénature, toutes les extravagances des modèles qu'elle
suivait, et qui jamais n'avaient été mieux défigurés.

Qu'on nous permette de rétrograder un instant,
pour accomplir la promesse que nous venons de faire
de jeter un coup d'œil sur l'Espagne.

Certes, si la chevalerie avait inspiré nos romanciers
en France, à quel degré n'avait-elle pas également
monté les têtes au-delà des monts ? Le catalogue de la
bibliothèque de Don Quichotte, plaisamment fait par
Miguel Cervantès, le démontre évidemment ; mais
quoi qu'il en puisse être, le célèbre auteur des
mémoires du plus grand fou qui ait pu venir à l'esprit
d'un romancier, n'avait assurément point de rivaux.
Son immortel ouvrage, connu de toute la terre, traduit
dans toutes les langues, et qui doit se considérer
comme le premier de tous les romans, possède sans
doute plus qu'aucun d'eux, l'art de narrer, d'entremê-
ler agréablement les aventures, et particulièrement
d'instruire en amusant. *Ce livre,* disait Saint-Évremond, *est le seul que je relis sans m'ennuyer, et le seul que je
voudrait avoir fait*[13]. Les douze nouvelles du même
auteur, remplies d'intérêt, de sel et de finesse, achèvent
de placer au premier rang ce célèbre écrivain espagnol,
sans lequel peut-être nous n'eussions eu, ni le char-

mant ouvrage de Scarron, ni la plupart de ceux de Le Sage.

Après d'Urfé et ses imitateurs, après les Ariane, les Cléopâtre, les Pharamond, les Polixandre, tous ces ouvrages enfin où le héros soupirant neuf volumes, était bien heureux de se marier au dixième ; après, dis-je, tout ce fatras inintelligible aujourd'hui, parut Mme de La Fayette, qui, quoique séduite par le langou-reux ton qu'elle trouva établi dans ceux qui la précédaient, abrégea néanmoins beaucoup ; et en devenant plus concise, elle se rendit plus intéressante. On a dit, parce qu'elle était femme (comme si ce sexe, naturellement plus délicat, plus fait pour écrire le roman, ne pouvait, en ce genre, prétendre à bien plus de lauriers que nous), on a prétendu, dis-je, qu'infini-ment aidée, La Fayette n'avait fait ses romans qu'avec le secours de La Rochefoucauld pour les pensées, et de Segrais pour le style ; quoi qu'il en soit, rien d'intéres-sant comme *Zaïde*, rien d'écrit agréablement comme *la Princesse de Clèves*[14]. Aimable et charmante femme, si les grâces tenaient ton pinceau, n'était-il donc pas permis à l'amour de le diriger quelquefois ?

Fénelon parut[15], et crut se rendre intéressant en dictant poétiquement une leçon à des souverains, qui ne la suivirent jamais ; voluptueux amant de Guyon, ton âme avait besoin d'aimer, ton esprit éprouvait celui de peindre ; en abandonnant le pédantisme, ou l'orgueil d'apprendre à régner, nous eussions eu de toi des chefs-d'œuvre, au lieu d'un livre qu'on ne lit plus. Il n'en sera pas de même que toi, délicieux Scarron, jusqu'à la fin du monde, ton immortel roman fera rire, tes tableaux ne vieilliront jamais. *Télémaque*, qui n'avait qu'un siècle à vivre, périra sous les ruines de ce

siècle qui n'est déjà plus ; et tes comédiens du Mans [16],
cher et aimable enfant de la folie, amuseront même les
plus graves lecteurs, tant qu'il y aura des hommes sur
la terre.

Vers la fin du même siècle, la fille du célèbre Poisson
(Mme de Gomez [17]), dans un genre bien différent que
les écrivains de son sexe qui l'avaient précédée, écrivit
des ouvrages, qui pour cela n'en étaient pas moins
agréables ; et ses *Journées amusantes,* ainsi que ses *Cent
Nouvelles nouvelles* feront toujours, malgré bien des
défauts, le fond de la bibliothèque de tous les amateurs
de ce genre. Gomez entendait son art, on ne saurait lui
refuser ce juste éloge. Mlle de Lussan, Mmes de Tencin,
de Graffigny, Élie de Beaumont et Riccoboni la
rivalisèrent [18] ; leurs écrits, pleins de délicatesse et de
goût, honorent assurément leur sexe. Les *Lettres péru-
viennes* de Graffigny seront toujours un modèle de
tendresse et de sentiment, comme celles de milady
Catesbi par Riccoboni, pourront éternellement servir à
ceux qui ne prétendent qu'à la grâce et à la légèreté du
style. Mais reprenons le siècle où nous l'avons quitté,
pressés par le désir de louer des femmes aimables, qui
donnaient en ce genre de si bonnes leçons aux
hommes.

L'épicuréisme des Ninon de Lenclos, des Marion de
Lorme, des marquis de Sévigné et de La Fare, des
Chaulieu, des Saint-Évremond, de toute cette société
charmante enfin, qui, revenue des langueurs du Dieu
de Cythère, commençait à penser, comme Buffon, *qu'il
n'y avait de bon en amour que le physique* [19], changea bientôt
le ton des romans ; les écrivains qui parurent ensuite
sentirent que les fadeurs n'amuseraient plus un siècle
perverti par le Régent, un siècle revenu des folies

chevaleresques, des extravagances religieuses, et de l'adoration des femmes ; et trouvant plus simple d'amuser ces femmes ou de les corrompre, que de les servir ou de les encenser, ils créèrent des événements, des tableaux, des conversations plus à l'esprit du jour ; ils enveloppèrent du cynisme, des immoralités, sous un style agréable et badin, quelquefois même philosophique, et plurent au moins s'ils n'instruisirent pas.

Crébillon écrivit *le Sopha, Tanzaï, les Égarements de cœur et d'esprit*[20], etc. Tous romans qui flattaient le vice et s'éloignaient de la vertu, mais qui, lorsqu'on les donna, devaient prétendre aux plus grands succès.

Marivaux[21], plus original dans sa manière de peindre, plus nerveux, offrit au moins des caractères, captiva l'âme, et fit pleurer ; mais comment, avec une telle énergie, pouvait-on avoir un style aussi précieux, aussi maniéré ? Il prouva bien que la nature n'accorde jamais au romancier tous les dons nécessaires à la perfection de son art.

Le but de Voltaire fut tout différent ; n'ayant d'autre dessein que de placer de la philosophie dans ses romans, il abandonna tout pour ce projet. Avec quelle adresse il y réussit, et malgré toutes les critiques, *Candide* et *Zadig* ne seront-ils pas toujours des chefs-d'œuvre !

Rousseau, à qui la nature avait accordé en délicatesse, en sentiment, ce qu'elle n'avait donné qu'en esprit à Voltaire, traita le roman d'une bien autre façon. Que de vigueur, que d'énergie dans l'*Héloïse* ; lorsque Momus[22] dictait *Candide* à Voltaire, l'amour lui-même traçait de son flambeau toutes les pages brûlantes de *Julie*, et l'on peut dire avec raison que ce livre sublime n'aura jamais d'imitateurs ; puisse cette

vérité faire tomber la plume des mains, à cette foule
d'écrivains éphémères qui, depuis trente ans, ne
cessent de nous donner de mauvaises copies de cet
immortel original ; qu'ils sentent donc, que pour
l'atteindre, il faut une âme de feu[23] comme celle de
Rousseau, un esprit philosophique comme le sien,
deux choses que la nature ne réussit pas deux fois dans
le même siècle.

Au travers de tout cela, Marmontel nous donnait
des contes, qu'il appelait *moraux*, non pas (dit un
littérateur estimable) qu'ils enseignassent la morale,
mais parce qu'ils peignaient nos mœurs, cependant un
peu trop dans le genre maniéré de Marivaux ; d'ailleurs, que sont ces contes ? des puérilités uniquement
écrites pour les femmes et pour les enfants, et qu'on ne
croira jamais de la même main que *Bélisaire,* ouvrage
qui suffirait seul à la gloire de l'auteur ; celui qui avait
fait le quinzième chapitre de ce livre[24] devait-il donc
prétendre à la petite gloire de nous donner des contes à
l'eau-rose ?

Enfin les romans anglais, les vigoureux ouvrages de
Richardson et de Fielding, vinrent apprendre aux
Français, que ce n'est pas en peignant les fastidieuses
langueurs de l'amour, ou les ennuyeuses conversations
des ruelles, qu'on peut obtenir des succès dans ce
genre ; mais en traçant des caractères mâles, qui,
jouets et victimes de cette effervescence du cœur
connue sous le nom d'amour, nous en montrent à la
fois et les dangers et les malheurs ; de là seul peuvent
s'obtenir ces développements, ces passions, si bien
tracés dans les romans anglais. C'est Richardson, c'est
Fielding qui nous ont appris que l'étude profonde du
cœur de l'homme, véritable dédale de la nature, peut

seule inspirer le romancier, dont l'ouvrage doit nous
faire voir l'homme, non pas seulement ce qu'il est, ou
ce qu'il se montre, c'est le devoir de l'historien, mais
tel qu'il peut être, tel que doivent le rendre les
modifications du vice, et toutes les secousses des
passions ; il faut donc les connaître toutes, il faut donc
les employer toutes, si l'on veut travailler ce genre ; là,
nous apprîmes aussi, que ce n'est pas toujours en
faisant triompher la vertu qu'on intéresse ; qu'il faut y
tendre bien certainement autant qu'on le peut, mais
que cette règle, ni dans la nature ni dans Aristote, mais
seulement celle à laquelle nous voudrions que tous les
hommes s'assujettissent pour notre bonheur, n'est
nullement essentielle dans le roman, n'est pas même
celle qui doit conduire à l'intérêt ; car lorsque la vertu
triomphe, les choses étant ce qu'elles doivent être, nos
larmes sont taries avant que de couler ; mais si, après
les plus rudes épreuves, nous voyons enfin la vertu
terrassée par le vice, indispensablement nos âmes se
déchirent, et l'ouvrage nous ayant excessivement
émus, ayant, comme disait Diderot[25], *ensanglanté nos
cœurs au revers*, doit indubitablement produire l'intérêt,
qui seul assure des lauriers.

Que l'on réponde : si, après douze ou quinze
volumes, l'immortel Richardson eût *vertueusement* fini
par convertir Lovelace, et par lui faire *paisiblement*
épouser Clarisse, eût-on versé à la lecture de ce roman,
pris dans le sens contraire, les larmes délicieuses qu'il
obtient de tous les êtres sensibles ? C'est donc la nature
qu'il faut saisir quand on travaille ce genre, c'est le
cœur de l'homme, le plus singulier de ses ouvrages, et
nullement la vertu, parce que la vertu, quelque belle,
quelque nécessaire qu'elle soit, n'est pourtant qu'un

des modes de ce cœur étonnant dont la profonde étude est si nécessaire au romancier, et que le roman, miroir fidèle de ce cœur, doit nécessairement en tracer tous les plis.

Savant traducteur de Richardson, Prévost [26], toi à qui nous devons d'avoir fait passer dans notre langue les beautés de cet écrivain célèbre, ne t'est-il pas dû pour ton propre compte un tribut d'éloges aussi bien mérité ; et n'est-ce pas à juste titre qu'on pourrait t'appeler *le Richardson français* ; toi seul eus l'art d'intéresser longtemps par des fables implexes [27], en soutenant toujours l'intérêt, quoiqu'en le divisant ; toi seul ménageas toujours assez bien tes épisodes, pour que l'intrigue principale dût plutôt gagner que perdre à leur multitude ou à leur complication ; ainsi cette quantité d'événements, que te reproche La Harpe [28], est non seulement ce qui produit chez toi le plus sublime effet, mais en même temps ce qui prouve le mieux, et la bonté de ton esprit et l'excellence de ton génie. « *Les Mémoires d'un homme de qualité*, enfin (pour ajouter à ce que nous pensons de Prévost, ce que d'autres que nous ont également pensé), *Cleveland* [29], l'*Histoire d'une Grecque moderne*, *le Monde moral*, *Manon Lescaut* surtout*, sont remplis de ces scènes attendrissantes et terribles qui frappent et attachent invincible-

---

* Quelles larmes que celles qu'on verse à la lecture de ce délicieux ouvrage ! Comme la nature y est peinte, comme l'intérêt s'y soutient, comme il augmente par degrés, que de difficultés vaincues ! que de philosophie à avoir fait ressortir tout cet intérêt, d'une fille perdue ; dirait-on trop, en osant assurer que cet ouvrage a des droits au titre de notre meilleur roman ? Ce fut là où Rousseau vit que, malgré des imprudences et des étourderies, une héroïne pouvait prétendre encore à nous attendrir, et peut-être n'eussions-nous jamais eu *Julie*, sans *Manon Lescaut*.

ment ; les situations de ces ouvrages, heureusement
ménagées, amènent de ces moments où la nature
frémit d'horreur, etc. » Et voilà ce qui s'appelle
écrire le roman ; voilà ce qui, dans la postérité, assure
à Prévost une place où ne parviendra nul de ses
rivaux.

Vinrent ensuite les écrivains du milieu de ce siècle :
Dorat[30], aussi maniéré que Marivaux, aussi froid,
aussi peu moral que Crébillon, mais écrivain plus
agréable que les deux à qui nous le comparons ; la
frivolité de son siècle excuse la sienne, et il eut l'art de
la bien saisir.

Auteur charmant de la *Reine de Golconde*[31], me
permets-tu de t'offrir un laurier ? On eut rarement un
esprit plus agréable, et les plus jolis contes du siècle ne
valent pas celui qui t'immortalise ; à la fois plus
aimable et plus heureux qu'Ovide, puisque le Héros-
Sauveur de la France prouve, en te rappelant au sein
de ta patrie, qu'il est autant l'ami d'Apollon que de
Mars, réponds à l'espoir de ce grand homme, en
ajoutant encore quelques jolies roses sur le sein de ta
belle Aline.

D'Arnaud[32], émule de Prévost, peut souvent prétendre à le surpasser ; tous deux trempèrent leurs pinceaux dans le Styx ; mais d'Arnaud, quelquefois,
adoucit le sien sur les fleurs de l'Élysée ; Prévost, plus
énergique, n'altéra jamais les teintes de celui dont il
traça *Cleveland*.

R... inonde le public[33] ; il lui faut une presse au
chevet de son lit ; heureusement que celle-là toute seule
gémira de ses *terribles productions ;* un style bas et
rampant, des aventures dégoûtantes, toujours puisées
dans la plus mauvaise compagnie ; nul autre mérite

enfin, que celui d'une prolixité... dont les seuls marchands de poivre le remercieront.

Peut-être devrions-nous analyser ici ces romans nouveaux [34], dont le sortilège et la fantasmagorie compo-
sent à peu près tout le mérite en plaçant à leur tête *le
Moine,* supérieur sous tous les rapports, aux bizarres élans
de la brillante imagination de Radcliffe ; mais cette
dissertation serait trop longue, convenons seulement
que ce genre, quoi qu'on en puisse dire, n'est assurément pas sans mérite ; il devenait le fruit indispensable
des secousses révolutionnaires, dont l'Europe entière
se ressentait. Pour qui connaissait tous les malheurs
dont les méchants peuvent accabler les hommes, le
roman devenait aussi difficile à faire, que monotone à
lire ; il n'y avait point d'individu qui n'eût plus
éprouvé d'infortunes, en quatre ou cinq ans, que n'en
pouvait peindre en un siècle, le plus fameux romancier
de la littérature ; il fallait donc appeler l'enfer à son
secours, pour se composer des titres à l'intérêt, et
trouver dans le pays des chimères ce qu'on savait
couramment, en ne fouillant que l'histoire de l'homme
dans cet âge de fer. Mais que d'inconvénients présentait cette manière d'écrire ! L'auteur du *Moine* ne les a
pas plus évités que Radcliffe ; ici nécessairement, de
deux choses l'une, ou il faut développer le sortilège, et
dès lors vous n'intéressez plus, ou il ne faut jamais
lever le rideau, et vous voilà dans la plus affreuse
invraisemblance. Qu'il paraisse dans ce genre un
ouvrage assez bon pour atteindre le but sans se briser
contre l'un ou l'autre de ces écueils, loin de lui reprocher
ses moyens, nous l'offrirons alors comme un modèle.

Avant que d'entamer notre troisième et dernière
question, *quelles sont les règles de l'art d'écrire le roman ?*

nous devons, ce me semble, répondre à la perpétuelle objection de quelques esprits atrabilaires, qui, pour se donner le vernis d'une morale, dont souvent leur cœur est bien loin, ne cessent de vous dire, *à quoi servent les romans?*

A quoi ils servent, hommes hypocrites et pervers? car vous seuls faites cette ridicule question; ils servent à vous peindre tels que vous êtes, orgueilleux individus qui voulez vous soustraire au pinceau, parce que vous en redoutez les effets : le roman étant, s'il est possible de s'exprimer ainsi, *le tableau des mœurs séculaires,* est aussi essentiel que l'histoire, au philosophe qui veut connaître l'homme; car le burin de l'une ne le peint que lorsqu'il se fait voir, et alors ce n'est plus lui; l'ambition, l'orgueil couvrent son front d'un masque qui ne nous représente que ces deux passions, et non l'homme; le pinceau du roman, au contraire, le saisit dans son intérieur... le prend quand il quitte ce masque, et l'esquisse, bien plus intéressante, est en même temps bien plus vraie, voilà l'utilité des romans; froids censeurs qui ne les aimez pas, vous ressemblez à ce cul-de-jatte qui disait aussi, *et pourquoi fait-on des portraits?*

S'il est donc vrai que le roman soit utile, ne craignons point de tracer ici quelques-uns des principes que nous croyons nécessaires à porter ce genre à la perfection; je sens bien qu'il est difficile de remplir cette tâche sans donner des armes contre moi; ne deviens-je pas doublement coupable de n'avoir pas *bien fait,* si je prouve que je sais ce qu'il faut pour *faire bien?* Ah! laissons ces vaines considérations, qu'elles s'immolent à l'amour de l'art!

La connaissance la plus essentielle qu'il exige est

bien certainement celle du cœur de l'homme. Or, cette connaissance importante, tous les bons esprits nous approuveront sans doute en affirmant qu'on ne l'acquiert que par des *malheurs* et par des *voyages* ; il faut avoir vu des hommes de toutes les nations pour les bien connaître, et il faut avoir été leur victime pour savoir les apprécier ; la main de l'infortune, en exaltant le caractère de celui qu'elle écrase, le met à la juste distance où il faut qu'il soit pour étudier les hommes ; il les voit de là, comme le passager aperçoit les flots en fureur se briser contre l'écueil sur lequel l'a jeté la tempête[35] ; mais, dans quelque situation que l'ait placé la nature ou le sort, s'il veut connaître les hommes, qu'il parle peu[36] quand il est avec eux ; on n'apprend rien quand on parle, on ne s'instruit qu'en écoutant ; et voilà pourquoi les bavards ne sont communément que des sots.

O toi qui veux parcourir cette épineuse carrière ! ne perds pas de vue que le romancier est l'homme de la nature ; elle l'a créé pour être son peintre ; s'il ne devient pas l'amant de sa mère[37] dès que celle-ci l'a mis au monde, qu'il n'écrive jamais, nous ne le lirons point ; mais s'il éprouve cette soif ardente de tout peindre[38], s'il entrouvre avec frémissement le sein de la nature, pour y chercher son art et pour y puiser des modèles, s'il a la fièvre du talent et l'enthousiasme du génie, qu'il suive la main qui le conduit, il a deviné l'homme, il le peindra ; maîtrisé par son imagination, qu'il y cède, qu'il embellisse ce qu'il voit : le sot cueille une rose et l'effeuille, l'homme de génie la respire et la peint : voilà celui que nous lirons.

Mais en te conseillant d'embellir, je te défends de t'écarter de la vraisemblance : le lecteur a droit de se fâcher quand il s'aperçoit que l'on veut trop exiger de lui ; il voit qu'on cherche à le rendre dupe ; son amour-propre en souffre, il ne croit plus rien, dès qu'il soupçonne qu'on veut le tromper.

Contenu d'ailleurs par aucune digue, use, à ton aise, du droit de porter atteinte à toutes les anecdotes de l'histoire, quand la rupture de ce frein devient néces-saire aux plaisirs que tu nous prépares ; encore une fois, on ne te demande point d'être vrai, mais seule-ment d'être vraisemblable ; trop exiger de toi serait nuire aux jouissances que nous en attendons : ne remplace point cependant le vrai par l'impossible, et que ce que tu inventes soit bien dit ; on ne te pardonne de mettre ton imagination à la place de la vérité, que sous la clause expresse d'orner et d'éblouir. On n'a jamais le droit de mal dire, quand on peut dire tout ce qu'on veut ; si tu n'écris comme R... *que ce que tout le monde sait,* dusses-tu, comme lui, nous donner quatre volumes par mois, ce n'est pas la peine de prendre la plume : personne ne te contraint au métier que tu fais ; mais si tu l'entreprends, fais-le bien. Ne l'adopte pas, surtout, comme un secours à ton existence[39] ; ton travail se ressentirait de tes besoins ; tu lui transmet-trais ta faiblesse ; il aurait la pâleur de la faim : d'autres métiers se présentent à toi ; fais des souliers, et n'écris point des livres. Nous ne t'en estimerons pas moins, et comme tu ne nous ennuieras pas, nous t'aimerons peut-être davantage.

Une fois ton esquisse jetée, travaille ardemment à l'étendre, mais sans te resserrer dans les bornes qu'elle paraît d'abord te prescrire, tu deviendrais maigre et froid avec cette méthode ; ce sont des élans que nous voulons de toi, et non pas des règles ; dépasse tes plans,

varie-les, augmente-les ; ce n'est qu'en travaillant que
les idées viennent. Pourquoi ne veux-tu pas que celle
qui te presse quand tu composes, soit aussi bonne que
celle dictée par ton esquisse ? Je n'exige essentiellement de toi qu'une seule chose, c'est de soutenir
l'intérêt jusqu'à la dernière page ; tu manques le but, si
tu coupes ton récit par des incidents, ou trop répétés
ou qui ne tiennent pas au sujet ; que ceux que tu te
permettras soient encore plus soignés que le fond : tu
dois des dédommagements au lecteur quand tu le
forces de quitter ce qui l'intéresse, pour entamer un
incident. Il peut te permettre de l'interrompre, mais il
ne te pardonnera pas de l'ennuyer ; que tes épisodes
naissent toujours du fond du sujet, et qu'ils y rentrent ;
si tu fais voyager tes héros, connais bien le pays où tu
les mènes, porte la magie au point de m'identifier avec
eux ; songe que je me promène à leurs côtés, dans
toutes les régions où tu les places ; et que peut-être plus
instruit que toi, je ne pardonnerai ni une invraisemblance de mœurs, ni un défaut de costume, encore
moins une faute de géographie : comme personne ne te
contraint à ces échappées, il faut que tes descriptions
locales soient réelles, ou il faut que tu restes au coin de
ton feu ; c'est le seul cas dans tous tes ouvrages où l'on
ne puisse tolérer l'invention, à moins que les pays où tu
me transportes ne soient imaginaires, et, dans cette
hypothèse encore, j'exigerai toujours du vraisemblable.

Évite l'afféterie de la morale ; ce n'est pas dans un
roman qu'on la cherche ; si les personnages que ton
plan nécessite sont quelquefois contraints à raisonner,
que ce soit toujours sans affectation, sans la prétention
de le faire ; ce n'est jamais l'auteur qui doit moraliser,

c'est le personnage, et encore ne le lui permet-on que
quand il y est forcé par les circonstances.

Une fois au dénouement, qu'il soit naturel, jamais
contraint, jamais machiné, mais toujours né des circonstances ; je n'exige pas de toi, comme les auteurs de
l'*Encyclopédie*[40], qu'il soit *conforme au désir du lecteur ;* quel
plaisir lui reste-t-il quand il a tout deviné ? Le dénouement doit être tel que les événements le préparent, que
la vraisemblance l'exige, que l'imagination l'inspire ;
et avec ces principes, que je charge ton goût et ton
esprit d'étendre, si tu ne fais pas bien, au moins feras-
tu mieux que nous ; car, il faut en convenir, dans les
nouvelles que l'on va lire, le vol hardi que nous nous
sommes permis de prendre n'est pas toujours d'accord
avec la sévérité des règles de l'art ; mais nous espérons
que l'extrême vérité des caractères en dédommagera
peut-être ; la nature, plus bizarre que les moralistes ne
nous la peignent, s'échappe à tout instant des digues
que la politique de ceux-ci voudrait lui prescrire ;
uniforme dans ses plans, irrégulière dans ses effets, son
sein, toujours agité, ressemble au foyer d'un volcan[41],
d'où s'élancent tour à tour, ou des pierres précieuses
servant au luxe des hommes, ou des globes de feu qui
les anéantissent ; grande, quand elle peuple la terre et
d'Antonins et de Titus ; affreuse, quand elle y vomit
des Andronics ou des Nérons ; mais toujours sublime[42],
toujours majestueuse, toujours digne de nos études, de
nos pinceaux et de notre respectueuse admiration,
parce que ses desseins nous sont inconnus, qu'esclaves
de ses caprices ou de ses besoins, ce n'est jamais sur ce
qu'ils nous font éprouver que nous devons régler nos
sentiments pour elle, mais sur sa grandeur, sur son
énergie, quels que puissent en être les résultats.

A mesure que les esprits se corrompent, à mesure qu'une nation vieillit, en raison de ce que la nature est plus étudiée, mieux analysée, que les préjugés sont mieux détruits, il faut la faire connaître davantage. Cette loi est la même pour tous les arts ; ce n'est qu'en avançant qu'ils se perfectionnent ; ils n'arrivent au but que par des essais. Sans doute il ne fallait pas aller si loin, dans ces temps affreux de l'ignorance où, courbés sous les fers religieux, on punissait de mort celui qui voulait les apprécier, où les bûchers de l'Inquisition devenaient le prix des talents ; mais dans notre état actuel, partons toujours de ce principe : quand l'homme a soupesé tous ses freins, lorsque, d'un regard audacieux, son œil mesure ses barrières, quand, à l'exemple des Titans, il ose jusqu'au ciel porter sa main hardie, et qu'armé de ses passions, comme ceux-ci l'étaient des laves du Vésuve, il ne craint plus de déclarer la guerre à ceux qui le faisaient frémir autrefois, quand ses *écarts* mêmes ne lui paraissent plus que des *erreurs* légitimées par ses études, ne doit-on pas alors lui parler avec la même énergie qu'il emploie lui-même à se conduire ? L'homme du dix-huitième siècle, en un mot, est-il donc celui du onzième ?

Terminons par une assurance positive, que les nouvelles que nous donnons aujourd'hui sont absolument neuves, et nullement brodées sur des fonds connus. Cette qualité est peut-être de quelque mérite dans un temps où tout semble être *fait*, où l'imagination épuisée des auteurs paraît ne pouvoir plus rien créer de nouveau, et où l'on n'offre plus au public que des compilations, des extraits ou des traductions.

Cependant *la Tour enchantée*, et *la Conspiration d'Amboise*, ont quelques fondements historiques ; on voit, à la sincérité de nos aveux, combien nous sommes loin de vouloir tromper le lecteur ; il faut être original dans ce genre, ou ne pas s'en mêler.

Voici ce que, dans l'une et dans l'autre de ces nouvelles, on peut trouver aux sources que nous indiquons.

L'historien arabe Abul-cœcim-terif-aben-tariq*, écrivain assez peu connu de nos littérateurs du jour, rapporte ce qui suit, à l'occasion de *la Tour enchantée* : « Rodrigue, prince efféminé, attirait à sa cour, par principe de volupté, les filles de ses vassaux, et il en abusait. De ce nombre fut Florinde, fille du comte Julien. Il la viola. Son père, qui était en Afrique, reçut cette nouvelle par une lettre allégorique de sa fille ; il souleva les Mores, et revint en Espagne à leur tête. Rodrigue ne sait que faire, nuls fonds dans ses trésors, aucune place ; il va fouiller la Tour enchantée, près de Tolède, où on lui dit qu'il doit trouver des sommes immenses ; il y pénètre, et voit une statue du Temps qui frappe de sa massue, et qui, par une inscription, annonce à Rodrigue toutes les infortunes qui l'attendent ; le prince avance, et voit une grande cuve d'eau, mais point d'argent ; il revient sur ses pas ; il fait fermer la tour ; un coup de tonnerre emporte cet édifice, il n'en reste plus que des vestiges. Le roi, malgré ces funestes pronostics, assemble une armée, se bat huit jours près de Cordoue, et est tué sans qu'on puisse retrouver son corps. »

Voilà ce que nous a fourni l'histoire ; qu'on lise notre ouvrage maintenant, et qu'on voie si la multitude d'événements que nous avons ajoutés à la sécheresse

---

* Il semble que le nom de cet historien, inconnu des spécialistes que nous avons interrogés, devrait se lire ainsi, avec plus de vraisemblance : *Abul-selim-terif-ben-tariq*.

de ce fait, mérite ou non que nous regardions l'anecdote comme nous appartenant en propre*.

Quant à *la Conspiration d'Amboise*, qu'on la lise dans
Garnier, et l'on verra le peu que nous a prêté l'histoire.

Aucun guide ne nous a précédé dans les autres
nouvelles; fonds, narré, épisodes, tout est à nous;
peut-être n'est-ce pas ce qu'il y a de plus heureux;
qu'importe, nous avons toujours cru, et nous ne
cesserons jamais d'être persuadé, qu'il vaut mieux
inventer, fût-on même faible, que de copier ou de
traduire; l'un a la prétention du génie, c'en est une au
moins; quelle peut être celle du plagiaire? Je ne
connais pas de métier plus bas, je ne conçois pas
d'aveux plus humiliants que ceux où de tels hommes
sont contraints, en avouant eux-mêmes qu'il faut bien
qu'ils n'aient pas d'esprit, puisqu'ils sont obligés
d'emprunter celui des autres.

A l'égard du traducteur, à Dieu ne plaise que nous
enlevions son mérite; mais il ne fait valoir que nos
rivaux; et ne fût-ce que pour l'honneur de la patrie, ne
vaut-il pas mieux dire à ces fiers rivaux, *et nous aussi
nous savons créer.*

---

* Cette anecdote est celle que commence Brigandos, dans l'épisode du roman d'*Aline et Valcour* ayant pour titre : *Sainville et Léonore*,
et qu'interrompt la circonstance du cadavre trouvé dans la tour; les
contrefacteurs de cet épisode, en le copiant mot pour mot, n'ont pas
manqué de copier aussi les quatre premières lignes de cette
anecdote, qui se trouvent dans la bouche du chef des Bohémiens. Il
est donc aussi essentiel pour nous, dans ce moment-ci, que pour ceux
qui achètent des romans, de prévenir que l'ouvrage qui se vend chez
Pigoreau et Leroux, sous le titre de *Valmor et Lydia*, et chez Cérioux et
Moutardier, sous celui d'*Alzonde et Koradin*, ne sont absolument que
la même chose, et tous les deux littéralement pillés, phrase pour
phrase, de l'épisode de *Sainville et Léonore*, formant à peu près trois
volumes de mon roman d'*Aline et Valcour* [13].

Je dois enfin répondre au reproche que l'on me fit,
quand parut *Aline et Valcour*. Mes pinceaux, dit-on,
sont trop forts ; je prête au vice des traits trop odieux ;
en veut-on savoir la raison ? Je ne veux pas faire aimer
le vice ; je n'ai pas, comme Crébillon et comme Dorat,
le dangereux projet de faire adorer aux femmes les
personnages qui les trompent ; je veux, au contraire,
qu'elles les détestent ; c'est le seul moyen qui puisse les
empêcher d'en être dupes ; et, pour y réussir, j'ai rendu
ceux de mes héros qui suivent la carrière du vice,
tellement effroyables, qu'ils n'inspireront bien sûrement ni pitié ni amour ; en cela, j'ose le dire, je deviens
plus moral que ceux qui se croient permis de les
embellir ; les pernicieux ouvrages de ces auteurs ressemblent à ces fruits de l'Amérique qui, sous le plus
brillant coloris, portent la mort dans leur sein ; cette
trahison de la nature, dont il ne nous appartient pas de
dévoiler le motif, n'est pas faite pour l'homme ; jamais,
enfin, je le répète, jamais je ne peindrai le crime que
sous les couleurs de l'enfer ; je veux qu'on le voie à nu,
qu'on le craigne, qu'on le déteste, et je ne connais
point d'autre façon pour arriver là que de le montrer
avec toute l'horreur qui le caractérise. Malheur à ceux
qui l'entourent de roses ! leurs vues ne sont pas aussi
pures, et je ne les copierai jamais. Qu'on ne m'attribue
donc plus, d'après ces systèmes, le roman de *J...* :
jamais je n'ai fait de tels ouvrages, et je n'en ferai
sûrement jamais ; il n'y a que des imbéciles ou des
méchants qui, malgré l'authenticité de mes dénéga-
tions, puissent me soupçonner ou m'accuser encore
d'en être l'auteur, et le plus souverain mépris sera
désormais la seule arme avec laquelle je combattrai
leurs calomnies.

Faxelange,

ou

Les torts de l'ambition

M. et Mme de Faxelange, possédant trente à trente-
cinq mille livres de rentes[1], vivaient ordinairement à
Paris. Ils n'avaient pour unique fruit de leur hymen
qu'une fille, belle comme la déesse même de la
Jeunesse. M. de Faxelange avait servi[2], mais il s'était
retiré jeune, et ne s'occupait depuis lors que des soins
de son ménage et de l'éducation de sa fille. C'était un
homme fort doux, peu de génie, et d'un excellent
caractère ; sa femme, à peu près de son âge, c'est-à-dire
de quarante-cinq à cinquante ans, avait un peu plus de
finesse dans l'esprit, mais, à tout prendre, il y avait
entre ces deux époux beaucoup plus de candeur et de
bonne foi que d'astuce et de méfiance.

Mlle de Faxelange venait d'atteindre sa seizième
année ; elle avait une de ces espèces de figures romantiques[3] dont chaque trait peint une vertu ; une peau très
blanche, de beaux yeux bleus, la bouche un peu
grande, mais bien ornée, une taille souple et légère, et
les plus beaux cheveux du monde. Son esprit était
doux comme son caractère ; incapable de faire le mal,
elle en était encore à ne pas même imaginer qu'il pût se
commettre ; c'était, en un mot, l'innocence et la

candeur embellies par la main des Grâces. Mlle de Faxelange était instruite ; on n'avait rien épargné pour son éducation ; elle parlait fort bien l'anglais et l'italien, elle jouait de plusieurs instruments, et peignait la miniature avec goût. Fille unique, et destinée, par conséquent, à réunir un jour le bien de sa famille, quoique médiocre, elle devait s'attendre à un mariage avantageux, et c'était depuis dix-huit mois la seule occupation de ses parents. Mais le cœur de Mlle de Faxelange n'avait pas attendu l'aveu des auteurs de ses jours pour oser se donner tout entier, il y avait plus de trois ans qu'elle n'en était plus la maîtresse. M. de Goé, qui lui appartenait un peu, et qui allait souvent chez elle à ce titre, était l'objet chéri de cette tendre fille ; elle l'aimait avec une sincérité... une délicatesse qui rappelaient ces sentiments précieux du viel âge, si corrompus par notre dépravation.

M. de Goé méritait sans doute un tel bonheur ; il avait vingt-trois ans, une belle taille, une figure charmante, et un caractère de franchise absolument fait pour sympathiser avec celui de sa belle cousine ; il était officier de dragons, mais peu riche ; il lui fallait une fille à grosse dot, ainsi qu'un homme opulent à sa cousine, qui, quoique héritière, n'avait pourtant pas une fortune immense, ainsi que nous venons de le dire ; et, par conséquent, tous deux voyaient bien que leurs intentions ne seraient jamais remplies, et que les feux dont ils brûlaient l'un et l'autre se consumeraient en soupirs.

M. de Goé n'avait jamais instruit les parents de Mlle de Faxelange des sentiments qu'il avait pour leur fille ; il se doutait du refus, et sa fierté s'opposait à ce qu'il se mît dans le cas de les entendre. Mlle de

Faxelange, mille fois plus timide encore, s'était également bien gardée d'en dire un mot ; ainsi cette douce et
vertueuse intrigue, resserrée par les nœuds du plus
tendre amour, se nourrissait en paix dans l'ombre du
silence, mais, quelque chose qui pût arriver, tous deux
s'étaient bien promis de ne céder à aucune sollicitation, et de n'être jamais l'un qu'à l'autre.

Nos jeunes amants en étaient là, lorsqu'un ami de
M. de Faxelange vint lui demander la permission de
lui présenter un homme de province qui venait de lui
être indirectement recommandé.

— Ce n'est pas pour rien que je vous fais cette
proposition, dit M. de Belleval ; l'homme dont je vous
parle a des biens prodigieux en France et de superbes
habitations en Amérique. L'unique objet de son
voyage est de chercher une femme à Paris ; peut-être
l'emmènera-t-il dans le nouveau monde, c'est la seule
chose que je craigne ; mais à cela près, si la circonstance ne vous effraie pas trop, il est bien sûr que c'est,
dans tous les points, ce qui conviendrait à votre fille. Il
a trente-deux ans, la figure n'est pas très agréable...
quelque chose d'un peu sombre dans les yeux, mais un
maintien très noble et une éducation singulièrement
cultivée.

— Amenez-nous-le, dit M. de Faxelange...

Et s'adressant à son épouse :

— Qu'en dites-vous, madame ?

— Il faudra voir, répondit celle-ci ; si c'est vraiment un parti convenable, j'y donne les mains de tout
mon cœur, quelque peine que puisse me faire éprouver
la séparation de ma fille... je l'adore, son absence me
désolera, mais je ne m'opposerai point à son bonheur.

M. de Belleval, enchanté de ses premières ouver-

tures, prend jour avec les deux époux, et l'on convient
que le jeudi d'ensuite le baron de Franlo sera présenté
chez Mme de Faxelange.

M. le baron de Franlo était à Paris depuis un mois,
occupant le plus bel appartement de l'hôtel de Char-
tres, ayant un très beau remise [4], deux laquais, un valet
de chambre, une grande quantité de bijoux, un
portefeuille plein de lettres de change, et les plus beaux
habits du monde. Il ne connaissait nullement M. de
Belleval, mais il connaissait, prétendait-il, un ami
intime de ce M. de Belleval, qui, loin de Paris pour
dix-huit mois, ne pouvait être, par conséquent, d'aucune utilité au baron. Il s'était présenté à la porte de
cet homme ; on lui avait dit qu'il était absent, mais que
M. de Belleval étant son plus intime ami, il ferait bien
de l'aller trouver ; en conséquence, c'était à M. de
Belleval que le baron avait présenté ses lettres de
recommandation, et M. de Belleval, pour rendre
service à un honnête homme, ne s'était pas fait
difficulté de les ouvrir, et de rendre au baron tous les
soins que cet étranger eût reçus de l'ami de Belleval,
s'il se fût trouvé présent.

Belleval ne connaissait nullement les personnes de
province qui recommandaient le baron ; il ne les avait
même jamais entendu nommer à son ami, mais il
pouvait fort bien ne pas connaître tout ce que son ami
connaissait ; ainsi nul obstacle à l'intérêt qu'il affiche
dès lors pour Franlo. C'est un ami de mon ami ; n'en
voilà-t-il pas plus qu'il n'en faut pour légitimer dans le
cœur d'un honnête homme le motif qui l'engage à
rendre service ?

M. de Belleval, chargé du baron de Franlo, le
conduisait donc partout ; aux promenades, aux specta-

cles, chez les marchands, on ne les rencontrait jamais
qu'ensemble. Il était essentiel d'établir ces détails, afin
de légitimer l'intérêt que Belleval prenait à Franlo, et
les raisons pour lesquelles, le croyant un excellent
parti, il le présentait chez les Faxelange.

Le jour pris pour la visite attendue, Mme de Faxelange, sans prévenir sa fille, la fait parer de ses plus
beaux atours ; elle lui recommande d'être la plus polie
et la plus aimable possible, devant l'étranger qu'elle va
voir, et de faire sans difficulté usage de ses talents, si on
l'exige, parce que cet étranger est un homme qui leur
est personnellement recommandé, et que M. de Faxelange et elle ont des raisons de bien recevoir.

Cinq heures sonnent ; c'était l'instant annoncé, et
M. de Franlo paraît, sous l'escorte de M. de Belleval.
Il était impossible d'être mieux mis, d'avoir un ton
plus décent, un maintien plus honnête, mais, nous
l'avons dit, il y avait un certain je ne sais quoi dans la
physionomie de cet homme qui déprévenait sur-le-
champ, et ce n'était que par beaucoup d'art dans ses
manières, beaucoup de jeu dans les traits de son
visage, qu'il réussissait à couvrir ce défaut.

La conversation s'engage ; on y discute différents
objets, et M. de Franlo les traite tous, comme l'homme
du monde le mieux élevé... le plus instruit. On
raisonne sur les sciences ; M. de Franlo les analyse
toutes ; les arts ont leur tour ; Franlo prouve qu'il les
connaît, et qu'il n'en est aucun dont il n'ait quelquefois
fait ses délices... On politique, même profondeur ; cet
homme règle le monde entier, et tout cela, sans
affectation, sans se prévaloir, mêlant à tout ce qu'il dit
un air de modestie qui semble demander l'indulgence,
et prévenir qu'il peut se tromper, qu'il est bien loin

d'être sûr de ce qu'il ose avancer. On parle de musique ; M. de Belleval prie Mlle de Faxelange de chanter ; elle le fait en rougissant, et Franlo, au second air, lui demande la permission de l'accompagner d'une guitare qu'il voit sur un fauteuil ; il pince cet instrument avec toutes les grâces et toute la justesse possibles, laissant voir à ses doigts, sans affectation, des bagues d'un prix prodigieux. Mlle de Faxelange reprend un troisième air, absolument du jour ; M. de Franlo l'accompagne sur le piano avec toute la précision des plus grands maîtres. On invite Mlle de Faxelange à lire quelques traits de Pope en anglais ; Franlo lie sur-le-champ la conversation dans cette langue, et prouve qu'il la possède au mieux.

Cependant la visite se termina sans qu'il fût rien échappé au baron qui témoignât sa façon de penser sur Mlle de Faxelange, et le père de cette jeune personne, enthousiasmé de sa nouvelle connaissance, ne voulut jamais se séparer sans une promesse intime de M. de Franlo de venir dîner chez lui le dimanche d'ensuite.

Mme de Faxelange, moins engouée, en raisonnant le soir sur ce personnage, ne se rencontra pas tout à fait de l'avis de son époux. Elle trouvait, disait-elle, à cet homme, quelque chose de si révoltant au premier coup d'œil, qu'il lui semblait que s'il venait à désirer sa fille, elle ne la lui donnerait jamais qu'avec beaucoup de peine. Son mari combattit cette répugnance ; Franlo était, disait-il, un homme charmant, il était impossible d'être plus instruit, d'avoir un plus joli maintien, que pouvait faire la figure ? faut-il s'arrêter à ces choses-là dans un homme ? que Mme de Faxelange, au reste, n'eût pas de craintes, elle ne serait pas assez heureuse pour que Franlo voulût jamais s'allier à elle, mais si, par hasard, il le voulait, ce serait assurément une folie que de manquer un tel parti. Leur fille devait-elle jamais s'attendre à en trouver un de cette importance ? Tout cela ne convainquait pas une mère prudente ; elle prétendait que la physionomie était le miroir de l'âme, et que si celle de Franlo répondait à sa figure, assurément ce n'était point là le mari qui devait rendre sa chère fille heureuse.

Le jour du dîner arriva : Franlo, mieux paré que l'autre fois, plus profond et plus aimable encore, en fit l'ornement et les délices. On le mit au jeu, en sortant de table, avec Mlle de Faxelange, Belleval et un autre homme de la société ; Franlo fut très malheureux et le fut avec une noblesse étonnante ; il perdit tout ce qu'on peut perdre : c'est souvent une manière d'être aimable dans le monde, notre homme ne l'ignorait pas. Un peu de musique suivit, et M. de Franlo joua de trois ou quatre sortes d'instruments divers. La journée se termina par les Français, où le baron donna publiquement la main à Mlle de Faxelange, et l'on se sépara.

Un mois se passa de la sorte, sans qu'on entendît parler d'aucune proposition ; chacun de son côté se tenait sur la réserve ; les Faxelange ne voulaient pas se jeter à la tête, et Franlo qui, de son côté, désirait fort de réussir, craignait de tout gâter par trop d'empressement.

Enfin M. de Belleval parut, et pour cette fois, chargé d'une négociation en règle, il déclara formellement à M. et Mme de Faxelange que M. le baron de Franlo, originaire du Vivarais, possédant de très grands biens en Amérique, et désirant de se marier, avait jeté les yeux sur Mlle de Faxelange, et faisait demander aux parents de cette charmante personne s'il lui était permis de former quelque espoir.

Les premières réponses, pour la forme, furent que Mlle de Faxelange était encore bien jeune pour s'occuper de l'établir, et, quinze jours après, on fit prier le baron à dîner ; là, M. de Franlo fut engagé à s'expliquer. Il dit qu'il possédait trois terres en Vivarais, de la valeur de douze à quinze mille livres de rente chacune ; que son père, ayant passé en Amérique, y avait épousé une créole, dont il avait eu près d'un million de bien ; qu'il héritait de ces possessions, n'ayant plus de parents, et que ne les ayant jamais reconnues, il était décidé à y aller avec sa femme aussitôt qu'il serait marié.

Cette clause déplut à Mme de Faxelange, elle avoua ses craintes ; à cela Franlo répondit qu'on allait maintenant en Amérique comme en Angleterre, que ce voyage était indispensable pour lui, mais qu'il ne durerait que deux ans, et qu'à ce terme il s'engageait à ramener sa femme à Paris ; qu'il ne restait donc plus que l'article de la séparation de la chère fille avec sa mère, mais qu'il fallait bien toujours qu'elle eût lieu, son projet n'étant pas d'habiter constamment Paris, où ne se trouvant qu'au ton de tout le monde, il ne pouvait être avec le même agrément que dans des terres où sa fortune lui laissait jouer un grand rôle. On entra ensuite dans quelqu'autres détails, et cette première entrevue cessa, en priant Franlo de vouloir bien donner lui-même le nom de quelqu'un de connu dans sa province, à qui l'on pût s'adresser pour les informations, toujours d'usage en pareil cas. Franlo, nullement surpris du projet de ces sûretés, les approuva, les conseilla, et dit que ce qui lui paraissait le plus simple et le plus prompt était de s'adresser dans

les bureaux du ministre. Le moyen fut approuvé;
M. de Faxelange y fut le lendemain, il parla au
ministre même, qui lui certifia que M. de Franlo,
actuellement à Paris, était très certainement un des
hommes du Vivarais, et qui valût le mieux, et qui fût le
plus riche. M. de Faxelange, plus échauffé que jamais
sur cette affaire, rapporta ces excellentes nouvelles à sa
femme, et n'ayant pas envie de différer plus longtemps,
on fit venir Mlle de Faxelange dès le même soir, et l'on
lui proposa M. de Franlo pour époux.

Depuis quinze jours, cette charmante fille s'était
bien aperçue qu'il y avait quelques projets d'établissement pour elle, et, par un caprice assez ordinaire aux
femmes, l'orgueil imposa silence à l'amour; flattée du
luxe et de la magnificence de Franlo, elle lui donna
insensiblement la préférence sur M. de Goé, de
manière qu'elle répondit affirmativement qu'elle était
prête à faire ce qu'on lui proposait, et qu'elle obéirait à
sa famille.

Goé n'avait pas été de son côté dans une telle
indifférence qu'il n'eût appris une partie de ce qui se
passait. Il accourut chez sa maîtresse et fut consterné
du froid qu'elle affiche; il s'exprime avec toute la
chaleur que lui inspire le feu dont il brûle, il mêle à
l'amour le plus tendre les reproches les plus amers, il
dit à celle qu'il aime, qu'il voit bien d'où naît un changement qui lui donne la mort; aurait-il dû la soupçonner jamais d'une infidélité si cruelle! Des larmes
viennent ajouter de l'intérêt et de l'énergie aux sanglantes plaintes de ce jeune homme; Mlle de Faxelange
s'émeut, elle avoue sa faiblesse, et tous deux conviennent qu'il n'y a pas d'autre façon de réparer le mal
commis, que de faire agir les parents de M. de Goé.

Cette résolution se suit; le jeune homme tombe aux
pieds de son père, il le conjure de lui obtenir la main de
sa cousine, il proteste d'abandonner à jamais la France
si on lui refuse cette faveur, et fait tant, que M. de Goé,
attendri, va dès le lendemain trouver Faxelange et lui
demande sa fille. Il est remercié de l'honneur qu'il fait;
mais on lui déclare qu'il n'est plus temps, et que les
paroles sont données. M. de Goé, qui n'agit que par
complaisance, qui dans le fond n'est point fâché de
voir mettre des obstacles à un mariage qui ne lui
convient pas trop, revient annoncer froidement cette
nouvelle à son fils, le conjure en même temps de
changer d'idée et de ne point s'opposer au bonheur de
sa cousine.

Le jeune Goé, furieux, ne promet rien; il accourt
chez Mlle de Faxelange qui, flottant sans cesse entre
son amour et sa vanité, est bien moins délicate cette
fois-ci que l'autre, et tâche d'engager son amant à se
consoler du parti qu'elle est à la veille de prendre;
M. de Goé essaye de paraître calme, il se contient, il
baise la main de sa cousine, et sort dans un état
d'autant plus cruel qu'il est contraint à le déguiser, pas
assez cependant pour ne pas jurer à sa maîtresse qu'il
n'adorera jamais qu'elle, mais qu'il ne veut pas
troubler son bonheur.

Franlo, pendant ceci, prévenu par Belleval, qu'il est
temps d'attaquer sérieusement le cœur de Mlle de
Faxelange, attendu qu'il y a des rivaux à craindre, met
tout en usage pour se rendre encore plus aimable; il
envoie des présents superbes à sa future épouse, qui,
d'accord avec ses parents, ne fait aucune difficulté de
recevoir les galanteries d'un homme qu'elle doit regarder comme son mari; il loue une maison charmante à

deux lieues de Paris, et y donne, pendant huit jours de suite, des fêtes délicieuses à sa maîtresse, ne cessant de joindre ainsi la séduction la plus adroite aux démarches sérieuses qui doivent tout conclure, il a bientôt tourné la tête de notre chère fille, il en a bientôt effacé son rival.

Il restait pourtant à Mlle de Faxelange des moments de souvenir, où ses larmes coulaient involontairement ; elle éprouvait des remords affreux de trahir ainsi le premier objet de sa tendresse, celui qu'elle avait tant aimé depuis son enfance... Qu'a-t-il donc fait pour mériter cet abandon de ma part ? se demandait-elle avec douleur. A-t-il cessé de m'adorer ?... hélas ! non, et je le trahis... et pour qui, grand Dieu ! pour qui donc ?... pour un homme que je ne connais point... qui me séduit par son faste... et qui me fera peut-être payer bien cher cette gloire où je sacrifie mon amour... Ah ! les vaines fleurettes qui me séduisent... valent-elles ces expressions délicieuses de Goé... ces serments si sacrés de m'adorer toujours... ces larmes du sentiment qui les accompagnent !... Ô Dieu ! que de regrets, si j'allais être trompée ! Mais pendant toutes ces réflexions on parait la divinité pour une fête, on l'embellissait des présents de Franlo, et elle oubliait ses remords.

Une nuit, elle rêva que son prétendu, transformé en bête féroce, la précipitait dans un gouffre de sang où surnageait une foule de cadavres, elle élevait en vain sa voix pour obtenir des secours de son mari, il ne l'écoutait pas... Goé survient, il la retire, il l'abandonne... elle s'évanouit... Ce rêve affreux la rendit malade deux jours ; une nouvelle fête dissipa ces farouches illusions, et Mlle de Faxelange, séduite, fut au point de s'en vouloir à elle-même de l'impression qu'elle avait pu ressentir de ce chimérique rêve *.

Tout se préparait enfin, et Franlo, pressé de conclure, était au moment de prendre jour, quand notre héroïne reçut de lui, un matin, le billet suivant :

Un homme furieux et que je ne connais point, me prive du bonheur de donner ce soir à souper, comme je m'en flattais, à M. et Mme de Faxelange et à leur adorable fille ; cet homme, qui dit que je lui enlève le bonheur de sa vie, a voulu se battre, et m'a donné un coup d'épée, que je lui rendrai, j'espère, dans quatre jours ; mais on me met au régime vingt-quatre heures. Quelle privation pour moi de ne pouvoir, comme je l'espérais ce soir, renouveler à Mlle de Faxelange les serments de l'amour !

Du baron de FRANLO.

* Les rêves [5] sont des mouvements secrets qu'on ne met pas assez à leur vraie place ; la moitié des hommes s'en moque, l'autre portion y ajoute foi ; il n'y aurait aucun inconvénient à les écouter, et à s'y rendre même, dans le cas que je vais dire. Lorsque nous attendons le résultat d'un événement quelconque, et que la manière dont il doit succéder pour nous, nous occupe tout le long du jour, nous y rêvons très certainement ; or, notre esprit alors, uniquement occupé de son objet, nous fait presque toujours voir une des faces de cet événement où nous n'avons souvent pas pensé pendant la veille, et dans ce cas, quelle superstition, quel inconvénient, quelle faute enfin contre la philosophie y aurait-il, à classer dans le nombre des résultats de l'événement attendu, celui que le rêve nous a offert, et à se conduire en conséquence ? Il me semble que ce ne serait qu'un surcroît de sagesse ; car enfin, ce rêve est, sur le résultat de l'événement en question, un des efforts de l'esprit qui nous ouvre et indique une face nouvelle à l'événement ; que cet effort se fasse en dormant, ou en veillant, qu'importe : voilà toujours une des combinaisons trouvées, et tout ce que vous ferez en raison d'elle ne peut jamais être une folie, et ne doit être jamais accusé de superstition. L'ignorance de nos pères les conduisait sans doute à de grandes absurdités ; mais croit-on que la philosophie n'ait pas aussi ses écueils ? A force d'analyser la nature, nous ressemblons au chimiste qui se ruine pour faire un peu d'or. Élaguons, mais n'anéantissons pas tout, parce qu'il y a dans la nature des choses très singulières, et que nous ne devinerons jamais.

Cette lettre ne fut pas un mystère pour Mlle de Faxelange ; elle se hâta d'en faire part à sa famille, et crut le devoir pour la sûreté même de son ancien amant, qu'elle était désolée de sentir ainsi se compromettre pour elle... pour elle qui l'outrageait si cruellement ; cette démarche hardie et impétueuse d'un homme qu'elle aimait encore balançait furieusement les droits de Franlo ; mais si l'un avait attaqué, l'autre avait perdu son sang, et Mlle de Faxelange était dans le malheureux cas de tout interpréter maintenant en faveur de Franlo ; Goé eut donc tort, et Franlo fut plaint.

Pendant que M. de Faxelange vole chez le père de Goé pour le prévenir de ce qui se passe, Belleval, Mme et Mlle de Faxelange vont consoler Franlo, qui les reçoit sur une chaise longue, dans le déshabillé le plus coquet, et avec cette sorte d'abattement dans la figure qui semblait remplacer par de l'intérêt ce qu'on y trouvait parfois de choquant.

M. de Belleval et son protégé profitèrent de la circonstance pour engager Mme de Faxelange à presser : cette affaire pouvait avoir des suites... obliger peut-être Franlo à quitter Paris, le voudrait-il sans avoir terminé ?... et mille autres raisons que l'amitié de M. de Belleval et l'adresse de M. de Franlo trouvèrent promptement et firent valoir avec énergie.

Mme de Faxelange était tout à fait vaincue ; séduite, comme toute la famille, par l'extérieur de l'ami de Belleval, tourmentée par son mari, et ne voyant dans sa fille que d'excellentes dispositions pour cet hymen, elle s'y préparait maintenant sans la moindre répugnance ; elle termina donc la visite en assurant Franlo que le premier jour où sa santé lui permettrait de sortir serait celui du mariage. Notre politique amant témoigna quelques tendres inquiétudes à Mlle de Faxelange sur le rival que tout cela venait de lui faire connaître ; celle-ci le rassura le plus honnêtement du monde, en exigeant néanmoins de lui sa parole, qu'il ne poursuivrait jamais Goé, de quelque manière que ce pût être ; Franlo promit et l'on se sépara.

Tout s'arrangeait chez le père de Goé ; son fils était convenu de ce que la violence de son amour lui avait fait faire, mais sitôt que ce sentiment déplaisait à Mlle de Faxelange, dès qu'il en était aussi cruellement délaissé, il ne chercherait pas à la contraindre ; M. de Faxelange, tranquille, ne songea donc plus qu'à conclure. Il fallait de l'argent ; M. de Franlo, passant tout de suite en Amérique, était bien aise ou d'y réparer, ou d'y augmenter ses possessions, et c'était à cela qu'il comptait placer la dot de sa femme. On était convenu de quatre cent mille francs ; c'était une furieuse brèche à la fortune de M. de Faxelange ; mais il n'avait qu'une fille, tout devait lui revenir un jour, c'était une affaire qui ne se retrouverait plus, il fallait donc se sacrifier. On vendit, on engagea, bref la somme se trouva prête le sixième jour depuis l'aventure de Franlo, et à environ trois mois de l'époque où il avait vu Mlle de Faxelange pour la première fois. Il parut enfin comme son époux ; les amis, la famille, tout se rassembla ; le contrat fut signé, l'on convint de faire la cérémonie le lendemain, sans éclat, et que, deux jours après, Franlo partirait avec son argent et sa femme.

Le soir de ce fatal jour, M. de Goé fit supplier sa cousine de lui accorder un rendez-vous dans un endroit secret qu'il lui indiqua, et où il savait bien que Mlle de Faxelange avait la possibilité de se rendre ; sur le refus de celle-ci, il renvoya un second message, en faisant assurer sa cousine que ce qu'il avait à lui dire était d'une trop grande conséquence, pour qu'elle pût refuser de l'entendre : notre héroïne infidèle, séduite... éblouie, mais ne pouvant haïr son ancien amant, cède enfin et se rend à l'endroit convenu.

— Je ne viens point, dit M. de Goé à sa cousine, dès qu'il l'aperçut, je ne viens point, mademoiselle, troubler ce que votre famille et vous, appelez le bonheur de votre vie, mais la probité dont je fais profession m'oblige à vous avertir qu'on vous abuse ; l'homme que vous épousez est un escroc, qui, après vous avoir volée, vous rendra peut-être la plus malheureuse des femmes, c'est un fripon, et vous êtes trompée.

A ce discours, Mlle de Faxelange dit à son cousin qu'avant de se permettre de diffamer aussi cruellement quelqu'un, il fallait des preuves plus claires que le jour.

— Je ne les possède pas encore, dit M. de Goé, j'en conviens, mais on s'informe, et je puis être éclairé dans peu. Au nom de tout ce qui vous est le plus cher, obtenez un délai de vos parents.

— Cher cousin, dit Mlle de Faxelange en souriant, votre feinte est découverte, vos avis ne sont qu'un prétexte, et les délais que vous exigez, qu'un moyen pour essayer de me détourner d'un arrangement qui ne peut plus se rompre ; avouez-moi donc votre ruse, je vous la pardonne, mais ne cherchez pas à m'inquiéter sans raison, dans un moment où il n'est plus possible de rien déranger.

M. de Goé, qui réellement n'avait que des soupçons, sans aucune certitude réelle, et qui, dans le fait, ne cherchait qu'à gagner du temps, se précipite aux genoux de sa maîtresse :

— Ô toi que j'adore, s'écrie-t-il, toi que j'idolâtrerai jusqu'au tombeau, c'en est donc fait du bonheur de mes jours, et tu vas me quitter pour jamais... Je l'avoue, ce que j'ai dit n'est qu'un soupçon, mais il ne peut sortir de mon esprit, il me tourmente encore plus que le désespoir où je suis de me séparer de toi... Daigneras-tu, au faîte de ta gloire, te souvenir de ces temps si doux de notre enfance... de ces moments délicieux où tu me jurais de n'être jamais qu'à moi... Ah ! comme ils ont passé, ces instants du plaisir, et que ceux de la douleur vont être longs ! qu'avais-je fait pour mériter cet abandon de ta part ? dis, cruelle, qu'avais-je fait ? et pourquoi sacrifies-tu celui qui t'adore ? t'aime-t-il autant que moi, ce monstre qui te ravit à ma tendresse ? t'aime-t-il depuis aussi longtemps ?...

Des larmes coulaient avec abondance des yeux du malheureux Goé... et il serrait avec expression la main de celle qu'il adorait, il la portait alternativement et sur sa bouche et sur son cœur.

Il était difficile que la sensible Faxelange ne se trouvât pas un peu émue de tant d'agitation... Elle laissa échapper quelques pleurs.

— Mon cher Goé, dit-elle à son cousin, crois que tu me seras toujours cher ; je suis obligée d'obéir ; tu vois bien qu'il était impossible que nous fussions jamais l'un à l'autre.

— Nous aurions attendu.

— Oh, Dieu ! fonder sa prospérité sur le malheur de ses parents !

— Nous ne l'aurions pas désiré, mais nous étions en âge d'attendre.

— Et qui m'eût répondu de ta fidélité ?

— Ton caractère... tes charmes, tout ce qui t'appartient... On ne cesse jamais d'aimer, quand c'est toi qu'on adore... Si tu voulais être encore à moi... Fuyons au bout de l'univers, ose m'aimer assez pour me suivre.

— Rien au monde ne me déterminerait à cette démarche ; va, console-toi, mon ami, oublie-moi, c'est ce qui te reste de plus sage à faire ; mille beautés te dédommageront.

— N'ajoute pas l'outrage à l'infidélité ; moi, t'oublier, cruelle, moi, me consoler jamais de ta perte ! non, tu ne le crois pas, tu ne m'as jamais soupçonné assez lâche pour oser le croire un instant.

— Ami trop malheureux, il faut nous séparer ; tout ceci ne fait que m'affliger sans remède, il n'en reste plus aux maux dont tu te plains... Séparons-nous, c'est le plus sage.

— Eh bien ! je vais t'obéir, je vois que c'est la dernière fois de ma vie que je te parle, n'importe, je vais t'obéir, perfide ; mais j'exige de toi deux choses, porteras-tu la barbarie jusqu'à me les refuser ?

— Eh quoi ?

— Une boucle de tes cheveux, et ta parole de m'écrire une fois tous les mois, pour m'apprendre au moins si tu es heureuse... je me consolerai si tu l'es... mais si jamais ce monstre... crois-moi, chère amie, oui, crois-moi... j'irais te chercher au fond des enfers pour t'arracher à lui.

— Que jamais cette crainte ne te trouble, cher cousin, Franlo est le plus honnête des hommes, je ne vois que sincérité... que délicatesse dans lui... je ne lui vois que des projets pour mon bonheur.

— Ah ! juste ciel, où est le temps où tu disais que ce bonheur ne serait jamais possible qu'avec moi !... Eh bien ! m'accordes-tu ce que je te demande ?

— Oui, répondit Mlle de Faxelange, tiens, voilà les cheveux que tu désires, et sois bien sûr que je t'écrirai ; séparons-nous, il le faut.

En prononçant ces mots, elle tend une main à son amant... mais la malheureuse se croyait mieux guérie qu'elle ne l'était... quand elle sentit cette main inondée des pleurs de celui qu'elle avait tant chéri..., ses sanglots la suffoquèrent, et elle tomba sur un fauteuil, sans connaissance. Cette scène se passait chez une femme attachée à Mlle de Faxelange, qui se hâta de la secourir, et ses yeux ne se rouvrirent que pour voir son amant arrosant ses genoux des larmes du désespoir ; elle rappelle son courage... toutes ses forces... elle le relève...

— Adieu, lui dit-elle, adieu ; aime toujours celle à qui tu seras cher jusqu'au dernier jour de sa vie ; ne me reproche plus ma faute, il n'est plus temps ; j'ai été séduite... entraînée... mon cœur ne peut plus écouter que son devoir ; mais tous les sentiments qu'il n'exigera pas, seront à jamais à toi. Ne me suis point. Adieu.

Goé se retira dans un état terrible, et Mlle de Faxelange fut chercher dans le sein d'un repos qu'en vain elle implora, quelque calme aux remords dont elle était déchirée, et desquels naissait une sorte de pressentiment dont elle n'était pas la maîtresse. Cependant la cérémonie du jour... les fêtes qui devaient l'embellir, tout calma cette fille trop faible ; elle prononça le mot fatal qui la liait à jamais... tout l'étourdit... tout l'entraîna le reste du jour, et, dès la même nuit, elle consomma le sacrifice affreux qui la séparait éternellement du seul homme qui fût digne d'elle.

Le lendemain, les apprêts du départ l'occupèrent ; le jour d'après, accablée des caresses de ses parents, Mme de Franlo monta dans la chaise de poste de son mari, munie des quatre cent mille francs de sa dot, et l'on partit pour le Vivarais. Franlo y allait, disait-il, pour six semaines, avant de s'embarquer pour l'Amérique, où il passerait sur un vaisseau de La Rochelle, dont il s'était assuré d'avance.

L'équipage de nos nouveaux époux consistait en deux valets à cheval appartenant à M. de Franlo, et une femme de chambre à madame, attachée à elle depuis l'enfance, que la famille avait demandé qu'on lui laissât toute la vie. On devait prendre de nouveaux domestiques quand on serait au lieu de la destination.

On fut à Lyon sans s'arrêter, et, jusque-là, les plaisirs, la joie, la délicatesse, accompagnèrent nos deux voyageurs ; à Lyon tout change de face. Au lieu de descendre dans un hôtel garni, comme le pratiquent d'honnêtes gens, Franlo fut se loger dans une auberge obscure, au delà du pont de la Guillotière. Il y soupa, et, au bout de deux heures, il congédia un de ses valets, prit un fiacre avec l'autre, son épouse et la femme de chambre, se fit suivre par une charrette où était tout le bagage, et fut coucher à plus d'une lieue de la ville, dans un cabaret entièrement isolé sur les bords du Rhône.

Cette conduite alarma Mme de Franlo.

— Où me conduisez-vous donc, monsieur ? dit-elle à son mari.

— Eh parbleu ! madame, dit celui-ci d'un air brus-

que... avez-vous peur que je vous perde ? Il semblerait,
à vous entendre, que vous fussiez dans les mains d'un
fripon. Nous devons nous embarquer demain matin ;
j'ai pour usage, afin d'être plus à portée, de me loger la
veille sur le bord de l'eau ; des bateliers m'attendent là,
et nous perdons ainsi beaucoup moins de temps.

Mme de Franlo se tut. On arriva dans une tanière
dont les abords faisaient frémir ; mais quel fut l'étonnement de la malheureuse Faxelange, quand elle entendit la maîtresse de cette effrayante taverne, plus
affreuse encore que son logis, quand elle l'entendit dire
au prétendu baron :

— Ah ! te voilà, Tranche-Montagne ! tu t'es fait
diablement attendre ; fallait-il donc tant de temps pour
aller chercher cette fille ? Va, il y a bien des nouvelles
depuis ton départ ; la Roche a été branché[6] hier aux
Terreaux... Casse-Bras est encore en prison, on lui fera
peut-être son affaire aujourd'hui ; mais n'aie point
d'inquiétude, aucun n'a parlé de toi, et tout va
toujours bien là-bas : ils ont fait une capture du diable,
ces jours-ci ; il y a eu six personnes de tuées, sans que
tu y aies perdu un seul homme.

Un frémissement universel s'empara de la malheureuse Faxelange... Qu'on se mette un instant à sa
place, et qu'on juge de l'effet affreux que devait
produire, sur son âme délicate et douce, la chute aussi
subite de l'illusion qui la séduisait. Son mari, s'apercevant de son trouble, s'approcha d'elle :

— Madame, lui dit-il avec fermeté, il n'est plus
temps de feindre ; je vous ai trompée, vous le voyez, et
comme je ne veux pas que cette coquine-là, continua-t-
il en regardant la femme de chambre, puisse en donner
des nouvelles, trouvez bon, dit-il, en tirant un pistolet

de sa poche, et brûlant la cervelle à cette infortunée,
trouvez bon, madame, que ce soit comme cela que je
l'empêche d'ouvrir jamais la bouche...

Puis, reprenant aussitôt dans ses bras son épouse
presque évanouie :

— Quant à vous, madame, soyez parfaitement
tranquille, je n'aurai pour vous que d'excellents procédés ; sans cesse en possession des droits de mon
épouse, vous jouirez partout de ces prérogatives, et
mes camarades, soyez-en bien sûre, respecteront toujours en vous la femme de leur chef.

Comme l'intéressante créature dont nous écrivons
l'histoire se trouvait dans une situation des plus
déplorables, son mari lui donna tous ses soins, et
quand elle fut un peu revenue, ne voyant plus la chère
compagne dont Franlo venait de faire jeter le cadavre
dans la rivière, elle se remit à fondre en larmes.

— Que la perte de cette femme ne vous inquiète
point, dit Franlo, il était impossible que je vous la
laissasse ; mais mes soins pourvoiront à ce que rien ne
vous manque, quoique vous ne l'ayez plus auprès de
vous.

Et voyant sa malheureuse épouse un peu moins
alarmée :

— Madame, continua-t-il, je n'étais point né pour
le métier que je fais, c'est le jeu qui m'a précipité dans
cette carrière d'infortune et de crimes ; je ne vous en ai
point imposé en me donnant à vous pour le baron de
Franlo, ce nom et ce titre m'ont appartenu ; j'ai passé
ma jeunesse au service, j'y avais dissipé à vingt-huit
ans le patrimoine dont j'avais hérité depuis trois : il n'a
fallu que ce court intervalle pour me ruiner ; celui entre
les mains duquel ont passé ma fortune et mon nom,

étant maintenant en Amérique, j'ai cru pouvoir, pendant quelques mois, à Paris, tromper le public en reprenant ce que j'avais perdu ; la feinte a réussi au-delà de mes désirs ; votre dot me coûte cent mille francs de frais, j'y gagne donc, comme vous voyez, cent mille écus, et une femme charmante, une femme que j'aime, et de laquelle je jure d'avoir toute ma vie le plus grand soin. Qu'elle daigne donc, avec un peu de calme, entendre la suite de mon histoire. Mes malheurs essuyés, je pris parti dans une troupe de bandits qui désolait les provinces centrales de la France (funeste leçon aux jeunes gens qui se laisseront emporter à la folle passion du jeu), je fis des coups hardis dans cette troupe, et, deux ans après y être entré, j'en fus reconnu pour le chef ; j'en changeai la résidence ; je vins habiter une vallée déserte, resserrée, dans les montagnes du Vivarais, qu'il est presque impossible de pouvoir découvrir, et où la justice n'a jamais pénétré. Tel est le lieu de mon habitation, madame, tels sont les états dont je vais vous mettre en possession ; c'est le quartier général de ma troupe, et c'est de là d'où partent mes détachements ; je les pousse au nord jusqu'en Bourgogne, au midi jusqu'aux bords de la mer, ils vont à l'Orient jusqu'aux frontières du Piémont, au couchant jusqu'au delà des montagnes d'Auvergne ; je commande quatre cents hommes, tous déterminés comme moi, et tous prêts à braver mille morts, et pour vivre et pour s'enrichir. Nous tuons peu en faisant nos coups, de peur que les cadavres ne nous trahissent ; nous laissons la vie à ceux que nous ne craignons pas, nous forçons les autres à nous suivre dans notre retraite, et nous ne les égorgeons que là, après avoir tiré d'eux et tout ce qu'ils peuvent posséder et tous les renseignements qui nous sont utiles. Notre façon de faire la guerre est un peu cruelle, mais notre sûreté en dépend. Un gouvernement juste devrait-il souffrir que la faute qu'un jeune homme fait, en dissipant son bien si jeune, soit punie du supplice affreux de végéter quarante ou cinquante ans dans la misère? Une imprudence le dégrade-t-elle? le déshonore-t-elle? Faut-il, parce qu'il a été malheureux, ne lui laisser d'autres ressources que l'avilissement ou les chaînes? On fait des scélérats avec de tels principes, vous le voyez, madame, j'en suis la preuve. Si les lois sont sans vigueur contre le jeu, si elles l'autorisent au contraire, qu'on ne permette pas au moins qu'un homme ait au jeu le droit d'en dépouiller totalement un autre, ou si l'état dans lequel le premier réduit le second au coin d'un tapis vert, si ce crime, dis-je, n'est réprimé par aucune loi, qu'on ne punisse pas aussi cruellement qu'on le fait, le délit à peu près égal que nous commettons en dépouillant de même le voyageur dans un bois; et que peut donc importer la manière, dès que les suites sont égales? Croyez-vous qu'il y ait une grande différence entre un banquier de jeu vous volant au Palais-Royal, ou Tranche-Montagne vous demandant la bourse au bois de Boulogne? c'est la même chose, madame, et la seule distance réelle qui puisse s'établir entre l'un et l'autre, c'est que le banquier vous vole en poltron, et l'autre en homme de courage.

Revenons à vous, madame. Je vous destine donc à vivre chez moi dans la plus grande tranquillité; vous trouverez quelques autres femmes de mes camarades qui pourront vous former un petit cercle... peu amusant, sans doute, ces femmes-là sont bien loin de votre

état et de vos vertus, mais elles vous seront soumises,
elles s'occuperont de vos plaisirs, et ce sera toujours
une distraction. Quant à votre emploi dans mes petits
domaines, je vous l'expliquerai quand nous y serons ;
ne pensons ce soir qu'à votre repos, il est bon que vous
en preniez un peu, pour être en état de partir demain
de très bonne heure.

Franlo ordonna à la maîtresse du logis d'avoir tous
les soins possibles de son épouse, et il la laissa avec
cette vieille ; celle-ci, ayant bien changé de ton avec
Mme de Franlo, depuis qu'elle voyait à qui elle avait
affaire, la contraignit de prendre un bouillon coupé
avec du vin de l'Hermitage[7], dont la malheureuse
femme avala quelques gouttes pour ne pas déplaire à
son hôtesse et, l'ayant ensuite suppliée de la laisser
seule le reste de la nuit, cette pauvre créature se livra
dès qu'elle fut en paix à toute l'amertume de sa
douleur.

— Ô mon cher Goé, s'écriait-elle au milieu de ses
sanglots, comme la main de Dieu me punit de la
trahison que je t'ai faite ! je suis à jamais perdue, une
retraite impénétrable va m'ensevelir aux yeux de
l'univers, il me deviendra même impossible de
t'instruire des malheurs qui m'accableront, et quand
on ne m'en empêcherait pas, l'oserais-je, après ce
que je t'ai fait ? serais-je encore digne de ta pitié ?...
et vous, mon père... et vous, ma respectable mère, vous
dont les pleurs ont mouillé mon sein, pendant qu'enivrée d'orgueil, j'étais presque froide à vos larmes,
comment apprendrez-vous mon effroyable sort ?...
A quel âge, grand Dieu, me vois-je enterrée vive avec
de tels monstres ? Combien d'années puis-je encore
souffrir dans cette punition terrible ? Ô scélérat !

comme tu m'as séduite, et comme tu m'as trompée !

Mlle de Faxelange (car son nom de femme nous répugne maintenant) était dans ce chaos d'idées sombres... de remords... et d'appréhensions terribles, sans que les douceurs du sommeil eussent pu calmer son état, lorsque Franlo vint la prier de se lever afin d'être embarquée avant le jour ; elle obéit, et se jette dans le bateau, la tête enveloppée dans des coiffes qui déguisaient les traits de sa douleur, et qui cachaient ses larmes au cruel qui les faisait couler. On avait préparé dans la barque un petit réduit de feuillages où elle pouvait aller se reposer en paix ; et Franlo, on doit le dire à sa justification, Franlo, qui voyait le besoin que sa triste épouse avait d'un peu de calme, l'en laissa jouir sans la troubler. Il est quelques traces d'honnêteté dans l'âme des scélérats, et la vertu est d'un tel prix aux yeux des hommes, que les plus corrompus même sont forcés de lui rendre hommage dans mille occasions de leur vie.

Les attentions que cette jeune femme voyait qu'on avait pour elle la calmaient néanmoins un peu ; elle sentit que, dans sa situation, elle n'avait d'autre parti à prendre que de ménager son mari, et lui laissa voir de la reconnaissance.

La barque était conduite par des gens de la troupe de Franlo, et Dieu sait tout ce qu'on y dit ! Notre héroïne, abîmée dans sa douleur, n'en écouta rien, et l'on arriva le même soir aux environs de la ville de Tournon, située sur la côte occidentale du Rhône, au pied des montagnes du Vivarais. Notre chef et ses compagnons passèrent la nuit comme la précédente dans une taverne obscure, connue d'eux seuls dans ces environs. Le lendemain, on amena un cheval à Franlo, il y monta avec sa femme, deux mulets portèrent les bagages, quatre hommes armés les escortèrent ; on traversa les montagnes, on pénétra dans l'intérieur du pays par d'inabordables sentiers.

Nos voyageurs arrivèrent le second jour, fort tard, dans une petite plaine, d'environ une demi-lieue d'étendue, resserrée de toutes parts par des montagnes inaccessibles et dans laquelle on ne pouvait pénétrer que par le seul sentier que pratiquait Franlo ; à la gorge de ce sentier était un poste de dix de ces scélérats, relevé trois fois la semaine, et qui veillait constamment jour et nuit. Une fois dans la plaine, on trouvait une mauvaise bourgade, formée d'une centaine de huttes, à la manière des sauvages, à la tête desquelles était une maison assez propre, composée de deux étages, partout environnée de hauts murs et appartenant au chef. C'était là son séjour, et en même temps la citadelle de la place, l'endroit où se tenaient les magasins, les armes et les prisonniers ; deux souterrains profonds et bien voûtés servaient à ces usages ; sur eux, étaient bâtis trois petites pièces au rez-de-chaussée, une cuisine, une chambre, une petite salle, et au-dessus un appartement assez commode pour la femme du capitaine, terminé par un cabinet de sûreté pour les trésors. Un domestique fort rustre et une fille, servant de cuisinière, étaient tout le train de la maison ; il n'y en avait pas autant chez les autres. Mlle de Faxelange, accablée de lassitude et de chagrins, ne vit rien de tout cela le premier soir, elle gagna à peine le lit qu'on lui indiqua, et s'y étant assoupie d'accablement, elle y fut au moins tranquille jusqu'au lendemain matin.

Alors le chef entra dans son appartement :

— Vous voilà chez vous, madame, lui dit-il, ceci est un peu différent des trois belles terres que je vous avais promises, et des magnifiques possessions d'Amérique sur lesquelles vous aviez compté ; mais consolez-vous, ma chère, nous ne ferons pas toujours ce métier-là, il n'y a pas longtemps que je l'exerce, et le cabinet que vous voyez recèle déjà, votre dot comprise, près de deux millions de numéraire ; quand j'en aurai quatre, je passe en Irlande, et m'y établis magnifiquement avec vous.

— Ah ! monsieur, dit Mlle de Faxelange en répandant un torrent de larmes, croyez-vous que le ciel vous laissera vivre en paix jusqu'alors ?

— Oh ! ces sortes de choses-là, madame, dit Franlo, nous ne les calculons jamais, notre proverbe est que *celui qui craint la feuille, ne doit point aller aux bois,* on meurt partout ; si je risque ici l'échafaud, je risque un coup d'épée dans le monde ; il n'y a aucune situation qui n'ait ses dangers, c'est à l'homme sage à les comparer aux profits et à se décider en conséquence. La mort qui nous menace est la chose du monde dont nous nous occupons le moins ; l'honneur, m'objecterez-vous ; mais les préjugés des hommes me l'avaient enlevé d'avance ; j'étais ruiné, je ne devais plus avoir d'honneur. On m'eût enfermé, j'eusse passé pour un scélérat ; ne vaut-il pas mieux l'être effectivement en jouissant de tous les droits des hommes... en étant libre enfin, que d'en être soupçonné dans les fers ? Ne vous étonnez pas que l'homme devienne criminel quand on le dégradera, quoique innocent, ne vous étonnez pas qu'il préfère le crime à des chaînes, dès que dans l'une ou l'autre situation il est attendu par l'opprobre. Législateurs, rendez vos flétrissures moins fréquentes,

si vous voulez diminuer la masse des crimes, une
nation qui sut faire un dieu de l'honneur peut culbuter
ses échafauds, quand il lui reste, pour mener les
hommes, le frein sacré d'une aussi belle chimère...

— Mais, monsieur, interrompit ici Mlle de Faxelange, vous aviez pourtant à Paris toute l'apparence
d'un honnête homme ?

— Il le fallait bien pour vous obtenir ; j'ai réussi, le
masque tombe.

De tels discours et de semblables actions faisaient
horreur à cette malheureuse femme, mais décidée à ne
point s'écarter des résolutions qu'elle avait prises, elle
ne contraria point son mari, elle eut même l'air de
l'approuver ; et celui-ci, la voyant plus tranquille, lui
proposa de venir visiter l'habitation, elle y consentit,
elle parcourut la bourgade ; il n'y avait guère pour lors
qu'une quarantaine d'hommes, le reste était en course,
et c'était ce fond-là qui fournissait au poste défendant
le défilé.

Mme de Franlo fut reçue partout avec les plus
grandes marques de respect et de distinction ; elle vit
sept ou huit femmes assez jeunes et jolies, mais dont
l'air et le ton ne lui annonçaient que trop la distance
énorme de ces créatures à elle ; cependant elle leur
rendit l'accueil qu'elle en recevait, et cette tournée
faite, on servit ; le chef se mit à table avec sa femme,
qui ne put pourtant pas se contraindre au point de
prendre part à ce dîner ; elle s'excusa sur la fatigue de
la route et on ne la pressa point. Après le repas, Franlo
dit à sa femme qu'il était temps d'achever de
l'instruire, parce qu'il serait peut-être obligé d'aller le
lendemain en course.

— Je n'ai pas besoin de vous prévenir, madame,

dit-il à son épouse, qu'il vous devient impossible ici d'écrire à qui que ce puisse être. Premièrement les moyens vous en seront sévèrement interdits, vous ne verrez jamais ni plume ni papier ; parvinssiez-vous même à tromper ma vigilance, aucun de mes gens ne se chargerait assurément de vos lettres, et l'essai pourrait vous coûter cher. Je vous aime beaucoup sans doute, madame, mais les sentiments des gens de notre métier sont toujours subordonnés au devoir ; et voilà peut-être ce que notre état a de supérieur aux autres ; il n'en est point dans le monde que l'amour ne fasse oublier, c'est tout le contraire avec nous, il n'est aucune femme sur la terre qui puisse nous faire négliger notre état, parce que notre vie dépend de la manière sûre dont nous l'exerçons. Vous êtes ma seconde femme, madame.

— Quoi, monsieur ?

— Oui, madame, vous êtes ma seconde épouse, celle qui vous précéda, voulut écrire, et les caractères qu'elle traçait furent effacés de son sang, elle expira sur la lettre même...

Qu'on juge de la situation de cette malheureuse à ces récits affreux... à ces menaces terribles, mais elle se contint encore et protesta à son mari qu'elle n'avait aucun désir d'enfreindre ses ordres.

— Ce n'est pas tout, madame, continua ce monstre, quand je ne serai pas ici, vous seule y commanderez en mon absence ; quelque bonne foi qu'il y ait entre nous, vous imaginez bien pourtant que dès qu'il s'agira de nos intérêts, je me fierai toujours plutôt à vous qu'à mes camarades. Or, quand je vous enverrai des prisonniers, il faudra les faire dépouiller vous-même, et les faire égorger devant vous.

— Moi, monsieur ! s'écria Mlle de Faxelange, en reculant d'horreur, moi plonger mes mains dans le sang innocent ! Ah ! faites plutôt couler le mien mille fois, que de m'obliger à une telle horreur !

— Je pardonne ce premier mouvement à votre faiblesse, madame, répondit Franlo, mais il n'est pourtant pas possible que je puisse vous éviter ce soin, aimez-vous mieux nous perdre tous, que de ne le pas prendre ?

— Vos camarades peuvent le remplir.

— Ils le rempliront aussi, madame ; mais vous seule recevant mes lettres, il faut bien que ce soit d'après vos ordres émanés des miens qu'on enferme ou qu'on fasse périr les prisonniers : mes gens exécuteront sans doute, mais il faut que vous leur fassiez passer mes ordres.

— Oh ! monsieur, ne pourriez-vous donc pas me dispenser...

— Cela est impossible, madame.

— Mais je ne serai pas du moins obligée d'assister à ces infamies ?

— Non... Cependant il faudra bien absolument que vous vous chargiez des dépouilles... que vous les enfermiez dans nos magasins ; je vous ferai grâce pour la première fois, si vous l'exigez absolument ; j'aurai soin d'envoyer, dans cette première occasion, un homme sûr, avec mes prisonniers ; mais cette attention ne pourra durer, il faudra tâcher de prendre sur vous, ensuite. Tout n'est qu'habitude, madame, il n'est rien à quoi l'on ne se fasse ; les dames romaines n'aimaient-elles pas à voir tomber les gladiateurs à leurs pieds ? ne portaient-elles pas la férocité jusqu'à vouloir qu'ils n'y mourussent que dans d'élégantes attitudes[8] ? Pour vous accoutumer à votre devoir, madame, poursuivit

Franlo, j'ai là-bas six hommes qui n'attendent que l'instant de la mort, je m'en vais les faire assommer, ce spectacle vous familiarisera avec ces horreurs, et, avant quinze jours, la partie du devoir que je vous impose ne vous coûtera plus.

Il n'y eut rien que Mlle de Faxelange ne fît pour s'éviter cette scène affreuse ; elle conjura son mari de ne pas la lui donner. Mais Franlo y voyait, disait-il, trop de nécessité, il lui paraissait trop important d'apprivoiser les yeux de sa femme à ce qui allait composer une partie de ses fonctions, pour n'y pas travailler tout de suite. Les six malheureux furent amenés, et impitoyablement égorgés de la main même de Franlo sous les yeux de sa malheureuse épouse, qui s'évanouit pendant l'exécution. On la rapporta dans son lit, où, rappelant bientôt son courage au secours de sa sûreté, elle finit par comprendre qu'au fait, n'étant que l'organe des ordres de son mari, sa conscience ne devenait plus chargée du crime, et qu'avec cette facilité de voir beaucoup d'étrangers, quelque enchaînés qu'ils fussent, peut-être lui resterait-il des moyens de les sauver et de s'échapper avec eux ; elle promit donc, le lendemain, à son barbare époux qu'il aurait lieu d'être content de sa conduite, et celui-ci ayant enfin passé la nuit suivante avec elle, ce qu'il n'avait pas fait depuis Paris, à cause de l'état où elle était, il la laissa le lendemain pour aller en course, en lui protestant que si elle se comportait bien, il quitterait le métier plus tôt qu'il ne l'avait dit, pour lui faire passer au moins les trente dernières années de sa vie dans le bonheur et dans le repos.

Mlle de Faxelange ne se vit pas plus tôt seule au milieu de tous ces voleurs, que l'inquiétude la reprit.

Hélas! se disait-elle, si j'allais malheureusement inspirer quelques sentiments à ces scélérats, qui les empêcherait de se satisfaire? S'ils voulaient piller la maison
de leur chef, me tuer et fuir, n'en sont-ils pas les
maîtres?... Ah! plût au ciel, continuait-elle, en versant
un torrent de larmes, ce qui peut m'arriver de plus
heureux, n'est-il pas qu'on m'arrache au plus tôt une
vie qui ne doit plus être souillée que d'horreurs?

Peu à peu néanmoins l'espoir renaissant dans cette
âme jeune et devenue forte par l'excès du malheur,
Mme de Franlo résolut de montrer beaucoup de
courage; elle crut que ce parti devait être nécessairement le meilleur, elle s'y résigna. En conséquence, elle
fut visiter les postes, elle retourna seule dans toutes les
huttes, elle essaya de donner quelques ordres et trouva
partout du respect et de l'obéissance. Les femmes
vinrent la voir et elle les reçut honnêtement; elle
écouta avec intérêt l'histoire de quelques-unes,
séduites et enlevées comme elle, d'abord honnêtes,
sans doute, puis dégradées par la solitude et le crime,
et devenues des monstres comme les hommes qu'elles
avaient épousés.

Ô ciel! se disait quelquefois cette infortunée, comment peut-on s'abrutir à ce point! Serait-il donc
possible que je devinsse un jour comme ces malheureuses!... Puis elle s'enfermait, elle pleurait, elle réfléchissait à son triste sort, elle ne se pardonnait pas de
s'être elle-même précipitée dans l'abîme par trop de
confiance et d'aveuglement, tout cela la ramenait à son
cher Goé, et des larmes de sang coulaient de ses yeux.

Huit jours se passèrent ainsi, lorsqu'elle reçut une
lettre de son époux, avec un détachement de douze
hommes, amenant quatre prisonniers; elle frémit en

ouvrant cette lettre, et se doutant de ce qu'elle contenait, elle fut au point de balancer un instant entre l'idée de se donner la mort elle-même, plutôt que de faire périr ces malheureux. C'étaient quatre jeunes gens, sur le front desquels on distinguait de l'éducation et des qualités.

Vous ferez mettre le plus âgé des quatre au cachot, lui mandait son mari ; *c'est un coquin qui s'est défendu et qui m'a tué deux hommes ; mais il faut lui laisser la vie, j'ai des éclaircissements à tirer de lui. Vous ferez sur-le-champ assommer les trois autres.*

— Vous voyez les ordres de mon mari, dit-elle au chef du détachement, qu'elle savait être l'homme sûr dont Franlo lui avait parlé, faites donc ce qu'il vous ordonne...

Et en prononçant ces mots d'une voix basse, elle courut cacher dans sa chambre et son désespoir et ses larmes ; mais elle entendit malheureusement le cri des victimes immolées au pied de sa maison ; sa sensibilité n'y tint pas, elle s'évanouit ; revenue à elle, le parti qu'elle s'était résolue de prendre ranima ses forces ; elle vit qu'elle ne devrait rien attendre que de sa fermeté, et elle se remontra ; elle fit placer les effets volés dans les magasins, elle parut au village, elle visita les postes, en un mot, elle prit tellement sur elle, que le lieutenant de Franlo, qui partait le lendemain pour aller retrouver son chef, rendit à cet époux les comptes les plus avantageux de sa femme... Qu'on ne la blâme point ; quel parti lui restait-il entre la mort et cette conduite ?... Et l'on ne se tue point, tant qu'on a de l'espoir.

Franlo fut dehors plus longtemps qu'il ne l'avait cru ; il ne revint qu'au bout d'un mois, pendant lequel il envoya deux fois des prisonniers à sa femme, qui se conduisit toujours de même. Enfin le chef reparut ; il rapportait des sommes immenses de cette expédition, qu'il légitimait par mille sophismes, réfutés par son honnête épouse.

— Madame, lui dit-il enfin, mes arguments sont ceux d'Alexandre, de Gengis-Khan, et de tous les fameux conquérants de la terre, leur logique était la mienne ; mais ils avaient trois cent mille hommes à leurs ordres, je n'en ai que quatre cents, voilà mon tort.

— Tout cela est bon, monsieur, dit Mme de Franlo, qui crut devoir préférer ici le sentiment à la raison ; mais s'il est vrai que vous m'aimiez comme vous avez daigné me le dire souvent, ne seriez-vous pas désolé de me voir périr sur un échafaud, près de vous ?

— N'appréhendez jamais cette catastrophe, dit Franlo, notre retraite est introuvable, et dans mes courses je ne crains personne... mais si jamais nous étions découverts ici, souvenez-vous que j'aurais le temps de vous casser la tête avant qu'on ne mît la main sur vous.

Le chef examina tout, et ne trouvant que des sujets de se louer de sa femme, il la combla d'éloges et d'amitiés, il la recommanda plus que jamais à ses gens et repartit ; mêmes soins de sa misérable épouse, même conduite, mêmes événements tragiques pendant cette seconde absence, qui dura plus de deux mois, au bout desquels Franlo rentra au quartier, toujours plus enchanté de son épouse.

Il y avait environ cinq mois que cette pauvre créature vivait dans la contrainte et dans l'horreur, abreuvée de ses larmes et nourrie de son désespoir, lorsque le ciel, qui n'abandonne jamais l'innocence, daigna enfin la délivrer de ses maux par l'événement le moins attendu.

On était au mois d'octobre, Franlo et sa femme dînaient ensemble sous une treille, à la porte de leur maison, lorsque dans l'instant dix ou douze coups de fusil se font entendre au poste.

— Nous sommes trahis, dit le chef, en sortant aussitôt de table et s'armant avec rapidité... voilà un pistolet, madame, restez là, si vous ne pouvez pas tuer celui qui vous abordera, brûlez-vous la cervelle pour ne pas tomber dans ses mains.

Il dit, et rassemblant à la hâte ce qui reste de ses gens dans le village, il vole lui-même à la défense du défilé. Il n'était plus temps, deux cents dragons à cheval, venant d'en forcer le poste, tombent dans la plaine, le sabre à la main. Franlo fait feu avec sa troupe, mais n'ayant pu la mettre en ordre, il est repoussé dans la minute, et la plupart de ses gens sabrés et foulés aux pieds des chevaux ; on le saisit lui-même, on l'entoure, on le garde, vingt dragons en répondent, et le reste du détachement, le chef à la tête, vole à Mme de Franlo. Dans quel état cruel on trouve cette malheureuse... les cheveux épars, les traits renversés par le désespoir et la crainte, elle était appuyée contre un arbre, le bout du pistolet sur son cœur, prête à s'arracher la vie plutôt que de tomber dans les mains de ceux qu'elle prenait pour des suppôts de la justice...

— Arrêtez, madame, arrêtez ! lui crie l'officier qui commande, en descendant de cheval et se précipitant à ses pieds pour la désarmer par cette action, arrêtez, vous dis-je, *reconnaissez votre malheureux amant, c'est lui qui tombe à vos genoux, c'est lui que le ciel favorise assez pour l'avoir chargé de votre délivrance ; abandonnez cette arme, et permettez à Goé d'aller se jeter dans votre sein.*

Mlle de Faxelange croit rêver, peu à peu elle reconnaît celui qui lui parle, et tombe sans mouvement dans les bras qui lui sont ouverts. Ce spectacle arrache des larmes de tout ce qui l'aperçoit.

— Ne perdons pas de temps, madame, dit Goé en rappelant sa belle cousine à la vie ; pressons-nous de sortir d'un local[9] qui doit être horrible à vos yeux ; mais reprenons, avant, ce qui vous appartient.

Il enfonce le cabinet des richesses de Franlo, il retire les quatre cent mille francs de la dot de sa cousine, dix mille écus qu'il fait distribuer à ses dragons, met le scellé sur le reste, délivre les prisonniers retenus par ce scélérat, laisse quatre-vingts hommes en garnison dans le hameau, revient trouver sa cousine avec les autres, et l'engage à partir sur-le-champ.

Comme elle gagnait la route du défilé, elle aperçoit Franlo dans les fers :

— Oh ! monsieur, dit-elle à Goé, je vous demande à genoux la grâce de cet infortuné... je suis sa femme... que dis-je ? je suis assez malheureuse pour porter dans mon sein des gages de son amour, et ses procédés n'ont jamais été qu'honnêtes envers moi.

— Madame, répondit M. de Goé, je ne suis maître de rien dans cette aventure, j'ai obtenu seulement la conduite des troupes, mais je me suis enchaîné moi-même en recevant mes ordres, cet homme-ci ne m'appartient plus, je ne le sauverais qu'en risquant tout ; au sortir du défilé, le grand prévôt de la province m'attend ; il en viendra disposer ; je ne lui ferai pas faire un pas vers l'échafaud, c'est tout ce que je puis.

— Oh ! monsieur, laissez-le se sauver ! s'écria cette

intéressante femme, c'est votre malheureuse cousine
en larmes qui vous le demande.

— Une injuste pitié vous aveugle, madame, reprit
Goé, ce malheureux ne se corrigera point, et pour
sauver un homme, il en coûtera la vie à plus de
cinquante.

— Il a raison, s'écria Franlo, il a raison, madame, il
me connaît aussi bien que moi-même, le crime est mon
élément, je ne vivrais que pour m'y replonger, ce n'est
point la vie que je veux, ce n'est qu'une mort qui ne
soit point ignominieuse ; que l'âme sensible qui s'intéresse à moi daigne m'obtenir pour seule grâce la
permission de me faire brûler la cervelle par les
dragons.

— Qui de vous veut s'en charger, enfants ? dit Goé.

Mais personne ne bougea ; Goé commandait à des
Français, il ne devait pas s'y trouver de *bourreaux*.

— Qu'on me donne donc un pistolet, dit ce scélérat.

Goé, très ému des supplications de sa cousine,
s'approche de Franlo, et lui remet lui-même l'arme
qu'il demande. Ô comble de perfidie ! l'époux de
Faxelange n'a pas plus tôt ce qu'il désire, qu'il lâche le
coup sur Goé... mais sans l'atteindre heureusement ; ce
trait irrite les dragons, ceci devient une affaire de
vengeance, ils n'écoutent plus que leur ressentiment,
ils tombent sur Franlo et le massacrent en une minute.
Goé enlève sa cousine, à peine voit-elle l'horreur de ce
spectacle. On repasse le défilé au galop. Un cheval
doux attend Mlle de Faxelange au-delà de la gorge.
M. de Goé rend promptement compte au prévôt de
son opération ; la maréchaussée s'empare du poste ; les
dragons se retirent ; et Mlle de Faxelange, protégée par
son libérateur, est en six jours au sein de ses parents.

— Voilà votre fille, dit ce brave homme à M. et Mme de Faxelange, et voilà l'argent qui vous a été pris. Écoutez-moi maintenant, mademoiselle, et vous allez voir pourquoi j'ai remis à cet instant les éclaircissements que je dois sur tout ce qui vous concerne. Vous ne fûtes pas plus tôt partie, que les soupçons que je ne vous avais d'abord offerts que pour vous retenir, vinrent me tourmenter avec force; il n'est rien que je n'aie fait pour suivre la trace de votre ravisseur, et pour connaître à fond sa personne, j'ai été assez heureux pour réussir à tout et pour ne me tromper sur rien. Je n'ai prévenu vos parents que quand j'ai cru être sûr de vous ravoir; on ne m'a pas refusé le commandement des troupes, que j'ai sollicité pour rompre vos chaînes, et débarrasser en même temps la France du monstre qui vous trompait. J'en suis venu à bout; je l'ai fait sans nul intérêt, mademoiselle; vos fautes et vos malheurs élèvent d'éternelles barrières entre nous... vous me plaindrez au moins... vous me regretterez; votre cœur sera contraint au sentiment que vous me refusiez, et je serai vengé... adieu, mademoiselle, je me suis acquitté envers les liens du sang, envers ceux de l'amour, il ne me reste plus qu'à me séparer de vous éternellement. Oui, mademoiselle, je pars, la guerre qui se fait en Allemagne m'offre ou la gloire, ou le trépas : je n'aurais désiré que les lauriers quand il m'eût été permis de vous les offrir, et maintenant je ne chercherai que la mort.

A ces mots, Goé se retire; quelques instances qu'on lui fasse, il s'échappe pour ne reparaître jamais. On apprit, au bout de six mois, qu'attaquant un poste en désespéré, il s'était fait tuer en Hongrie au service des Turcs.

Pour Mlle de Faxelange, peu de temps après son retour à Paris, elle mit au monde le malheureux fruit de son hymen, que ses parents placèrent avec une forte pension dans une maison de charité. Ses couches faites, elle sollicita avec instance son père et sa mère pour prendre le voile aux Carmélites ; ses parents lui demandèrent en grâce de ne pas priver leur vieillesse de la consolation de l'avoir auprès d'eux, elle céda, mais sa santé s'affaiblissant de jour en jour, usée par ses chagrins, flétrie de ses larmes et de sa douleur, anéantie par ses remords, elle mourut de consomption au bout de quatre ans, triste et malheureux exemple de l'avarice des pères et de l'ambition des filles.

Puisse le récit de cette histoire rendre les uns plus justes, et les autres plus sages ! Nous ne regretterons pas alors la peine que nous aurons prise de transmettre à la postérité un événement qui, tout affreux qu'il est, pourrait alors servir au bien des hommes [10].

Florville et Courval,

ou

Le fatalisme

M. de Courval venait d'atteindre sa cinquante-cinquième année ; frais, bien portant, il pouvait parier encore pour vingt ans de vie[1]. N'ayant eu que des désagréments avec une première femme qui depuis longtemps l'avait abandonné, pour se livrer au libertinage, et devant supposer cette créature au tombeau, d'après les attestations les moins équivoques, il imagina de se lier une seconde fois avec une personne raisonnable qui, par la bonté de son caractère, par l'excellence de ses mœurs, parvînt à lui faire oublier ses premières disgrâces.

Malheureux dans ses enfants comme dans son épouse, M. de Courval, qui n'en avait eu que deux, une fille qu'il avait perdue très jeune, et un garçon qui dès l'âge de quinze ans l'avait abandonné comme sa femme, et malheureusement dans les mêmes principes de débauches, ne croyant pas qu'aucun procédé dût jamais l'enchaîner à ce monstre, M. de Courval, dis-je, projetait en conséquence de le déshériter, et de donner son bien aux enfants qu'il espérait d'obtenir de la nouvelle épouse qu'il avait envie de prendre ; il possédait quinze mille livres de rente[2] ; employé jadis dans les affaires, c'était le fruit de ses travaux, et il le mangeait en honnête homme avec quelques amis qui le chérissaient, l'estimaient tous, et le voyaient tantôt à Paris, où il occupait un joli appartement rue Saint-Marc, et plus souvent encore dans une petite terre charmante, auprès de Nemours où M. de Courval passait les deux tiers de l'année.

Cet honnête homme confia son projet à ses amis, et le voyant approuvé d'eux, il les pria très instamment de s'informer, parmi leurs connaissances, d'une personne de trente à trente-cinq ans, veuve ou fille, et qui pût remplir son objet.

Dès le surlendemain, un de ses anciens confrères vint lui dire qu'il imaginait avoir trouvé positivement ce qui lui convenait.

— La demoiselle que je vous offre, lui dit cet ami, a deux choses contre elle, je dois commencer par vous les dire, afin de vous consoler après, en vous faisant le récit de ses bonnes qualités ; on est bien sûr qu'elle n'a ni père ni mère, mais on ignore absolument qui ils furent, et où elle les a perdus ; ce que l'on sait, continua le médiateur, c'est qu'elle est cousine de M. de Saint-Prât, homme connu, qui l'avoue, qui l'estime, et qui vous en fera l'éloge le moins suspect et le mieux mérité. Elle n'a aucun bien de ses parents, mais elle a quatre mille francs de pension de ce M. de Saint-Prât, dans la maison duquel elle a été élevée, et où elle a passé toute sa jeunesse : voilà un premier tort ; passons au second, dit l'ami de M. de Courval : une intrigue à seize ans, un enfant qui n'existe plus et dont jamais elle n'a revu le père ; voilà tout le mal ; un mot du bien maintenant.

Mlle de Florville a trente-six ans, à peine en paraît-elle vingt-huit ; il est difficile d'avoir une physionomie

plus agréable et plus intéressante : ses traits sont doux
et délicats, sa peau est de la blancheur du lys, et ses
cheveux châtains traînent à terre ; sa bouche fraîche,
très agréablement ornée, est l'image de la rose au
printemps. Elle est fort grande, mais si joliment faite, il
y a tant de grâce dans ses mouvements, qu'on ne
trouve rien à dire à la hauteur de sa taille, qui sans cela
peut-être lui donnerait un air un peu dur ; ses bras, son
cou, ses jambes, tout est moulé, et elle a une de ces
sortes de beautés qui ne vieillira pas de longtemps. A
l'égard de sa conduite, son extrême régularité pourra
peut-être ne pas vous plaire ; elle n'aime pas le monde,
elle vit fort retirée, elle est très pieuse, très assidue aux
devoirs du couvent qu'elle habite, et si elle édifie tout
ce qui l'entoure par ses qualités religieuses, elle
enchante tout ce qui la voit par les charmes de son
esprit et par les agréments de son caractère... c'est, en
un mot, un ange dans ce monde, que le ciel réservait à
la félicité de votre vieillesse.

M. de Courval, enchanté d'une telle rencontre, n'eut
rien de plus pressé que de prier son ami de lui faire voir
la personne dont il s'agissait.

— Sa naissance ne m'inquiète point, dit-il, dès que
son sang est pur, que m'importe qui le lui a transmis ?
Son aventure à l'âge de seize ans m'effraye tout aussi
peu, elle a réparé cette faute par un grand nombre
d'années de sagesse ; je l'épouserai sur le pied de
veuve ; me décidant à ne prendre une personne que de
trente à trente-cinq ans, il était bien difficile de joindre
à cette clause la folle prétention des prémices ; ainsi
rien ne me déplaît dans vos propositions ; il ne me reste
qu'à vous presser de m'en faire voir l'objet.

L'ami de M. de Courval le satisfit bientôt ; trois

jours après, il lui donna à dîner chez lui avec la
demoiselle dont il s'agissait. Il était difficile de ne pas
être séduit au premier abord de cette fille charmante ;
c'étaient les traits de Minerve elle-même, déguisés
sous ceux de l'Amour. Comme elle savait de quoi il
était question, elle fut encore plus réservée, et sa
décence, sa retenue, la noblesse de son maintien,
jointes à tant de charmes physiques, à un caractère
aussi doux, à un esprit aussi juste et aussi orné,
tournèrent si bien la tête au pauvre Courval, qu'il
supplia son ami de vouloir bien hâter la conclusion.

On se revit encore deux ou trois fois, tantôt dans la
même maison, tantôt chez M. de Courval, ou chez
M. de Saint-Prât, et enfin, Mlle de Florville, instamment pressée, déclara à M. de Courval que rien ne la
flattait autant que l'honneur qu'il voulait bien lui faire,
mais que sa délicatesse ne lui permettait pas de rien
accepter avant qu'il ne fût instruit par elle-même des
aventures de sa vie.

— On ne vous a pas tout appris, monsieur, dit cette
charmante fille, et je ne puis consentir d'être à vous,
sans que vous en sachiez davantage. Votre estime
m'est trop importante pour me mettre dans le cas de la
perdre, et je ne la mériterais assurément pas, si,
profitant de votre illusion, j'allais consentir à devenir
votre femme, sans que vous jugiez si je suis digne de
l'être.

M. de Courval assura qu'il savait tout, que ce n'était
qu'à lui qu'il appartenait de former les inquiétudes
qu'elle témoignait, et que, s'il était assez heureux pour
lui plaire, elle ne devait plus s'embarrasser de rien.
Mlle de Florville tint bon ; elle déclara positivement
qu'elle ne consentirait à rien que M. de Courval ne fût

instruit à fond de ce qui la regardait ; il en fallut donc
passer par là ; tout ce que M. de Courval put obtenir,
ce fut que Mlle de Florville viendrait à sa terre auprès
de Nemours, que tout se disposerait pour la célébration de l'hymen qu'il désirait, et que, l'histoire de
Mlle de Florville entendue, elle deviendrait sa femme le
lendemain...

— Mais, monsieur, dit cette aimable fille, si tous ces
préparatifs peuvent être inutiles, pourquoi les faire ?...
Si je vous persuade que je ne suis pas née pour vous
appartenir ?...

— Voilà ce que vous ne me prouverez jamais,
mademoiselle, répondit l'honnête Courval, voilà ce
dont je vous défie de me convaincre ; ainsi partons, je
vous en conjure, et ne vous opposez point à mes
desseins.

Il n'y eut pas moyen de rien gagner sur ce dernier
objet, tout fut disposé, on partit pour Courval ; cependant on y fut seul, Mlle de Florville l'avait exigé ; les
choses qu'elle avait à dire ne devaient être révélées
qu'à l'homme qui voulait bien se lier à elle ; ainsi
personne ne fut admis ; et, le lendemain de son arrivée,
cette belle et intéressante personne ayant prié M. de
Courval de l'entendre, elle lui raconta les événements
de sa vie dans les termes suivants.

Histoire de Mlle de Florville

— Les intentions que vous avez sur moi, monsieur,
ne permettent plus que l'on vous en impose ; vous avez
vu M. de Saint-Prât, auquel on vous a dit que
j'appartenais, lui-même a daigné vous le certifier ; et
cependant sur cet objet vous avez été trompé de toutes

parts. Ma naissance m'est inconnue, je n'ai jamais eu
la satisfaction de savoir à qui je la devais ; je fus
trouvée, peu de jours après avoir reçu la vie, dans une
barcelonnette de taffetas vert, à la porte de l'hôtel de
M. de Saint-Prât, avec une lettre anonyme attachée au
pavillon de mon berceau, où était simplement écrit :

*Vous n'avez point d'enfants, depuis dix ans que vous êtes
marié, vous en désirez tous les jours, adoptez celle-là, son sang
est pur, elle est le fruit du plus chaste hymen et non du
libertinage, sa naissance est honnête. Si la petite fille ne vous
plaît pas, vous la ferez porter aux Enfants-trouvés. Ne faites
point de perquisitions, aucune ne vous réussirait, il est
impossible de vous en apprendre davantage.*

Les honnêtes personnes chez lesquelles j'avais été
déposée m'accueillirent aussitôt, m'élevèrent, prirent
de moi tous les soins possibles, et je puis dire que je
leur dois tout. Comme rien n'indiquait mon nom, il
plut à Mme de Saint-Prât de me donner celui de
Florville.

Je venais d'atteindre ma quinzième année, quand
j'eus le malheur de voir mourir ma protectrice ; rien ne
peut exprimer la douleur que je ressentis de cette
perte ; je lui étais devenue si chère, qu'elle conjura son
mari, en expirant, de m'assurer quatre mille livres de
pension et de ne me jamais abandonner ; les deux
clauses furent exécutées ponctuellement, et M. de
Saint-Prât joignit à ces bontés celle de me reconnaître
pour une cousine de sa femme, et de me passer, sous ce
titre, le contrat que vous avez vu. Je ne pouvais
cependant plus rester dans cette maison, M. de Saint-
Prât me le fit sentir :

— Je suis veuf, et jeune encore, me dit cet homme

vertueux ; habiter sous le même toit serait faire **naître**
des doutes que nous ne méritons point ; votre bonheur
et votre réputation me sont chers, je ne veux compromettre ni l'un ni l'autre. Il faut nous séparer, Florville ;
mais je ne vous abandonnerai de ma vie, je ne veux pas
même que vous sortiez de ma famille ; j'ai une sœur
veuve à Nancy, je vais vous y adresser, je vous réponds
de son amitié comme de la mienne, et là, pour ainsi
dire, toujours sous mes yeux, je pourrai continuer de
veiller encore à tout ce qu'exigera votre éducation et
votre établissement.

Je n'appris point cette nouvelle sans verser des
larmes ; ce nouveau surcroît de chagrin renouvela bien
amèrement celui que je venais de ressentir à la mort de
ma bienfaitrice. Convaincue néanmoins des excellentes raisons de M. de Saint-Prât, je me décidai à
suivre ses conseils, et je partis pour la Lorraine, sous la
conduite d'une dame de ce pays, à laquelle je fus
recommandée, et qui me remit entre les mains de
Mme de Verquin, sœur de M. de Saint-Prât avec
laquelle je devais habiter.

La maison de Mme de Verquin était sur un ton bien
différent de celle de M. de Saint-Prât ; si j'avais vu
régner dans celle-ci la décence, la religion et les
mœurs, la frivolité, le goût des plaisirs et l'indépen-
dance étaient dans l'autre comme dans leur asile.

Mme de Verquin m'avertit dès les premiers jours que
mon petit air prude lui déplaisait, qu'il était inouï
d'arriver de Paris avec un maintien si gauche... un
fond de sagesse aussi ridicule, et que si j'avais envie
d'être bien avec elle, il fallait adopter un autre ton. Ce
début m'alarma ; je ne chercherai point à paraître à
vos yeux meilleure que je ne suis, monsieur ; mais tout

ce qui s'écarte des mœurs et de la religion m'a toute la vie déplu si souverainement, j'ai toujours été si ennemie de ce qui choquait la vertu, et les travers où j'ai été emportée malgré moi m'ont causé tant de remords, que ce n'est pas, je vous l'avoue, me rendre un service que de me replacer dans le monde, je ne suis point faite pour l'habiter, je m'y trouve sauvage et farouche ; la retraite la plus obscure est ce qui convient le mieux à l'état de mon âme et aux dispositions de mon esprit.

Ces réflexions, mal faites encore, pas assez mûres à l'âge que j'avais, ne me préservèrent ni des mauvais conseils de Mme de Verquin, ni des maux où ses séductions devaient me plonger ; le monde perpétuel que je voyais, les plaisirs bruyants dont j'étais entourée, l'exemple, les discours, tout m'entraîna ; on m'assura que j'étais jolie, et j'osai le croire, pour mon malheur.

Le régiment de Normandie était pour lors en garnison dans cette capitale ; la maison de Mme de Verquin était le rendez-vous des officiers ; toutes les jeunes femmes s'y trouvaient aussi, et là se nouaient, se rompaient et se recomposaient toutes les intrigues de la ville.

Il est vraisemblable que M. de Saint-Prât ignorait une partie de la conduite de cette femme ; comment, avec l'austérité de ses mœurs, eût-il pu consentir à m'envoyer chez elle, s'il l'eût bien connue ? Cette considération me retint, et m'empêcha de me plaindre à lui ; faut-il tout dire ? peut-être même ne m'en souciai-je pas : l'air impur que je respirais commençait à souiller mon cœur, et comme Télémaque dans l'île de Calypso, peut-être n'eussé-je plus écouté les avis de Mentor.

L'impudente Verquin, qui depuis longtemps cherchait à me séduire, me demanda un jour s'il était certain que j'eusse apporté un cœur bien pur, en Lorraine, et si je ne regrettais pas quelque amant à Paris.

— Hélas! madame, lui dis-je, je n'ai même jamais conçu l'idée des torts dont vous me soupçonnez, et monsieur votre frère peut vous répondre de ma conduite.

— Des torts! interrompit Mme de Verquin, si vous en avez un, c'est d'être encore trop neuve à votre âge, vous vous en corrigerez, je l'espère.

— Oh! madame, est-ce là le langage que je devais entendre d'une personne aussi respectable?

— Respectable?... Ah! pas un mot, je vous assure, ma chère, que le respect est de tous les sentiments celui que je me soucie le moins de faire naître, c'est l'amour que je veux inspirer... mais du respect! ce sentiment n'est pas encore de mon âge. Imite-moi, ma chère, et tu seras heureuse... A propos, as-tu remarqué Senneval? ajouta cette sirène, en me parlant d'un jeune officier de dix-sept ans qui venait très souvent chez elle.

— Pas autrement, madame, répondis-je; je puis vous assurer que je les vois tous avec la même indifférence.

— Mais voilà ce qu'il ne faut pas, ma petite amie; je veux que nous partagions dorénavant nos conquêtes... Il faut que tu aies Senneval, c'est mon ouvrage, j'ai pris la peine de le former, il t'aime, il faut l'avoir[3]...

— Oh! madame, si vous vouliez m'en dispenser! en vérité je ne me soucie de personne.

— Il le faut, ce sont des arrangements pris avec son colonel, mon amant *du jour*, comme tu vois.

— Je vous conjure de me laisser libre sur cet objet ; aucun de mes penchants ne me porte aux plaisirs que vous chérissez.

— Oh ! cela changera ! tu les aimeras un jour comme moi, il est tout simple de ne pas chérir ce qu'on ne connaît pas encore ; mais il n'est pas permis de ne vouloir pas connaître ce qui est fait pour être adoré. En un mot, c'est un dessein formé ; Senneval, mademoiselle, vous déclarera sa passion ce soir, et vous voudrez bien ne le pas faire languir, ou je me fâcherai contre vous... mais sérieusement.

A cinq heures, l'assemblée se forma ; comme il faisait fort chaud, des parties s'arrangèrent dans les bosquets, et tout fut si bien concerté que M. de Senneval et moi, nous trouvant les seuls qui ne jouassent point, nous fûmes forcés de nous entretenir.

Il est inutile de vous le déguiser, monsieur, ce jeune homme aimable et rempli d'esprit ne m'eut pas plus tôt fait l'aveu de sa flamme, que je me sentis entraînée vers lui par un mouvement indomptable, et quand je voulus ensuite me rendre compte de cette sympathie, je n'y trouvai rien que d'obscur, il me semblait que ce penchant n'était point l'effet d'un sentiment ordinaire, un voile déguisait à mes yeux ce qui le caractérisait ; d'une autre part, au même instant où mon cœur volait à lui, une force invincible semblait le retenir, et dans ce tumulte... dans ce flux et reflux d'idées incompréhensibles, je ne pouvais démêler si je faisais bien d'aimer Senneval, ou si je devais le fuir à jamais.

On lui donna tout le temps de m'avouer son amour... hélas ! on ne lui donna que trop. J'eus tout celui de paraître sensible à ses yeux, il profita de mon trouble, il exigea un aveu de mes sentiments, je fus assez faible pour lui dire qu'il était loin de me déplaire, et trois jours après, assez coupable pour le laisser jouir de sa victoire.

C'est une chose vraiment singulière que la joie maligne du vice dans ses triomphes sur la vertu ; rien n'égala les transports de Mme de Verquin dès qu'elle me sut dans le piège qu'elle m'avait préparé, elle me railla, elle se divertit, et finit par m'assurer que ce que j'avais fait était la chose du monde la plus simple, la plus raisonnable, et que je pouvais sans crainte recevoir mon amant toutes les nuits chez elle... qu'elle n'en verrait rien, que trop occupée de son côté pour prendre garde à ces misères, elle n'en admirerait pas moins ma vertu, puisqu'il était vraisemblable que je m'en tiendrais à celui-là seul, tandis qu'obligée de faire tête à trois, elle se trouverait assurément bien loin de ma réserve et de ma modestie ; quand je voulus prendre la liberté de lui dire que ce dérèglement était odieux, qu'il ne supposait ni délicatesse ni sentiment, et qu'il ravalait notre sexe à la plus vile espèce des animaux, Mme de Verquin éclata de rire.

— *Héroïne gauloise*[4], me dit-elle, je t'admire et ne te blâme point ; je sais très bien qu'à ton âge la délicatesse et le sentiment sont des dieux auxquels on immole le plaisir ; ce n'est pas la même chose au mien, parfaitement détrompée sur ces fantômes, on leur accorde un peu moins d'empire ; des voluptés plus réelles se préfèrent aux sottises qui t'enthousiasment ; et pourquoi donc de la fidélité avec des gens qui jamais n'en ont eu avec nous ? N'est-ce pas assez d'être les plus faibles sans devenir encore les plus dupes ? Elle est bien folle, la femme qui met de la délicatesse dans de telles actions... Crois-moi, ma chère, varie tes plaisirs pendant que ton âge et tes charmes te le permettent, et laisse là ta chimérique constance, vertu triste et farouche, bien peu satisfaisante à soi-même, et qui n'en impose jamais aux autres.

Ces propos me faisaient frémir, mais je vis bien que je n'avais plus le droit de les combattre ; les soins criminels de cette femme immorale me devenaient nécessaires, et je devais la ménager ; fatal inconvénient du vice, puisqu'il nous met, dès que nous nous y livrons, sous les liens de ceux que nous eussions méprisés sans cela. J'acceptai donc toutes les complaisances de Mme de Verquin ; chaque nuit, Senneval me donnait des nouvelles preuves de son amour, et six mois se passèrent ainsi dans une telle ivresse, qu'à peine eus-je le temps de réfléchir.

De funestes suites m'ouvrirent bientôt les yeux ; je devins enceinte, et pensai mourir de désespoir en me voyant dans un état dont Mme de Verquin se divertit.

— Cependant, me dit-elle, il faut sauver les apparences, et comme il n'est pas trop décent que tu accouches dans ma maison, le colonel, de Senneval et moi, nous avons pris des arrangements : il va donner un congé au jeune homme, tu partiras quelques jours avant lui pour Metz, il t'y suivra de près et là, secourue par lui, tu donneras la vie à ce fruit illicite de ta tendresse ; ensuite vous reviendrez ici l'un après l'autre comme vous en serez partis.

Il fallut obéir, je vous l'ai dit, monsieur, on se met à la merci de tous les hommes et au hasard de toutes les situations, quand on a eu le malheur de faire une faute ; on laisse sur sa personne des droits à tout l'univers, on devient l'esclave de tout ce qui respire, dès qu'on s'est oublié au point de le devenir de ses passions.

Tout s'arrangea comme l'avait dit Mme de Verquin ; le troisième jour, nous nous trouvâmes réunis, Senneval et moi, à Metz, chez une sage-femme, dont j'avais pris l'adresse en sortant de Nancy, et j'y mis au monde un garçon ; Senneval, qui n'avait cessé de montrer les sentiments les plus tendres et les plus délicats, sembla m'aimer davantage encore dès que j'eus, disait-il, doublé son existence [5] ; il eut pour moi tous les égards possibles, me supplia de lui laisser son fils, me jura qu'il en aurait toute sa vie les plus grands soins, et ne songea à reparaître à Nancy que quand ce qu'il me devait fut rempli.

Ce fut à l'instant de son départ où j'osai lui faire sentir à quel point la faute qu'il m'avait fait commettre allait me rendre malheureuse, et où je lui proposai de la réparer en nous liant aux pieds des autels. Senneval, qui ne s'était pas attendu à cette proposition, se troubla...

— Hélas ! me dit-il, en suis-je le maître ? encore dans l'âge de la dépendance, ne me faudrait-il pas l'agrément de mon père ? que deviendrait notre hymen, s'il n'était revêtu de cette formalité ? et d'ailleurs, il s'en faut bien que je sois un parti sortable pour vous ; nièce de Mme de Verquin (on le croyait à Nancy), vous pouvez prétendre à beaucoup mieux ; croyez-moi, Florville, oublions nos égarements, et soyez sûre de ma discrétion.

Ce discours, que j'étais loin d'attendre, me fit cruellement sentir toute l'énormité de ma faute ; ma fierté m'empêcha de répondre, mais ma douleur n'en fut que plus amère : si quelque chose avait dérobé l'horreur de ma conduite à mes propres regards, c'était, je vous l'avoue, l'espoir de la réparer en épousant un jour mon amant. Fille crédule ! je n'imaginais pas, malgré la perversité de Mme de Verquin qui sans doute eût dû m'éclairer, je ne croyais pas que l'on pût se faire un jeu de séduire une malheureuse fille et de l'abandonner après, et cet honneur, ce sentiment si respectable aux yeux des hommes, je ne supposais pas que son action fût sans énergie vis-à-vis de nous, et que notre faiblesse pût légitimer une insulte qu'ils ne hasarderaient entre eux qu'au prix de leur sang. Je me voyais donc à la fois la victime et la dupe de celui pour lequel j'aurais donné mille fois ma vie ; peu s'en fallut que cette affreuse révolution ne me conduisît au tombeau. Senneval ne me quitta point, ses soins furent les mêmes, mais il ne me reparla plus de ma proposition, et j'avais trop d'orgueil pour lui offrir une seconde fois le sujet de mon désespoir. Il disparut enfin dès qu'il me vit remise.

Décidée à ne plus retourner à Nancy, et sentant bien que c'était pour la dernière fois de ma vie que je voyais mon amant, toutes mes plaies se rouvrirent à l'instant du départ ; j'eus néanmoins la force de supporter ce dernier coup... Le cruel ! il partit, il s'arracha de mon sein inondé de mes larmes, sans que je lui en visse répandre une seule !

Et voilà donc ce qui résulte de ces serments d'amour auxquels nous avons la folie de croire ! plus nous sommes sensibles, plus nos séducteurs nous délaissent... les perfides !... ils s'éloignent de nous, en raison du plus de moyens que nous avons employés pour les retenir.

Senneval avait pris son enfant, il l'avait placé dans une campagne où il me fut impossible de le découvrir... il avait voulu me priver de la douceur de chérir et d'élever moi-même ce tendre fruit de notre liaison ; on eût dit qu'il désirait que j'oubliasse tout ce qui pouvait encore nous enchaîner l'un à l'autre, et je le fis, ou plutôt je crus le faire.

Je me déterminai à quitter Metz dès l'instant et à ne point retourner à Nancy. Je ne voulais pourtant pas me brouiller avec Mme de Verquin ; il suffisait, malgré ses torts, qu'elle appartînt d'aussi près à mon bienfaiteur, pour que je la ménageasse toute ma vie ; je lui écrivis la lettre du monde la plus honnête, je prétextai, pour ne plus reparaître dans sa ville, la honte de l'action que j'y avais commise, et je lui demandai la permission de retourner à Paris auprès de son frère. Elle me répondit sur-le-champ que j'étais la maîtresse de faire tout ce que je voudrais, qu'elle me conserverait son amitié dans tous les temps ; elle ajoutait que Senneval n'était point encore de retour, qu'on ignorait sa retraite, et que j'étais une folle de m'affliger de toutes ces misères.

Cette lettre reçue, je revins à Paris, et courus me jeter aux genoux de M. de Saint-Prât ; mon silence et mes larmes lui apprirent bientôt mon infortune ; mais j'eus l'attention de m'accuser seule, je ne lui parlai jamais des séductions de sa sœur. M. de Saint-Prât, à l'exemple de tous les bons caractères, ne soupçonnait nullement les désordres de sa parente, il la croyait la plus honnête des femmes ; je lui laissai toute son illusion, et cette conduite, que Mme de Verquin n'ignora point, me conserva son amitié.

M. de Saint-Prât me plaignit... me fit vraiment sentir mes torts, et finit par les pardonner.

— Ô mon enfant! me dit-il, avec cette douce componction d'une âme honnête, si différente de l'ivresse odieuse du crime, ô ma chère fille! tu vois ce qu'il en coûte pour quitter la vertu... Son adoption est si nécessaire, elle est si intimement liée à notre existence, qu'il n'y a plus qu'infortunes pour nous, sitôt que nous l'abandonnons; compare la tranquillité de l'état d'innocence où tu étais en partant de chez moi, au trouble affreux où tu y rentres. Les faibles plaisirs que tu as pu goûter dans ta chute te dédommagent-ils des tourments dont voilà ton cœur déchiré? Le bonheur n'est donc que dans la vertu, mon enfant, et tous les sophismes de ses détracteurs ne procureront jamais une seule de ses jouissances. Ah! Florville, ceux qui les nient ou qui les combattent, ces jouissances si douces, ne le font que par jalousie, sois-en sûre, que par le plaisir barbare de rendre les autres aussi coupables et aussi malheureux qu'ils le sont. Ils s'aveuglent et voudraient aveugler tout le monde, ils se trompent, et voudraient que tout le monde se trompât; mais si l'on pouvait lire au fond de leur âme, on n'y verrait que douleurs et que repentirs; tous ces apôtres du crime ne sont que des méchants, que des désespérés; on n'en trouverait pas un de sincère, pas un qui n'avouât, s'il pouvait être vrai, que ses discours empestés ou ses écrits dangereux, n'ont eu que ses passions pour guide. Et quel homme, en effet, pourra dire de sang-froid que les bases de la morale peuvent être ébranlées sans risque? quel être osera soutenir que de faire le bien, de désirer le bien, ne doit pas être nécessairement la véritable fin de l'homme? et comment celui qui ne fera que le mal peut-il s'attendre à être heureux au milieu d'une société dont le plus puissant intérêt est que le bien se multiplie sans cesse ? Mais ne frémira-t-il pas lui-même à tout instant, cet apologiste du crime, quand il aura déraciné dans tous les cœurs la seule chose dont il doive attendre sa conservation ? Qui s'opposera à ce que ses valets le ruinent, s'ils ont cessé d'être vertueux ? qui empêchera sa femme de le déshonorer, s'il l'a persuadée que la vertu n'est utile à rien ? qui retiendra la main de ses enfants, s'il a osé flétrir les semences du bien dans leur cœur ? comment sa liberté, ses possessions, seront-elles respectées, s'il a dit aux grands, *L'impunité vous accompagne, et la vertu n'est qu'une chimère ?* Quel que soit donc l'état de ce malheureux, qu'il soit époux ou père, riche ou pauvre, maître ou esclave, de toutes parts naîtront des dangers pour lui, de tous côtés s'élèveront des poignards sur son sein : s'il a osé détruire dans l'homme les seuls devoirs qui balancent sa perversité, n'en doutons point, l'infortuné périra tôt ou tard, victime de ses affreux systèmes *.

Laissons un instant la religion, si l'on veut, ne considérons que l'homme seul ; quel sera l'être assez imbécile pour croire qu'en enfreignant toutes les lois de la société, cette société, qu'il outrage, pourra le laisser en repos ? N'est-il pas de l'intérêt de l'homme, et des lois qu'il fait pour sa sûreté, de toujours tendre à détruire ou ce qui gêne, ou ce qui nuit ? Quelque

---

* *Oh ! mon ami, ne cherche jamais à corrompre la personne que tu aimes, cela peut aller plus loin qu'on ne pense,* disait un jour une femme sensible à l'ami qui voulait la séduire. Femme adorable, laisse-moi citer tes propres paroles, elles peignent si bien l'âme de celle qui, peu après, sauva la vie à ce même homme, que je voudrais graver ces mots touchants au temple de mémoire, où tes vertus t'assurent une place [6].

crédit, ou des richesses, assureront peut-être au
méchant une lueur éphémère de prospérité; mais
combien son règne sera court! reconnu, démasqué,
devenu bientôt l'objet de la haine et du mépris public,
trouvera-t-il alors, ou les apologistes de sa conduite, ou
ses partisans, pour consolateurs? aucun ne voudra
l'avouer; n'ayant plus rien à leur offrir, tous le
rejetteront comme un fardeau; le malheur l'environ-
nant de toutes parts, il languira dans l'opprobre et
dans l'infortune, et n'ayant même plus son cœur pour
asile, il expirera bientôt dans le désespoir. Quel est
donc ce raisonnement absurde de nos adversaires?
quel est cet effort impuissant, pour atténuer la vertu,
d'oser dire que tout ce qui n'est pas universel est
chimère, et que les vertus n'étant que locales, aucune
d'elles ne saurait avoir de réalité? Eh quoi! il n'y a
point de vertu, parce que chaque peuple a dû se faire
les siennes? parce que les différents climats, les
différentes sortes de tempéraments ont nécessité différentes espèces de freins, parce qu'en un mot, la vertu
s'est multipliée sous mille formes, il n'y a point de
vertu sur la terre? Il vaudrait autant douter de la
réalité d'un fleuve, parce qu'il se séparerait en mille
branches diverses. Eh! qui prouve mieux, et l'existence de la vertu et sa nécessité, que le besoin que
l'homme a de l'adapter à toutes ses différentes mœurs
et d'en faire la base de toutes? Qu'on me trouve un
seul peuple qui vive sans vertu, un seul dont la
bienfaisance et l'humanité ne soient pas les liens
fondamentaux, je vais plus loin, qu'on me trouve
même une association de scélérats qui ne soit cimentée
par quelques principes de vertu, et j'abandonne sa
cause; mais si elle est, au contraire, démontrée utile

partout, s'il n'est aucune nation, aucun état, aucune société, aucun individu qui puisse s'en passer, si l'homme, en un mot, ne peut vivre ni heureux ni en sûreté sans elle, aurais-je tort, ô mon enfant, de t'exhorter à ne t'en écarter jamais ? Vois, Florville, continua mon bienfaiteur en me pressant dans ses bras, vois où t'ont fait tomber tes premiers égarements ; et si l'erreur te sollicite encore, si la séduction ou ta faiblesse te préparent de nouveaux pièges, songe aux malheurs de tes premiers écarts, songe à un homme qui t'aime comme sa propre fille... dont tes fautes déchireraient le cœur, et tu trouveras dans ces réflexions toute la force qu'exige le culte des vertus, où je veux te rendre à jamais.

M. de Saint-Prât, toujours dans ces mêmes principes, ne m'offrit point sa maison ; mais il me proposa d'aller vivre avec une de ses parentes, femme aussi célèbre par la haute piété dans laquelle elle vivait, que Mme de Verquin l'était par ses travers. Cet arrangement me plut fort. Mme de Lérince m'accepta le plus volontiers du monde, et je fus installée chez elle dès la même semaine de mon retour à Paris.

Oh ! monsieur, quelle différence de cette respectable femme à celle que je quittais ! Si le vice et la dépravation avaient chez l'une établi leur empire, on eût dit que le cœur de l'autre était l'asile de toutes les vertus. Autant la première m'avait effrayée de ses dépravations, autant je me trouvais consolée des édifiants principes de la seconde ; je n'avais trouvé que de l'amertume et des remords en écoutant Mme de Verquin, je ne rencontrais que des douceurs et des consolations en me livrant à Mme de Lérince... Ah ! monsieur, permettez-moi de vous la peindre, cette

femme adorable que j'aimerai toujours ; c'est un
hommage que mon cœur doit à ses vertus, il m'est
impossible d'y résister.

Mme de Lérince, âgée d'environ quarante ans, était
encore très fraîche, un air de candeur et de modestie
embellissait bien plus ses traits que les divines propor-
tions qu'y faisait régner la nature ; un peu trop de
noblesse et de majesté la rendait, disait-on, imposante
au premier aspect, mais ce qu'on eût pu prendre pour
de la fierté s'adoucissait dès qu'elle ouvrait la bouche ;
c'était une âme si belle et si pure, une aménité si
parfaite, une franchise si entière, qu'on sentait insensiblement, malgré soi, joindre à la vénération qu'elle
inspirait d'abord, tous les sentiments les plus tendres.
Rien d'outré, rien de superstitieux dans la religion de
Mme de Lérince ; c'était dans la plus extrême sensibilité
que l'on trouvait en elle les principes de sa foi. L'idée
de l'existence de Dieu, le culte dû à cet Être suprême,
telles étaient les jouissances les plus vives de cette âme
aimante ; elle avouait hautement qu'elle serait la plus
malheureuse des créatures, si de perfides lumières
contraignaient jamais son esprit à détruire en elle le
respect et l'amour qu'elle avait pour son culte ; encore
plus attachée, s'il est possible, à la morale sublime de
cette religion qu'à ses pratiques ou à ses cérémonies,
elle faisait, de cette excellente morale, la règle de toutes
ses actions ; jamais la calomnie n'avait souillé ses
lèvres, elle ne se permettait même pas une plaisanterie
qui pût affliger son prochain ; pleine de tendresse et de
sensibilité pour ses semblables, trouvant les hommes
intéressants, même dans leurs défauts, son unique
occupation était, ou de cacher ces défauts avec soin, ou
de les en reprendre avec douceur. Étaient-ils malheu-

reux, aucun charme n'égalait, pour elle, celui de les
soulager ; elle n'attendait pas que les indigents vinssent implorer son secours, elle les cherchait... elle les
devinait, et l'on voyait la joie éclater sur ses traits,
quand elle avait consolé la veuve ou pourvu l'orphe-
lin, quand elle avait répandu l'aisance dans une
pauvre famille, ou lorsque ses mains avaient brisé les
fers de l'infortune. Rien d'âpre, rien d'austère auprès
de tout cela ; les plaisirs qu'on lui proposait étaient-ils
chastes, elle s'y livrait avec délices, elle en imaginait
même, dans la crainte qu'on ne s'ennuyât près d'elle.
Sage... éclairée avec le moraliste... profonde avec le
théologien, elle inspirait le romancier et souriait au
poète, elle étonnait le législateur ou le politique, et
dirigeait les jeux d'un enfant ; possédant toutes les
sortes d'esprit, celui qui brillait le plus en elle se
reconnaissait principalement au soin particulier... à
l'attention charmante qu'elle avait, ou à faire paraître
celui des autres, ou à leur en trouver toujours. Vivant
dans la retraite par goût, cultivant ses amis pour eux,
Mme de Lérince, en un mot, le modèle de l'un et l'autre
sexe, faisait jouir tout ce qui l'entourait de ce bonheur
tranquille... de cette volupté céleste promise à l'honnête homme par le Dieu saint dont elle était l'image.

Je ne vous ennuierai point, monsieur, des détails
monotones de ma vie, pendant les dix-sept ans que j'ai
eu le bonheur de vivre avec cette créature adorable.
Des conférences de morale et de piété, le plus d'actes
de bienfaisance qu'il nous était possible, tels étaient les
devoirs qui partageaient nos jours.

— Les hommes ne s'effarouchent de la religion, ma
chère Florville, me disait Mme de Lérince, que parce
que des guides maladroits ne leur en font sentir que les

chaînes, sans leur en offrir les douceurs. Peut-il exister un homme assez absurde pour oser, en ouvrant les yeux sur l'univers, ne pas convenir que tant de merveilles ne peuvent être que l'ouvrage d'un Dieu tout-puissant ? Cette première vérité sentie... et faut-il autre chose que son cœur pour s'en convaincre ?... quel peut-il être donc cet individu cruel et barbare qui refuserait alors son hommage au Dieu bienfaisant qui l'a créé ? Mais la diversité des cultes embarrasse, on croit trouver leur fausseté dans leur multitude ; quel sophisme ! et n'est-ce point dans cette unanimité des peuples à reconnaître et servir un Dieu, n'est-ce donc point dans cet aveu tacite, empreint au cœur de tous les hommes, où se trouve plus encore, s'il est possible, que dans les sublimités de la nature, la preuve irrévocable de l'existence de ce Dieu suprême ? Quoi ! l'homme ne peut vivre sans adopter un Dieu, il ne peut s'interroger sans en trouver des preuves dans lui-même, il ne peut ouvrir les yeux sans rencontrer partout des traces de ce Dieu, et il ose encore en douter ! Non, Florville, non, il n'y a point d'athée de bonne foi ; l'orgueil, l'entêtement, les passions, voilà les armes destructives de ce Dieu qui se revivifie sans cesse dans le cœur de l'homme ou dans sa raison ; et quand chaque battement de ce cœur, quand chaque trait lumineux de cette raison m'offre cet Être incontestable, je lui refuserais mon hommage, je lui déroberais le tribut que sa bonté permet à ma fai-blesse, je ne m'humilierais pas devant sa grandeur, je ne lui demanderais pas la grâce, et d'endurer les misères de la vie, et de me faire un jour participer à sa gloire ! je n'ambitionnerais pas la faveur de passer l'éternité dans son sein, ou je risquerais cette même éternité dans un gouffre effrayant de supplices, pour m'être refusée aux preuves indubitables qu'a bien voulu me donner ce grand Être, de la certitude de son existence! Mon enfant, cette effroyable alternative permet-elle même un instant de réflexion? Ô vous qui vous refusez opiniâtrement aux traits de flamme lancés par ce Dieu même au fond de votre cœur, soyez au moins justes un instant, et, par seule pitié pour vous-même, rendez-vous à cet argument invincible de Pascal : « S'il n'y a point de Dieu, que vous importe d'y croire, quel mal vous fait cette adhésion? et s'il y en a un, quels dangers ne courez-vous pas à lui refuser votre foi [7]? » Vous ne savez, dites-vous, incrédules, quel hommage offrir à ce Dieu, la multitude des religions vous offusque : eh bien! examinez-les toutes, j'y consens, et venez dire après, de bonne foi, à laquelle vous trouvez plus de grandeur et de majesté; niez, s'il vous est possible, ô Chrétiens, que celle dans laquelle vous avez eu le bonheur de naître ne vous paraisse pas celle de toutes, dont les caractères ne soient les plus saints et les plus sublimes; cherchez ailleurs d'aussi grands mystères, des dogmes aussi purs, une morale aussi consolante; trouvez dans une autre religion le sacrifice ineffable d'un Dieu, en faveur de sa créature; voyez-y des promesses plus belles, un avenir plus flatteur, un Dieu plus grand et plus sublime! Non, tu ne le peux, philosophe du jour; tu ne le peux, esclave de tes plaisirs, dont la foi change avec l'état physique de tes nerfs; impie dans le feu des passions, crédule dès qu'elles sont calmées, tu ne le peux, te dis-je; le sentiment l'avoue sans cesse, ce Dieu que ton esprit combat, il existe toujours près de toi, même au milieu de tes erreurs; brise ces fers qui t'attachent au crime, et jamais, ce Dieu saint et majestueux ne s'éloignera du temple érigé par lui dans ton cœur. C'est au fond de ce cœur, bien plus encore que dans sa raison, qu'il faut, ô ma chère Florville, trouver la nécessité de ce Dieu que tout nous indique et nous prouve ; c'est de ce même cœur qu'il faut également recevoir la nécessité du culte que nous lui rendons, et c'est ce cœur seul qui te convaincra bientôt, chère amie, que le plus noble et le plus épuré de tous est celui dans lequel nous sommes nées. Pratiquons-le donc avec exactitude, avec joie, ce culte doux et consolateur ; qu'il remplisse ici-bas nos moments les plus beaux, et qu'insensiblement conduites, en le chérissant, au dernier terme de notre vie, ce soit par une voie d'amour et de délices que nous allions déposer, dans le sein de l'Éternel, cette âme émanée de lui, uniquement formée pour le connaître, et dont nous n'avons dû jouir que pour le croire et pour l'adorer.

Voilà comme me parlait Mme de Lérince, voilà comme mon esprit se fortifiait de ses conseils, et comme mon âme se raréfiait [8] sous son aile sacrée. Mais, je vous l'ai dit, je passe sous silence tous les petits détails des événements de ma vie dans cette maison, pour ne vous arrêter qu'à l'essentiel ; ce sont mes fautes que je dois vous révéler, homme généreux et sensible, et quand le ciel a voulu me permettre de vivre en paix dans la route de la vertu, je n'ai qu'à le remercier et me taire.

Je n'avais pas cessé d'écrire à Mme de Verquin ; je recevais régulièrement, deux fois par mois, de ses nouvelles, et quoique j'eusse dû sans doute renoncer à ce commerce, quoique la réforme de ma vie, et de meilleurs principes, me contraignissent en quelque

façon à le rompre, ce que je devais à M. de Saint-Prât,
et plus que tout, faut-il l'avouer, un sentiment secret
qui m'entraînait toujours invinciblement vers les lieux
où tant d'objets chéris m'enchaînaient autrefois,
l'espoir, peut-être, d'apprendre un jour des nouvelles
de mon fils, tout enfin m'engagea à continuer un
commerce que Mme de Verquin eut l'honnêteté de
soutenir toujours régulièrement ; j'essayais de la
convertir, je lui vantais les douceurs de la vie que je
menais, mais elle les traitait de chimères, elle ne cessait
de rire de mes résolutions, ou de les combattre, et,
toujours ferme dans les siennes, elle m'assurait que
rien au monde ne serait capable de les affaiblir, elle me
parlait des nouvelles prosélytes qu'elle s'amusait à
faire, elle mettait leur docilité bien au-dessus de la
mienne ; leurs chutes multipliées étaient, disait cette
femme perverse, de petits triomphes qu'elle ne rem-
portait jamais sans délices, et le plaisir d'entraîner ces
jeunes cœurs au mal la consolait de ne pouvoir faire
tout celui que son imagination lui dictait. Je priais
souvent Mme de Lérince de me prêter sa plume
éloquente pour renverser mon adversaire ; elle y
consentait avec joie ; Mme de Verquin nous répondait,
et ses sophismes, quelquefois très forts, nous contraignaient à recourir aux arguments bien autrement
victorieux d'une âme sensible, où Mme de Lérince
prétendait, avec raison, que se trouvait inévitablement
tout ce qui devait détruire le vice et confondre
l'incrédulité. Je demandais de temps en temps à
Mme de Verquin des nouvelles de celui que j'aimais
encore, mais ou elle ne put, ou elle ne voulut jamais
m'en apprendre.

Il en est temps, monsieur ; venons à cette seconde

catastrophe de ma vie, à cette anecdote sanglante qui brise mon cœur chaque fois qu'elle se présente à mon imagination, et qui, vous apprenant le crime affreux dont je suis coupable, vous fera sans doute renoncer aux projets trop flatteurs que vous formiez sur moi.

La maison de Mme de Lérince, telle régulière que j'aie pu vous la peindre, s'ouvrait pourtant à quelques amis ; Mme de Dulfort, femme d'un certain âge, autrefois attachée à la princesse de Piémont, et qui venait nous voir très souvent, demanda un jour à Mme de Lérince la permission de lui présenter un jeune homme qui lui était expressément recommandé, et qu'elle serait bien aise d'introduire dans une maison où les exemples de vertu, qu'il recevrait sans cesse, ne pourraient que contribuer à lui former le cœur. Ma protectrice s'excusa sur ce qu'elle ne recevait jamais de jeunes gens ; ensuite, vaincue par les pressantes sollicitations de son amie, elle consentit à voir le chevalier de Saint-Ange : il parut.

Soit pressentiment... soit tout ce qu'il vous plaira, monsieur, il me prit, en apercevant ce jeune homme, un frémissement universel dont il me fut impossible de démêler la cause... je fus prête à m'évanouir... Ne recherchant point le motif de cet effet bizarre, je l'attribuai à quelque malaise intérieur, et Saint-Ange cessa de me frapper. Mais si ce jeune homme m'avait, dès la première vue, agitée de cette sorte, pareil effet s'était manifesté dans lui... je l'appris enfin par sa bouche. Saint-Ange était rempli d'une si grande vénération pour le logis dont on lui avait ouvert l'entrée, qu'il n'osait s'oublier au point d'y laisser échapper le feu qui le consumait. Trois mois se passèrent donc avant qu'il n'osât m'en rien dire ; mais

ses yeux m'exprimaient un langage si vif, qu'il me
devenait impossible de m'y méprendre. Bien décidée à
ne point retomber encore dans un genre de faute
auquel je devais le malheur de mes jours, très affermie
par de meilleurs principes, je fus prête vingt fois à
prévenir Mme de Lérince des sentiments que je croyais
démêler dans ce jeune homme ; retenue ensuite par la
peine que je craignais de lui faire, je pris le parti du
silence. Funeste résolution, sans doute, puisqu'elle fut
cause du malheur effrayant que je vais bientôt vous
apprendre.

Nous étions dans l'usage de passer, tous les ans, six
mois dans une assez jolie campagne que possédait
Mme de Lérince à deux lieues de Paris ; M. de Saint-
Prât nous y venait voir souvent ; pour mon malheur, la
goutte le retint cette année, il lui fut impossible d'y
paraître ; je dis pour mon malheur, monsieur, parce
qu'ayant naturellement plus de confiance en lui qu'en
sa parente, je lui aurais avoué des choses que je ne pus
jamais me résoudre à dire à d'autres, et dont les aveux
eussent sans doute prévenu le funeste accident qui
arriva.

Saint-Ange demanda permission à Mme de Lérince
d'être du voyage, et comme Mme de Dulfort sollicitait
également pour lui cette grâce, elle lui fut accordée.

Nous étions tous assez inquiets, dans la société, de
savoir quel était ce jeune homme ; il ne paraissait rien
ni de bien clair, ni de bien décidé sur son existence ;
Mme de Dulfort nous le donnait pour le fils d'un
gentilhomme de province, auquel elle appartenait ; lui,
oubliant quelquefois ce qu'avait dit Mme de Dulfort, se
faisait passer pour piémontais, opinion que fondait
assez la manière dont il parlait italien. Il ne servait

point ; il était pourtant en âge de faire quelque chose, et nous ne le voyions encore décidé à aucun parti. D'ailleurs, une très jolie figure, fait à peindre, le maintien fort décent, le propos très honnête, tout l'air d'une excellente éducation, mais, au travers de cela, une vivacité prodigieuse, une sorte d'impétuosité dans le caractère qui nous effrayait quelquefois.

Dès que M. de Saint-Ange fut à la campagne, ses sentiments n'ayant fait que croître par le frein qu'il avait cherché à leur imposer, il lui devint impossible de me les cacher. Je frémis... et devins pourtant assez maîtresse de moi-même pour ne lui montrer que de la pitié.

— En vérité, monsieur, lui dis-je, il faut que vous méconnaissiez ce que vous pouvez valoir, ou que vous ayez bien du temps à perdre, pour l'employer avec une femme qui a le double de votre âge ; mais à supposer même que je fusse assez folle pour vous écouter, quelles prétentions ridicules oseriez-vous former sur moi ?

— Celles de me lier à vous par les nœuds les plus saints, mademoiselle ; que vous m'estimeriez peu, si vous pouviez m'en supposer d'autres !

— En vérité, monsieur, je ne donnerai point au public la scène bizarre de voir une fille de trente-quatre ans épouser un enfant de dix-sept.

— Ah ! cruelle, verriez-vous ces faibles disproportions, s'il existait au fond de votre cœur la millième partie du feu qui dévore le mien ?

— Il est certain, monsieur, que pour moi je suis très calme... je le suis depuis bien des années, et le serai, j'espère, aussi longtemps qu'il plaira à Dieu de me laisser languir sur la terre.

— Vous m'arrachez jusqu'à l'espoir de vous attendrir un jour !

— Je vais plus loin, j'ose vous défendre de m'entretenir plus longtemps de vos folies.

— Ah ! belle Florville, vous voulez donc le malheur de ma vie ?

— J'en veux le repos et la félicité.

— Tout cela ne peut exister qu'avec vous.

— Oui... tant que vous ne détruirez pas des sentiments ridicules que vous n'auriez jamais dû concevoir ; essayez de les vaincre, tâchez d'être maître de vous, votre tranquillité renaîtra.

— Je ne le puis.

— Vous ne le voulez point, il faut nous séparer pour y réussir ; soyez deux ans sans me voir, cette effervescence s'éteindra, vous m'oublierez, et vous serez heureux.

— Ah ! jamais, jamais ! le bonheur ne sera pour moi qu'à vos pieds...

Et comme la société nous rejoignait, notre première conversation resta là.

Trois jours après, Saint-Ange, ayant trouvé le moyen de me rencontrer encore seule, voulut reprendre le ton de l'avant-veille. Pour cette fois, je lui imposai silence avec tant de rigueur que ses larmes coulèrent avec abondance ; il me quitta brusquement, me dit que je le mettais au désespoir, et qu'il s'arracherait bientôt la vie, si je continuais à le traiter ainsi... Revenant ensuite comme un furieux sur ses pas :

— Mademoiselle, me dit-il, vous ne connaissez pas l'âme que vous outragez... non, vous ne la connaissez pas... sachez que je suis capable de me porter aux dernières extrémités... à celles même que vous êtes peut-être bien loin de penser... oui, je m'y porterai mille fois, plutôt que de renoncer au bonheur d'être à vous.

Et il se retira dans une affreuse douleur.

Je ne fus jamais plus tentée qu'alors de parler à Mme de Lérince, mais, je vous le répète, la crainte de nuire à ce jeune homme me retint, je me tus. Saint-Ange fut huit jours à me fuir ; à peine me parlait-il, il m'évitait à table... dans le salon... aux promenades, et tout cela, sans doute, pour voir si ce changement de conduite produirait en moi quelque impression. Si j'eus partagé ses sentiments, le moyen était sûr, mais j'en étais si loin, qu'à peine eus-je l'air de me douter de ses manœuvres.

Enfin il m'aborde au fond des jardins...

— Mademoiselle, me dit-il dans l'état du monde le plus violent... j'ai enfin réussi à me calmer, vos conseils ont fait sur moi l'effet que vous en attendiez... vous voyez comme me voilà redevenu tranquille... je n'ai cherché à vous trouver seule que pour vous faire mes derniers adieux... oui, je vais vous fuir à jamais, mademoiselle... je vais vous fuir... vous ne verrez plus celui que vous haïssez... oh ! non, non, vous ne le verrez plus.

— Ce projet me fait plaisir, monsieur, j'aime à vous croire enfin raisonnable ; mais, ajoutai-je en souriant, votre conversion ne me paraît pas encore bien réelle.

— Eh ! comment faut-il donc que je sois, mademoiselle, pour vous convaincre de mon indifférence ?

— Tout autrement que je ne vous vois.

— Mais au moins, quand je serai parti... quand vous n'aurez plus la douleur de me voir, peut-être croirez-vous à cette raison où vous faites tant d'efforts pour me ramener?

— Il est vrai qu'il n'y a que cette démarche qui puisse me le persuader, et je ne cesserai de vous la conseiller sans cesse.

— Ah! je suis donc pour vous un objet bien affreux?

— Vous êtes, monsieur, un homme fort aimable, qui devez voler à des conquêtes d'un autre prix, et laisser en paix une femme à laquelle il est impossible de vous entendre.

— Vous m'entendrez pourtant, dit-il alors en fureur, oui, cruelle, vous entendrez, quoi que vous en puissiez dire, les sentiments de mon âme de feu[9], et l'assurance qu'il ne sera rien dans le monde que je ne fasse... ou pour vous mériter, ou pour vous obtenir... N'y croyez pas, au moins, reprit-il impétueusement, n'y croyez pas à ce départ simulé, je ne l'ai feint que pour vous éprouver... moi, vous quitter... moi, m'arracher au lieu qui vous possède, on me priverait plutôt mille fois du jour... Haïssez-moi, perfide, haïssez-moi, puisque tel est mon malheureux sort, mais n'espérez jamais vaincre en moi l'amour dont je brûle pour vous...

Et Saint-Ange était dans un tel état en prononçant ces derniers mots, par une fatalité que je n'ai jamais pu comprendre, il avait si bien réussi à m'émouvoir, que je me détournai pour lui cacher mes pleurs, et le laissai dans le fond du bosquet où il avait trouvé le moyen de me joindre. Il ne me suivit pas; je l'entendis se jeter à terre, et s'abandonner aux excès du plus affreux délire... Moi-même, faut-il vous l'avouer, monsieur, quoique bien certaine de n'éprouver nul sentiment d'amour pour ce jeune homme, soit commisération, soit souvenir, il me fut impossible de ne pas éclater à mon tour.

Hélas ! me disais-je en me livrant à ma douleur... voilà quels étaient les propos de Senneval !... c'était dans les mêmes termes qu'il m'exprimait les senti- ments de sa flamme... également dans un jardin... dans un jardin comme celui-ci... ne me disait-il pas qu'il m'aimerait toujours... et ne m'a-t-il pas cruellement trompée !... Juste ciel ! il avait le même âge... Ah ! Senneval... Senneval ! est-ce toi qui cherche à me ravir encore mon repos ? et ne reparais-tu sous ces traits séducteurs que pour m'entraîner une seconde fois dans l'abîme ?... Fuis, lâche... fuis !... j'abhorre à présent jusqu'à ton souvenir !

J'essuyai mes larmes, et fus m'enfermer chez moi jusqu'à l'heure du souper ; je descendis alors... mais Saint-Ange ne parut pas, il fit dire qu'il était malade, et, le lendemain, il fut assez adroit pour ne me laisser lire sur son front que de la tranquillité... je m'y trompai ; je crus réellement qu'il avait fait assez d'efforts sur lui-même pour avoir vaincu sa passion. Je m'abusais ; le perfide !... Hélas ! que dis-je, monsieur, je ne lui dois plus d'invectives... il n'a plus de droits qu'à mes larmes, il n'en a plus qu'à mes remords.

Saint-Ange ne semblait aussi calme, que parce que ses plans étaient dressés. Deux jours se passèrent ainsi, et vers le soir du troisième, il annonça publiquement son départ ; il prit avec Mme de Dulfort, sa protectrice, des arrangements relatifs à leurs communes affaires à Paris.

On se coucha... Pardonnez-moi, monsieur, le trou- ble où me jette d'avance le récit de cette affreuse catastrophe ; elle ne se peint jamais à ma mémoire sans me faire frissonner d'horreur.

Comme il faisait une chaleur extrême, je m'étais jetée dans mon lit presque nue ; ma femme de chambre dehors, je venais d'éteindre ma bougie... Un sac à ouvrage était malheureusement resté ouvert sur mon lit, parce que je venais de couper des gazes dont j'avais besoin le lendemain. A peine mes yeux commençaient-ils à se fermer, que j'entends du bruit... je me relève sur mon séant avec vivacité... je me sens saisie par une main...

— Tu ne me fuiras plus, Florville ! me dit Saint-Ange (c'était lui). Pardonne à l'excès de ma passion, mais ne cherche pas à t'y soustraire... il faut que tu sois à moi.

— Infâme séducteur ! m'écriai-je, fuis dans l'instant, ou crains les effets de mon courroux...

— Je ne crains que de ne pouvoir te posséder, fille cruelle, reprit cet ardent jeune homme, en se précipitant sur moi si adroitement, et dans un tel état de fureur, que je devins sa victime avant que de pouvoir l'empêcher... Courroucée d'un tel excès d'audace, décidée à tout plutôt que d'en souffrir la suite, je me jette, en me débarrassant de lui, sur les ciseaux que j'avais à mes pieds ; me possédant néanmoins dans ma fureur, je cherche son bras pour l'y atteindre, et pour l'effrayer par cette résolution de ma part, bien plus que pour le punir comme il méritait de l'être, sur le mouvement qu'il me sent faire, il redouble la violence des siens.

— Fuis ! traître, m'écriai-je en croyant le frapper au bras, fuis dans l'instant, et rougis de ton crime...

Oh ! monsieur, une main fatale avait dirigé mes coups... le malheureux jeune homme jette un cri, et tombe sur le carreau... Ma bougie à l'instant rallumée, je m'approche... Juste ciel! je l'ai frappé dans le cœur... il expire!... Je me précipite sur ce cadavre sanglant... je le presse avec délire sur mon sein agité... ma bouche, empreinte sur la sienne, veut rappeler une âme qui s'exhale; je lave sa blessure de mes pleurs...

— Ô toi! dont le seul crime fut de me trop aimer, dis-je avec l'égarement du désespoir, méritais-tu donc un supplice pareil? devais-tu perdre la vie par la main de celle à qui tu aurais sacrifié la tienne? Ô malheureux jeune homme!... image de celui que j'adorais, s'il ne faut que t'aimer pour te rendre à la vie, apprends, en cet instant cruel où tu ne peux malheureusement plus m'entendre... apprends, si ton âme palpite encore, que je voudrais la ranimer au prix de mes jours... apprends que tu ne me fus jamais indifférent... que je ne t'ai jamais vu sans trouble, et que les sentiments que j'éprouvais pour toi étaient peut-être bien supérieurs à ceux du faible amour qui brûlait dans ton cœur.

A ces mots je tombai sans connaissance sur le corps de cet infortuné jeune homme; ma femme de chambre entra, elle avait entendu le bruit; elle me soigne, elle joint ses efforts aux miens pour rendre Saint-Ange à la vie... Hélas! tout est inutile. Nous sortons de ce fatal appartement, nous en fermons la porte avec soin, nous emportons la clef, et volons à l'instant à Paris, chez M. de Saint-Prât... je le fais éveiller, je lui remets la clef de cette funeste chambre, je lui raconte mon horrible aventure; il me plaint, il me console, et tout malade qu'il est, il se rend aussitôt chez Mme de Lérince; comme il y avait fort près de cette campagne à Paris, la nuit suffit à toutes ces démarches. Mon

protecteur arrive chez sa parente au moment où on se
levait, et où rien encore n'avait transpiré, jamais amis,
jamais parents ne se conduisirent mieux que dans cette
circonstance ; loin d'imiter ces gens stupides ou féroces
qui n'ont de charmes, dans de telles crises, qu'à
ébruiter tout ce qui peut flétrir ou rendre malheureux,
et eux et ce qui les entoure, à peine les domestiques se
doutèrent-ils de ce qui s'était passé.

Eh bien ! monsieur, dit ici Mlle de Florville en
s'interrompant, à cause des larmes qui la suffoquaient,
épouserez-vous maintenant une fille capable d'un tel
meurtre ? Souffrirez-vous dans vos bras une créature
qui a mérité la rigueur des lois ? une malheureuse,
enfin, que son crime tourmente sans cesse, qui n'a pas
eu une seule nuit tranquille depuis ce cruel moment.
Non, monsieur, il n'en est pas une où ma malheureuse
victime ne se soit présentée à moi, inondée du sang que
j'avais arraché de son cœur.

— Calmez-vous, mademoiselle, calmez-vous, je
vous conjure, dit M. de Courval en mêlant ses larmes à
celles de cette fille intéressante ; avec l'âme sensible
que vous avez reçue de la nature, je conçois vos
remords ; mais il n'y a pas même l'apparence du crime
dans cette fatale aventure, c'est un malheur affreux,
sans doute, mais ce n'est que cela ; rien de prémédité,
rien d'atroce, le seul désir de vous soustraire au plus
odieux attentat... un meurtre, en un mot, fait par
hasard, en se défendant... Rassurez-vous, mademoiselle, rassurez-vous donc, je l'exige ; le plus sévère des
tribunaux ne ferait qu'essuyer vos larmes ; oh ! combien vous vous êtes trompée, si vous avez craint qu'un
tel événement vous fît perdre sur mon cœur tous les
droits que vos qualités vous assurent. Non, non, belle

Florville, cette occasion, loin de vous déshonorer, relève à mes yeux l'éclat de vos vertus ; elle ne vous rend que plus digne de trouver une main consolatrice qui vous fasse oublier vos chagrins.

— Ce que vous avez la bonté de me dire, reprit Mlle de Florville, M. de Saint-Prât me le dit également ; mais vos excessives bontés à l'un et à l'autre n'étouffent pas les reproches de ma conscience : jamais rien n'en calmera les remords. N'importe, reprenons, monsieur, vous devez être inquiet du dénouement de tout ceci.

Mme de Dulfort fut désolée sans doute ; ce jeune homme, très intéressant par lui-même, lui était trop particulièrement recommandé pour ne pas déplorer sa perte ; mais elle sentit les raisons du silence, elle vit que l'éclat, en me perdant, ne rendrait pas la vie à son protégé, et elle se tut. Mme de Lérince, malgré la sévérité de ses principes, et l'excessive régularité de ses mœurs, se conduisit encore mieux, s'il est possible, parce que la prudence et l'humanité sont les caractères distinctifs de la vraie piété ; elle publia d'abord dans la maison, que j'avais fait la folie de vouloir retourner à Paris pendant la nuit, pour jouir de la fraîcheur du temps, qu'elle était parfaitement instruite de cette petite extravagance ; qu'au reste, j'avais d'autant mieux fait, que son projet, à elle, était d'y aller souper le même soir ; sous ce prétexte, elle y renvoya tout son monde. Une fois seule avec M. de Saint-Prât et son amie, on envoya chercher le curé ; le pasteur de Mme de Lérince devait être un homme aussi sage et aussi éclairé qu'elle ; il remit sans difficulté une attestation en règle à Mme de Dulfort, et enterra lui-même, secrètement, avec deux de ses gens, la malheureuse victime de ma fureur.

Ces soins remplis, tout le monde reparut ; le secret fut juré de part et d'autre, et M. de Saint-Prât vint me calmer en me faisant part de tout ce qui venait d'être fait pour ensevelir ma faute dans le plus profond oubli ; il parut désirer que je retournasse à mon ordinaire chez Mme de Lérince... elle était prête à me recevoir... Je ne pus le prendre sur moi ; alors il me conseilla de me distraire. Mme de Verquin, avec laquelle je n'avais jamais cessé d'être en commerce, comme je vous l'ai dit, monsieur, me pressait toujours d'aller encore passer quelques mois avec elle ; je parlai de ce projet à son frère, il l'approuva, et, huit jours après, je partis pour la Lorraine ; mais le souvenir de mon crime me poursuivait partout, rien ne parvenait à me calmer.

Je me réveillais au milieu de mon sommeil, croyant entendre encore les gémissements et les cris de ce malheureux Saint-Ange, je le voyais sanglant à mes pieds, me reprocher ma barbarie, m'assurer que le souvenir de cette affreuse action me poursuivrait jusqu'à mes derniers instants, et que je ne connaissais pas le cœur que j'avais déchiré.

Une nuit, entre autres, Senneval, ce malheureux amant que je n'avais pas oublié, puisque lui seul m'entraînait encore à Nancy... Senneval me faisait voir à la fois deux cadavres, celui de Saint-Ange, et celui d'une femme inconnue de moi*, il les arrosait tous deux de ses larmes, et me montrait, non loin de là, un cercueil hérissé d'épines qui paraissait s'ouvrir pour

---

* Qu'on n'oublie pas l'expression : *Une femme inconnue de moi,* afin de ne pas confondre. Florville a encore quelques pertes à faire, avant que le voile ne se lève, et ne lui fasse connaître la femme qu'elle voyait en songe.

moi ; je me réveillai dans une affreuse agitation ; mille
sentiments confus s'élevèrent alors dans mon âme, une
voix secrète semblait me dire : « Oui, tant que tu
respireras, cette malheureuse victime t'arrachera des
larmes de sang, qui deviendront chaque jour plus
cuisantes ; et l'aiguillon de tes remords s'aiguisera sans
cesse au lieu de s'émousser [10]. »

Voilà l'état où j'arrivai à Nancy, monsieur, mille
nouveaux chagrins m'y attendaient ; quand une fois la
main du sort s'appesantit sur nous, ce n'est qu'en
redoublant que ses coups nous écrasent.

Je descends chez Mme de Verquin, elle m'en avait
priée par sa dernière lettre, et se faisait, disait-elle, un
plaisir de me revoir ; mais dans quelle situation, juste
ciel ! allions-nous toutes deux goûter cette joie ! elle
était au lit de la mort quand j'arrivai ; qui me l'eût dit,
grand Dieu ! il n'y avait pas quinze jours qu'elle
m'avait écrit... qu'elle me parlait de ses plaisirs
présents, et qu'elle m'en annonçait de prochains ; et
voilà donc quels sont les projets des mortels, c'est au
moment où ils les forment, c'est au milieu de leurs
amusements que l'impitoyable mort vient trancher le
fil de leurs jours ; et vivant sans jamais s'occuper de cet
instant fatal, vivant comme s'ils devaient exister
toujours, ils disparaissent dans ce nuage obscur de
l'immortalité, incertains du sort qui les y attend.

Permettez, monsieur, que j'interrompe un moment
le récit de mes aventures, pour vous parler de cette
perte, et pour vous peindre le stoïcisme [11] effrayant qui
accompagna cette femme au tombeau.

Mme de Verquin, qui n'était plus jeune, elle avait
pour lors cinquante-deux ans, après une partie folle
pour son âge, se jeta dans l'eau pour se rafraîchir, elle

s'y trouva mal, on la rapporta chez elle dans un état affreux, une fluxion de poitrine se déclara dès le lendemain ; on lui annonça le sixième jour qu'elle avait à peine vingt-quatre heures à vivre. Cette nouvelle ne l'effraya point ; elle savait que j'allais venir, elle recommanda qu'on me reçût ; j'arrive, et, d'après la sentence du médecin, c'était le même soir qu'elle devait expirer. Elle s'était fait placer dans une chambre meublée avec tout le goût et l'élégance possibles ; elle y était couchée, négligemment parée, sur un lit voluptueux, dont les rideaux de gros de Tours lilas, étaient agréablement relevés par des guirlandes de fleurs naturelles ; des touffes d'œillets, de jasmins, de tubéreuses et de roses, ornaient tous les coins de son appartement, elle en effeuillait dans une corbeille, en couvrait et sa chambre et son lit. Elle me tend la main dès qu'elle me voit.

— Approche, Florville, me dit-elle, embrasse-moi sur mon lit de fleurs... Comme tu es devenue grande et belle !... Oh ! ma foi, mon enfant, la vertu t'a réussi... On t'a dit mon état... on te l'a dit, Florville... je le sais aussi... dans peu d'heures je ne serai plus ; je n'aurais pas cru te revoir pour aussi peu de temps... (Et comme elle vit mes yeux se remplir de larmes) Allons donc, folle, me dit-elle, ne fais donc pas l'enfant !... tu me crois donc bien malheureuse ? n'ai-je pas joui autant que femme au monde ? Je ne perds que les années où il m'eût fallu renoncer aux plaisirs : et qu'eussé-je fait sans eux ? En vérité, je ne me plains point de n'avoir pas vécu plus vieille ; dans quelque temps, aucun homme n'eût voulu de moi, et je n'ai jamais désiré de vivre que ce qu'il fallait pour ne pas inspirer du dégoût. La mort n'est à craindre, mon enfant, que pour ceux qui croient ; toujours entre l'enfer et le paradis, incertains de celui qui s'ouvrira pour eux, cette anxiété les désole ; pour moi qui n'espère rien, pour moi qui suis bien sûre de n'être pas plus malheureuse après ma mort que je ne l'étais avant ma vie, je vais m'endormir tranquillement dans le sein de la nature, sans regret comme sans douleur, sans remords comme sans inquiétude. J'ai demandé d'être mise sous mon berceau de jasmins, on y prépare déjà ma place, j'y serai, Florville, et les atomes émanés de ce corps détruit serviront à nourrir... à faire germer la fleur, de toutes, que j'ai le mieux aimée. Tiens (continua-t-elle en badinant sur mes joues avec un bouquet de cette plante), l'année prochaine, en sentant ces fleurs, tu respireras dans leur sein l'âme de ton ancienne amie ; en s'élançant vers les fibres de ton cerveau, elles te donneront de jolies idées, elles te forceront de penser encore à moi.

Mes larmes se rouvrirent un nouveau passage... je serrai les mains de cette malheureuse femme, et voulus changer ces effrayantes idées de matérialisme contre quelques systèmes moins impies ; mais à peine eus-je fait éclater ce désir, que Mme de Verquin me repoussa avec effroi...

— Ô Florville ! s'écria-t-elle, n'empoisonne pas, je t'en conjure, mes derniers moments, de tes erreurs, et laisse-moi mourir tranquille ; ce n'est pas pour les adopter à ma mort que je les ai détestées toute ma vie...

Je me tus ; qu'eût fait ma chétive éloquence auprès de tant de fermeté ? j'eusse désolé Mme de Verquin sans la convertir, l'humanité s'y opposait ; elle sonna, aussitôt j'entendis un concert doux et mélodieux, dont les sons paraissaient sortir d'un cabinet voisin.

— Voilà, dit cette épicurienne [12], comme je prétends mourir ; Florville, cela ne vaut-il pas bien mieux qu'entourée de prêtres, qui rempliraient mes derniers moments de troubles, d'alarme et de désespoir ?... Non, je veux apprendre à tes dévots que, sans leur ressembler, on peut mourir tranquille, je veux les convaincre que ce n'est pas de la religion qu'il faut pour mourir en paix, mais seulement du courage et de la raison.

L'heure avançait : un notaire entra, elle l'avait fait demander ; la musique cesse, elle dicte quelques volontés ; sans enfants, veuve depuis plusieurs années, et par conséquent maîtresse de beaucoup de choses, elle fit des legs à ses amis et à ses gens. Ensuite elle tira un petit coffre d'un secrétaire placé près de son lit.

— Voilà maintenant ce qui me reste, dit-elle : un peu d'argent comptant et quelques bijoux. Amusons-nous le reste de la soirée ; vous voilà six dans ma chambre, je vais faire six lots de ceci, ce sera une loterie, vous la tirerez entre vous, et [chacun] prendra ce qui lui sera échu.

Je ne revenais pas du sang-froid de cette femme ; il me paraissait incroyable d'avoir autant de choses à se reprocher, et d'arriver à son dernier moment avec un tel calme, funeste effet de l'incrédulité ; si la fin horrible de quelques méchants fait frémir, combien ne doit pas effrayer davantage un endurcissement aussi soutenu !

Cependant, ce qu'elle a désiré s'exécute ; elle fait servir une collation magnifique, elle mange de plusieurs plats, boit des vins d'Espagne et des liqueurs, le médecin lui ayant dit que cela est égal dans l'état où elle se trouve.

La loterie se tire ; il nous revient à chacun près de cent louis, soit en or, soit en bijoux. Ce petit jeu finissait à peine qu'une crise violente la saisit.

— Eh bien ! est-ce pour à présent ? dit-elle au médecin, toujours avec la sérénité la plus entière.

— Madame, je le crains.

— Viens donc, Florville, me dit-elle, en me tendant les bras, viens recevoir mes derniers adieux, je veux expirer sur le sein de la vertu...

Elle me serre fortement contre elle, et ses beaux yeux se ferment pour jamais.

Étrangère dans cette maison, n'ayant plus rien qui pût m'y fixer, j'en sortis sur-le-champ... je vous laisse à penser dans quel état... et combien ce spectacle noircissait encore mon imagination.

Trop de distance existait entre la façon de penser de Mme de Verquin et la mienne, pour que je pusse l'aimer bien sincèrement ; n'était-elle pas d'ailleurs la première cause de mon déshonneur, de tous les revers qui l'avaient suivi ? Cependant cette femme, sœur du seul homme qui réellement eût pris soin de moi, n'avait jamais eu que d'excellents procédés à mon égard, elle m'en comblait encore, même en expirant ; mes larmes furent donc sincères, et leur amertume redoubla, en réfléchissant qu'avec d'excellentes qualités, cette misérable créature s'était perdue involontairement, et que, déjà rejetée du sein de l'Éternel, elle subissait cruellement, sans doute, les peines dues à une vie aussi dépravée. La bonté suprême de Dieu vint néanmoins s'offrir à moi, pour calmer ces désolantes idées ; je me jetai à genoux, j'osai prier l'Être des êtres [13] de faire grâce à cette malheureuse ; moi qui avais tant de besoin de la miséricorde du ciel, j'osai l'implorer pour d'autres, et, pour le fléchir autant qu'il pouvait dépendre de moi, je joignis dix louis de mon argent au lot gagné chez Mme de Verquin, et fis sur-le-champ distribuer le tout aux pauvres de sa paroisse.

Au reste, les intentions de cette infortunée furent suivies ponctuellement ; elle avait pris des arrangements trop sûrs pour qu'ils pussent manquer : on la déposa dans son bosquet de jasmins, sur lequel était gravé le seul mot : VIXIT.

Ainsi périt la sœur de mon plus cher ami ; remplie d'esprit et de connaissances, pétrie de grâces et de talents, Mme de Verquin eût pu, avec une autre conduite, mériter l'estime et l'amour de tout ce qui l'aurait connue ; elle n'en obtint que le mépris. Ses désordres augmentaient en vieillissant ; on n'est jamais plus dangereux, quand on n'a point de principes, qu'à l'âge où l'on a cessé de rougir ; la dépravation gangrène le cœur, on raffine ses premiers travers, et l'on arrive insensiblement aux forfaits, s'imaginant encore n'en être qu'aux erreurs ; mais l'incroyable aveuglement de son frère ne cessa de me surprendre : telle est la marque distinctive de la candeur et de la bonté ; les honnêtes gens ne soupçonnent jamais le mal dont ils sont incapables eux-mêmes, et voilà pourquoi ils sont aussi facilement dupes du premier fripon qui s'en empare, et d'où vient qu'il y a tant d'aisance et si peu de gloire à les tromper ; l'insolent coquin qui y tâche n'a travaillé qu'à s'avilir, et sans même avoir prouvé ses talents pour le vice, il n'a prêté que plus d'éclat à la vertu.

En perdant Mme de Verquin, je perdais tout espoir d'apprendre des nouvelles de mon amant et de mon

fils, vous imaginez bien que je n'avais pas osé lui en
parler dans l'état affreux où je l'avais vue.

Anéantie de cette catastrophe, très fatiguée d'un
voyage fait dans une cruelle situation d'esprit, je
résolus de me reposer quelque temps à Nancy, dans
l'auberge où je m'étais établie, sans voir absolument
qui que ce fût, puisque M. de Saint-Prât avait paru
désirer que j'y déguisasse mon nom ; ce fut de là que
j'écrivis à ce cher protecteur, décidée de ne partir
qu'après sa réponse.

Une malheureuse fille qui ne vous est rien, monsieur, lui disais-
je, *qui n'a de droits qu'à votre pitié, trouble éternellement votre vie ;
au lieu de ne vous entretenir que de la douleur où vous devez être
relativement à la perte que vous venez de faire, elle ose vous parler
d'elle, vous demander vos ordres et les attendre,* etc.

Mais il était dit que le malheur me suivrait partout,
et que je serais perpétuellement, ou témoin ou victime
de ses effets sinistres.

Je revenais un soir, assez tard, de prendre l'air avec
ma femme de chambre ; je n'étais accompagnée que de
cette fille et d'un laquais de louage, que j'avais pris en
arrivant à Nancy ; tout le monde était déjà couché. Au
moment d'entrer chez moi, une femme d'environ
cinquante ans, grande, fort belle encore, que je connaissais de vue depuis que je logeais dans la même
maison qu'elle, sort tout à coup de sa chambre, voisine
de la mienne, et se jette, armée d'un poignard, dans
une autre pièce vis-à-vis... L'action naturelle est de
voir... je vole... mes gens me suivent ; dans un clin
d'œil, sans que nous ayons le temps d'appeler ni de
secourir... nous apercevons cette misérable se précipiter sur une autre femme, lui plonger vingt fois son
arme dans le cœur, et rentrer chez elle, égarée, sans

avoir pu nous découvrir. Nous crûmes d'abord que la tête avait tourné à cette créature ; nous ne pouvions comprendre un crime dont nous ne dévoilions aucun motif ; ma femme de chambre et mon domestique voulurent crier ; un mouvement plus impérieux, dont je ne pus deviner la cause, me contraignit à les faire taire, à les saisir par le bras, et à les entraîner avec moi dans mon appartement, où nous nous enfermâmes aussitôt.

Un train affreux se fit bientôt entendre ; la femme qu'on venait de poignarder s'était jetée, comme elle avait pu, sur les escaliers, en poussant des hurlements épouvantables ; elle avait eu le temps, avant que d'expirer, de nommer celle qui l'assassinait ; et comme on sut que nous étions les derniers rentrés dans l'auberge, nous fûmes arrêtés en même temps que la coupable. Les aveux de la mourante ne laissant néanmoins aucun doute sur nous, on se contenta de nous signifier défense de sortir de l'auberge jusqu'à la conclusion du procès. La criminelle, traînée en prison, n'avoua rien, et se défendit fermement ; il n'y avait d'autres témoins que mes gens et moi, il fallut paraître... il fallut parler, il fallut cacher avec soin ce trouble qui me dévorait secrètement,... moi qui méritais la mort comme celle que mes aveux forcés allaient traîner au supplice, puisque aux circonstances près, j'étais coupable d'un crime pareil. Je ne sais ce que j'aurais donné pour éviter ces cruelles dépositions ; il me semblait, en les dictant, qu'on arrachait autant de gouttes de sang de mon cœur, que je proférais de paroles ; cependant il fallut tout dire : nous avouâmes ce que nous avions vu. Quelques convictions qu'on eût d'ailleurs sur le crime de cette femme, dont l'histoire était d'avoir assassiné sa rivale, quelque certains, dis-je, que l'on fût de ce délit, nous sûmes positivement, après, que, sans nous, il eût été impossible de la condamner, parce qu'il y avait dans l'aventure un homme de compromis, qui s'échappa, et que l'on aurait bien pu soupçonner ; mais nos aveux, celui du laquais de louage surtout, qui se trouvait homme de l'auberge... homme attaché à la maison où le crime avait eu lieu... ces cruelles dépositions, qu'il nous était impossible de refuser sans nous compromettre, scellèrent la mort de cette infortunée.

A ma dernière confrontation, cette femme, m'examinant avec le plus grand saisissement, me demanda mon âge.

— Trente-quatre ans, lui dis-je.

— Trente-quatre ans ?... et vous êtes de cette province ?

— Non, madame.

— Vous vous appelez Florville ?

— Oui, répondis-je, c'est ainsi qu'on me nomme.

— Je ne vous connais pas, reprit-elle ; mais vous êtes honnête, estimée, dit-on, dans cette ville ; cela suffit malheureusement pour moi...

Puis, continuant avec trouble :

— Mademoiselle, un rêve vous a offerte à moi au milieu des horreurs où me voilà ; vous y étiez avec mon fils... car je suis mère et malheureuse, comme vous voyez... vous aviez la même figure... la même taille... la même robe... et l'échafaud était devant mes yeux...

— Un rêve ! m'écriai-je... un rêve, madame !

Et le mien se rappelant aussitôt à mon esprit, les traits de cette femme me frappèrent ; je la reconnus pour celle qui s'était présentée à moi avec Senneval, près du cercueil hérissé d'épines... Mes yeux s'inondèrent de pleurs; plus j'examinais cette femme, plus j'étais tentée de me dédire..., je voulais demander la mort à sa place... je voulais fuir et ne pouvais m'arracher... Quand on vit l'état affreux où elle me mettait, comme on était persuadé de mon innocence, on se contenta de nous séparer; je rentrai chez moi anéantie, accablée de mille sentiments divers dont je ne pouvais démêler la cause; et, le lendemain, cette misérable fut conduite à la mort.

Je reçus le même jour la réponse de M. de Saint-Prât; il m'engageait à revenir. Nancy ne devant pas m'être fort agréable après les funestes scènes qu'il venait de m'offrir, je le quittai sur-le-champ, et m'acheminai vers la capitale, poursuivie par le nouveau fantôme de cette femme, qui semblait me crier à chaque instant: *C'est toi, malheureuse, c'est toi qui m'envoies à la mort, et tu ne sais pas qui ta main y traîne.*

Bouleversée par tant de fléaux, persécutée par autant de chagrins, je priai M. de Saint-Prât de me chercher quelque retraite où je pusse finir mes jours dans la solitude la plus profonde, et dans les devoirs les plus rigoureux de ma religion; il me proposa celui où vous m'avez trouvée, monsieur; je m'y établis dès la même semaine, n'en sortant que pour venir voir, deux fois le mois, mon cher protecteur, et pour passer quelques instants chez Mme de Lérince. Mais le ciel, qui veut chaque jour me frapper par des coups sensibles, ne me laissa pas jouir longtemps de cette dernière amie, j'eus le malheur de la perdre l'an passé; sa tendresse pour moi n'a pas voulu que je me séparasse d'elle à ces cruels instants, et c'est également dans mes bras qu'elle rendit les derniers soupirs.

Mais qui l'eût pensé, monsieur ? cette mort ne fut
pas aussi tranquille que celle de Mme de Verquin ;
celle-ci, n'ayant jamais rien espéré, ne redouta point
de tout perdre ; l'autre sembla frémir de voir disparaître l'objet certain de son espoir ; aucun remords ne
m'avait frappée dans la femme qu'ils devaient assaillir
en foule... celle qui ne s'était jamais mise dans le cas
d'en avoir, en conçut. Mme de Verquin, en mourant, ne
regrettait que de n'avoir pas fait assez de mal, Mme de
Lérince expirait, repentante du bien qu'elle n'avait pas
fait. L'une se couvrait de fleurs, en ne déplorant que la
perte de ses plaisirs ; l'autre voulut mourir sur une
croix de cendres, désolée du souvenir des heures
qu'elle n'avait pas offertes à la vertu [14].

Ces contrariétés me frappèrent ; un peu de relâche-
ment s'empara de mon âme ; et pourquoi donc, me dis-
je, le calme, en de tels instants, n'est-il pas le partage
de la sagesse, quand il paraît l'être de l'inconduite ?
Mais à l'instant, fortifiée par une voix céleste qui
semblait tonner au fond de mon cœur : Est-ce à moi,
m'écriai-je, de sonder les volontés de l'Éternel ? Ce que
je vois m'assure un mérite de plus : les frayeurs de
Mme de Lérince sont les sollicitudes de la vertu, la
cruelle apathie de Mme de Verquin n'est que le dernier
égarement du crime. Ah ! si j'ai le choix de mes
derniers instants, que Dieu me fasse bien plutôt la
grâce de m'effrayer comme l'une, que de m'étourdir à
l'exemple de l'autre.

Telle est enfin la dernière de mes aventures, monsieur. Il y a deux ans que je vis à l'Assomption, où m'a
placée mon bienfaiteur ; oui, monsieur, il y a deux ans
que j'y demeure, sans qu'un instant de repos ait encore
lui pour moi, sans que j'aie passé une seule nuit où

l'image de cet infortuné Saint-Ange, et celle de la
malheureuse que j'ai fait condamner à Nancy, ne se
soient présentées à mes yeux; voilà l'état où vous
m'avez trouvée, voilà les choses secrètes que j'avais à
vous révéler; n'était-il pas de mon devoir de vous les
dire, avant que de céder aux sentiments qui vous
abusent? Voyez s'il est maintenant possible que je
puisse être digne de vous... voyez si celle dont l'âme est
navrée de douleur peut apporter quelques joies sur les
instants de votre vie. Ah! croyez-moi, monsieur, cessez
de vous faire illusion; laissez-moi rentrer dans la
retraite sévère qui me convient seule; vous ne m'en
arracheriez que pour avoir perpétuellement devant
vous le spectacle affreux du remords, de la douleur et
de l'infortune.

Mlle de Florville n'avait pas terminé son histoire,
sans se trouver dans une violente agitation. Naturellement vive, sensible et délicate, il était impossible que le
récit de ses malheurs ne l'eût considérablement affec-
tée.

M. de Courval, qui, dans les derniers événements de
cette histoire, ne voyait pas plus que dans les premiers
de raisons plausibles qui dussent déranger ses projets,
mit tout en usage pour calmer celle qu'il aimait.

— Je vous le répète, mademoiselle, lui disait-il, il y
a des choses fatales et singulières dans ce que vous
venez de m'apprendre; mais je n'en vois pas une seule
qui soit faite pour alarmer votre conscience, ni faire
tort à votre réputation... une intrigue à seize ans... j'en
conviens, mais que d'excuses n'avez-vous pas pour
vous... votre âge, les séductions de Mme de Verquin...
un jeune homme peut-être très aimable... que vous

n'avez jamais revu, n'est-ce pas mademoiselle? continua M. de Courval avec un peu d'inquiétude...
que vraisemblablement vous ne reverrez même
jamais...

— Oh! jamais, très assurément, répondit Florville
en devinant les motifs d'inquiétude de M. de Courval.

— Eh bien! mademoiselle, concluons, reprit celui-
ci, terminons, je vous en conjure, et laissez-moi vous
convaincre le plus tôt possible qu'il n'entre rien dans le
récit de votre histoire qui puisse jamais diminuer dans
le cœur d'un honnête homme, ni l'extrême considération due à tant de vertus, ni l'hommage exigé par
autant d'attraits.

Mlle de Florville demanda la permission de retourner
encore à Paris consulter son protecteur pour la dernière fois, en promettant qu'aucun obstacle ne naîtrait
assurément plus de son côté. M. de Courval ne put se
refuser à cet honnête devoir; elle partit, et revint au
bout de huit jours avec Saint-Prât. M. de Courval
combla ce dernier d'honnêtetés; il lui témoigna, de la
manière la plus sensible, combien il était flatté de se
lier avec celle qu'il daignait protéger, et le supplia
d'accorder toujours le titre de sa parente à cette
aimable personne; Saint-Prât répondit, comme il le
devait, aux honnêtetés de M. de Courval, et continua
de lui donner du caractère de Mlle de Florville les
notions les plus avantageuses.

Enfin parut ce jour tant désiré de Courval, la
cérémonie se fit, et, à la lecture du contrat, il se trouva
bien étonné quand il vit que, sans en avoir prévenu
personne, M. de Saint-Prât avait, en faveur de ce
mariage, fait ajouter quatre mille livres de rente de
plus à la pension de pareille somme qu'il faisait déjà à

Mlle de Florville, et un legs de cent mille francs à sa mort.

Cette intéressante fille versa d'abondantes larmes en voyant les nouvelles bontés de son protecteur, et se trouva flattée, dans le fond, de pouvoir offrir à celui qui voulait bien penser à elle, une fortune pour le moins égale à celle dont il était possesseur.

L'aménité, la joie pure, les assurances réciproques d'estime et d'attachement présidèrent à la célébration de cet hymen... de cet hymen fatal, dont les Furies éteignaient sourdement les flambeaux.

M. de Saint-Prât passa huit jours à Courval, ainsi que les amis de notre nouveau marié ; mais les deux époux ne les suivirent point à Paris : ils se décidèrent à rester jusqu'à l'entrée de l'hiver à leur campagne, afin d'établir dans leurs affaires l'ordre utile à les mettre ensuite en état d'avoir une bonne maison à Paris. M. de Saint-Prât était chargé de leur trouver un joli établissement près de chez lui, afin de se voir plus souvent, et, dans l'espoir flatteur de tous ces arrangements agréables, M. et Mme de Courval avaient déjà passé près de trois mois ensemble, il y avait même déjà des certitudes de grossesse, dont on s'était hâté de faire part à l'aimable Saint-Prât, lorsqu'un événement imprévu vint cruellement flétrir la prospérité de ces heureux époux, et changer en affreux cyprès les tendres roses de l'hymen.

Ici ma plume s'arrête... je devrais demander grâce aux lecteurs, les supplier de ne pas aller plus loin... oui... oui, qu'ils s'interrompent à l'instant, s'ils ne veulent pas frémir d'horreur... Triste condition de l'humanité sur la terre... cruels effets de la bizarrerie du sort... Pourquoi faut-il que la malheureuse Florville, que l'être le plus vertueux, le plus aimable et le

plus sensible, se trouve, par un inconcevable enchaînement de fatalités, le monstre le plus abominable qu'ait
pu créer la nature?

Cette tendre et aimable épouse lisait, un soir, auprès
de son mari, un roman anglais d'une incroyable
noirceur [15], et qui faisait grand bruit pour lors.

— Assurément, dit-elle en jetant le livre, voilà une
créature presque aussi malheureuse que moi.

— Aussi malheureuse que toi! dit M. de Courval en
pressant sa chère épouse dans ses bras... Ô Florville,
j'avais cru te faire oublier tes malheurs... je vois bien
que je me suis trompé... devais-tu me le dire aussi
durement!...

Mais Mme de Courval était devenue comme insensi-
ble; elle ne répondit pas un mot à ces caresses de son
époux; par un mouvement involontaire, elle le
repousse avec effroi, et va se précipiter loin de lui sur
un sofa, où elle fond en larmes; en vain cet honnête
époux vient-il se jeter à ses pieds, en vain conjure-t-il
cette femme qu'il idolâtre, de se calmer, ou de lui
apprendre au moins la cause d'un tel accès de
désespoir; Mme de Courval continue de le repousser,
de se détourner quand il veut essuyer ses larmes, au
point que Courval, ne doutant plus qu'un souvenir
funeste de l'ancienne passion de Florville ne fût venu la
renflammer de nouveau, il ne put s'empêcher de lui en
faire quelques reproches; Mme de Courval les écoute
sans rien répondre, mais se levant à la fin:

— Non, monsieur, dit-elle à son époux, non... vous
vous trompez en interprétant ainsi l'accès de douleur
où je viens d'être en proie: ce ne sont pas des
ressouvenirs qui m'alarment, ce sont des pressentiments qui m'effrayent... Je me vois heureuse avec

vous, monsieur... oui, très heureuse... et je ne suis pas
née pour l'être ; il est impossible que je le sois
longtemps ; la fatalité de mon étoile est telle, que
jamais l'aurore du bonheur n'est pour moi que l'éclair
qui précède la foudre... et voilà ce qui me fait frémir, je
crains que nous ne soyons pas destinés à vivre
ensemble. Aujourd'hui votre épouse, peut-être ne le
serai-je plus demain... Une voix secrète crie au fond de
mon cœur que toute cette félicité n'est pour moi
qu'une ombre, qui va se dissiper comme la fleur qui
naît et s'éteint dans un jour. Ne m'accusez donc ni de
caprice, ni de refroidissement, monsieur ; je ne suis
coupable que d'un trop grand excès de sensibilité, que
d'un malheureux don de voir tous les objets du côté le
plus sinistre, suite cruelle de mes revers...

Et M. de Courval, aux pieds de son épouse,
s'efforçait de la calmer par ses caresses, par ses propos,
sans néanmoins y réussir, lorsque tout à coup... il était
environ sept heures du soir, au mois d'octobre... un
domestique vient dire qu'un inconnu demande avec
empressement à parler à M. de Courval... Florville
frémit... des larmes involontaires sillonnent ses joues,
elle chancelle ; elle veut parler, sa voix expire sur ses
lèvres.

M. de Courval, plus occupé de l'état de sa femme
que de ce qu'on lui apprend, répond aigrement qu'on
attende, et vole au secours de son épouse ; mais Mme de
Courval craignant de succomber au mouvement secret
qui l'entraîne... voulant cacher ce qu'elle éprouve
devant l'étranger qu'on annonce, se relève avec force,
et dit :

— Ce n'est rien, monsieur, ce n'est rien, qu'on fasse
entrer.

Le laquais sort ; il revient le moment d'après, suivi d'un homme de trente-sept à trente-huit ans, portant sur sa physionomie, agréable d'ailleurs, les marques du chagrin le plus invétéré.

— Ô mon père ! s'écria l'inconnu en se jetant aux pieds de M. de Courval, reconnaîtrez-vous un malheureux fils séparé de vous depuis vingt-deux ans, trop puni de ses cruelles fautes par les revers qui n'ont cessé de l'accabler depuis lors ?

— Qui ? vous mon fils !... grand Dieu !... par quel événement... ingrat, qui peut t'avoir fait souvenir de mon existence ?

— Mon cœur... ce cœur coupable qui ne cessa pourtant jamais de vous aimer... écoutez-moi mon père... écoutez-moi, j'ai de plus grands malheurs que les miens à vous révéler ; daignez vous asseoir et m'entendre ; et vous madame, poursuivit le jeune Courval, en s'adressant à l'épouse de son père, pardonnez si, pour la première fois de ma vie que je vous rends mon hommage, je me trouve contraint à dévoiler devant vous d'affreux malheurs de famille qu'il n'est plus possible de cacher à mon père.

— Parlez, monsieur, parlez, dit Mme de Courval en balbutiant, et jetant des yeux égarés sur ce jeune homme ; le langage du malheur n'est pas nouveau pour moi, je le connais depuis mon enfance.

Et notre voyageur, fixant alors Mme de Courval, lui répondit avec une sorte de trouble involontaire :

— Vous, malheureuse... madame ?... Oh ! juste ciel, pouvez-vous l'être autant que nous !

On s'assied... L'état de Mme de Courval se peindrait difficilement... elle jette les yeux sur ce cavalier... elle les replonge à terre... elle soupire avec agitation...

M. de Courval pleure, et son fils tâche à le calmer, en le suppliant de lui prêter attention. Enfin la conversation prend un tour plus réglé.

— J'ai tant de choses à vous dire, monsieur, dit le jeune Courval, que vous me permettrez de supprimer les détails pour ne vous apprendre que les faits ; et j'exige votre parole, ainsi que celle de madame, de ne les pas interrompre que je n'aie fini de vous les exposer.

Je vous quittai à l'âge de quinze ans, monsieur ; mon premier mouvement fut de suivre ma mère que j'avais l'aveuglement de vous préférer ; elle était séparée de vous depuis bien des années ; je la rejoignis à Lyon, où ses désordres m'effrayèrent à tel point que, pour conserver le reste des sentiments que je lui devais, je me vis contraint à la fuir. Je passai à Strasbourg, où se trouvait le régiment de Normandie...

Mme de Courval s'émeut, mais se contient.

— J'inspirai quelque intérêt au colonel, poursuivit le jeune Courval, je me fis connaître à lui, il me donna une sous-lieutenance ; l'année d'après je vins avec le corps en garnison à Nancy ; j'y devins amoureux d'une parente de Mme de Verquin... je séduisis cette jeune personne, j'en eus un fils, et j'abandonnai cruellement la mère.

A ces mots, Mme de Courval frissonna, un gémissement sourd s'exhala de sa poitrine, mais elle continua d'être ferme.

— Cette malheureuse aventure a été la cause de tous mes malheurs. Je mis l'enfant de cette demoiselle infortunée chez une femme près de Metz, qui me promit d'en prendre soin, et je revins, quelque temps après, à mon corps. On blâma ma conduite ; la demoiselle n'ayant pu reparaître à Nancy, on m'accusa d'avoir causé sa perte ; trop aimable pour n'avoir pas intéressé toute la ville, elle y trouva des vengeurs ; je me battis, je tuai mon adversaire, et passai à Turin avec mon fils, que je revins chercher près de Metz. J'ai servi douze ans le roi de Sardaigne. Je ne vous parlerai point des malheurs que j'y éprouvai, ils sont sans nombre. C'est en quittant la France qu'on apprend à la regretter. Cependant, mon fils croissait, et promettait beaucoup. Ayant fait connaissance, à Turin, avec une Française qui avait accompagné celle de nos princesses qui se maria dans cette cour[16], et cette respectable personne s'étant intéressée à mes malheurs, j'osai lui proposer de conduire mon fils en France pour y perfectionner son éducation, lui promettant de mettre assez d'ordre dans mes affaires pour venir le retirer de ses mains dans six ans ; elle accepta, conduisit à Paris mon malheureux enfant, ne négligea rien pour le bien élever, et m'en donna très exactement des nouvelles.

Je parus un an plus tôt que je n'avais promis ; j'arrive chez cette dame, plein de la douce consolation d'embrasser mon fils, de serrer dans mes bras ce gage d'un sentiment trahi... mais qui brûlait encore mon cœur... Votre fils n'est plus, me dit cette digne amie, en versant des larmes, il a été la victime de la même passion qui fit le malheur de son père ; nous l'avions mené à la campagne, il y devint amoureux d'une fille charmante, dont j'ai juré de taire le nom ; emporté par la violence de son amour, il a voulu ravir par la force ce qu'on lui refusait par vertu... un coup, seulement dirigé pour l'effrayer, a pénétré jusqu'à son cœur, et l'a renversé mort...

Ici, Mme de Courval tomba dans une espèce de stupidité qui fit craindre un moment qu'elle n'eût tout à coup perdu la vie ; ses yeux étaient fixes, son sang ne circulait plus. M. de Courval, qui ne saisissait que trop la funeste liaison de ces malheureuses aventures, interrompit son fils et vola vers sa femme... elle se ranime, et avec un courage héroïque :

— Laissons poursuivre votre fils, monsieur, dit-elle, je ne suis peut-être pas au bout de mes malheurs.

Cependant le jeune Courval, ne comprenant rien au chagrin de cette dame pour des faits qui semblent ne la concerner qu'indirectement, mais démêlant quelque chose d'incompréhensible pour lui, dans les traits de l'épouse de son père, ne cesse de la regarder tout ému ; M. de Courval saisit la main de son fils, et distrayant son attention pour Florville, il lui ordonne de poursuivre, de ne s'attacher qu'à l'essentiel et de supprimer les détails, parce que ces récits contiennent des particularités mystérieuses qui deviennent d'un puissant intérêt.

— Au désespoir de la mort de mon fils, continue le voyageur, n'ayant plus rien qui pût me retenir en France... que vous seul, ô mon père !... mais dont je n'osais m'approcher, et dont je fuyais le courroux, je résolus de voyager en Allemagne... Malheureux auteur de mes jours, voici ce qui me reste de plus cruel à vous apprendre, dit le jeune Courval, en arrosant de larmes les mains de son père ; armez-vous de courage, j'ose vous en supplier.

En arrivant à Nancy, j'apprends qu'une Mme Desbarres, c'était le nom qu'avait pris ma mère dans ses désordres, aussitôt qu'elle vous eut fait croire à sa mort, j'apprends, dis-je, que cette Mme Desbarres vient d'être mise en prison pour avoir poignardé sa rivale, et qu'elle sera peut-être exécutée le lendemain.

— Ô monsieur ! s'écria ici la malheureuse Florville, en se jetant dans le sein de son mari avec des larmes et des cris déchirants... ô monsieur ! voyez-vous toute la suite de mes malheurs ?

— Oui, madame, je vois tout, dit M. de Courval, je vois tout, madame, mais je vous conjure de laisser finir mon fils.

Florville se contint, mais elle respirait à peine ; elle n'avait pas un sentiment qui ne fût compromis, pas un nerf dont la contraction ne fût effroyable.

— Poursuivez, mon fils, poursuivez, dit ce malheureux père ; dans un moment je vous expliquerai tout.

— Eh bien, monsieur, continua le jeune Courval, je m'informe s'il n'y a point de malentendu dans les noms ; il n'était malheureusement que trop vrai que cette criminelle était ma mère ; je demande à la voir, je l'obtiens, je tombe dans ses bras... « Je meurs coupable, me dit cette infortunée, mais il y a une fatalité bien affreuse dans l'événement qui me conduit à la mort ; un autre devait être soupçonné, il l'aurait été, toutes les preuves étaient contre lui ; une femme et ses deux domestiques, que le hasard faisait trouver dans cette auberge, ont vu mon crime, sans que la préoccupation dans laquelle j'étais me permît de les apercevoir ; leurs dépositions sont les uniques causes de ma mort ; n'importe, ne perdons pas en vaines plaintes le peu d'instants où je puis vous parler ; j'ai des secrets de conséquence à vous dire, écoutez-les mon fils. Dès que mes yeux seront fermés, vous irez trouver mon époux, vous lui direz que parmi tous mes crimes, il en est un qu'il n'a jamais su, et que je dois enfin avouer... Vous

avez une sœur, Courval... elle vint au monde un an
après vous... Je vous adorais, je craignis que cette fille
ne vous fît tort, qu'à dessein de la marier un jour, on ne
prît sur le bien qui devait vous appartenir. Pour vous
le conserver plus entier, je résolus de me débarrasser
de cette fille, et de mettre tout en usage pour que mon
époux, à l'avenir, ne recueillît plus de fruit de nos
nœuds. Mes désordres m'ont jetée dans d'autres
travers, et ont empêché l'effet de ces nouveaux crimes,
en m'en faisant commettre de plus épouvantables;
mais pour cette fille, je me déterminai sans aucune
pitié à lui donner la mort; j'allais exécuter cette
infamie, de concert avec la nourrice que je dédomma-
geais amplement, lorsque cette femme me dit qu'elle
connaissait un homme, marié depuis bien des années,
désirant chaque jour des enfants, et n'en pouvant
obtenir, qu'elle me déferait du mien sans crime, et
d'une manière peut-être à la rendre heureuse, j'acceptai fort vite. Ma fille fut portée la nuit même à la porte
de cet homme avec une lettre dans son berceau. Volez
à Paris, dès que je n'existerai plus, suppliez votre père
de me pardonner, de ne pas maudire ma mémoire et de
retirer cet enfant près de lui.

A ces mots ma mère m'embrassa... chercha à calmer
le trouble épouvantable dans lequel venait de me jeter
tout ce que je venais d'apprendre d'elle... Ô mon père,
elle fut exécutée le lendemain. Une maladie affreuse
me réduisit au tombeau, j'ai été deux ans entre la vie et
la mort, n'ayant ni la force ni l'audace de vous écrire;
le premier usage du retour de ma santé est de venir me
jeter à vos genoux, de venir vous supplier de pardonner à cette malheureuse épouse, et vous apprendre le
nom de la personne chez laquelle vous aurez des

nouvelles de ma sœur; c'est chez M. de Saint-Prât.

M. de Courval se trouble, tous ses sens se glacent, ses facultés s'anéantissent... son état devient effrayant.

Pour Florville, déchirée en détail [17] depuis un quart d'heure, se relevant avec la tranquillité de quelqu'un qui vient de prendre son parti :

— Eh bien! monsieur, dit-elle à Courval, croyez-vous maintenant qu'il puisse exister au monde une criminelle plus affreuse que la misérable Florville?... reconnais-moi, Senneval, reconnais à la fois ta sœur, celle que tu as séduite à Nancy, la meurtrière de ton fils, l'épouse de ton père, et l'infâme créature qui a traîné ta mère à l'échafaud... Oui, messieurs, voilà mes crimes; sur lequel de vous que je jette les yeux, je n'aperçois qu'un objet d'horreur; ou je vois mon amant dans mon frère, ou je vois mon époux dans l'auteur de mes jours, et si c'est sur moi que se portent mes regards, je n'aperçois plus que le monstre exécrable qui poignarda son fils et fit mourir sa mère. Croyez-vous que le ciel puisse avoir assez de tourments pour moi, ou supposez-vous que je puisse survivre un instant aux fléaux qui tourmentent mon cœur?... Non, il me reste encore un crime à commettre, celui-là les vengera tous.

Et dans l'instant, la malheureuse, sautant sur un des pistolets de Senneval, l'arrache impétueusement, et se brûle la cervelle, avant qu'on eût le temps de pouvoir deviner son intention. Elle expire sans prononcer un mot de plus.

M. de Courval s'évanouit, son fils, absorbé de tant d'horribles scènes, appela comme il put au secours; il n'en était plus besoin pour Florville, les ombres de la mort s'étendaient déjà sur son front, tous ses traits renversés n'offraient plus que le mélange affreux du bouleversement d'une mort violente, et des convulsions du désespoir... elle flottait au milieu de son sang.

On porta M. de Courval dans son lit, il y fut deux mois à l'extrémité ; son fils, dans un état aussi cruel, fut assez heureux néanmoins pour que sa tendresse et ses secours pussent rappeler son père à la vie ; mais tous les deux, après des coups du sort si cruellement multipliés sur leur tête, se résolurent à quitter le monde. Une solitude sévère les a dérobés pour jamais aux yeux de leurs amis, et là, tous deux dans le sein de la piété et de la vertu, finissent tranquillement une vie triste et pénible, qui ne leur fut donnée à l'un et à l'autre que pour les convaincre, et eux, et ceux qui liront cette déplorable histoire, que ce n'est que dans l'obscurité des tombeaux où l'homme peut trouver le calme, que la méchanceté de ses semblables, le désordre de ses passions, et, plus que tout, la fatalité de son sort, lui refuseront éternellement sur la terre.

Laurence et Antonio,

NOUVELLE ITALIENNE

Les malheurs de la bataille de Pavie, le caractère
atroce et fourbe de Ferdinand, la supériorité de
Charles Quint, le crédit singulier de ces fameux
marchands de laine, prêts à partager le trône français,
et déjà sur celui de l'Église *, la situation de Florence
assise au centre de l'Italie et paraissant faite pour la
dominer : la réunion de toutes ces causes, en faisant
désirer le sceptre de cette capitale, ne semblait-elle pas
le destiner plus particulièrement, sans doute, à celui
des princes de l'Europe dont l'éclat était le plus
brillant ? Charles Quint, qui le sentait et que ces vues
devaient conduire, se comporta-t-il néanmoins comme
il aurait dû, en préférant à Don Philippe, à qui ce trône
était si nécessaire pour maintenir ses possessions en
Italie, en lui préférant, dis-je, celle de ses bâtardes,
qu'il maria à Alexandre de Médicis ? et pouvant
rendre son fils duc de Toscane, comment se contenta-t-
il de ne donner qu'une princesse à cette belle province [1] ?

Mais ni ces événements, ni le crédit qu'il assurait

---

* C'est Léon X, de la maison de Médicis, dont il s'agit ici.

aux Florentins, ne parvinrent à éblouir les Strozzi ;
puissants rivaux de leur prince, rien ne leur fit perdre
l'espoir de chasser tôt ou tard les Médicis d'un trône
dont ils se supposaient plus dignes et où ils préten-
daient depuis longtemps.

Nulle maison, en effet, ne tenait en Toscane un rang
plus élevé que celle des Strozzi... qu'une meilleure
conduite eût bientôt rendus possesseurs de ce sceptre
envié de Florence.

Ce fut lors du plus grand éclat de cette famille*,
lorsque tout prospérait autour d'elle, que Charles
Strozzi, frère de celui qui soutenait la splendeur du
nom, moins livré aux affaires du gouvernement qu'à
ses fougueuses passions, profitait du crédit immense de
sa famille pour les assouvir plus impunément.

Il est rare que les moyens de la grandeur, en flattant
les désirs dans une âme mal née, ne deviennent bientôt
ceux du crime ; que n'entreprendra point le scélérat
heureux qui se voit au-dessus des lois par sa naissance,
qui méprise le ciel par ses principes, et qui peut tout
par ses richesses ?

Charles Strozzi, l'un de ces hommes dangereux à
qui rien ne coûte pour se satisfaire, atteignait sa
quarante-cinquième année, c'est-à-dire l'âge où les
forfaits, n'étant plus la suite de l'impétuosité du sang,
se raisonnent, se combinent avec plus d'art, et se
commettent avec moins de remords. Il venait de
perdre sa seconde femme, et l'on était à peu près sûr,
dans Florence, que la première étant morte victime de
la multitude des mauvais procédés de cet homme, la
seconde devait avoir eu le même sort.

---

* De 1528 à 1537.

Charles avait peu vécu avec cette seconde épouse, mais il avait de la première un fils, pour lors âgé de vingt ans, dont les excellentes qualités dédommageaient cette maison des travers de son second chef, et consolaient Louis Strozzi, l'aîné de la famille, celui qui soutenait la guerre contre les Médicis, et de n'avoir plus lui-même d'épouse et de n'avoir jamais été père. Tout l'espoir de cette illustre race n'existait donc que dans le jeune Antonio, fils de Charles et neveu de Louis; on le regardait généralement comme celui qui devait hériter des richesses et de la gloire des Strozzi, comme celui qui pouvait même régner un jour dans Florence, si la fortune inconstante retirait ses faveurs aux Médicis. On comprend aisément, d'après cela, et combien cet enfant devait être chéri, et quels soins on prenait de son éducation.

Rien n'égalait la manière heureuse dont Antonio répondait à ces vues; vif, pénétrant, plein d'esprit et d'intelligence, n'ayant d'autres torts qu'un peu trop de candeur et de bonne foi, heureux défaut des belles âmes, déjà très instruit, d'une figure charmante, nullement corrompu par les mauvais exemples et les dangereux conseils de son père, brûlant du désir de s'immortaliser, enthousiaste de la gloire et de l'honneur, humain, prudent, généreux, sensible, Antonio, comme on le voit, devait à bien des titres mériter l'estime générale; et si quelque inquiétude naissait sur lui dans l'esprit de son oncle, c'était de voir un jeune homme aussi rempli de vertus, sous la conduite d'un tel père; car, Louis, toujours dans les camps, Louis pénétré d'ambition, ne pouvant se charger qu'à peine de ce précieux enfant, l'avait laissé, malgré tant de risques, s'élever dans la maison de Charles.

Qui le croirait ! le caractère méchant et jaloux de ce
mauvais père ne voyait pas sans une sombre envie tant
de belles qualités chez Antonio ; et, dans la crainte
d'en être éclipsé tôt ou tard, bien loin de les encourager, il ne tâchait qu'à les flétrir. Ces procédés n'eurent
heureusement point de suite ; l'excellent naturel
d'Antonio le mit à l'abri des séductions de Charles ; il
sut distinguer les crimes de son père et les haïr, sans
cesser d'aimer celui que ces vices souillaient ; mais sa
trop grande confiance le rendit néanmoins, quelquefois, dupe d'un homme qu'il devait à la fois chérir et
mésestimer ; le cœur l'emporta souvent sur l'esprit [2], et
voilà ce qui rend les mauvais conseils d'un père si
dangereux ; ils séduisent le cœur en domptant la
raison, ils s'emparent à la fois de toutes les qualités de
l'âme, et l'on est déjà corrompu, croyant n'avoir fait
qu'aimer ou qu'obéir.

— Mon fils, disait un jour Charles à Antonio, le
vrai bonheur n'est point où l'on vous le dit ; qu'atten-
dez-vous de ce vain éclat du parti des armes, où votre
oncle veut vous engager ? Cette considération acquise
par la gloire est comme ces feux follets qui trompent le
voyageur ; elle séduit l'imagination et n'apporte pas
une volupté de plus aux sens. Vous êtes assez riche,
mon fils, pour vous passer du trône ; laissez aux
Médicis le poids fatigant de l'empire ; le second de
l'État est toujours plus heureux que le premier ;
rarement les myrtes de l'Amour croissent aux pieds du
laurier de Mars. Ah ! mon ami, une caresse de Cypris
vaut mille fois mieux que toutes les palmes de Bellone,
et ce n'est pas au milieu des camps que la volupté nous
enchaîne, le bruit des armes l'effarouche ; le zèle et la

valeur, ces fanatiques vertus de l'homme sauvage, en raidissant notre âme contre les séductions du plaisir, lui ôtent cette mollesse délicieuse si propre à le goûter ; on a fait le métier d'un barbare, on est inscrit dans des fastes qu'on ne lira jamais ; on a quitté les roses du temple de Cythère, en préférant celui de l'Immortalité, où l'on n'a cueilli que des ronces. Votre fortune surpasse celle d'aucun citoyen ; tous les plaisirs vont vous environner, vous n'aurez d'autre étude que leur choix, et c'est pour les chagrins du sceptre que vous renoncez à tant d'attraits ? Au milieu des soucis de l'administration, s'offrira-t-il une heure à vos amuse-ments ? et naissons-nous pour d'autres soins que pour ceux du plaisir ? Ah ! crois-moi, cher Antonio, la pourpre est loin des charmes qu'on lui suppose ; veut-on conserver son éclat, on perd en soucis fâcheux les plus beaux instants de sa vie ; néglige-t-on de le rehausser, nos envieux le flétrissent bientôt ; leurs mains nous arrachent un sceptre que les nôtres ne peuvent plus soutenir ; ainsi, toujours entre l'ennui de régner et la crainte de n'en être pas dignes, nous arrivons au bord du tombeau sans avoir connu de jouissances ; une nuit obscure nous enveloppe alors comme le dernier de nos sujets, et nous avons folle-ment sacrifié, pour y survivre, ce qui sans réussir nous y plonge, avec le remords déchirant d'avoir tout perdu pour des illusions.

Qu'est-ce, d'ailleurs, que ce fragile empire où tu prétends, mon fils ? les tyrans de Florence peuvent-ils jouer un rôle en Italie, quand ils n'auront d'autre énergie que la leur ? Jette un coup d'œil rapide sur l'état actuel de l'Europe, sur les intérêts de ses rois...

sur les rivaux qui nous entourent ; un prince altier *
veut envahir la monarchie de l'univers... tous les
autres doivent s'y opposer ; dans cette hypothèse,
Florence ne doit-elle pas être le premier objet de leurs
désirs ? n'est-ce pas des bords de l'Arno que ce prince
ambitieux, ou ses concurrents, doivent donner des fers
à l'Italie ? Florence sera donc le foyer de la guerre ; son
trône, le temple de la discorde. François Ier se relèvera
des malheurs de Pavie ; une bataille perdue n'est rien
pour les Français ; il rentrera en Italie, il y rentrera
avec des troupes si nombreuses, que les Sforza n'imagineront même plus de pouvoir lui disputer le Mila-
nais, il se rendra maître de Florence... Charles Quint
s'y opposera, il sentira la faute qu'il a commise de ne
pas assurer ce trône à don Philippe, il fera tout pour
l'en rendre maître. Que nous reste-t-il contre de si
grands intérêts ? le pape ?... Médicis lui-même, et dont
les négociations, plus dangereuses que les armes,
n'auront pour objet que de replacer sa maison dans
Florence, en l'asservissant au plus fort ?... Venise, dont
la sage politique, ne tendant qu'au maintien de
l'équilibre en Italie, ne souffrira jamais en Toscane de
ces petits souverains qui, toujours à charge dans la
balance, et sans en maintenir aucun côté, ne travail-
lent qu'à faire pencher pour eux l'un ou l'autre. Tout,
mon fils, tout nous suscitera des ennemis ; ils écloront
de toutes parts, sans qu'aucun allié se présente ; nous
aurons ruiné notre fortune, écrasé notre maison, pour
ne plus nous trouver dans Florence, un jour, que les
plus faibles et les moins opulents... Laisse donc là tes
chimères, te dis-je, et, ramenant tes désirs sur des

---

* Charles Quint.

objets d'une possession plus facile et plus agréable,
vole oublier dans les bras du plaisir la folle ambition de
tes vastes desseins.

Mais ces discours, ni d'autres plus dangereux
encore, parce qu'ils avaient pour but les mœurs ou la
religion, ne parvenaient à corrompre Antonio; il
plaisantait sur les sentiments de son père, et le
suppliait de lui permettre de ne pas s'y rendre,
l'assurant que si jamais il parvenait au trône, il saurait s'y maintenir avec tant d'art et de sagesse, que
ce serait lui qui illustrerait la couronne, bien plus
qu'il n'en recevrait d'éclat. Alors Charles employait
d'autres moyens pour ternir des vertus qui l'éblouis-
saient. Il tendait des pièges aux sens d'Antonio, il
l'entourait de tout ce qu'il croyait susceptible de le
séduire plus certainement; il le plongeait, de sa main
même, dans un océan de voluptés, l'encourageait à ces
désordres par des leçons et des exemples. Antonio,
jeune et crédule, cédait un instant par faiblesse, et la
gloire se ranimant bientôt dans son âme fière, dès que
le calme des passions le rendait à lui-même, il secouait
avec horreur toutes les entraves de la mollesse, et
retournait vaincre auprès de Louis.

Un motif plus puissant encore que l'ambition entre-
tenait dans le cœur d'Antonio le soin des mœurs et le
goût des vertus; qui ne connaît les miracles de
l'amour?

L'intérêt des **Pazzi** s'accordait fort aux sentiments
d'Antonio pour l'héritière de cette maison, également
rivale des Médicis; et pour fortifier le parti des Strozzi
et pour culbuter plus aisément les ennemis communs,
on ne demandait pas mieux que d'accorder à Antonio,
Laurence, cette héritière dont notre jeune héros était

aimé dès ses plus tendres ans, et qu'il adorait lui-même depuis que son jeune cœur avait su parler. Fallait-il voler aux combats, c'était des mains de Laurence qu'Antonio recevait des armes ; ces mêmes mains couvraient Antonio de lauriers, dès qu'il en avait su cueillir ; un seul mot de Laurence enflammait Antonio, il eût conquis pour elle la couronne du monde, qu'en la plaçant à ses genoux, il n'aurait encore cru rien faire.

Laurence réunissant sur sa tête tous les biens des Pazzi, que de nouveaux titres acquéraient les Strozzi par ces liens ! ils furent donc décidés. Peu après, cette belle fille, qui n'avait encore que treize ans, perdit son père, et comme elle n'avait plus de mère depuis longtemps, que Louis, toujours à l'armée, ne pouvait se charger de cette précieuse nièce, on ne trouva rien de mieux que d'achever son éducation dans le palais de Charles, où, plus rapprochée de son mari futur, elle serait à même d'acquérir les talents, les vertus qui pourraient plaire à celui dont elle allait partager le sort, et d'entretenir dans ce jeune cœur les sentiments d'amour et de gloire qu'elle y avait nourris jusqu'alors.

L'héritière des Pazzi est donc aussitôt conduite chez son beau-père, et là, voyant tous les jours Antonio, elle se livre, plus qu'elle n'avait fait encore, aux sentiments délicieux que les charmes de ce jeune guerrier avaient fait naître dans son cœur.

Cependant il faut se séparer ; Mars appelle son enfant chéri, Antonio doit aller combattre ; il n'a pas encore assez cueilli de palmes pour être digne de Laurence ; c'est sur les ailes de la gloire qu'il veut être couronné par l'hymen ; de son côté, Laurence est trop jeune pour subir les lois de ce dieu ; tout nécessite donc des délais.

Mais quelque empire que l'ambition ait sur Antonio, il ne peut s'arracher sans des larmes, et Laurence ne voit point partir son amant sans en verser de bien amères.

— Ô maîtresse adorée de mon cœur! s'écrie Antonio en ce fatal instant, pourquoi faut-il que d'autres soins que ceux de vous plaire m'enlèvent au bonheur d'être à vous? Ce cœur où j'aspire à régner bien plus que sur aucun peuple, me suivra-t-il au moins dans mes conquêtes? et plaindrez-vous votre amant, si des revers, imprésumables alors que l'on combat pour vous, viennent à ralentir un instant ses succès?

— Antonio, répondait modestement Laurence, en tournant ses beaux yeux remplis de larmes sur ceux de l'objet de sa flamme, douteriez-vous d'un cœur qui doit vous appartenir à jamais?... Que ne me conduisez-vous sur vos traces? Perpétuellement sous vos regards, ou combattant à vos côtés, en vous prouvant si je suis digne de vous, j'allumerais bien mieux ce flambeau de la gloire qui va guider vos pas : ah! ne nous quittons point, Antonio, j'ose vous en conjurer; le bonheur ne peut exister pour moi qu'où vous êtes.

Antonio, tombant aux pieds de sa maîtresse, ose mouiller de ses pleurs les belles mains qu'il couvre de baisers :

— Non, dit-il à Laurence, non, ma chère âme, restez près de mon père; mes devoirs, votre âge, tout l'exige... il le faut; mais aimez-moi, Laurence, jurez-moi, comme si nous étions déjà aux pieds des autels, cette fidélité qui doit me rendre heureux, et mon cœur plus tranquille, n'écoutant plus que ses devoirs, me fera voler où sa voix m'appelle avec un peu moins de douleur.

— Eh ! quels serments faut-il que je vous fasse ? ne les lisez-vous pas tous dans cette âme, qui n'est enflammée que pour vous ?... Antonio, si une seule pensée étrangère pouvait l'occuper un instant, bannissez-moi pour jamais de vos yeux, et que jamais Laurence ne soit l'épouse d'Antonio !

— Ces discours flatteurs me rassurent, j'y crois, Laurence, et pars moins agité.

— Allez, Strozzi, allez combattre, allez, puisqu'il le faut, chercher d'autres douceurs que celles que ma tendresse vous prépare ; mais croyez que toutes les jouissances de la gloire, qui vont enivrer votre cœur, ne le flatteront jamais autant que le mien l'est, par l'espérance d'être bientôt digne de vous ; et s'il est vrai que vous m'aimiez, Antonio, n'affrontez pas des dangers inutiles ; songez que ce sont mes jours que vous allez exposer dans les combats, et qu'après le malheur de vous avoir perdu, je n'existerais pas un instant.

— Eh bien ! je le ménagerai, ce sang qui doit brûler pour vous ; enflammé par l'amour et la gloire, je renoncerais plutôt à celle-ci, que je n'immolerai cet amour où je puise mon bonheur et ma vie.

Et voyant sa maîtresse en larmes :

— Calme-toi, Laurence, calme-toi, je reviendrai triomphant et fidèle, et les baisers de ta bouche de rose récompenseront à la fois l'amant et le vainqueur.

Antonio s'arrache, et Laurence est évanouie dans les bras de ses femmes ; elle croit encore, dans son délire, entendre les accents flatteurs qui viennent de l'enchanter... elle étend ses bras, ne saisit qu'une ombre, et retombe dans les plus violents accès de la douleur.

Avec l'âme que l'on connaît à Charles Strozzi, avec

ses principes et ses passions, il est aisé de sentir qu'il ne
fut pas maître de la jeune beauté qu'on avait eu
l'imprudence de laisser dans ses mains, sans concevoir
au même instant le projet barbare de l'enlever à son
fils.

Eh ! qui, sans l'adorer, pouvait en effet voir Laurence ? Quel être eût pu résister à la flamme de ses
grands yeux noirs, où la volupté même avait choisi son
temple ?... Accours, fils de Vénus, prête-moi ton flambeau, pour tracer, si je puis, des rayons dont il brûle,
les séduisants appas que tu plaças dans elle ; fais
entendre toi-même les accents qu'il me faut employer
pour offrir une idée des attraits dont ta puissance
l'embellit ; peindrais-je, hélas ! sans ton secours, cette
taille souple et déliée que tu dérobas chez les Grâces ?
esquisserai-je ce sourire fin où régnait la pudeur à côté
du plaisir ?... verra-t-on, sans tes soins, les roses de son
teint s'animer au milieu des lys ? ces cheveux du plus
beau blond flotter au bas de sa ceinture... cet intérêt,
dans tout l'ensemble, qui dispose si bien à ton culte ?...
Oui, Dieu puissant, inspire-moi, mets dans mes mains
le pinceau d'Apelle, guidé par tes doigts délicats...
c'est ton ouvrage que je veux rendre... c'est Hébé
enchaînant les dieux, ou plutôt c'est toi-même, Amour,
caché par coquetterie sous les traits de la plus belle des
femmes, pour mieux connaître ton empire et l'exercer
plus sûrement !

Charles, enivré déjà du poison séduisant qu'il a
puisé dans les yeux de Laurence, ne songe plus qu'à
troubler le bonheur du malheureux qu'il a mis au jour.
L'horreur de ce projet inquiète peu Strozzi ; ce n'est
pas avec son âme qu'on peut être effrayé du crime ;
cependant il se déguise ; la ruse est l'art du scélérat, elle

est le moyen de tous ses forfaits. Les premiers soins
de Charles sont de consoler Laurence ; cette innocente
fille témoigne de la gratitude à des bontés qu'elle croit
sincères, et loin du motif qui les inspire, elle ne songe
qu'à en rendre grâces. Strozzi voit bien que ce n'est
pas à son âge qu'il détruira dans cette jeune fille les
sentiments qu'a fait naître son fils ; il révoltera s'il
parle d'amour ; il faut donc user de finesse. La
première idée qui s'offre à l'esprit de Charles, est
d'employer avec cette belle personne une partie des
séductions dont il a fait usage avec son fils, quand il a
voulu le détourner de la gloire : des fêtes se donnent
journellement dans son palais ; Charles a soin d'y
réunir tout ce que la jeunesse de Florence peut offrir de
plus délicieux, elle ne peut m'aimer, se disait-il, mais si
elle en aime un autre que mon fils, voilà une diversion
déjà favorable pour moi, voilà un outrage aux sentiments qu'elle lui a jurés, et, de ce moment, une facilité
qu'elle m'offre pour l'entraîner dans d'autres travers...
Même distraction dans l'intérieur : Laurence n'était
servie que par les pages de Charles, et on avait soin de
l'entourer des plus beaux *.

Parmi ceux-ci, un, préféré par Charles, âgé de seize
ans, et qu'on nommait Urbain, parut bien innocem-
ment fixer un peu plus les regards de Laurence.
Urbain était d'une figure délicieuse, l'air de la santé et
de l'embonpoint, quoique sa taille et tous ses membres
fussent d'une régularité parfaite ; il avait de l'esprit, de
la gentillesse, de l'effronterie, et tout cela mêlé de tant
de grâces, qu'on lui pardonnait toujours tout : sa

---

* Il ne faut pas oublier qu'alors, ces pages, sortis des plus grandes
maisons, se trouvaient souvent parents de leurs maîtres.

vivacité, ses saillies, la plaisante tournure de son imagination amusèrent Laurence... bien éloignée de prendre garde à ses autres charmes ; et c'était à lui qu'elle devait les premiers ris qu'on eût vus sur ses lèvres depuis l'absence d'Antonio.

Urbain reçoit aussitôt l'ordre de Charles de voler au-devant des désirs de Laurence :

— Plais-lui, fais-lui ta cour... va plus loin, dit le perfide Strozzi, ta fortune est faite, si tu peux l'enflammer... Écoute-moi, mon cher Urbain, je vais t'ouvrir mon cœur ; quoique jeune, je connais ta discrétion, et tu dois savoir combien je t'aime ; il s'agit de me servir ; le mariage qu'on m'a proposé pour Antonio me déplaît ; il n'y a d'autres façons de le rompre que de lui enlever le cœur de Laurence ; fais réussir ce projet, fais-toi chérir de la maîtresse de mon fils, et je te rends un des plus grands seigneurs de Toscane ; ta naissance est élevée, tu peux, comme mon fils, prétendre à la main de Laurence... séduis-la, tu l'épouses, mais que sa défaite sois constatée : pourrais-je te la donner sans cela ?... il faut qu'elle succombe... n'achève pas cependant ta conquête sans me prévenir... Dès que Laurence aura cédé... aussitôt que tu te seras rendu maître de sa personne, entraîne-la dans un de ces cabinets qui entourent mon appartement... tu m'avertiras... je serai témoin de ta victoire... Laurence, confondue, sera forcée de te donner la main... et si tout réussit... si tu sais joindre l'adresse à la témérité... ah ! cher Urbain, quel bonheur sera ta récompense !

Il était difficile que de tels discours ne produisissent pas les plus grands effets sur un enfant de l'âge et du caractère d'Urbain ; il se jette aux pieds de son maître, il le comble de remerciements, il lui avoue qu'il n'a pas attendu jusqu'à présent à ressentir pour Laurence la flamme la plus vive, et que le plus beau de ses jours sera celui où cette passion se couronnera.

— Eh bien ! dit Charles, travailles-y, sois assuré de ma protection ; ne négligeons rien de ce qui peut assurer des desseins qui te flattent, et qui font de même le plus doux espoir de ma vie.

Charles, malgré ce premier succès, comprit qu'il fallait mettre en jeu plus d'un ressort ; après avoir sondé plusieurs des femmes de Laurence, il démêla que celle dont il devait le plus attendre était une certaine Camille, première duègne de la jeune Pazzi, et qu'elle avait près d'elle depuis le berceau. Camille était belle encore, elle pouvait inspirer des désirs ; il était vraisemblable qu'elle se rendrait à ceux de son maître. Strozzi, dont le suprême talent était la connaissance la plus profonde du cœur humain... Strozzi, qui savait que la meilleure manière de faire accepter la complicité d'un crime à une femme était de l'avoir, n'attaqua d'abord Camille que dans cette première intention ; l'or, plus puissant encore que ses discours, la lui amena bientôt. Par un hasard des plus heureux pour Charles, l'âme de cette détestable créature était aussi noire, aussi perverse que celle de Strozzi ; ce que l'une enfantait, l'autre se faisait un charme de l'exécuter : l'on eût dit que ces cœurs horribles étaient l'ouvrage de l'Enfer.

Camille n'avait nulle raison de jalousie qui pût légitimer les horreurs dont elle consentait à se charger : n'ayant jamais été dans le cas d'aucune rivalité avec sa maîtresse, pourquoi l'aurait-elle enviée ? Mais on proposait à Camille des atrocités, il n'en fallait pas davantage pour une femme qui, de son propre aveu,

n'était jamais plus contente, que quand on la mettait à
même de mal faire.

Strozzi, parfaitement au fait du caractère de ce
monstre, ne lui cache plus que son plan est d'abuser de
Laurence ; que ce dessein, au reste, n'alarme point
Camille, c'est une simple fantaisie, qui n'empêchera
pas Charles de laisser à la fidèle duègne l'entière
possession de son amour. Camille, effrayée d'abord, se
rassure néanmoins après ; elle désire le cœur de
Strozzi, sans doute, mais comme c'est bien plutôt par
intérêt ou méchanceté que par délicatesse, dès que
Charles satisfait l'une de ces passions et amuse l'autre,
les sentiments qu'il aura vraiment pour elle l'intéressent moins ; qu'on lui commande des horreurs, et
qu'on la paie, Camille est la plus heureuse des femmes.
Strozzi parle du projet de faire séduire Laurence par le
jeune page ; Camille approuve ce plan, elle répond de
le suivre, et l'on ne songe plus qu'à l'exécution.
Chaque soir, dans l'appartement de Charles, se
tenaient des assemblées secrètes sur la manière de
tendre ou de diriger les pièges concertés ; on se rendait
compte des différentes entreprises, on combinait de
nouvelles ruses ; Urbain, Camille sont les principaux
agents de ces perfides négociations, où les Furies
président à côté des bacchantes.

Que d'écueils pour la malheureuse Pazzi ! Sa candeur… sa naïveté… sa franchise… son extrême
confiance y résisteront-elles ?… Est-ce la vertu qui
désarme le crime ? ne l'irrite-t-elle pas, au contraire,
soit en lui donnant plus de moyens de s'exercer, soit en
raison de la hauteur des barrières qu'elle lui présente ?
Quel dieu préservera donc Laurence de tant de trames
ourdies pour l'entraîner dans l'abîme ?

Urbain fit bientôt valoir tous ses charmes et tous les agréments de son esprit ; mais quand, au lieu d'amuser, il s'avisa de vouloir plaire... il ne réussit pas ; eh ! quel autre qu'Antonio pouvait régner dans le cœur de Laurence ? Ce cœur, honnête et délicat, qui trouvait sa félicité dans ses devoirs, pouvait-il un moment s'éloigner de son objet ? Cette innocente fille n'eut pas même l'air de s'apercevoir qu'Urbain eût d'autre désir que celui de la distraire ; il est du caractère de la vertu de ne jamais soupçonner le mal.

Charles s'était flatté de réussir avant l'époque convenue du mariage d'Antonio... il se trompa ; l'envie de ne rien brusquer, pour mieux assurer ses succès, lui avait fait perdre beaucoup de temps. Antonio revint, Louis l'accompagnait ; Laurence avait atteint l'âge prescrit ; elle entrait dans sa quatorzième année, le mariage se consomma.

S'il est difficile de peindre la joie naïve de Laurence, en se trouvant au comble de ses vœux... l'excessif transport d'Antonio... le consentement de Louis, il l'est sans doute davantage d'exprimer la douleur de Charles, en voyant que toutes les démarches qui devaient assurer son crime allaient devenir bien plus difficiles à présent... Laurence, au pouvoir d'un époux, dépendrait-elle aussi intimement de lui ? Mais les obstacles enflamment les scélérats, Charles n'en devint que plus furieux, et jamais la perte de sa belle-fille ne fut plus constamment jurée.

L'ascendant des Médicis l'emportant toujours dans Florence, il fallut donc qu'Antonio renonçât aux douceurs de l'hymen pour aller combattre encore. Louis presse lui-même son neveu ; il lui représente qu'il ne peut se passer de lui, et qu'il n'est point de raisons personnelles qui doivent lui faire négliger les intérêts généraux.

— Ah, ciel ! je vous perds une seconde fois, Antonio ! s'écria Laurence ; à peine connaissons-nous le bonheur, qu'on se plaît à nous séparer ! Hélas ! qui sait si le sort nous sera toujours favorable !... il vous a déjà préservé, j'en conviens, mais vous comblera-t-il toujours de ses dons ? Ah ! Strozzi, Strozzi, je ne sais, mille affreux pressentiments, que je n'éprouvais pas à notre première séparation, viennent m'alarmer aujourd'hui, j'entrevois des malheurs prêts à fondre sur nous, sans qu'il me soit possible de discerner la main qui doit s'appesantir... Antonio, m'aimeras-tu toujours ?... songe que tu dois bien plus maintenant à l'épouse, que tu ne devais jadis à l'amante... Que de titres t'enchaînent à moi !...

— Qui les sent mieux que ton époux, Laurence ? Multiplie-les sans cesse à mes yeux, tous ces droits enchanteurs, et mon âme encore plus exigeante t'en découvrira de nouveaux.

— Mais, Strozzi, pourquoi nous quitter cette fois ? ce qui ne se pouvait, l'an passé, n'a plus aujourd'hui nul obstacle ; ne suis-je pas ton épouse ? quelque chose au monde peut-il m'empêcher d'être auprès de toi ?

— Le tumulte et le danger des camps conviennent-ils à ton sexe, à ton âge ?... Non, chère âme, non, demeure ; cette absence-ci sera moins longue que l'autre, une campagne va décider du succès de nos armes, nous sommes pour jamais anéantis, ou nous régnons avant six mois.

Laurence accompagna son époux jusqu'à San Giovanni, peu distant du quartier de Louis, continuant de l'assurer toujours qu'elle présageait des malheurs qu'il lui était impossible de désigner... lui disant qu'un voile obscur s'étendait pour elle sur l'avenir, sans qu'elle pût le percer. A ces sombres idées, les pleurs de la jeune épouse d'Antonio coulaient avec abondance, et c'est ainsi qu'elle se sépara de tout ce qu'elle aimait au monde.

La pieuse Laurence ne voulut pas quitter les environs de la célèbre abbaye de Vallombrosa, sans y aller faire un vœu pour les succès des armes de son mari. En arrivant dans cette ténébreuse retraite, située au fond d'une forêt obscure où pénètrent à peine les rayons du soleil... où tout inspire cette sorte de terreur religieuse qui plaît tant aux âmes sensibles, Laurence ne put s'empêcher de répandre de nouvelles larmes; elles inondèrent l'autel du Dieu qu'elle allait implorer... Là, au sein des pleurs et de la douleur, prosternée près du sanctuaire, ses cheveux flottant en désordre, ses deux bras élevés vers le ciel... la componction, l'attendrissement, prêtant à ses beaux traits plus d'intérêt encore; là, dis-je, il semble que cette sublime créature, élancée vers son Dieu, reçoive des rayons de ce même Dieu saint les vertus qui la caractérisent... On eût accusé l'Éternel d'injustice, s'il n'eût pas exaucé les vœux de l'ange céleste, où se peignait aussi bien son image.

Charles, qui avait accompagné sa belle-fille, mais qui, plein de mépris pour ses actes pieux, n'avait pas même voulu pénétrer au temple, après avoir chassé dans les environs, vint la reprendre, et la conduisit à une terre qu'il possédait assez près de là dans une situation plus agreste encore. Il avait été convenu que l'été se passerait dans cette maison : les troubles qui allaient agiter Florence en rendaient l'habitation dangereuse ; cette solitude, d'ailleurs, était du goût de Charles. Le crime se plaît dans ces sites affreux ;

l'obscurité des vallons, le sombre imposant des forêts, en enveloppant un coupable des ombres du mystère, semblent le disposer plus énergiquement aux complots qu'il médite ; l'espèce d'horreur que ces situations jettent dans l'âme l'entraîne à des actions ayant cette même teinte de désordre qu'imprime la nature à ces lieux effrayants ; on dirait que la main de cette incompréhensible nature veuille asservir tout ce qui vient la contempler dans ses caprices... aux mêmes irrégularités qu'elle présente.

— Oh, Dieu ! quel désert, dit Laurence effrayée, en apercevant un amas de tours au fond d'un précipice, tellement couronné de sapins et de mélèzes * que l'air y circulait à peine, y a-t-il, poursuivit-elle, d'autres êtres que des bêtes féroces qui puissent habiter ce séjour ?

— Que les abords ne vous révoltent pas, répondit Charles, les dedans vous dédommageront.

Après bien des peines et des fatigues, puisque aucune voiture ne pouvait parvenir dans ce lieu, Laurence y arrive enfin, et reconnaît qu'effectivement rien ne manque, dans ce séjour solitaire, de tout ce qui peut y rendre la vie agréable ; une fois descendu dans ce bassin, indépendamment d'un château commode et parfaitement meublé, on trouvait des parterres, des bosquets, des potagers et des pièces d'eau **.

Les premiers instants se passèrent à s'établir ; mais l'épouse d'Antonio, quoique au milieu du luxe et de

---

* Espèce de sapin commun dans les Alpes et dans l'Apennin, singulièrement triste et sombre.
** Cette habitation n'est point prise dans le pays des chimères : l'auteur l'a vue et décrite sur les lieux mêmes ; elle est à quatre milles au nord de Valombroza [3], dans la même forêt ; elle n'appartient plus aux Strozzi.

l'abondance, ne voyant absolument personne venir dans ce réduit obscur, s'aperçut promptement que sa retraite n'était qu'une honnête prison ; elle témoigne un peu d'inquiétude, Charles allègue les malheurs du temps, les difficultés, le danger des chemins... la décence qui paraît exiger que, pendant qu'Antonio est à l'armée, sa femme vive dans la solitude...

— Cet ennui s'égayera pourtant, dit Charles avec fausseté ; vous le voyez, ma fille, je n'ai rien épargné de ce qui peut vous plaire : Camille qui vous est attachée, Urbain qui vous amuse, sont du voyage et s'empressent à vous prévenir... Vos dessins... votre guitare, un assez bon nombre de livres, parmi lesquels je n'ai point oublié Pétrarque, que vous chérissez, tout est ici... tout va servir à vous distraire, et six mois s'écoulent bien vite.

Laurence s'informe des moyens d'écrire à son mari.

— Vous me donnerez vos lettres, répond Charles, et chaque semaine elles partiront dans mon paquet.

Cet arrangement, qui paraissait gêner les pensées de Laurence, fut très éloigné de lui plaire ; elle n'en témoigna pourtant rien... Dans le fait, elle n'avait point encore à se plaindre ; elle dissimula donc, et les jours s'écoulèrent.

Tout reprit le même cours que dans la capitale ; mais l'extrême pudeur de Laurence s'alarma promptement des libertés d'Urbain : vivement excité par son maître, et bien autant sans doute par ses propres dispositions, l'impudent page avait enfin osé convenir de ses feux ; cette hardiesse surprit étonnamment l'épouse d'Antonio ; vivement alarmée, elle vole aussitôt vers Charles, elle lui porte les plaintes les plus amères contre

Urbain... Strozzi l'écoute d'abord avec attention...

— Ma chère fille, lui dit-il ensuite, je crois que vous
mettez trop d'importance à des dissipations conseillées
par moi-même. Considérez tout cela avec infiniment
plus de philosophie; vous êtes jeune, ardente, dans
l'âge des plaisirs, votre époux est absent : ah! chère
fille, ne portez pas si loin une sévérité de mœurs, dont
vous ne recueillerez que des privations; la leçon
d'Urbain est faite, mon enfant, vous ne courez avec lui
nul danger. A l'égard de la lésion bizarre que vous
craignez de faire aux sentiments dus à votre époux, elle
est nulle; un mal qu'on ignore n'affecte jamais.
M'alléguerez-vous l'amour? Mais la satisfaction d'un
besoin n'outrage en rien des sentiments moraux,
réservez pour votre époux tout ce qui tient à la
métaphysique de l'amour[4], et qu'Urbain jouisse du
reste; je dis plus : quand même l'image de cet époux
chéri viendrait à s'oublier, quand même les plaisirs
goûtés avec Urbain parviendraient à éteindre l'amour
que vous conservez follement pour un être que les
dangers de la guerre vous raviront peut-être au
premier moment, où serait donc le crime à cela? Eh!
Laurence!... Laurence, votre époux, même instruit de
tout, serait le premier à vous dire que la plus grande de
toutes les folies est de resserrer entre soi des désirs qui,
étendus... qui, multipliés, peuvent, de deux captifs
volontaires, former les êtres les plus libres et les plus
heureux de ce monde.

L'infâme, profitant alors du désordre que jette son
affreux discours dans l'âme vertueuse de cette intéressante créature, ouvre un cabinet dans lequel est
Urbain :

— Tenez! s'écrie-t-il, femme trop crédule, vous

avez reçu de ma main un mari qui ne saurait vous
satisfaire, acceptez, pour vous consoler, un amant
capable de tout réparer.

Et l'indigne page, s'élançant aussitôt sur la triste et
vertueuse épouse d'Antonio, veut la contraindre aux
derniers excès...

— Malheureux ! s'écrie Laurence, en rejetant
Urbain avec horreur, fuis loin de moi, si tu ne veux
courir le risque de tes jours !... et vous, mon père...
vous de qui je devais attendre d'autres conseils... vous
qui deviez guider mes pas dans la carrière de la vertu...
vous que je venais implorer contre les attentats de ce
misérable... je ne vous demande plus qu'une faveur...
laissez-moi sortir dans l'instant de cette maison que je
déteste ; j'irai trouver mon époux dans les champs de
la Toscane... j'irai partager son sort, et, quels que
soient les périls qui me menacent, ils seront toujours
moins horribles que ceux dont je me vois entourée chez
vous.

Mais Charles furieux, se jetant au travers de la porte
où la jeune femme s'élançait pour fuir :

— Non ! lui dit-il, non, créature aveuglée, tu ne
sortiras point de cet appartement, qu'Urbain ne soit
satisfait !

Et le page, enhardi, renouvelle ses indignes efforts,
lorsque tout à coup un mouvement involontaire l'arrête... il considère Laurence... il n'ose achever... il est
ému... il verse des larmes... Merveilleux ascendant de
la vertu !... Urbain tombe aux pieds de celle qu'on veut
lui faire outrager, il ne peut que lui demander grâce...
il n'a que la force d'implorer son pardon... Strozzi
s'emporte :

— Sors ! dit-il à son page, va porter loin de chez moi

tes remords et ta timidité ! Et vous, madame, préparez-
vous à tous les effets de mon ressentiment.

Mais cette intéressante femme, à qui la vertu prête
des forces, se réfugie dans une embrasure, en s'armant
du poignard de Strozzi, imprudemment laissé sur une
table...

— Approche, monstre ! lui dit-elle, approche, si tu
l'oses à présent : mes premiers coups seront pour toi,
les seconds m'arracheront le jour.

Une aussi courageuse action dans une femme qui
touchait à peine à sa seizième année, en impose
totalement à Strozzi ; il n'était pas encore le maître de
sa belle-fille, comme il espérait de le devenir un jour ; il
se calme, ou plutôt, il feint.

— Quittez cette arme, Laurence, dit-il avec sang-
froid, quittez-la, je vous l'ordonne par toute l'autorité
que j'ai sur vous...

Et lui ouvrant la porte de l'appartement...

— Sortez, madame, continua-t-il, sortez, vous êtes
libre, je vous donne ma foi de ne plus vous contraindre... Je me trompais, il est des âmes à la félicité
desquelles il ne faut jamais travailler ; trop de préjugés
les offusquent, il faut les y laisser languir ; sortez, vous
dis-je, et laissez cette arme.

Laurence obéit sans répondre, et dès qu'elle a
franchi la porte de cet appartement fatal, elle jette le
poignard et rentre chez elle.

L'unique consolation de cette malheureuse en de
semblables crises était la perfide Camille, point encore
démasquée aux yeux de sa maîtresse ; elle se jette dans
les bras de cette créature ; elle lui raconte ce qui s'est
passé, fond en larmes, et conjure sa duègne de tout
mettre en usage pour faire parvenir secrètement une

lettre à son mari. Camille, enchantée de prouver son
zèle à Charles en trahissant aussitôt Laurence, se
charge de la commission ; mais cette charmante
femme, trop circonspecte pour accuser le père de son
époux, se plaint seulement à Antonio du mortel ennui
qui la dévore dans la maison de Charles ; elle peint le
désir qu'elle a d'en être dehors, la nécessité dont il
serait qu'elle pût l'aller joindre à l'instant, ou qu'il vînt
au moins la voir un seul jour.

Cette lettre n'est pas plus tôt écrite, qu'elle est
remise à Charles par Camille ; Strozzi l'ouvre avec
précipitation, et ne peut s'empêcher, malgré toute sa
fureur, d'admirer la sage retenue de cette jeune
personne, qui vivement outragée, sans doute, n'ose
pourtant pas nommer son persécuteur. Il brûle la
lettre de sa belle-fille, et en écrit promptement une à
Antonio d'un style bien différent :

Venez aussitôt ma lettre reçue, disait-il à son fils ; *pas un
moment à perdre, vous êtes trahi, et vous l'êtes par le serpent que
j'ai moi-même nourri dans ma maison. Votre rival est Urbain...
ce fils d'un de nos alliés, qui fut élevé près de vous, et presque
avec les mêmes égards ; je n'ai osé le punir, la circonstance était
trop délicate... Ce crime m'étonne et me révolte à tel point que
j'imagine quelquefois me tromper. Accourez donc... venez tout
éclaircir. Vous arriverez mystérieusement chez moi... vous
éviterez tous les yeux, et j'offrirai moi-même aux vôtres
l'affreux tableau de votre déshonneur... Mais ménagez cette
infidèle, c'est la seule grâce que je vous demande ; elle est faible,
elle est jeune : je ne suis irrité que contre Urbain, c'est sur lui
seul qu'il faut que votre vengeance éclate.*

Un courrier vole au camp de Louis, et, pendant
l'intervalle, Strozzi achève de préparer ses ruses.
D'abord il console Laurence, il la flatte... et, grâce à

son art séducteur, il lui persuade que tout ce qu'il a fait n'est que pour éprouver sa vertu et la placer dans un plus grand jour...

— Quel triomphe pour ton mari, Laurence, quand il apprendra ta conduite !... Ah ! ne doute pas, chère enfant, de l'extrême plaisir qu'elle m'a fait ; puissent tous les époux avoir des femmes qui te ressemblent, et l'amour conjugal, le plus beau présent de la divinité, rendrait bientôt tous les hommes heureux.

Rien n'est confiant comme la jeunesse, rien n'est crédule comme la vertu ; la jeune épouse d'Antonio se jette aux pieds de son beau-père, elle lui demande pardon de ce qui a pu lui échapper de trop violent dans sa défense ; Charles l'embrasse, et voulant encore mieux sonder ce jeune cœur, il demande à sa fille si elle n'a point écrit à Antonio :

— Mon père, répond Laurence, avec cette candeur qui la fait adorer... puis-je vous cacher quelque chose ? Oui, j'ai fait partir une lettre, j'en ai chargé Camille.

— Elle aurait dû m'en faire part.

— Ne la réprimandez pas de son zèle pour moi.

— Je la gronderai de sa discrétion.

— Je vous demande sa grâce.

— Elle est accordée, Laurence... Et dans cette lettre ?...

— Je prie Antonio de revenir, ou de me permettre de l'aller joindre ; mais aucune plainte de cette scène, dont j'ignorais la cause, et dont je ne puis me fâcher à présent.

— Nous ne lui en ferons point un mystère, ma fille : il faut qu'il connaisse votre amour, il faut qu'il soit instruit de son triomphe.

Tout s'apaise, et la plus grande intelligence règne

maintenant dans une maison que venaient de troubler
tant de désordres ; mais ce calme ne devait pas régner
longtemps, l'âme des scélérats laisse-t-elle respirer en
paix la vertu ? Semblables aux flots d'une mer inconstante, il faut que ses crimes perpétuels bouleversent
tout ce qui ose se confier sur son élément, et ce n'est
qu'au fond du tombeau que l'innocence trouve un port
assuré, aux écueils sans nombre de cet océan dangereux.

Charles machinait à la fois, et tout ce qui pouvait
légitimer l'accusation dont il venait de charger
l'épouse de son fils, et tout ce qui pouvait le débarrasser en même temps d'un complice timide, dont il
voyait bien qu'il avait à se défier. Le machiavélisme
commençait à faire des progrès en Toscane ; ce système *, enfanté dans Florence, devait commencer par
séduire les habitants de cette ville ; Charles était un de
ses plus grands sectateurs, et, à moins qu'il ne fût
obligé de feindre, il en affichait toujours les maximes.
Il avait lu dans ce grand système de politique *qu'il
fallait amadouer les hommes, ou les sacrifier, parce qu'ils se
vengent des légères offenses, et qu'ils ne peuvent se venger
lorsqu'ils sont morts* **. Il avait lu dans les discours du
même auteur *** *que l'affection du complice doit être bien
grande, si le danger où il s'expose ne lui paraît encore plus
grand ; qu'en conséquence, il fallait donc, ou ne choisir que des
complices intimement liés à soi, ou s'en défaire dès qu'on s'en
était servi* [5].

* Ce fut à Laurent II de Médicis, père d'Alexandre, premier duc
de Florence, que Machiavel dédia son ouvrage, intitulé *le Prince*, livre
dont il est ici question.
** Chap. III.
*** Chap. VI.

Charles, partant de ces funestes principes, donne donc des ordres analogues ; il s'assure de Camille, renflamme le zèle d'Urbain, l'encourage par le nouvel espoir des plus sublimes récompenses, et laisse arriver Antonio.

Le jeune époux effrayé accourt à la hâte ; un instant de calme le lui permet. Il entre de nuit chez Charles, et se jette en pleurant dans ses bras.

— Eh quoi ! mon père, elle me trahit !... L'épouse que j'adorais... elle... elle !... mais êtes-vous bien sûr ? vos yeux ne vous ont-ils pas trompé ?... se peut-il que la vertu même... ah ! mon père !

— Puissé-je ne l'avoir jamais conduite dans cette maison ! dit Charles, en pressant Antonio sur son sein ; l'ennui, la solitude... ton absence, toutes ces causes l'ont sans doute entraînée dans le crime affreux que mes yeux n'ont que trop découvert !

— Ah ! gardez-vous bien de m'en persuader, mon père ! Dans la fureur où je suis... je ne répondrais peut-être pas de ses jours... Mais cet Urbain... ce monstre ! que nous comblions de bontés... c'est sur lui que va retomber toute ma rage... Me l'abandonnez-vous, mon père ?

— Calme-toi, Antonio... convaincs-toi, ta tranquillité l'exige ; mais à quoi servirait ton courroux ?

— A me venger d'un traître, à punir une perfide.

— Pour elle, non, je m'y oppose, mon fils... au moins jusqu'à ce que tu sois éclairé ; peut-être me trompai-je, ne condamne pas cette infortunée, et sans que tes yeux aient vu son crime, et sans que tu aies entendu ce qu'elle peut dire pour le justifier. Passons la nuit tranquille, Antonio, et demain tout s'éclaircira.

— Mais, mon père, si je la voyais dès le même

instant ? si j'allais tomber à ses pieds... ou lui percer le cœur !

— Apaise ce désordre, Antonio, et, je te le répète, ne prends aucun parti que tu n'aies tout vu, ne te décide à rien que tu n'aies entendu Laurence.

— Ô Dieu ! habiter la même maison qu'elle... passer une nuit près d'elle, ne pas la punir si elle a tort... ne pas jouir de ses chastes embrassements si elle est innocente !

— Infortuné jeune homme, cette alternative de ton aveugle amour ne peut t'être permise, ton épouse est criminelle sans doute, et ce n'est pas l'instant de te venger.

— Ah ! trouverai-je jamais celui de la haïr ! Laurence, sont-ce là ces serments de m'adorer toujours ! que t'ai-je fait pour m'outrager ainsi ?... Les lauriers que j'allais cueillir... n'était-ce pas pour te les présenter ?... Si je désirais d'illustrer ma maison, c'était pour t'embellir de son éclat... pas une seule pensée d'Antonio qui ne s'adressât à Laurence... pas une seule de ses actions qui ne l'eût pour principe... et quand je t'idolâtre, quand tout mon sang versé pour toi ne m'eût pas encore paru suffisant à te convaincre de mon amour... quand je te comparais aux anges du ciel... quand le bonheur dont ils jouissent était l'image de celui que j'attendais dans tes bras... tu me trahissais donc aussi cruellement !... non, il ne sera point de supplice assez effrayant... il n'en sera point d'assez horrible !... qui, moi ? me venger de Laurence !... la supposer coupable... je le verrais sans le croire... elle me le dirait, que j'accuserais mes sens d'erreur, bien plutôt qu'elle d'inconstance... Non, non, ce n'est que moi qu'il faut punir, mon père... c'est dans mon cœur que s'enfoncera le poignard... Ô Laurence, Laurence! que sont devenus ces jours délicieux où les serments de ton amour s'imprimaient si bien dans mon âme?... N'était-ce donc que pour me tromper que l'amour t'embellissait, en prononçant ces promesses flatteuses! ta douce voix n'augmentait-elle de charmes que pour me séduire avec plus d'art? et toutes les expressions de ta tendresse devaient-elles se changer dans mon cœur en autant de serpents qui le dévorent?... Mon père... mon père... sauvez-moi de mon désespoir... Il faut ou que j'expire, ou que Laurence soit fidèle!

Il ne pouvait y avoir au monde que la seule âme du féroce Strozzi, que de tels accents ne déchirassent pas; mais les méchants se plaisent au spectacle des maux qu'ils causent, et chacune des gradations de la douleur dont ils absorbent leurs victimes, est une jouissance pour eux. Ceux qui connaîtront l'espèce d'âme où le crime établit son empire, imagineront aisément que celle de Charles devait être loin de s'ébranler à cette douloureuse scène; le barbare, au contraire, est enchanté de voir son fils dans la situation où il le veut, pour s'assurer du crime qu'il ose en attendre. A force de prières, Antonio consentit pourtant à passer le reste de la nuit sans voir Laurence; il s'abîma dans sa douleur sur un fauteuil, près du lit de Charles, et le jour vint enfin éclairer la scène horrible qui allait convaincre Antonio.

— Il faut patienter jusqu'à cinq heures, dit Charles en s'éveillant; tel est l'instant où ton indigne épouse attend Urbain au parc dans le cabinet d'orangers.

Il vient enfin, ce moment affreux.

— Suis-moi, dit Charles à son fils... pressons-nous,

Camille vient de m'avertir, et ton déshonneur se consomme...

Les deux Strozzi s'avancent au fond des jardins... plus on approche, moins Antonio peut se contenir...

— Arrêtons-nous, dit Charles... de ce lieu nous pourrons tout voir...

A ces mots, il entrouvre à son fils une charmille... à dix pieds au plus du fatal cabinet... Oh! juste ciel! quel spectacle pour un époux adorant sa femme! Antonio voit Laurence étendue sur un lit de verdure, et le traître Urbain dans ses bras... Il ne se contient plus : franchir le feuillage qui lui sert de rempart... voler sur le couple adultère, et poignarder l'infâme qui le déshonore, tout cela n'est pour lui que l'ouvrage d'un instant... Son bras se lève sur sa coupable épouse; mais l'état dans lequel il croit que sa présence l'a mise le désarme... La malheureuse a les yeux fermés, elle ne respire plus... la pâleur de la mort couvre ses belles joues... Antonio menace... on ne l'entend point... il frémit, il pleure, il chancelle...

— Elle est morte! s'écrie-t-il... elle n'a pu soutenir ma vue... La nature m'enlève la douceur de me venger moi-même; je verserais en vain son sang... elle ne sentirait plus mes coups... Qu'on la secoure... qu'on rende cette perfide à la lumière... qu'on me donne le cruel plaisir de déchirer ce cœur ingrat qui put me trahir à ce point... je veux qu'elle respire, par chacun de ses sens, la mort affreuse que je lui prépare... oui, qu'on lui rende le jour... peut-être que... Ô Laurence, Laurence! puis-je douter encore?... Qu'on la ranime, mon père... qu'on la ranime, je veux l'entendre, je veux savoir d'elle-même quelles raisons ont pu la porter à ce comble d'horreur... je veux voir s'il lui restera assez de fausseté pour justifier son parjure... de quel œil elle en soutiendra toute la honte.

Il n'était plus besoin de secours pour le malheureux page : noyé dans son sang, près de Laurence, il rendit l'âme sans proférer une parole ; et ce ne fut pas sans une joie maligne que Charles vit expirer ce maladroit complice, dont il n'avait presque rien à espérer pour le crime, et tout à craindre pour la délation.

On rapporte Laurence dans son appartement ; elle ouvre les yeux... elle ignore ce qui s'est passé... elle demande raison à Camille de cet assoupissement subit qui s'est emparé d'elle dans le berceau d'orangers... l'a-t-on quittée ?... a-t-elle été seule ? elle aperçoit du trouble... qu'est-il arrivé ?... elle éprouve un malaise dont la cause lui est inconnue ; dans le rêve affreux de cette léthargie, elle a cru voir Antonio s'élancer sur elle et menacer ses jours... est-il vrai ?... son mari serait-il dans ces lieux ? Toutes les questions de Laurence se croisent et se multiplient ; elle en commence vingt, et n'en finit aucune. Cependant Camille est loin de la rassurer :

— Vos crimes sont connus, madame, lui dit-elle, préparez-vous à les expier.

— Mes crimes ?... oh, ciel !... vous m'effrayez !... Camille, quel crime ai-je commis ? quel est ce sommeil magique dans lequel je suis tombée malgré moi ?... en aurait-on profité pour renouveler des horreurs ?... mais Charles m'a désabusée, il préparait un triomphe à ma vertu... il ne tendait point de piège à mon innocence... il me l'a dit... m'aurait-il trompée ? Dieu ! quel est mon état... Ah ! je vois tout... je suis trahie... pendant cet affreux sommeil... Urbain... le monstre... et Strozzi, tous deux d'accord sans doute... Ah ! Camille, dis-moi

tout... dis-moi tout, Camille, ou je te regarde comme
ma plus mortelle ennemie!

— Épargnez ces feintes, madame, répond la
duègne, elles sont inutiles, tout est découvert... Vous
aimiez Urbain, vous lui donniez des rendez-vous dans
le parc... vous ne l'avez rendu que trop heureux, et
quel instant avez-vous choisi? le même où votre époux
accouru, sur la lettre dont vous m'aviez chargée pour
lui, venait vous témoigner son amour et son zèle, en
profitant du seul jour que lui laissait le soin des armes.

— Antonio est ici?

— Il vous a vue, madame, il a surpris vos coupables
amours, il en a poignardé l'objet... Urbain n'est plus;
l'évanouissement où vous ont plongée la honte et le
désespoir vous a sauvé la vie, vous ne devez qu'à cette
seule cause de n'avoir pas suivi votre amant au tombeau.

— Camille, je ne t'entends pas, un trouble affreux
s'empare de ma raison... je sens que je m'égare... aie
pitié de moi, Camille... qu'as-tu dit?... qu'ai-je fait?...
que veux-tu me persuader?... Urbain mort... Antonio
dans ces lieux... Ô Camille! secours ta malheureuse
maîtresse...

Et Laurence, à ces mots, s'évanouit.

Elle rouvrait à peine les yeux, que Charles et
Antonio entrent dans son appartement; elle veut se
précipiter aux genoux de son mari.

— Arrêtez, madame, lui dit froidement Antonio; ce
mouvement, dicté par vos remords, est loin de m'attendrir; je ne viens pourtant point, en juge prévenu,
vous condamner avant de vous entendre; je ne pro-
noncerai qu'après avoir appris, de vous-même, quelles
raisons ont pu vous porter à l'infâme action que j'ai
surprise.

Rien n'égale à ces mots le funeste embarras de Laurence : elle voit bien qu'on a trompé ses sens... mais que dire ? Se défendra-t-elle, ainsi qu'elle le doit ? elle ne le peut qu'en dévoilant les horribles complots de Charles... qu'en armant le fils contre le père... S'accusera-t-elle ? elle est perdue... ce qui est pis, elle se rend indigne de regagner jamais le cœur de son époux. Ô funeste situation !... Laurence eût préféré la mort... Et cependant il faut répondre :

— Antonio, dit-elle avec tranquillité, depuis que nous sommes unis, avez-vous vu quelque chose de moi qui dût vous faire croire que je fusse capable de passer, dans un instant, de la vertu au crime ?

Antonio. — Il est impossible de répondre d'une femme.

Laurence. — J'avais l'orgueil de croire à l'exception, j'imaginais que le cœur où vous régniez ne pouvait plus appartenir à d'autres.

Charles. — Quels détours !... quel artifice ingénieux ! est-il question de savoir si le mal a pu se commettre ou non ?... doute-t-on de ce qu'on a vu ? Nous vous demandons les motifs qui ont pu vous porter à cet excès, et non s'il est vrai que vous soyez coupable, ou que vous puissiez être innocente.

— Que de raisons, mon père, dit Laurence à Charles, devraient vous engager à me traiter avec moins de rigueur ! A supposer que je fusse criminelle, n'est-ce pas à vous à prendre ma défense ?... n'est-ce pas de vous que je dois attendre de la pitié ?... ne devez-vous pas servir de médiateur entre votre fils et moi ? ne vous ayant point quitté depuis l'absence de mon époux... qui doit mieux croire que vous à l'innocence d'une femme... d'une femme qui fait de sa vertu son

unique trésor?... Strozzi, accusez-moi vous-même, et
je me croirai coupable.

— Il n'est pas nécessaire que mon père vous accuse,
dit Antonio, le courroux dans les yeux; les témoins...
les délateurs, tout devient inutile après ce que j'ai
vu.

Laurence. — Ainsi, Antonio me croit adultère... il ose
soupçonner celle qu'il aime... celle qui lui jure qu'elle
eût préféré la mort au crime affreux dont on l'accuse...

Et tendant ses beaux bras vers son époux, en versant
un torrent de larmes :

— Est-il vrai, mon époux m'accuse? il peut croire
un moment que Laurence a cessé de l'adorer?

— Traîtresse! s'écrie Antonio en repoussant les
bras de son épouse... ta séduction ne m'en impose
plus... n'imagine pas me désarmer par ces paroles
doucereuses qui faisaient autrefois le charme de mes
jours... je ne les entends plus... je ne saurais plus les
entendre... Ce miel d'amour qui coule de tes lèvres ne
peut plus enivrer mon cœur; je ne trouve plus, dans ce
cœur endurci pour toi, que de la rage et de la haine.

— Ô ciel! je suis bien malheureuse! s'écria Laurence, en fondant en larmes, puisque celui de mes
accusateurs qui devrait être le plus pénétré de mon
innocence est celui qui m'attaque le plus sévèrement...
(Et reprenant avec chaleur :) Non, Antonio, non, tu ne
le crois pas... il est impossible que j'aie pu me souiller
de ce crime, plus impossible encore que tu puisses le
croire.

— Il est inutile, mon fils, d'entendre plus longtemps
cette criminelle, dit Charles, en voulant éloigner
Antonio, qu'il ne voyait que trop prêt à faiblir... son
âme, déjà corrompue, lui suggère d'affreux mensonges

qui ne serviraient qu'à t'irriter davantage... Allons
prononcer sur son sort.

— Un moment... un moment! s'écria Laurence, en
se précipitant à genoux vers les deux Strozzi, et leur
formant une barrière de son corps... non, vous ne me
quitterez pas que je ne sois justifiée... (et fixant
Charles)... Oui, seigneur, vous me justifierez... (fièrement) c'est de vous que j'attends ma défense... vous
seul êtes en état de l'entreprendre.

— Levez-vous, Laurence, dit Antonio tout ému...
levez-vous, et répondez plus juste, si vous voulez
convaincre. Votre justification ne regarde pas mon père,
vous seule êtes en état de l'établir, et comment l'oserez-
vous, après ce que j'ai vu? n'importe, répondez, étiez-
vous ou non dans le jardin, il y a quelques instants?

Laurence. — J'y étais.

Antonio. — Vous y êtes-vous rendue seule?

Laurence. — Je n'y fus jamais de cette manière,
Camille m'accompagnait, comme elle fait toujours.

Antonio. — Avez-vous donné rendez-vous à quelqu'un dans cette promenade?

Laurence. — A personne.

Antonio. — Qui donc a pu faire trouver Urbain dans
le même lieu que vous?

Laurence. — Il est impossible que je puisse vous
rendre compte de cela... Ô Charles! daignerez-vous
l'expliquer à votre fils?

Charles. — Elle veut que je dise ce qui put l'entraîner
au crime; je le dirai donc, mon fils, puisqu'elle l'exige.
Dès le lendemain de votre mariage, cette créature
perverse ne cessa d'avoir des yeux pour Urbain; ils se
sont écrit, je l'ai su, j'ai balancé pour vous l'apprendre... était-ce à moi de vous la dénoncer?... j'ai rompu

le commerce... j'ai châtié Urbain, je l'ai menacé de
toute ma colère; je respectais encore assez cette
misérable pour ne pas lui parler de ses torts; j'imaginais qu'en contenant l'un des deux, l'autre n'oserait
faiblir... ma bonté m'a séduit, elle m'a trompé; arrête-
t-on jamais une femme qui veut se perdre! J'ai
continué de les surveiller l'un et l'autre... c'est Camille
qui s'en est chargée; je ne voulais être instruit que par
celle de ses femmes qui l'aimait le plus... qui, ne
l'ayant point quittée depuis son enfance, devait naturellement, ou l'accuser le moins, ou la défendre le
mieux. C'est de Camille que j'ai su que cette intrigue,
commencée à Florence, se continuait dans cette campagne; j'ai cru dès lors devoir renoncer à toute
considération, j'ai cru devoir vous avertir, je l'ai fait.
Vous voyez comme elle se défend... que voulez-vous
davantage, mon fils, que vous faut-il de plus pour vous
contraindre à punir cette malheureuse?... à venger
votre honneur offensé?

— Camille m'accuse, seigneur! dit Laurence à
Charles, avec autant de surprise que de fierté.

— Il faut l'entendre, dit Antonio, et s'adressant à la
duègne : Vous à qui je me suis confié du soin de tout ce
que j'aimais... parlez, Laurence est-elle coupable?

Camille. — Seigneur...

Antonio. — Parlez, vous dis-je, je le veux.

Laurence. — Répondez Camille, je l'exige aussi,
quelle preuve avez-vous que je sois coupable?

Camille. — Madame peut-elle me faire cette question, après ce qu'elle sait elle-même? Ignore-t-elle, ou
ne se rappelle-t-elle plus qu'elle a voulu me charger de
cette coupable correspondance, qu'elle m'a dit qu'elle
était bien malheureuse de n'avoir pas connu le jeune

Urbain avant Antonio, et que, dès qu'il était d'une naissance qui pouvait assortir madame, elle n'eût jamais voulu d'autre époux ?

— Exécrable créature ! dit Laurence en voulant se précipiter sur cette femme, et contenue par Charles, dans quel gouffre de l'enfer vas-tu chercher les calomnies dont tu te souilles ?... Et se présentant à Antonio le sein découvert : Eh bien ! seigneur, punissez-moi... punissez-moi dès l'instant, s'il est vrai que je sois aussi coupable qu'on ose me peindre à vos yeux... Voilà mon cœur, plongez-y votre poignard, ne laissez pas subsister plus longtemps un monstre qui a pu vous trahir à ce point ; je ne suis plus digne que de votre haine et de votre vengeance... Arrachez-moi la vie, ou je vais moi-même prendre ce soin.

Et, en prononçant ces paroles, elle se précipite sur le poignard d'Antonio ; mais celui-ci s'opposant à cette fureur...

— Non, Laurence, non, lui dit-il, tu ne mourras point ainsi, il faut que tu sois réservée à de plus grandes douleurs... que chaque jour ton crime, à tes yeux présenté, te fasse mieux sentir l'aiguillon du remords.

Laurence. — Antonio, je ne suis point une adultère ; au même instant où tu m'accuses, une secrète voix te parle en ma faveur... démêle la vérité... informe-toi ; à quelque point que tu me croies un monstre... il en respire ici de plus affreux que moi ; connais-les avant de me condamner, démêle-les avant que de m'ôter ton cœur, et ne me méprise pas avant que d'être mieux éclairci. J'ai été au jardin, accompagnée de la seule Camille ; à peine étais-je arrivée sous le bosquet, qu'un assoupissement surnaturel est venu s'emparer de mes sens... On dit que tu m'as vue... que tu m'as vue dans les bras d'Urbain... que tu as tué Urbain... j'ignore tout... je n'ai éprouvé que des rêves horribles, et le plus profond sommeil.

Charles. — Quelle effronterie ! Camille, auriez-vous plongé, par quelque philtre, votre maîtresse dans cette léthargie dont elle n'a pu se défendre ?... Urbain... le malheureux Urbain, dénué de toute espèce de fortune, vous a-t-il proposé de faire la vôtre pour obtenir de vous ce service ? et vous y êtes-vous prêtée ?

Camille. — Quelque fortune que m'eût offert Urbain, seigneur, et m'eût-il rendue maîtresse d'un empire, eussé-je voulu l'obtenir au prix d'une telle infamie ?... mon âge... ma position, la confiance dont on m'honore dans cette maison, mon extrême attachement pour ma maîtresse, tout doit vous répondre de moi sans doute, et si vous cessiez de m'estimer, seigneur, je demanderais à me retirer sur-le-champ.

— Que réponds-tu, perfide ? dit alors Antonio, en lançant des regards furieux sur Laurence, que réponds-tu à ces accusations où règnent la franchise et la vérité ?

Laurence. — Rien, seigneur, prononcez... ce n'était que de votre âme que j'attendais ma défense... Prononcez, seigneur, j'ai tout dit, il me devient impossible d'ajouter à ma justification... tout parle contre moi... Antonio, crédule, aime mieux m'accuser que d'ouvrir les yeux ; Antonio, trompé par tout ce qui l'entoure, aime mieux croire ses plus dangereux ennemis que celle qui l'idolâtrera jusqu'au dernier soupir... je n'ai plus qu'à subir ma sentence... je n'ai plus qu'à prier mon époux... et celui qui aurait dû me servir de père... qui me charge, quand il sait bien que je suis innocente, je n'ai plus qu'à les supplier l'un et l'autre de déterminer promptement mon sort.

— Ah! Laurence! s'écrie le jeune Strozzi en regardant encore avec tendresse celle dont il se croyait si vivement outragé, Laurence, est-ce donc là ce que tu m'avais juré dès mes plus tendres ans?

— Antonio, reprend Laurence avec vivacité, cède au mouvement qui te parle en ma faveur... N'arrête point ces larmes qui mouillent tes paupières, viens les répandre dans mon sein... dans ce sein brûlé de ton amour... viens déchirer, si tu le veux, ce cœur que tu crois coupable, et qu'enflamme toujours ta tendresse... oui, j'y consens, anéantis des jours dont tu ne crois plus l'hommage digne de toi, mais ne me laisse pas mourir dans l'affreuse idée d'être soupçonnée... d'être méprisée de mon époux... Pourquoi Urbain n'existe-t-il plus?... moins fourbe... peut-être sa candeur... Antonio, que ne peux-tu m'entendre? pourquoi les expressions sont-elles enchaînées sur mes lèvres? pourquoi m'accuses-tu par préférence?... et qui doit t'aimer plus que moi?

Mais Antonio n'entendait plus ces dernières paroles; entraîné par son père... convaincu du crime de sa femme, il va prononcer contre elle... il va, trop malheureusement séduit, consentir au malheur de la plus vertueuse et de la plus infortunée des créatures.

— Mon fils, dit Charles, cette jeune personne ne m'a jamais trompé, j'ai reconnu la fourberie de son caractère dès les premiers jours de son hymen. Bien moins ennemi des Médicis que ton oncle, je songeais à finir les troubles qui nous divisent et qui déchirent le sein de la patrie, en te donnant une des nièces de Côme... il est encore temps; c'est un ange de beauté, de douceur et de vertus ; mais il faudrait deux choses impossibles à obtenir de toi : que tu renonçasses à la vaine ambition qui t'aveugle... que, content d'être le second dans Florence, tu laissasses le trône aux Médicis, qui, maintenant soutenus par l'empereur, le conserveront infailliblement, et que tu susses te venger du monstre qui t'outrage.

— L'immoler !... moi, mon père, immoler Laurence !... elle qui, malgré son crime, semble m'aimer encore avec autant d'ardeur !

— Homme faible, des sentiments feints pour te mieux tromper peuvent-ils t'en imposer toujours ? Si Laurence t'aimait, t'aurait-elle trahi ?

— La perfide, je ne lui pardonnerai de mes jours !

— Et, dans ce cas, peux-tu la laisser vivre ? dois-je le souffrir moi-même ? puis-je permettre qu'une femme qui te déshonore trouve un asile dans ma maison ?... et cette postérité que j'attends de toi... que je désire, qui doit faire ma consolation... peux-tu t'y soustraire, mon fils ?... il te faut une femme... il t'en faut une absolument, et ne pouvant en avoir deux, il faut donc sacrifier celle qui t'outrage à celle de qui nous devons attendre notre mutuel bonheur. Que la femme que tu prendras soit le lien par lequel je voulais enchaîner la discorde et terminer nos différends, ou qu'une autre te convienne mieux, de toute manière, il te faut une épouse ; ce devoir irrésistible est l'arrêt de Laurence.

— Mais pouvons-nous prononcer seuls sur le sort de cette coupable ?

— Assurément, dit Charles, il est inutile de publier notre infamie ; et, d'ailleurs, la politique des princes sur cette matière peut-elle jamais être celle

des peuples ? qu'espères-tu de Laurence aujourd'hui ?
revient-on jamais à la vertu, quand on s'est précipité
si jeune dans le vice ? elle ne vivrait que pour perpé-
tuer ton déshonneur, que pour multiplier tes chagrins,
que pour te rendre chaque jour la fable et le mépris
de nos compatriotes... Si tu règnes, Antonio... élève-
ras-tu sur le trône de Florence celle qui souilla ton
lit ? Pourras-tu présenter à l'hommage des peuples
celle qui ne sera digne que de leur mépris ? Et cet
amour que les sujets accordent si volontiers aux
enfants de leur maître, oseras-tu l'exiger pour le
résultat des honteuses amours de ta perfide épouse ?
Si les Florentins viennent à découvrir que l'enfant
du Strozzi qu'ils auront couronné n'est que le fruit
illégitime de l'intempérance de sa mère, t'imagines-tu
qu'ils en feront leur prince après toi ? Tu prépares dans
tes États des discussions certaines, des révolutions
inévitables, qui feront incessamment rentrer ta famille
dans le néant dont tu ne l'auras sortie qu'un jour. Ah !
renonce à tes projets d'ambition, si tu ne peux offrir
au peuple, sur lequel tu prétends régner, une compagne qui en soit aussi digne que toi ! Mais que
m'importent ta honte et ta flétrissure ! languis, languis
en paix dans les fers où cette misérable te captive,
aime-la criminelle et coupable, respecte-la, t'accablant
de sa haine et de son mépris... sois vil aux yeux de
toute l'Europe, mais bannis de ce cœur faible l'ambition qu'en vain tu voudrais allier avec tant de bassesse ; des sentiments de grandeur et de gloire peuvent-
ils naître dans une âme de boue ? Flétris-toi seul au
moins, n'exige point que je partage ton déshonneur,
n'imagine pas de m'y envelopper, je saurai fuir la
présence d'un fils si peu digne de moi... expirer loin

d'une infamie qu'il n'eut pas la force de venger[6].

De fausses larmes vinrent prêter encore plus d'énergie aux épouvantables discours de Charles. Antonio se laissa convaincre... Laurence n'était plus sous ses yeux, tout la peignait infidèle; il signa son arrêt. Il fut convenu, entre le père et le fils, que Camille serait chargée du soin de plonger la coupable dans l'éternelle nuit du tombeau; on statua que sa mort serait publiée comme le fruit d'une maladie; qu'Antonio irait finir la campagne commencée sous les ordres de son oncle, et qu'au retour, les deux frères conviendraient d'un nouveau mariage. Antonio aurait bien voulu voir encore une fois sa malheureuse épouse avant que de partir; un mouvement secret, dont il n'était pas maître, paraissait l'entraîner invinciblement vers cette victime infortunée de la scélératesse de Charles, mais il y résistait, son père avait soin de ne pas le quitter, et de le raffermir s'il chancelait. Antonio partit sans voir Laurence, il s'éloigna, fondant en larmes... tournant à chaque instant ses yeux sur le triste château qui allait servir de cercueil à celle qu'il avait tant aimée... à celle qui était plus que jamais digne de tous les sentiments de son cœur.

— Eh bien! Camille, dit Charles dès qu'il se vit certain du fruit de son forfait, elle nous appartient maintenant... Ton imagination comprend-elle ce qui peut résulter de la situation où je la place?... et l'art avec lequel je me suis défait, par les mains de mon fils, de ce complice maladroit, qui ne pouvait plus que me nuire; qu'en penses-tu? Mais écoute-moi, Camille, et continue de me servir avec le même zèle, si tu veux jouir de la fortune certaine que je t'assure, je ne veux pas devoir Laurence à la force; ce triomphe est trop faible pour mon cœur outragé : je veux la contraindre à me supplier d'être à elle... je ne me rendrai qu'à ses instances, je veux qu'elle m'en fasse... Écoute-moi, Camille, je vais tout t'expliquer, tu vas voir combien ton secours m'est encore nécessaire. Laurence adore Antonio ; c'est par cet amour même, que tu dois te garder de détruire, que je vais l'obliger à me tout accorder. Il faut nourrir l'espoir dans ce cœur tout de feu ; ton soin sera de l'embraser sans cesse ; nous allons consigner Laurence dans une prison de mon château... L'arrêt de son mari, dirons-nous, la condamne à la mort, ce n'est que par pitié que nous l'y soustrayons. Laurence, devant périr, trouvera ce sort doux, en comparaison de celui qui lui était destiné ; là, tu l'entretiendras sans cesse de la possibilité de calmer son mari, et de faire éclater un jour son innocence aux yeux d'Antonio ; tu t'excuseras de lui avoir servi de délatrice, tu te rejetteras sur ce que tu as été toi-même dupe de tout ; en un mot, tu tâcheras de regagner sa confiance... elle ne verra que toi, cela ne sera pas difficile. Tu ne cesseras de m'offrir comme le seul conciliateur qui puisse jamais réussir à lui rendre un jour le repos qu'elle a perdu. Elle te fera part de mes prétentions sur elle ; elle n'a pas osé les dire à son mari, elle te les avouera, Camille ; de ces aveux-là mêmes naîtront tes séductions. Eh bien ! diras-tu, voilà les moyens de briser vos fers ; ne résistez point aux vues de Charles, enchaînez-les par l'attrait des plaisirs, et ne doutez pas qu'un jour lui-même ne conduise Antonio à vos genoux. Tu attiseras surtout cette flamme dont elle brûle pour son mari, tu lui proposeras de te charger de ses lettres, tu modéreras toujours, en un mot, avec art, et cet amour pour mon fils, et la soumission que j'exige d'elle ; de cette manière, mes vues seront remplies ; elle m'invoquera pour finir son supplice, elle m'accordera tout pour revoir Antonio, elle exigera même que je me satisfasse, afin de la rendre plus tôt à son époux... et voilà le but de mes désirs.

Camille, aussi pervertie que son maître, ne s'effraya nullement de ces exécrables desseins ; ces monstrueux discours ne la firent point frémir... Stupide et méchante créature, qui ne sentait pas que les armes qu'elle allait aiguiser pouvaient la percer elle-même, et qu'avec un scélérat comme Strozzi... (elle venait de le voir)... le complice avait autant à craindre que la victime ! Elle ne le vit pas, ou ne l'aperçut que trop tard ; c'est une permission de la providence, que l'aveuglement qui accompagne toujours le crime ; et cette sécurité de celui qui s'y livre devient l'arrêt du ciel, qui venge la nature.

Une prison est aussitôt préparée pour Laurence ; Camille voulait qu'elle fût affreuse, Charles s'y oppose :

— Non, dit-il, ménageons nos coups par politique, ne frappons les plus forts qu'au besoin ; je veux que Laurence trouve dans sa cellule tous les meubles qui peuvent adoucir sa situation ; elle y sera splendidement servie, rien ne lui manquera.

Tout étant prêt dès le même soir, Strozzi, qui brûle d'être assuré de sa conquête, entre chez sa belle-fille, et lui déclare qu'il est muni de l'ordre de son mari de la faire mourir dans un bain.

— Dans un bain, seigneur ?... ce supplice est-il bien affreux ?

— C'est le moins douloureux de tous.

— Oh ! qu'importe, qu'importe ! je n'ai plus de

malheur à craindre, je n'ai plus de tourments à redouter ; la perte du cœur d'Antonio était le seul qui pût m'anéantir, je l'ai éprouvé dans toute son horreur ; la vie m'est indifférente aujourd'hui, je consens à la perdre... Mais vous qui connaissiez aussi bien mon innocence, d'où vient qu'il vous a plu de m'accuser... de me couvrir de calomnies ? pourquoi donc avez-vous souffert les atrocités de Camille ?

— Dès que vous eûtes connu mes désirs, que vous leur eûtes résisté avec tant de rigueur, pûtes-vous imaginer un instant que ma vengeance ne vous écraserait pas ?

— Vous me trompâtes donc bien cruellement, quand vous m'assurâtes que vos épreuves n'étaient que des pièges à ma vertu, dont le lustre ressortait avec plus d'éclat ?

— Ces récriminations deviennent superflues, il faut céder à votre étoile.

— Ainsi donc je suis votre victime ! C'est donc vous seul qui me sacrifiez... vous dont j'attendais des secours dans mes jeunes ans, vous qui deviez assurer mes pas dans le sentier de la sagesse, vous qui deviez me tenir lieu du tendre père que m'ont ravi mes malheurs... c'est vous, cruel, qui, parce que je n'ai plus d'appui dans le monde, qui, parce que je n'ai pas voulu céder au crime, allez barbarement trancher mes tristes jours !... (et poursuivant avec des larmes) hélas ! j'aurai bien peu vécu sans doute... assez pourtant pour connaître les hommes et pour détester leurs horreurs... Ô mon père ! mon père ! daignez sortir du sein des morts... que mes accents plaintifs puissent ranimer vos cendres, venez protéger encore une fois votre malheureuse Laurence... venez la contempler sur le bord du cercueil, où tous les crimes réunis contre elle la font descendre au printemps de ses jours... Vous l'éleviez, disiez-vous, pour s'asseoir sur un des plus beaux trônes de l'Italie, et vous n'avez fait que la vendre à des bourreaux.

— Un moyen s'offre encore, pour vous sauver de l'infortune.

— Un moyen? quel est-il?

— Vous ne m'entendez pas, Laurence?

— Ah! beaucoup trop, seigneur... mais n'espérez rien de l'état où vous me réduisez... non, n'en **attendez** rien, Strozzi; je mourrai pure et innocente... digne de toi, mon cher Antonio; cette idée me console, et j'aime mille fois mieux la mort à ce prix, qu'une vie infâme, qui m'avilirait à tes yeux.

— Eh bien! Laurence, il faut me suivre.

— Ne pourrais-je pas jouir des derniers adieux de mon époux?... Pourquoi n'est-ce pas lui qui me donne la mort? elle serait moins affreuse pour moi, si je la recevais de sa main.

— Il n'est plus ici.

— Il est parti... sans me voir... sans écouter ma justification... sans me permettre d'embrasser ses genoux!... il est parti, me croyant coupable!... Ô Charles... Charles! vous n'avez plus la possibilité d'un tourment qui puisse déchirer mon cœur avec autant de furie... Frappez... frappez sans crainte! Antonio me méprise... je n'ai plus que la mort à désirer, je la demande, je l'exige... C'est au linceul à recevoir mes larmes, c'est à la tombe à les engloutir... (et après un accès de douleur affreux) Seigneur, continua cette infortunée, me sera-t-il permis d'avoir au moins en expirant le portrait d'Antonio sous mes yeux?... Ce portrait peint par Raphaël, dans des temps plus heureux pour moi... cette image chérie que j'adore, et qui me rend aussi bien ses traits... pourrai-je fixer mes derniers regards sur elle, et mourir en l'idolâtrant ?

— Ni ce portrait, ni la vie ne vous seront enlevés, Laurence, je vous dis qu'il faut me suivre, mais non pas à la mort.

— Que ce soit au trépas, plutôt qu'à l'infamie, seigneur ; souvenez-vous que je préfère la mort aux traitements indignes que vous me destinez, sans doute.

— Entrez, Camille, dit Charles avec tranquillité, entrez, et conduisez vous-même votre maîtresse dans l'appartement qui lui est destiné, puisque sa défiance de moi est encore plus affreuse au moment même où je lui sauve la vie.

Laurence suivit Camille, et ne vit pas sans étonnement le nouveau séjour qu'on lui destinait...

— Que veut-on faire de moi, s'écrie-t-elle, et pourquoi m'enfermer ? Je suis innocente ou coupable : je ne mérite rien dans le premier cas ; dans le second, je suis un monstre qu'il ne faut pas laisser vivre un instant.

— Que cette indulgence ne vous étonne, ni ne vous afflige, madame, répondit la duègne ; je ne la vois que comme un augure très favorable pour vous ; Charles, devenu le maître de votre destinée, Charles, qu'Antonio avait supplié de vous donner la mort, n'imagine ce moyen, sans doute, que pour adoucir votre époux... que pour vous donner le temps de faire éclater votre innocence, et vous remettre ensuite avec lui.

— Ce ne sont point là les desseins de Charles... et quelle confiance puis-je prendre, d'ailleurs, en celle qui les interprète... en celle qui n'a payé mes bontés pour elle que par d'affreux mensonges et des calomnies ?...

Perfide créature ! toi seule es la cause de mes maux...
ce n'est qu'à toi seule que je dois ma perte... quelles
horreurs ne sont pas sorties de ta bouche ! comment as-
tu pu agir aussi indignement avec moi ?

— J'ai pu être trompée moi-même dans beaucoup
de choses, madame ; tout ceci est une énigme qu'il
n'appartient qu'au temps de résoudre ; que l'avenir
seul vous occupe, songez que vous pouvez beaucoup,
que vos jours, votre bonheur... que tout est en votre
puissance... songez-y... vous aimez Antonio, vous
pouvez le revoir... ô Laurence, Laurence ! je n'en puis
dire davantage ; adieu.

Laurence, très agitée, passa huit jours dans cette
situation, sans entendre parler ni de Camille, ni de son
beau-père ; elle était servie par un vieillard qui ne la
laissait manquer de rien, mais duquel il était impossible de tirer aucune sorte d'éclaircissements. Son état
fut cruel pendant cette première partie de ses malheurs ; la crainte, l'inquiétude... le désespoir, surtout,
de ne plus se trouver peut-être à même de prouver son
innocence, le regret (à tel prix que cela eût pu être) de
ne l'avoir pas fait éclater assez quand elle le pouvait, et
d'avoir été contenue par des considérations trop
délicates pour que le barbare qui la sacrifiait eût pu les
sentir, tels étaient les sentiments confus qui la déchi-
raient tour à tour, tel était le chaos d'idées où flottait
son imagination ; l'infortunée se noyait dans ses
larmes, elle les faisait couler, avec une joie amère, sur
ce portrait charmant d'un époux trop crédule, trop
prompt à l'accuser, et qu'elle n'adorait pas moins.

Comme rien encore ne lui était refusé, elle profita,
dans des moments de calme, de ses talents, pour
adoucir ses maux ; elle fit, de sa main, la copie de ce

portrait si cher, et transcrivit de son sang, au bas, ces
vers que Pétrarque, son auteur favori, avait faits pour
celui de Laure* :

> *Pero ch'a vista ella ** si mostra unile,*
> *Promettendomi pace nell' aspetto*
> *Ma poi ch' i' vengo a raggionare con lei ;*
> *Benignamente assai par che m'ascolte ;*
> *Se risponder sapesse a' detti miei.*
> *Pigmalion, quanto lodar' ti dei*
> *Dell' imagine tua se mille volte*
> *N'avesti quel ch'i' sol' una vorrei !*
>
> PÉTR., Son. 57.

Camille parut le neuvième jour, et trouva sa maîtresse dans un grand abattement ; elle lui fit sentir,
avec toute l'adresse dont sa fausseté la rendait susceptible, que le seul moyen qui pût lui rester de rompre ses

---

* Ce portrait de la belle Laure fut fait par le célèbre Simon de
Sienne, élève du Giotto, que l'on peut regarder, après le Cimabué,
comme le restaurateur de la peinture à Florence ; ils furent, l'un et
l'autre, les premiers qui firent refleurir en Italie cet art, inconnu
depuis les beaux siècles de Rome. Simon, pour plaire à son ami
Pétrarque, multiplia beaucoup les portraits de Laure ; il la peignit à
Avignon, dans l'église de Notre-Dame-de-Dons : elle y est représen-
tée vêtue de vert, et délivrée du dragon par saint Georges. On la voit
également à Florence, dans l'église de Santa Maria Novella ; une
petite flamme lui sort de la poitrine, elle est de même vêtue de vert,
avec des fleurs mêlées dans sa robe, et au nombre des femmes
représentant les voluptés de ce monde. Simon la peignit encore à
Sienne : là elle est en vierge, et c'est ce qui fit dire à quelques
imbéciles, que l'objet célébré par Pétrarque était la Sainte Vierge,
mensonge absurde, suffisamment détruit de nos jours : ce n'était pas
la Vierge que célébrait Pétrarque, mais Laure sous les traits de la
Vierge [7].
** Ce féminin a rapport à l'image, et non pas à Laure, à qui
s'adressait Pétrarque ; on n'a rien voulu changer au texte.

fers, et d'être rendue à son mari, était de céder aux désirs de Charles :

— Que ses titres vis-à-vis de vous ne vous effrayent point, madame, continuait cette sirène ; ce crime n'existe que par le mélange du même sang, mais ce ne sont ici que des liens de convention, vous ne tenez à Charles que par alliance. Ah ! croyez-moi, ne balancez point ! vous connaissez Charles, il n'est que trop certain qu'Antonio l'a laissé maître de vos jours, et je ne vous réponds pas des effets de sa vengeance, si vous continuez à l'irriter par des refus.

Mais aucun sophisme ne réussit ; ces indignes propos révoltèrent Laurence, elle brava toutes les menaces, et rien ne put la déterminer.

— Camille, répondait en pleurant la jeune épouse de Strozzi, vous m'avez assez plongée dans le malheur, ne cherchez pas à m'y engloutir. De tous les fléaux qui m'écrasent, le plus affreux pour moi serait de manquer à mon époux ; non, Camille, non, je ne conserverai point mes jours au prix d'un pareil crime. De toute façon, il faut que je périsse, mon arrêt est prononcé, je ne le sens que trop, la mort ne sera rien pour moi si je la reçois innocente, elle me serait horrible si j'étais coupable.

— Vous ne mourrez pas, Laurence... vous ne mourrez pas, je vous le jure, si vous accordez à Charles ce qu'il exige de vous ; je ne vous réponds de rien sans cela.

— Eh bien ! à supposer que je fusse assez faible pour céder à tes odieuses instances, et que je payasse ma liberté de mon honneur, t'imagines-tu, malgré tes affreux raisonnements, que j'oserais m'offrir à mon époux, souillée d'un crime aussi abominable ?... En

venant d'être la maîtresse du père, aurais-je le front de
devenir la femme du fils ? Crois-tu que cette horreur
serait longtemps ignorée de lui ? Fussé-je même parve-
nue à vaincre toutes mes répugnances, de quel œil me
verrait Antonio, quand il aurait su mon ignominie ?
Non, non, encore une fois, Camille, j'aime mieux
mourir honorée de lui, que de m'y conserver par une
action faite pour mériter son mépris ; c'est le cœur,
c'est l'estime de mon époux qui font le charme de ma
vie, toute la douceur en serait troublée, si je n'étais
plus digne de l'un et de l'autre ; dût-il même ignorer ce
que j'aurais fait d'affreux pour me rendre à lui, le
trouble horrible de ma conscience ne me laisserait pas
goûter un seul instant de calme : j'expirerais de même,
et dans un désespoir dont il aurait bientôt connu la
source.

Ce ne fut pas sans d'affreux accès de fureur que
Charles apprit le peu de succès des sollicitations de
Camille ; les obstacles conduisent à la cruauté dans
une âme comme celle de Strozzi.

— Allons, dit Charles, changeons de route : ce que
je n'obtiens pas de la ruse... des tourments me le
vaudront peut-être ; l'espoir la soutient, ses chimères la
consolent : il faut, en la traitant avec sévérité, anéantir toutes ses illusions... elle me détestera, que
m'importe ?... elle me hait déjà... Camille, il faut la
mettre dans une prison plus affreuse, il faut lui ôter
toutes les douceurs dont elle jouit maintenant, lui
arracher surtout ce portrait où elle puise les forces qui
l'engagent à me résister, qui la console et la fortifie
dans ses maux... il faut lui rendre enfin sa situation si
funeste, doubler tellement le poids de ses fers, qu'elle y
succombe, ou qu'elle m'implore.

La cruelle Camille exécute sur-le-champ les ordres de son maître, on traîne Laurence dans une chambre où pénètrent à peine les rayons du soleil, elle y est revêtue d'une robe noire ; on lui annonce qu'on n'entrera chez elle que tous les trois jours, pour lui porter une nourriture bien inférieure à celle qu'elle a eue jusqu'alors. Ses livres, sa musique, les moyens de tracer ses idées, tout lui est ravi cruellement ; mais quand Camille demande le portrait, quand elle veut l'enlever des mains de sa maîtresse, Laurence pousse des cris effrayants vers le ciel.

— Non, dit-elle, non ! ne m'ôtez pas ce qui peut calmer mon sort ! au nom de Dieu, ne me l'arrachez pas ! prenez mes jours, vous en êtes les maîtres, mais que j'expire au moins sur ce portrait chéri ; mon unique consolation est de lui parler... de le baigner à chaque instant de mes larmes... Ah ! ne me privez pas du seul bien qui me reste... je lui peins mes maux, il m'entend... son doux regard les adoucit, je le pénètre de mon innocence, il la croit ; un jour, rendu à mon époux, il lui dira ce que j'ai souffert... A qui m'adresserais-je, **si** je ne l'avais plus ? Ô Camille, ne m'enlevez pas ce trésor !

Les ordres étaient précis, il fallut les exécuter ; le portrait s'arrache de force, et Laurence s'évanouit. Tel est l'instant où Charles ose venir contempler sa victime...

— La perfide ! s'écrie-t-il, en tenant dans ses mains le portrait qu'on vient de lui remettre... le voilà donc, l'objet qui captive son cœur... qui l'empêche de se rendre à moi !

Et jetant au loin ce bijou :

— Mais que dis-je, hélas ! que fais-je, Camille ?

Sera-ce en la tourmentant que je pourrai fléchir sa
haine ?... Comme elle est belle... et comme je l'idolâtre !... Ouvre les yeux, Laurence, ose croire un moment
ton époux à tes pieds, laisse-moi jouir de l'illusion...
Camille, pourquoi ne saisirais-je pas cet instant ?... qui
empêche ?... Non, non, je veux exciter son courroux
encore mieux, ne pouvant allumer son amour. Elle ne
serait pas assez malheureuse, si je n'en triomphais que
dans les bras du sommeil.

Charles se retire ; Camille, à force de soins, ranime
les sens de sa maîtresse, et l'abandonne à ses
réflexions.

Quand Laurence voit Camille entrer le troisième
jour ensuite, elle étend les bras vers cette furie, elle la
conjure d'obtenir sa mort.

— Pourquoi veut-on me conserver plus longtemps,
dit-elle, puisqu'il est sûr que je n'accorderai jamais ce
qu'on exige de moi ? Qu'on abrège mes jours, je le
demande avec insistance, ou, surmontant à la fin les
principes de religion qui m'ont retenue jusqu'ici, je me
détruirai certainement moi-même ; mes maux sont
trop affreux pour que je puisse les endurer plus
longtemps ; dites à Charles, qui se plaît à me faire
souffrir, que le bonheur qu'il goûte est prêt à s'éteindre, que je le supplie de m'en sacrifier les derniers
instants, en me plongeant tout de suite au tombeau.

Camille ne répond que par de nouvelles séductions ;
il n'est rien qu'elle ne mette encore en usage ; elle
développe près de sa jeune maîtresse la plus adroite
éloquence du crime, mais sans réussir ; Laurence persiste à demander la mort, et seulement quelques secours
religieux, si l'on veut les lui accorder. Charles, pré-

venu par Camille, ose rentrer dans ce lieu d'horreur.

— Plus de pitié ! dit-il à sa victime, mais apprends
que tu ne périras pas seule ; il est là, ton indigne époux,
et le sort qui l'attend est le même que celui qui va
t'arracher la vie, sa mort précédera la tienne ; adieu, tu
n'as plus qu'un instant à vivre...

Il se retire. Dès que Laurence est seule, elle se livre
aux égarements les plus affreux...

— Cher époux ! s'écrie-t-elle, tu mourras, mon
bourreau me l'a dit ; mais ce sera du moins près de
moi... tu sauras peut-être que j'étais faussement accu-
sée ; nous volerons ensemble aux pieds d'un Dieu qui
nous vengera ; si le bonheur n'a pu luire à nos yeux sur
la terre, nous le retrouverons dans le sein de ce Dieu
juste, toujours ouvert aux malheureux... Tu m'aimes,
Antonio, tu m'aimes encore, j'ai toujours dans mon
cœur ces derniers regards que tu daignas jeter sur moi,
quand tu t'arrachas de mes bras... On t'aveuglait, on
te séduisait, Antonio, je te pardonne ; puis-je entrevoir
tes torts quand mon âme s'occupe de toi ? Elle sera
pure, cette âme, elle sera digne de la tienne ; je ne me
serai point conservée par un forfait horrible, je n'aurai
pas mérité ton mépris... mais s'il était vrai que tes
jours fussent au prix du crime qu'on exige... s'il était
vrai que je pusse te sauver en cédant... Non, tu ne le
voudrais pas, Antonio ! la mort t'effrayerait moins que
l'infidélité de ta Laurence... Ah ! renonçons ensemble à
ces liens terrestres qui ne nous captivent que sur un
océan de douleurs, brisons-les, puisqu'il le faut, et
périssons tous deux au sein de la vertu.

Cette infortunée se jette à terre après cette invocation, elle y reste... elle y demeure inanimée, jusqu'à
l'instant où son cachot se rouvre.

Cet intervalle avait été rempli par un événement singulier ; Charles s'était déterminé à deux crimes à la fois, à celui de ne pas attendre plus longtemps pour consommer ses projets sur l'épouse de son fils, que la force allait lui soumettre, puisqu'il lui devenait impossible de réussir autrement ; et à celui d'ensevelir la mémoire de toutes ses horreurs en se débarrassant du deuxième complice qui le servait. Il avait empoisonné Camille ; mais cette nouvelle victime n'avait pas plus tôt senti les atteintes du venin, que le remords était venu la déchirer ; profitant de ses dernières forces, elle s'était hâtée d'écrire à Antonio : elle lui dévoilait les trames de son père, lui demandait pardon d'avoir aidé à les ourdir, lui apprenait que Laurence respirait encore, qu'elle était innocente, et lui conseillait de ne pas perdre un instant pour venir l'arracher aux flétrissures et à la mort qui l'attendaient inévitablement. Camille avait trouvé le secret de faire passer sa lettre au camp de Louis, et n'était venue s'étendre sur son lit de mort qu'après avoir calmé sa conscience par cette démarche ; Charles, qui l'ignore, n'en suit pas moins ses desseins ; il se prépare à les exécuter.

Il est nuit ; le scélérat, une lampe à la main, pénètre dans le cachot de sa fille, Laurence est à terre, elle y est étendue presque sans vie ; voilà l'objet... l'objet de la plus tendre compassion sur lequel ce monstre ose soupçonner d'exécrables plaisirs... il contemple cette infortunée... mais le ciel est las de ses crimes : tel est l'instant qu'il choisit enfin pour poser un terme aux exécrations de cette bête farouche... Un bruit affreux se fait entendre... c'est Louis... c'est Antonio, tous deux se précipitent sur ce criminel ; Louis veut le poignarder, Antonio détourne le fer qui menace la vie de l'auteur de ses jours :

— Laissons-le vivre, dit le généreux Antonio, voilà celle qui m'est chère, et je la retrouve innocente ! Laissons exister son bourreau, il sera bien plus malheureux que si nous lui ravissions le jour.

— J'en suis assez pénétré pour ne pas vous laisser cette jouissance, dit le féroce Charles en se poignardant lui-même...

— Ô mon père ! s'écria Antonio, voulant garantir encore une fois la vie de cet infortuné.

— Non, laisse-le, dit Louis, voilà comme devraient périr tous les traîtres ; celui-ci n'eût vécu que pour redevenir encore l'horreur du monde et de sa famille ; qu'il retourne aux enfers, dont il ne s'échappa que pour notre malheur, qu'il y retourne effrayer, s'il se peut, les ombres du Styx, par l'affreux récit de ses crimes ; qu'il en soit repoussé comme il l'est de nous : c'est le dernier tourment que je lui souhaite.

Laurence est enlevée de son cachot... à peine peut-elle suffire à la surprise d'un tel événement. Des larmes, dans les bras de son cher époux, deviennent les seules expressions qui lui soient permises, dans l'état violent où elle se trouve.

Des embrassements, des félicitations lui font bientôt oublier ses malheurs, et ce qui les efface entièrement de son âme innocente et pure, c'est la félicité qui l'entoure... c'est le bonheur que répandit sur elle ce vertueux époux, pendant les quarante années que la Toscane put jouir de l'orgueil de posséder encore dans son sein une femme, à la fois si belle, si vertueuse, et si digne, à tant de titres, de l'amour, du respect et de la vénération des hommes.

NOTE.

C'est peut-être faire quelque plaisir aux amateurs de la poésie italienne que de rétablir en entier ici le 57e sonnet de Pétrarque, dont nous n'avions pu adapter que la moitié à notre sujet ; on y verra que les premiers vers de ce sonnet prouvent la vérité de la note placée au bas, c'était à l'occasion de ce sonnet que le Vasari disait :

« Quel bonheur pour un peintre, quand il peut se rencontrer avec un grand poète ! Il lui fera un petit portrait qui ne durera qu'un certain nombre d'années, parce que la peinture est sujette à toute sorte d'accidents, et il aura pour récompense des vers qui dureront toujours, parce que le temps n'a point de prise sur eux. Simon fut fort heureux de trouver Pétrarque à Avignon. Un portrait de Laure lui a valu deux sonnets qui le rendront immortel, ce que toutes ses peintures n'auraient pu faire. »

Et voilà comme, dans le siècle de la renaissance des arts, ceux qui les cultivaient savaient établir entre eux une juste hiérarchie et se rendre une mutuelle justice ; trouverait-on cette bonne foi... cette précieuse candeur, aujourd'hui ?

Voici le sonnet dont il s'agit, avec une traduction littérale en vers français ; elle est bien loin d'atteindre à son original, mais les gens de lettres savent que la poésie italienne ne se traduit point.

SONNET.

Quando giunse a Simon l'alto concerto
Ch'a mio nome gli pose in man lo stile ;
S'avesse dato all' opera gentile
Con la figura voce, ed intellecto ;
*　　Di sospir molti mi sgombrava il petto.*
Che cio altri han più caro, a me fan vile ;
Pero ch'a vista ella si mostra umile,

Promettendomi pace nell' aspetto
  Ma poi ch' i' vengo a raggionare con lei ;
Benignamente assai par che m'ascolte ;
Se risponder sapesse a' detti miei.
  Pigmalion, quanto lodar' ti dei
Dell' imagine tua, se mille volte
N'avesti quel ch'i' sol' una vorrei !

Traduction.

Lorsque Simon, à ma prière,
Fit ce portrait si ressemblant,
A cette image qui m'est chère,
S'il eût donné la voix, le sentiment,
Ah ! qu'il m'eût épargné de soupirs et de larmes :
Laure, dans ce portrait, déployant mille charmes,
Me traite avec douceur et m'annonce la paix ;
Si j'ose lui parler, je crois voir, dans ses traits,
Qu'elle est sensible à mes alarmes.
Pour me répondre, hélas ! il lui manque la voix :
Heureux Pygmalion[8] ! tu reçus mille fois
Cette faveur de ton ouvrage,
Qu'une seule fois je voudrais
Obtenir de ma chère image[9] *.

* *Mémoires pour la vie de Pétrarque*, tome I, page 400.

Ernestine,

NOUVELLE SUÉDOISE

Après l'Italie, l'Angleterre et la Russie, peu de pays
en Europe me paraissaient aussi curieux que la
Suède[1]; mais si mon imagination s'allumait au désir
de voir les contrées célèbres dont sortirent autrefois les
Alaric, les Attila, les Théodoric[2], tous ces héros enfin
qui, suivis d'une foule innombrable de soldats, surent
apprécier l'aigle impérieux dont les ailes aspiraient à
couvrir le monde, et faire trembler les Romains aux
portes mêmes de leur capitale; si d'autre part mon
âme brûlait du désir de s'enflammer dans la patrie des
Gustave Vasa, des Christine et des Charles XII[3]...
tous trois fameux dans un genre bien différent sans
doute, puisque l'un* s'illustra par cette philosophie
rare et précieuse dans un souverain, par cette prudence estimable qui fait fouler aux pieds les systèmes
religieux, quand ils contrarient et l'autorité du gouvernement à laquelle ils doivent être subordonnés, et le

---

* Gustave Vasa, ayant vu que le clergé romain, naturellement
despote et séditieux, empiétait sur l'autorité royale et ruinait le
peuple par ses vexations ordinaires, quand on ne le morigène pas,
introduisit le luthéranisme en Suède, après avoir fait rendre au
peuple les biens immenses que lui avaient dérobés les prêtres.

bonheur des peuples, unique objet de la législation ; la seconde par cette grandeur d'âme qui fait préférer la solitude et les lettres au vain éclat du trône... et le troisième par ces vertus héroïques, qui lui méritèrent à jamais le surnom d'Alexandre ; si tous ces différents objets m'animaient, dis-je, combien ne désirais-je pas, avec plus d'ardeur encore, d'admirer ce peuple sage, vertueux, sobre et magnanime, qu'on peut appeler le modèle du Nord !

Ce fut dans cette intention que je partis de Paris le 20 juillet 1774, et, après avoir traversé la Hollande, la Westphalie et le Danemark, j'arrivai en Suède vers le milieu de l'année suivante.

Au bout d'un séjour de trois mois à Stockholm, mon premier objet de curiosité se porta sur ces fameuses mines, dont j'avais tant lu de descriptions, et dans lesquelles j'imaginais rencontrer peut-être quelques aventures semblables à celles que nous rapporte l'abbé Prévost [4], dans le premier volume de ses anecdotes ; j'y réussis... mais quelle différence !...

Je me rendis donc d'abord à Upsal, située sur le fleuve de Fyris, qui partage cette ville en deux. Longtemps la capitale de la Suède, Upsal en est encore aujourd'hui la ville la plus importante, après Stockholm. Après y avoir séjourné trois semaines, je me rendis à Falhum, ancien berceau des Scythes, dont ces habitants de la capitale de la Dalécarlie conservent encore les mœurs et le costume. Au sortir de Falhum, je gagnai la mine de Taperg, l'une des plus considérables de la Suède.

Ces mines, longtemps la plus grande ressource de l'État, tombèrent bientôt dans la dépendance des Anglais, à cause des dettes contractées par les proprié-

taires avec cette nation, toujours prête à servir ceux
qu'elle imagine pouvoir engloutir un jour, après avoir
dérangé leur commerce ou flétri leur puissance, au
moyen de ses prêts usuraires.

Arrivé à Taperg, mon imagination travailla avant
que de descendre dans ces souterrains où le luxe et
l'avarice de quelques hommes savent en engloutir tant
d'autres.

Nouvellement revenu d'Italie, je me figurais d'abord
que ces carrières devaient ressembler aux catacombes
de Rome ou de Naples ; je me trompais ; avec beaucoup plus de profondeur, j'y devais trouver une
solitude moins effrayante.

On m'avait donné à Upsal un homme fort instruit,
pour me conduire, cultivant les lettres et les connaissant bien. Heureusement pour moi, Falkeneim (c'était
son nom) parlait on ne saurait mieux l'allemand et
l'anglais, seuls idiomes du Nord par lesquels je pusse
correspondre avec lui ; au moyen de la première de ces
langues, que nous préférâmes l'un et l'autre, nous
pûmes converser sur tous les objets, et il me devint
facile d'apprendre de lui l'anecdote que je vais incessamment rapporter.

A l'aide d'un panier et d'une corde, machine
disposée de façon à ce que le trajet se fasse sans aucun
danger, nous arrivâmes au fond de cette mine, et nous
nous trouvâmes en un instant à cent vingt toises de la
surface du sol. Ce ne fut pas sans étonnement que je
vis, là, des rues, des maisons, des temples, des
auberges, du mouvement, des travaux, de la police,
des juges, tout ce que peut offrir enfin le bourg le plus
civilisé de l'Europe [5].

Après avoir parcouru ces habitations singulières,

nous entrâmes dans une taverne, où Falkeneim obtint
de l'hôte tout ce qu'il fallait pour se rafraîchir, d'assez
bonne bière, du poisson sec, et une sorte de pain
suédois, fort en usage à la campagne, fait avec les
écorces du sapin et du bouleau, mêlées à de la paille, à
quelques racines sauvages, et pétries avec de la farine
d'avoine ; en faut-il plus pour satisfaire au véritable
besoin ? Le philosophe qui court le monde pour
s'instruire, doit s'accommoder de toutes les mœurs, de
toutes les religions, de tous les temps, de tous les
climats, de tous les lits, de toutes les nourritures, et
laisser au voluptueux indolent de la capitale ses
préjugés... son luxe... ce luxe indécent qui, ne contentant jamais les besoins réels, en crée chaque jour de
factices aux dépens de la fortune et de la santé.

Nous étions sur la fin de notre repas frugal, lorsqu'un des ouvriers de la mine, en veste et culotte
bleues, le chef couvert d'une mauvaise petite perruque
blonde, vint saluer Falkeneim en suédois ; mon guide
ayant répondu en allemand par politesse pour moi, le
prisonnier (car c'en était un) s'entretint aussitôt dans
cette langue. Ce malheureux, voyant que le procédé
n'avait que moi pour objet, et croyant reconnaître ma
patrie, me fit un compliment français, qu'il débita très
correctement, puis il s'informa de Falkeneim, s'il y
avait quelques nouvelles à Stockholm. Il nomma
plusieurs personnes de la cour, parla du roi, et tout
cela avec une sorte d'aisance et de liberté qui me le
firent considérer avec plus d'attention. Il demanda à
Falkeneim s'il n'imaginait pas qu'il y eût un jour
quelque rémission pour lui, à quoi mon conducteur lui
répondit d'une façon négative, en lui serrant la main
avec affliction ; aussitôt le prisonnier s'éloigna, le

chagrin dans les yeux, et sans vouloir rien accepter de
nos mets, quelques instances que nous lui en fissions.
Un instant après, il revint, et demanda à Falkeneim
s'il voulait bien se charger d'une lettre qu'il allait se
presser d'écrire ; mon compagnon promit tout, et le
prisonnier sortit.

Dès qu'il fut dehors :

— Quel est cet homme ? dis-je à Falkeneim.

— Un des premiers gentilshommes de Suède, me
répondit-il.

— Vous m'étonnez.

— Il est bien heureux d'être ici, cette tolérance de
notre souverain pourrait se comparer à la générosité
d'Auguste envers Cinna. Cet homme que vous venez
de voir est le comte Oxtiern, l'un des sénateurs les plus
contraires au roi, dans la révolution de 1772*. Il s'est
rendu, depuis que tout est calme, coupable de crimes
sans exemple. Dès que les lois l'eurent condamné, le
roi, se ressouvenant de la haine qu'il lui avait montrée
jadis, le fit venir, et lui dit : « Comte, mes juges vous
livrent à la mort... vous me proscrivîtes aussi, il y a
quelques années, c'est ce qui fait que je vous sauve la
vie ; je veux vous faire voir que le cœur de celui que
vous ne trouviez pas digne du trône, n'était pourtant
pas sans vertu. » Oxtiern tombe aux pieds de Gustave,
en versant un torrent de larmes. « Je voudrais qu'il me
fût possible de vous sauver tout à fait, dit le prince en
le relevant, l'énormité de vos actions ne le permet pas ;
je vous envoie aux mines, vous ne serez pas heureux,
mais au moins vous existerez... retirez-vous. » On

---

* Il est bon de se rappeler ici que, dans cette révolution, le roi
était du parti populaire, et que les sénateurs étaient contre le peuple
et le roi.

amena Oxtiern en ces lieux, vous venez de l'y voir ;
partons, ajouta Falkeneim, il est tard, nous prendrons
sa lettre en passant.

— Oh ! monsieur, dis-je alors à mon guide, dus-
sions-nous passer huit jours ici, vous avez trop irrité
ma curiosité, je ne quitte point les entrailles de la terre,
que vous ne m'ayez appris le sujet qui y plonge à
jamais ce malheureux ; quoique criminel, sa figure est
intéressante ; il n'a pas quarante ans, cet homme ?... je
voudrais le voir libre, il peut redevenir honnête.

— Honnête, lui ?... jamais... jamais.

— De grâce, monsieur, satisfaites-moi.

— J'y consens, reprit Falkeneim, aussi bien ce délai
lui donnera le temps de faire ses dépêches ; faisons-lui
dire de ne se point presser, et passons dans cette
chambre du fond, nous y serons plus tranquilles qu'au
bord de la rue... je suis pourtant fâché de vous
apprendre ces choses, elles nuiront au sentiment de
pitié que ce scélérat vous inspire, j'aimerais mieux
qu'il n'en perdît rien, et que vous restassiez dans
l'ignorance.

— Monsieur, dis-je à Falkeneim, les fautes de
l'homme m'apprennent à le connaître, je ne voyage
que pour étudier ; plus il s'est écarté des digues que lui
imposent les lois ou la nature, plus son étude est
intéressante, et plus il est digne de mon examen et de
ma compassion. La vertu n'a besoin que de culte, sa
carrière est celle du bonheur... elle doit l'être, mille
bras s'ouvrent pour recevoir ses sectateurs, si l'adver-
sité les poursuit. Mais tout le monde abandonne le
coupable... on rougit de lui tenir, ou de lui donner des
larmes, la contagion effraye, il est proscrit de tous les
cœurs, et on accable par orgueil celui qu'on devrait

secourir par humanité. Où donc peut être, monsieur, un mortel plus intéressant, que celui qui, du faîte des grandeurs, est tombé tout à coup dans un abîme de maux, qui, né pour les faveurs de la fortune, n'en éprouve plus que les disgrâces... n'a plus autour de lui que les calamités de l'indigence, et dans son cœur que les pointes acérées du remords ou les serpents du désespoir? Celui-là seul, mon cher, est digne de ma pitié ; je ne dirai point comme les sots... *c'est sa faute,* ou comme les cœurs froids qui veulent justifier leur endurcissement, *il est trop coupable.* Eh! que m'importe ce qu'il a franchi, ce qu'il a méprisé, ce qu'il a fait! Il est homme, il dut être faible... il est criminel, il est malheureux, je le plains... Parlez, Falkeneim, parlez, je brûle de vous entendre ; et mon honnête ami prit la parole dans les termes suivants :

— Vers les premières années de ce siècle, un gentilhomme de la religion romaine, et de nation allemande, pour une affaire qui était bien loin de le déshonorer, fut obligé de fuir sa patrie ; sachant que, quoique nous ayons abjuré les erreurs du papisme, elles sont néanmoins tolérées dans nos provinces, il arriva à Stockholm. Jeune et bien fait, aimant le militaire, plein d'ardeur pour la gloire, il plut à Charles XII, et eut l'honneur de l'accompagner dans plusieurs de ses expéditions ; il était à la malheureuse affaire de Pultava, suivit le roi dans sa retraite de Bender, y partagea sa détention chez le Turc, et repassa en Suède avec lui. En 1718, lorsque l'État perdit ce héros sous les murs de Frédérikshall, en Norvège, Sanders (c'est le nom du gentilhomme dont je vous parle) avait obtenu le brevet de colonel, et c'est en cette qualité qu'il se retira à Nordkoping, ville de

commerce, située à quinze lieues de Stockholm, sur le
canal qui joint le lac Véter à la mer Baltique, dans la
province d'Ostrogothie. Sanders se maria, et eut un
fils, que Frédéric Ier, et Adolphe-Frédéric accueillirent
de même; il s'avança par son propre mérite, obtint le
grade de son père, et se retira, quoique jeune encore,
également à Nordkoping, lieu de sa naissance, où il
épousa, comme son père, la fille d'un négociant peu
riche, et qui mourut douze années après avoir mis au
monde Ernestine, qui fait le sujet de cette anecdote. Il
y a trois ans que Sanders pouvait en avoir environ
quarante-deux, sa fille en avait seize alors, et passait
avec juste raison pour une des plus belles créatures
qu'on eût encore vue en Suède; elle était grande, faite
à peindre, l'air noble et fier, les plus beaux yeux noirs,
les plus vifs, de très grands cheveux de la même
couleur, qualité rare dans nos climats; et malgré cela,
la peau la plus belle et la plus blanche; on lui trouvait
un peu de ressemblance avec la belle comtesse de
Sparre, l'illustre amie de notre savante Christine, et
cela était vrai.

La jeune Sanders n'était pas arrivée à l'âge qu'elle
avait, sans que son cœur eût déjà fait un choix; mais
ayant souvent entendu dire à sa mère combien il était
cruel pour une jeune femme qui adore son mari, d'en
être à tout instant séparée par les devoirs d'un état qui
l'enchaîne, tantôt dans une ville, et tantôt dans une
autre, Ernestine, avec l'approbation de son père,
s'était déterminée en faveur du jeune Herman*, de la

---

* Il est essentiel de prévenir que toutes les lettres se prononcent
dans les noms du Nord, que l'on ne dit point négligemment Herman,
Sanders, Scholtz, mais qu'il faut dire comme s'il y avait Herman-*e*,
Sander-*ce*, Scholt-*ce*, etc.

même religion qu'elle, et qui, se destinant au commerce, se formait à cet état dans les comptoirs du sieur
Scholtz, le plus fameux négociant de Nordkoping, et
l'un des plus riches de la Suède.

Herman était d'une famille de ce même état ; mais il
avait perdu ses parents fort jeune, et son père, en
mourant, l'avait recommandé à Scholtz, son ancien
associé ; il habitait donc ce logis ; et en ayant mérité la
confiance par sa sagesse et son assiduité, il était,
quoiqu'il n'eût encore que vingt-deux ans, à la tête des
fonds et des livres de cette maison, lorsque le chef
mourut sans enfants. Le jeune Herman se trouva dès
lors sous la dépendance de la veuve, femme arrogante,
impérieuse, et qui, malgré toutes les recommandations
de son époux relatives à Herman, paraissait très
résolue à se défaire de ce jeune homme, s'il ne
répondait pas incessamment aux vues qu'elle avait
formées sur lui. Herman, absolument fait pour Ernestine, aussi bel homme pour le moins qu'elle était belle
femme, l'adorant autant qu'il en était chéri, pouvait
sans doute inspirer de l'amour à la veuve Scholtz,
femme de quarante ans, et très fraîche encore : mais
ayant le cœur engagé, rien de plus simple qu'il ne
répondît point à cette prévention de sa patronne, et
que, quoiqu'il se doutât de l'amour qu'elle avait pour
lui, il affectât prudemment de ne s'en point apercevoir.

Cependant cette passion alarmait Ernestine Sanders ; elle connaissait Mme Scholtz pour une femme
hardie, entreprenante, d'un caractère jaloux, emporté ;
une telle rivale l'inquiétait prodigieusement. Il s'en
fallait bien, d'ailleurs, qu'elle fût pour Herman un
aussi bon parti que la Scholtz ; rien, de la part du
colonel Sanders, quelque chose à la vérité du côté de la

mère ; mais cela pouvait-il se comparer à la fortune considérable que la Scholtz pouvait faire à son jeune caissier ?

Sanders approuvait le choix de sa fille ; n'ayant d'autre enfant qu'elle, il l'adorait, et, sachant qu'Herman avait du bien, de l'intelligence, de la conduite, et que, de plus, il possédait le cœur d'Ernestine, il était loin d'apporter obstacle à un arrangement aussi convenable ; mais la fortune ne veut pas toujours ce qui est bien. Il semble que son plaisir soit de troubler les plus sages projets de l'homme, afin qu'il puisse retirer de cette inconséquence, des leçons faites pour lui apprendre à ne jamais compter sur rien dans un monde dont l'instabilité et le désordre sont les lois les plus sûres.

— Herman, dit un jour la veuve Scholtz au jeune amant d'Ernestine, vous voilà suffisamment formé dans le commerce pour prendre un parti ; les fonds que vos parents vous laissèrent ont, par les soins de mon époux et les miens, profité plus qu'il ne faut pour vous mettre maintenant à votre aise ; prenez une maison, mon ami, je veux me retirer bientôt ; nous ferons nos comptes au premier moment.

— A vos ordres, madame, dit Herman ; vous connaissez ma probité, mon désintéressement ; je suis aussi tranquille sur les fonds que vous avez à moi, que vous devez l'être sur ceux que je régis chez vous.

— Mais, Herman, n'avez-vous donc aucun projet d'établissement ?

— Je suis jeune encore, madame.

— Vous n'en êtes que plus propre à convenir à une femme sensée ; je suis certaine qu'il en est dont vous feriez bien sûrement le bonheur.

— Je veux avoir une fortune plus considérable, avant que d'en venir là.

— Une femme vous aiderait à la faire.

— Quand je me marierai, je veux qu'elle soit faite, afin de n'avoir plus à m'occuper que de mon épouse et de mes enfants.

— C'est-à-dire qu'il n'est aucune femme que vous ayez distinguée d'une autre ?

— Il en est une dans le monde que je chéris comme ma mère, et mes services sont voués à celle-là, aussi longtemps qu'elle daignera les accepter.

— Je ne vous parle point de ces sentiments, mon ami, j'en suis reconnaissante, mais ce ne sont pas ceux-là qu'il faut en mariage. Herman, je vous demande si vous n'avez pas en vue quelque personne avec laquelle vous vouliez partager votre sort ?

— Non, madame.

— Pourquoi donc êtes-vous toujours chez Sanders ? Qu'allez-vous éternellement faire dans la maison de cet homme ? Il est militaire, vous êtes commerçant ; voyez les gens de votre état, mon ami, et laissez ceux qui n'en sont pas.

— Madame sait que je suis catholique, le colonel l'est aussi, nous nous réunissons pour prier... pour aller ensemble aux chapelles qui nous sont permises.

— Je n'ai jamais blâmé votre religion, quoique je n'en sois pas ; parfaitement convaincue de l'inutilité de toutes ces fadaises, de quelque genre qu'elles pussent être, vous savez, Herman, que je vous ai toujours laissé très en paix sur cet article.

— Eh bien ! madame, la religion... voilà pourquoi je vais quelquefois chez le colonel.

— Herman, il est une autre cause à ces visites

fréquentes, et vous me la cachez : vous aimez Ernestine... cette petite fille qui, selon moi, n'a ni figure ni
esprit, quoique toute la ville en parle comme d'une des
merveilles de la Suède... oui, Herman, vous l'aimez...
vous l'aimez, vous dis-je, je le sais.

— Mlle Ernestine Sanders pense bien à moi, je crois,
madame... sa naissance... son état... Savez-vous,
madame, que son aïeul, le colonel Sanders, ami de
Charles XII, était un très bon gentilhomme de Westphalie ?

— Je le sais.

— Eh bien ! madame, ce parti-là saurait-il donc me
convenir ?

— Aussi vous assuré-je, Herman, qu'il ne vous
convient nullement ; il vous faut une femme faite, une
femme qui pense à votre fortune, et qui la soigne, une
femme de mon âge et de mon état, en un mot.

Herman rougit, il se détourne... Comme dans ce
moment on apportait le thé, la conversation fut
interrompue, et Herman, après le déjeuner, va reprendre ses occupations.

— Ô ma chère Ernestine ! dit le lendemain Herman
à la jeune Sanders, il n'est que trop vrai que cette
cruelle femme a des vues sur moi ; je n'en puis plus
douter ; vous connaissez son humeur, sa jalousie, son
crédit dans la ville* ; Ernestine, je crains tout. Et
comme le colonel entrait, les deux amants lui firent
part de leurs appréhensions.

Sanders était un ancien militaire, un homme de fort
bon sens qui, ne se souciant pas de se faire des

---

* Nordköping est une ville absolument de commerce, où, par
conséquent, une femme comme Mme Scholtz, à la tête d'une des plus
riches maisons de la Suède, devait tenir le premier rang.

tracasseries dans la ville, et voyant bien que la
protection qu'il accordait à Herman allait attirer
contre lui la Scholtz et tous les amis de cette femme,
crut devoir conseiller aux jeunes gens de céder aux
circonstances ; il fit entrevoir à Herman que la veuve
dont il dépendait devenait au fond un bien meilleur
parti qu'Ernestine, et qu'à son âge, il devait estimer
infiniment plus les richesses que la figure :

— Ce n'est pas, mon cher, continua le colonel, que
je vous refuse ma fille... je vous connais, je vous estime,
vous avez le cœur de celle que vous adorez ; je consens
donc à tout, sans doute, mais je serais désolé de vous
avoir préparé des regrets ; vous êtes jeunes tous deux ;
on ne voit que l'amour à votre âge, on s'imagine qu'il
doit nous faire vivre ; on se trompe, l'amour languit
sans la richesse, et le choix qu'il a dirigé seul est
bientôt suivi de remords.

— Mon père, dit Ernestine, en se jetant aux pieds
de Sanders... respectable auteur de mes jours, ne
m'enlevez pas l'espérance d'être à mon cher Herman !
Vous me promîtes sa main, dès l'enfance... Cette idée
fait toute ma joie, vous ne me l'arracheriez pas sans me
causer la mort ; je me suis livrée à cet attachement, il
est si doux de voir ses sentiments approuvés de son
père ; Herman trouvera dans l'amour qu'il a pour moi
toute la force nécessaire à résister aux séductions de la
Scholtz... Ô mon père ! ne nous abandonnez pas !

— Relève-toi, ma fille, dit le colonel, je t'aime... je
t'adore... puisque Herman fait ton bonheur, et que
vous vous convenez tous deux, rassure-toi, chère fille,
tu n'auras jamais d'autre époux... et, dans le fait, il ne
doit rien à cette femme ; la probité... le zèle d'Herman
l'acquittent du côté de la reconnaissance, il n'est pas

obligé de se sacrifier pour lui plaire... mais il faudrait tâcher de ne se brouiller avec personne...

— Monsieur, dit Herman, en pressant le colonel dans ses bras, vous qui me permettez de vous nommer mon père, que ne vous dois-je pas pour les promesses qui viennent d'émaner de votre cœur !... oui, je mériterai ce que vous faites pour moi ; perpétuellement occupé de vous et de votre chère fille, les plus doux instants de ma vie s'emploieront à consoler votre vieillesse... Mon père, ne vous inquiétez pas... nous ne nous ferons point d'ennemis, je n'ai contracté aucun engagement avec la Scholtz ; en lui rendant ses comptes dans le meilleur ordre, et lui redemandant les miens, que peut-elle dire ?...

— Ah ! mon ami, tu ne connais pas les individus que tu prétends braver ! reprenait le colonel, agité d'une sorte d'inquiétude dont il n'était pas le maître ; il n'y a pas une seule espèce de crime qu'une méchante femme ne se permette, quand il s'agit de venger ses charmes des dédains d'un amant ; cette malheureuse fera retomber jusque sur nous les traits envenimés de sa rage, et ce seront des cyprès qu'elle nous fera cueillir, Herman, au lieu des roses que tu espères.

Ernestine et celui qu'elle aimait passèrent le reste du jour à tranquilliser Sanders, à détruire ses craintes, à lui promettre le bonheur, à lui en présenter sans cesse les douces images ; rien n'est persuasif comme l'éloquence des amants ; ils ont une logique du cœur qui n'égala jamais celle de l'esprit[6]. Herman soupa chez ses tendres amis, et se retira de bonne heure, l'âme enivrée d'espérance et de joie.

Environ trois mois se passèrent ainsi, sans que la veuve s'expliquât davantage, et sans qu'Herman osât prendre sur lui de proposer une séparation ; le colonel faisait entendre au jeune homme que ces délais n'avaient aucun inconvénient ; Ernestine était jeune, et son père n'était pas fâché de réunir à la petite dot qu'elle devait avoir, la succession d'une certaine veuve Plorman, sa tante, qui demeurait à Stockholm et qui, déjà d'un certain âge, pouvait mourir à chaque instant.

Cependant la Scholtz, impatiente, et trop adroite pour ne pas démêler l'embarras de son jeune caissier, prit la parole la première, et lui demanda s'il avait réfléchi sur ce qu'elle lui avait dit, la dernière fois qu'ils avaient causé ensemble.

— Oui, répondit l'amant d'Ernestine, et si c'est d'une reddition de comptes et d'une séparation dont Madame veut parler, je suis à ses ordres.

— Il me semble, Herman, que ce n'était pas tout à fait cela dont il s'agissait.

— Et de quoi donc, madame ?

— Je vous demandais si vous ne désiriez pas de vous établir, et si vous n'aviez pas fait choix d'une femme qui pût vous aider à tenir votre maison.

— Je croyais avoir répondu que je voulais une certaine fortune avant de me marier.

— Vous l'avez dit, Herman, mais je ne l'ai pas cru ; et, dans ce moment-ci, toutes les impressions de votre figure annoncent le mensonge dans votre âme.

— Ah ! jamais la fausseté ne la souilla, madame, et vous le savez bien. Je suis près de vous depuis mon enfance, vous avez daigné me tenir lieu de la mère que j'ai perdue ; ne craignez point que ma reconnaissance puisse ou s'éteindre ou s'affaiblir.

— Toujours de la reconnaissance, Herman, j'aurais voulu de vous un sentiment plus tendre.

— Mais, madame, dépend-il de moi... ?

— Traître, est-ce là ce qu'avaient mérité mes soins ?
Ton ingratitude m'éclaire ; je le vois... je n'ai travaillé
que pour un monstre... je ne le cache plus, Herman,
c'est à ta main que j'aspirais depuis que je suis veuve...
L'ordre que j'ai mis dans tes affaires... la façon dont
j'ai fait fructifier tes fonds... ma conduite envers toi...
mes yeux, qui m'ont trahie sans doute, tout... tout,
perfide, tout te convainquait assez de ma passion : et
voilà donc comme elle sera payée ? par de l'indifférence
et des mépris !... Herman, tu ne connais pas la femme
que tu outrages... Non, tu ne sais pas de quoi elle est
capable... tu l'apprendras peut-être trop tard... Sors à
l'instant... oui, sors... prépare tes comptes, Herman, je
vais te rendre les miens, et nous nous séparerons... oui,
nous nous séparerons... tu ne seras point en peine d'un
logement, la maison de Sanders est déjà sans doute
préparée pour toi.

Les dispositions dans lesquelles paraissait
Mme Scholtz firent aisément sentir à notre jeune amant
qu'il était essentiel de cacher sa flamme, pour ne pas
attirer sur le colonel le courroux et la vengeance de
cette créature dangereuse. Herman se contenta donc
de répondre avec douceur que sa protectrice se trompait, et que le désir qu'il avait de ne point se marier
avant d'être plus riche n'annonçait assurément nul
projet sur la fille du colonel.

— Mon ami, dit à cela Mme Scholtz, je connais
votre cœur comme vous-même ; il serait impossible
que votre éloignement pour moi fût aussi marqué, si
vous ne brûliez pas pour une autre ; quoique je ne sois
plus de la première jeunesse, croyez-vous qu'il ne me
reste pas encore assez d'attraits pour trouver un

époux ? Oui, Herman, oui, vous m'aimeriez, sans cette créature que j'abhorre, et sur laquelle je me vengerai de vos dédains. Herman frémit.

Il s'en fallait bien que le colonel Sanders, peu à son aise et retiré du service, eût autant de prépondérance dans Nordkoping que la veuve Scholtz ; la considération de celle-ci s'étendait fort loin, pendant que l'autre, déjà oublié, n'était plus vu, parmi des hommes qui, en Suède comme partout, n'estiment les gens qu'en raison de leur faveur ou de leur richesse, n'était plus regardé, dis-je, que comme un simple particulier que le crédit et l'or pouvaient facilement écraser, et Mme Scholtz, comme toutes les âmes basses, avait eu bientôt fait ce calcul.

Herman prit donc sur lui bien plus encore qu'il n'avait fait, il se jeta aux genoux de Mme Scholtz, il la conjura de s'apaiser, l'assura qu'il n'avait aucun sentiment dans le cœur qui pût nuire à ce qu'il devait à celle dont il avait reçu tant de biens, et qu'il la suppliait de ne point penser encore à cette séparation dont elle le menaçait. Dans l'état actuel où la Scholtz savait qu'était l'âme de ce jeune homme, il était difficile qu'elle pût en attendre mieux, elle espéra donc tout du temps, du pouvoir de ses charmes, et se calma.

Herman ne manqua point de faire part au colonel de cette dernière conversation, et cet homme sage, redoutant toujours les tracasseries et le caractère dangereux de la Scholtz, essaya de persuader encore au jeune homme qu'il ferait mieux de céder aux intentions de sa patronne, que de persister pour Ernestine ; mais les deux amants mirent en usage de nouveau tout ce qu'ils crurent de plus capable de rappeler au colonel les promesses qu'il leur avait faites, et pour l'engager à ne s'en jamais relâcher.

Il y avait environ six mois que les choses étaient en cet état, lorsque le comte Oxtiern, ce scélérat que vous venez de voir dans les fers, où il gémit depuis plus d'un an, et où il est pour toute sa vie, fut obligé de venir de Stockholm à Nordkoping, pour retirer des fonds considérables placés chez Mme Scholtz par son père, dont il venait d'hériter. Celle-ci, connaissant l'état du comte, fils d'un sénateur, et sénateur lui-même, lui avait préparé le plus bel appartement de sa maison, et se disposait à le recevoir avec tout le luxe que lui permettaient ses richesses.

Le comte arriva ; et, dès le lendemain, son élégante hôtesse lui donna le plus grand souper, suivi d'un bal, où devaient être les plus jolies personnes de la ville ; on n'oublia point Ernestine ; ce n'était pas sans quelque inquiétude qu'Herman la vit décidée à y venir ; le comte verrait-il une aussi belle personne, sans lui rendre à l'instant l'hommage qui lui était dû ? que n'aurait point Herman à redouter d'un tel rival ? dans la supposition de ce malheur, Ernestine aurait-elle plus de force, refuserait-elle de devenir l'épouse d'un des plus grands seigneurs de Suède ? De ce fatal arrangement ne naîtrait-il pas une ligue décidée contre Herman et contre Ernestine, dont les chefs puissants seraient Oxtiern et la Scholtz ? et quels malheurs n'en devait pas redouter Herman ? lui, faible et malheureux, résisterait-il aux armes de tant d'ennemis conjurés contre sa frêle existence ? Il fit part de ces réflexions à sa maîtresse ; et cette fille honnête, sensible et délicate, prête à sacrifier de si frivoles plaisirs aux sentiments qui l'embrasaient, proposa à Herman de refuser la Scholtz ; le jeune homme était assez de cet

avis; mais comme, dans ce petit cercle d'honnêtes
gens, rien ne se faisait sans l'aveu de Sanders, on le
consulta, et il fut loin de cette opinion. Il représenta
que le refus de l'invitation de la Scholtz entraînait
inévitablement une rupture avec elle; que cette femme
adroite ne serait pas longtemps à dévoiler les raisons
d'un tel procédé, et que, dans la circonstance où il
paraissait le plus essentiel de la ménager davantage,
c'était l'irriter le plus certainement.

Ernestine ose demander alors à celui qu'elle aime, ce
qu'il peut donc appréhender, et elle ne lui cache point
la douleur où la plongent de pareils soupçons.

— Ô mon ami! dit cette intéressante fille, en
pressant les mains d'Herman, les individus les plus
puissants de l'Europe fussent-ils tous à cette assemblée, dussent-ils tous s'enflammer pour ta chère Ernestine, doutes-tu que la réunion de ces cultes pût former
autre chose qu'un hommage de plus à son vainqueur?
Ah! ne crains rien, Herman, celle que tu as séduite ne
saurait brûler pour un autre; fallût-il vivre avec toi
dans l'esclavage, je préférerais ce sort à celui du trône
même; toutes les prospérités de la terre peuvent-elles
exister pour moi dans d'autres bras que ceux de mon
amant!... Herman, rends-toi donc justice, peux-tu
soupçonner que mes yeux aperçoivent à ce bal aucun
mortel qui puisse te valoir? laisse à mon cœur le soin
de t'apprécier, mon ami, et tu seras toujours le plus
aimable des êtres, comme tu en es le plus aimé.

Herman baisa mille fois les mains de sa maîtresse, il
cessa de témoigner des craintes, mais il n'en guérit
pas; il est dans le cœur d'un homme qui aime, de
certains pressentiments qui trompent bien peu; Herman les éprouva, il les fit taire, et la belle Ernestine

parut au cercle de Mme Scholtz, comme la rose au milieu des fleurs ; elle avait pris l'ajustement des anciennes femmes de sa patrie ; elle était vêtue à la manière des Scythes, ses traits nobles et fiers, singulière-ment rehaussés par cette parure, sa taille fine et souple, infiniment mieux marquée sous ce juste[7] sans pli qui dessinait ses formes, ses beaux cheveux flottants sur son carquois, cet arc qu'elle tenait à la main... tout lui donnait l'air de l'Amour déguisé sous les traits de Bellone, et l'on eût dit que chacune des flèches qu'elle portait avec tant de grâce devait, en atteignant les cœurs, les enchaîner bientôt sous son céleste empire.

Si le malheureux Herman ne vit pas Ernestine entrer sans frémir, Oxtiern de son côté ne l'aperçut pas sans une émotion si vive, qu'il fut quelques minutes sans pouvoir s'exprimer. Vous avez vu Oxtiern, il est assez bel homme ; mais quelle âme enveloppa la nature sous cette trompeuse écorce ! Le comte, fort riche, et maître depuis peu de toute sa fortune, ne soupçonnait aucune borne à ses fougueux désirs, tout ce que la raison ou les circonstances pouvaient leur apporter d'obstacles ne devenait qu'un aliment de plus à leur impétuosité ; sans principes comme sans vertu, encore imbu des préjugés d'un corps dont l'orgueil venait de lutter contre le souverain même, Oxtiern s'imaginait que rien au monde ne pouvait imposer de frein à ses passions ; or, de toutes celles qui l'enflammaient, l'amour était la plus impétueuse ; mais ce sentiment, presque une vertu dans une belle âme, doit devenir la source de bien des crimes dans un cœur corrompu comme celui d'Oxtiern.

Cet homme dangereux n'eut pas plus tôt remarqué notre belle héroïne, qu'il conçut aussitôt le perfide dessein de la séduire; il dansa beaucoup avec elle, se plaça près d'elle au souper, et témoigna si clairement enfin les sentiments qu'elle lui inspirait, que toute la ville ne douta plus qu'elle ne devînt bientôt ou la femme, ou la maîtresse d'Oxtiern.

On ne rend point la cruelle situation d'Herman pendant que toutes ces choses se passaient; il avait été au bal; mais voyant sa maîtresse dans une faveur si éclatante, lui avait-il été possible d'oser même un instant l'aborder? Ernestine n'avait assurément point changé pour Herman, mais une jeune fille peut-elle se défendre de l'orgueil? Peut-elle ne pas s'enivrer un instant des hommages publics? et cette vanité que l'on caresse en elle, en lui prouvant qu'elle peut être adorée de tous, n'affaiblit-t-elle pas le désir qu'elle avait, avant, de n'être sensible qu'aux flatteries d'un seul? Ernestine vit bien qu'Herman était inquiet; mais Oxtiern était à son char, toute l'assemblée la louait et l'orgueilleuse Ernestine ne sentit pas, comme elle l'aurait dû, le chagrin dont elle accablait son malheureux amant. Le colonel fut également comblé d'honneurs, le comte lui parla beaucoup, il lui offrit ses services à Stockholm, l'assura que, trop jeune encore pour se retirer, il devait se faire attacher à quelque corps, et achever de courir les grades, auxquels ses talents et sa naissance devaient le faire aspirer, qu'il le servirait en cela comme dans tout ce qu'il pourrait désirer à la cour, qu'il le suppliait de ne le pas ménager, et qu'il regarderait comme autant de jouissances personnelles à lui, chacun des services qu'un si brave homme le mettrait à même de lui rendre. Le bal cessa avec la nuit, et l'on se retira.

Dès le lendemain le sénateur Oxtiern pria

Mme Scholtz de lui donner les plus grands détails sur cette jeune Scythe, dont l'image avait été toujours présente à ses sens depuis qu'il l'avait aperçue.

— C'est la plus belle fille que nous ayons à Nordkoping, dit la négociante, enchantée de voir que le comte, en traversant les amours d'Herman, lui rendrait peut-être le cœur de ce jeune homme ; en vérité, sénateur, il n'est point dans tout le pays une fille qu'on puisse comparer à celle-là.

— Dans le pays, s'écria le comte, il n'y en a pas dans l'Europe, madame !... et que fait-elle que pense-t-elle ?... qui l'aime ?... qui l'adore, cette créature céleste ? quel est celui qui prétendra me disputer la possession de ses charmes ?

— Je ne vous parlerai point de sa naissance, vous savez qu'elle est fille du colonel Sanders, homme de mérite et de qualité ; mais ce que vous ignorez peut-être, et ce qui vous affligera, d'après les sentiments que vous montrez pour elle, c'est qu'elle est à la veille d'épouser un jeune caissier de ma maison, dont elle est éperdument amoureuse, et qui la chérit pour le moins autant.

— Une telle alliance pour Ernestine ! s'écria le sénateur... Cet ange devenir la femme d'un caissier !... cela ne sera point, madame, cela ne sera point : vous devez vous réunir à moi pour qu'une alliance aussi ridicule n'ait pas lieu. Ernestine est faite pour briller à la cour, et je veux l'y faire paraître sous mon nom.

— Mais point de bien, comte !... la fille d'un pauvre gentilhomme... d'un officier de fortune !

— Elle est la fille des dieux, dit Oxtiern hors de lui, elle doit habiter leur séjour.

— Ah ! sénateur, vous mettrez au désespoir le jeune

homme dont je vous ai parlé ; peu de tendresses sont
aussi vives... peu de sentiments aussi sincères.

— La chose du monde qui m'embarrasse le moins,
madame, est un rival de cette espèce, des êtres de cette
infériorité doivent-ils alarmer mon amour ? vous m'ai-
derez à trouver les moyens d'éloigner cet homme, et
s'il n'y consent pas de bonne grâce... laissez-moi faire,
madame Scholtz, laissez-moi faire, nous nous débar-
rasserons de ce faquin.

La Scholtz applaudit, et bien loin de refroidir le
comte, elle ne lui présente que de ces sortes d'obstacles
faciles à vaincre, et dont le triomphe irrite l'amour.

Mais pendant que tout ceci se passe chez la veuve,
Herman est aux pieds de sa maîtresse.

— Eh ! ne l'avais-je pas dit, Ernestine, s'écrie-t-il en
larmes, ne l'avais-je pas prévu, que ce maudit bal nous
coûterait bien des peines ? Chacun des éloges que vous
prodiguait le comte était autant de coups de poignard
dont il déchirait mon cœur, doutez-vous maintenant
qu'il ne vous adore, et ne s'est-il pas assez déclaré ?

— Que m'importe, homme injuste ? reprit la jeune
Sanders en apaisant de son mieux l'objet de son unique
amour, que m'importe l'encens qu'il plaît à cet homme
de m'offrir, dès que mon cœur n'appartient qu'à toi ? As-
tu donc cru que j'étais flattée de son hommage ?

— Oui, Ernestine, je l'ai cru, et je ne me suis pas
trompé, vos yeux brillaient de l'orgueil de lui plaire,
vous n'étiez occupée que de lui.

— Ces reproches me fâchent, Herman, ils m'affligent dans vous, je vous croyais assez de délicatesse
pour ne devoir pas même être effrayé ; eh bien ! confiez
vos craintes à mon père, et que notre hymen se célèbre
dès demain, j'y consens.

Herman saisit promptement ce projet ; il entre chez Sanders avec Ernestine, et, se jetant dans les bras du colonel, il le conjure, par tout ce qu'il a de plus cher, de vouloir bien ne plus mettre d'obstacles à son bonheur.

Moins balancé par d'autres sentiments, l'orgueil avait fait, sur le cœur de Sanders, bien plus de progrès encore que dans celui d'Ernestine ; le colonel, rempli d'honneur et de franchise, était bien loin de vouloir manquer aux engagements qu'il avait pris avec Herman ; mais la protection d'Oxtiern l'éblouissait. Il s'était fort bien aperçu du triomphe de sa fille sur l'âme du sénateur ; ses amis lui avaient fait entendre que si cette passion avait les suites légitimes qu'il en devait espérer, sa fortune en deviendrait le prix infaillible. Tout cela l'avait tracassé pendant la nuit, il avait bâti des projets, il s'était livré à l'ambition ; le moment, en un mot, était mal choisi, Herman n'en pouvait prendre un plus mauvais ; Sanders se garda pourtant bien de refuser ce jeune homme, de tels procédés étaient loin de son cœur ; ne pouvait-il pas, d'ailleurs, avoir bâti sur le sable ? Qui lui garantissait la réalité des chimères dont il venait de se nourrir ? il se rejeta donc sur ce qu'il avait coutume d'alléguer... la jeunesse de sa fille, la succession attendue de la tante Plorman, la crainte d'attirer, contre Ernestine et lui, toute la vengeance de la Scholtz qui, maintenant, étayée par le sénateur Oxtiern, n'en deviendrait que plus à redouter. Le moment où le comte était dans la ville était-il d'ailleurs celui qu'il fallait choisir ? Il semblait inutile de se donner en spectacle, et si vraiment la Scholtz devait s'irriter de ce parti, l'instant où elle se trouvait soutenue des faveurs du comte serait

assurément celui où elle pourrait être la plus dangereuse. Ernestine fut plus pressante que jamais, son
cœur lui faisait quelques reproches de sa conduite de la
veille, elle était bien aise de prouver à son ami que le
refroidissement n'entrait pour rien dans ses torts; le
colonel, en suspens, peu accoutumé à résister aux
instances de sa fille, ne lui demanda que d'attendre le
départ du sénateur, et promit qu'après, il serait le
premier à lever toutes les difficultés, et à voir même la
Scholtz, si cela devenait nécessaire, pour la calmer, ou
pour l'engager à l'apurement des comptes, sans la
reddition desquels le jeune Herman ne pouvait pas
décemment se séparer de sa patronne.

Herman se retira peu content, rassuré néanmoins
sur les sentiments de sa maîtresse, mais dévoré d'une
sombre inquiétude que rien ne pouvait adoucir; à
peine était-il sorti que le sénateur parut chez Sanders;
il était conduit par la Scholtz, et venait, disait-il,
rendre ses devoirs au respectable militaire, qu'il se
félicitait d'avoir connu dans son voyage, et lui demander la permission de saluer l'aimable Ernestine. Le
colonel et sa fille reçurent ces politesses comme ils le
devaient; la Scholtz, déguisant sa rage et sa jalousie,
parce qu'elle voyait naître en foule tous les moyens de
servir ces cruels sentiments de son cœur, combla le
colonel d'éloges, caressa beaucoup Ernestine, et la
conversation fut aussi agréable qu'elle pouvait l'être
dans les circonstances.

Plusieurs jours se passèrent ainsi, pendant lesquels
Sanders et sa fille, la Scholtz et le comte, se firent de
mutuelles visites, mangèrent réciproquement les uns
chez les autres, et tout cela sans que le malheureux
Herman fût jamais d'aucune de ces parties de plaisir.

Oxtiern, pendant cet intervalle, n'avait perdu aucune occasion de parler de son amour, et il devenait impossible à Mlle Sanders de douter que le comte ne brûlât pour elle de la plus ardente passion ; mais le cœur d'Ernestine l'avait garantie, et son extrême amour pour Herman ne lui permettait plus de se laisser prendre une seconde fois aux pièges de l'orgueil ; elle rejetait tout, se refusait à tout, ne paraissait que contrainte et rêveuse, aux fêtes où elle était entraînée, et ne revenait jamais des unes sans supplier son père de ne plus l'entraîner aux autres ; il n'était plus temps, Sanders qui, comme je vous l'ai dit, n'avait pas les mêmes raisons que sa fille pour résister aux appâts d'Oxtiern, s'y laissa prendre avec facilité ; il y avait eu des conversations secrètes entre la Scholtz, le sénateur et le colonel, on avait achevé d'éblouir le malheureux Sanders, et l'adroit Oxtiern, sans jamais trop se compromettre, sans jamais assurer sa main, faisant seulement apercevoir qu'il faudrait bien qu'un jour les choses en vinssent là, avait tellement séduit Sanders, que non seulement il avait obtenu de lui de se refuser aux poursuites d'Herman, mais qu'il l'avait même décidé à quitter le séjour solitaire de Nordkoping, pour venir jouir à Stockholm du crédit qu'il lui assurait, et des faveurs dont il avait dessein de le combler.

Ernestine, qui voyait bien moins son amant depuis tout cela, ne cessait pourtant de lui écrire ; mais, comme elle le connaissait capable d'un éclat, et qu'elle voulait éviter des scènes, elle lui déguisait de son mieux tout ce qui se passait. Elle n'était pas encore bien certaine, d'ailleurs, de la faiblesse de son père ; avant que de rien assurer à Herman, elle se résolut d'éclaircir.

Elle entre un matin chez le colonel.

— Mon père, dit-elle avec respect, il paraît que le
sénateur est pour longtemps à Nordkoping ; cependant
vous avez promis à Herman que vous nous réuniriez
bientôt : me permettez-vous de vous demander si
vos résolutions sont les mêmes ?... et de quelle nécessité il est d'attendre le départ du comte, pour célébrer un hymen que nous désirons tous avec autant
d'ardeur ?

— Ernestine, dit le colonel, asseyez-vous, et écoutez-moi. Tant que j'ai cru, ma fille, que votre bonheur
et votre fortune pouvaient se rencontrer avec le jeune
Herman, loin de m'y opposer, sans doute, vous avez vu
avec quel empressement je me suis prêté à vos désirs ;
mais dès qu'un sort plus heureux vous attend, Ernestine, pourquoi voulez-vous que je vous sacrifie ?

— Un sort plus heureux, dites-vous ? si c'est mon
bonheur que vous cherchez, mon père, ne le supposez
jamais ailleurs qu'avec mon cher Herman, il ne peut
être certain qu'avec lui : n'importe, je crois démêler
vos projets... j'en frémis... ah ! daignez ne pas m'en
rendre la victime.

— Mais, ma fille, mon avancement tient à ces
projets.

— Oh ! mon père, si le comte ne se charge de votre
fortune qu'en obtenant ma main... soit, vous jouirez,
j'en conviens, des honneurs que l'on vous promet, mais
celui qui vous les vend ne jouira pas de ce qu'il en
espère, je mourrai avant que d'être à lui.

— Ernestine, je vous supposais l'âme plus tendre...
je croyais que vous saviez mieux aimer votre père.

— Ah ! cher auteur de mes jours, je croyais que
votre fille vous était plus précieuse, que... Malheureux

voyage !... infâme séducteur !... nous étions tous heureux avant que cet homme ne parût ici... un seul
obstacle se présentait, nous l'aurions vaincu ; je ne
redoutais rien, tant que mon père était pour moi ; il
m'abandonne, il ne me reste plus qu'à mourir...

Et la malheureuse Ernestine, plongée dans sa douleur, poussait des gémissements qui eussent attendri
les âmes les plus dures.

— Écoute, ma fille, écoute, avant que de t'affliger,
dit le colonel, en essuyant par ses caresses les larmes
qui couvraient Ernestine, le comte veut faire mon
bonheur, et quoiqu'il ne m'ait pas dit positivement
qu'il en exigeait ta main pour prix, il est pourtant
facile de comprendre que tel est son unique objet. Il est
sûr, à ce qu'il prétend, de me rattacher au service ; il
exige que nous allions habiter Stockholm, il nous y
promet le sort le plus flatteur, et, dès mon arrivée dans
cette ville, lui-même veut, dit-il, venir au-devant de
moi avec un brevet de mille ducats * de pension dû à
mes services... à ceux de mon père, et que la cour,
ajoute-t-il, m'aurait accordé depuis longtemps, si nous
eussions eu le moindre ami dans la capitale qui eût
parlé pour nous. Ernestine... veux-tu perdre toutes ces
faveurs ? prétends-tu donc manquer ta fortune et la
mienne ?

— Non, mon père, répondit fermement la fille de
Sanders, non ; mais j'exige de vous une grâce, c'est de
mettre, avant tout, le comte à une épreuve à laquelle je
suis sûre qu'il ne résistera pas ; s'il veut vous faire tout
le bien qu'il dit, et qu'il soit honnête, il doit continuer

---

* Le ducat, en Suède, vaut quelques sols de moins que notre gros
écu.

son amitié sans le plus léger intérêt ; s'il y met des conditions, il y a tout à craindre dans sa conduite ; de ce moment, elle est personnelle, de ce moment, elle peut être fausse ; ce n'est plus votre ami qu'il est, c'est mon séducteur.

— Il t'épouse.

— Il n'en fera rien ; d'ailleurs, écoutez-moi, mon père, si les sentiments qu'a pour vous le comte sont réels, ils doivent être indépendants de ceux qu'il a pu concevoir pour moi ; il ne doit point vouloir vous faire plaisir, dans la certitude de me faire de la peine ; il doit, s'il est vertueux et sensible, vous faire tout le bien qu'il vous promet, sans exiger que j'en sois le prix ; pour sonder sa façon de penser, dites-lui que vous acceptez toutes ces promesses, mais que vous lui demandez, pour premier effet de sa générosité envers moi, de faire lui-même ici, avant de quitter la ville, le mariage de votre fille avec le seul homme qu'elle puisse aimer au monde. Si le comte est loyal, s'il est franc, s'il est désintéressé, il acceptera ; s'il n'a dessein que de m'immoler en vous servant, il se dévoilera ; il faut qu'il réponde à votre proposition, et cette proposition de votre part ne doit point l'étonner, puisqu'il ne vous a point encore, dites-vous, ouvertement demandé ma main ; si sa réponse est de la demander pour prix de ses bienfaits, il a plus d'envie de s'obliger lui-même, qu'il n'en a de vous servir, puisqu'il saura que je suis engagée, et que, malgré mon cœur, il voudra me contraindre ; dès lors, son âme est malhonnête, et vous devez vous défier de toutes ses offres, quel que soit le vernis dont il les colore. Un homme d'honneur ne peut vouloir de la main d'une femme dont il sait qu'il n'aura point l'amour ; ce ne doit pas être aux dépens de la fille qu'il doit obliger le père. L'épreuve est sûre, je vous conjure de la tenter ; si elle réussit... je veux dire, si nous devenons certains que le comte n'ait que des vues légitimes, il faudra se prêter à tout, et alors, il aura fait votre avancement sans nuire à ma félicité ; nous serons tous heureux... nous le serons tous, mon père, sans que vous ayez de remords.

— Ernestine, dit le colonel, il est très possible que le comte soit un honnête homme, quoiqu'il ne veuille m'obliger qu'aux conditions de t'avoir pour femme.

— Oui, s'il ne me savait pas engagée ; mais lui disant que je le suis, s'il persiste à ne vouloir vous servir qu'en me contraignant, il n'y a plus que de l'égoïsme dans ses procédés, la délicatesse en est totalement exclue ; dès lors ses promesses doivent nous devenir suspectes...

Et Ernestine, se jetant dans les bras du colonel :

— Ô mon père ! s'écria-t-elle en larmes, ne me refusez pas l'épreuve que j'exige, ne me la refusez pas, mon père, je vous en conjure, ne sacrifiez pas aussi cruellement une fille qui vous adore, et qui ne veut vivre que pour vous ! ce malheureux Herman en mourrait de douleur, il mourrait en nous haïssant, je le suivrais de près au tombeau, et vous auriez perdu les deux plus chers amis de votre cœur.

Le colonel aimait sa fille, il était généreux et noble ; on ne pouvait lui reprocher que cette sorte de bonne foi qui, quoiqu'elle rende l'honnête homme si facilement la dupe des fripons, n'en dévoile pas moins toute la candeur et toute la franchise d'une belle âme ; il promit à sa fille de faire tout ce qu'elle exigeait, et, dès le lendemain, il parla au sénateur.

Oxtiern, plus faux que Mlle Sanders n'était fine, et

dont les mesures étaient déjà prises avec la Scholtz à
tout événement sans doute, répondit au colonel de la
manière la plus satisfaisante.

— Avez-vous donc cru, mon cher, lui dit-il, que je
voulusse vous obliger par intérêt ? Connaissez mieux
mon cœur ; le désir de vous être utile le remplit,
abstraction faite de toute considération ; assurément,
j'aime votre fille, vous le cacher ne servirait à rien ;
mais dès qu'elle ne me croit pas fait pour la rendre
heureuse, je suis bien loin de la contraindre ; je ne me
chargerai point de serrer ici les nœuds de son hymen,
comme vous paraissez le vouloir, ce procédé coûterait
trop à mon cœur ; en me sacrifiant, au moins puis-je
bien désirer n'être pas immolé par ma propre main ;
mais le mariage se fera, j'y donnerai mes soins, j'en
chargerai la Scholtz, et, puisque votre fille aime mieux
devenir la femme d'un caissier que celle d'un des
premiers sénateurs de Suède, elle est la maîtresse ; ne
craignez point que ce choix nuise en rien au bien que je
veux vous faire ; je pars incessamment ; à peine aurai-
je arrangé quelques affaires, qu'une voiture à moi
viendra chercher votre fille et vous. Vous arriverez à
Stockholm avec Ernestine ; Herman pourra vous suivre, et l'épouser là, ou attendre, si cela lui convient
mieux, qu'ayant le poste où je veux vous placer, son
mariage en devienne meilleur.

— Homme respectable, dit Sanders en pressant les
mains du comte, que d'obligations ! Les services que vous
daignez nous rendre deviendront d'autant plus précieux
qu'ils seront désintéressés, et vous coûteront un sacrifice... ah ! sénateur, c'est le dernier degré de la générosité
humaine ; une si belle action devrait vous valoir des
temples, dans un siècle où toutes les vertus sont si rares.

— Mon ami, dit le comte en répondant aux caresses du colonel, l'honnête homme jouit le premier des bienfaits qu'il répand ; n'est-ce pas ce qu'il faut à sa félicité ?

Le colonel n'eut rien de plus pressé que de rendre à sa fille l'importante conversation qu'il venait d'avoir avec Oxtiern. Ernestine en fut touchée jusqu'aux larmes, et crut tout sans difficulté ; les belles âmes sont confiantes, elles se persuadent facilement ce qu'elles sont capables de faire ; Herman ne fut pas tout à fait aussi crédule ; quelques propos imprudents échappés à la Scholtz, dans la joie où elle était sans doute de voir aussi bien servir sa vengeance, lui firent naître des soupçons qu'il communiqua à sa maîtresse ; cette tendre fille le rassura ; elle lui fit sentir qu'un homme de la naissance et de l'état d'Oxtiern devait être incapable de tromper... L'innocente créature ! elle ne savait pas que des vices, étayés de la naissance et de la richesse, enhardis dès lors par l'impunité, n'en deviennent que plus dangereux. Herman dit qu'il voulait s'éclaircir avec le comte lui-même ; Ernestine lui interdit les voies de fait ; le jeune homme se défendit de les vouloir prendre ; mais n'écoutant au fond que sa fierté, son amour et son courage, il charge deux pistolets ; dès le lendemain matin, il s'introduit dans la chambre du comte, et le prenant au chevet du lit :

— Monsieur, lui dit-il audacieusement, je vous crois un homme d'honneur ; votre nom, votre place, votre richesse, tout doit m'en convaincre ; j'exige donc votre parole, monsieur, votre parole par écrit, que vous renoncez absolument aux prétentions que vous avez témoignées pour Ernestine, ou j'attends, sans cela, de vous voir accepter l'une de ces deux armes, afin de nous brûler la cervelle ensemble.

Le sénateur, un peu étourdi du compliment, commença d'abord par demander à Herman s'il réfléchissait bien à la démarche qu'il faisait, et s'il croyait qu'un homme de son rang dût quelque réparation à un subalterne comme lui.

— Point d'invectives, monsieur, répondit Herman, je ne viens pas ici pour en recevoir, mais pour vous demander raison, au contraire, de l'outrage que vous me faites en voulant séduire ma maîtresse. Un subalterne, dites-vous ? Sénateur, tout homme a droit d'exiger d'un autre la réparation, ou du bien qu'on lui enlève, ou de l'offense qu'on lui fait ; le préjugé qui sépare les rangs est une chimère ; la nature a créé tous les hommes égaux, il n'en est pas un seul qui ne soit sorti de son sein pauvre et nu, pas un qu'elle conserve ou qu'elle anéantisse différemment d'un autre ; je ne connais entre eux d'autre distinction que celle qu'y place la vertu ; le seul homme qui soit fait pour être méprisé est celui qui n'use des droits que lui accordent de fausses conventions, que pour se livrer plus impunément au vice. Levez-vous, comte, fussiez-vous un prince, j'exigerais de vous la satisfaction qui m'est due ; faites-la-moi, vous dis-je, ou je vous brûle la cervelle, si vous ne vous hâtez de vous défendre.

— Un instant, dit Oxtiern, en s'habillant ; asseyez-vous, jeune homme, je veux que nous déjeunions ensemble avant que de nous battre... Me refuserez-vous cette faveur ?

— A vos ordres, comte, répondit Herman, mais j'espère qu'après, vous vous rendrez de même à mon invitation...

On sonne, le déjeuner se sert, et le sénateur ayant ordonné qu'on le laisse seul avec Herman, lui demande, après la première tasse de café, si ce qu'il entreprend est de concert avec Ernestine.

— Assurément non, sénateur, elle ignore que je suis chez vous ; elle a mieux fait, elle a dit que vous vouliez me servir.

— Si cela est, quel peut donc être le motif de votre imprudence ?

— La crainte d'être trompé, la certitude que, quand on aime Ernestine, il est impossible de renoncer à elle, le désir de m'éclaircir, enfin.

— Vous le serez bientôt, Herman, et quoique je ne vous dusse que des reproches pour l'indécence de votre action... que cette démarche inconsidérée dût peut-être faire varier mes desseins en faveur de la fille du colonel, je tiendrai pourtant ma parole... oui, Herman, vous épouserez Ernestine, je l'ai promis, cela sera ; je ne vous la cède point, jeune homme, je ne suis fait pour vous rien céder, c'est Ernestine seule qui obtient tout de moi, et c'est à son bonheur que j'immole le mien.

— Ô généreux mortel !

— Vous ne me devez rien, vous dis-je, je n'ai travaillé que pour Ernestine, et ce n'est que d'elle que j'attends de la reconnaissance.

— Permettez que je la partage, sénateur, permettez qu'en même temps je vous fasse mille excuses de ma vivacité... Mais, monsieur, puis-je compter sur votre parole, et si vous avez dessein de la tenir, vous refuserez-vous de me la donner par écrit ?

— Moi, j'écrirai tout ce que vous voudrez, mais cela est inutile, et ces soupçons injustes ajoutent à la sottise que vous venez de vous permettre.

— C'est pour tranquilliser Ernestine.

— Elle est moins défiante que vous, elle me croit ; n'importe, je veux bien écrire, mais en lui adressant le billet ; toute autre manière serait déplacée, je ne puis à la fois vous servir et m'humilier devant vous...

Et le sénateur, prenant une écritoire, traça les lignes suivantes :

Le comte Oxtiern promet à Ernestine Sanders de la laisser libre de son choix, et de prendre les meilleures mesures pour la faire incessamment jouir des plaisirs de l'hymen, quelque chose qu'il en puisse coûter à celui qui l'adore, et dont le sacrifice sera bientôt aussi certain qu'affreux.

Le malheureux Herman, bien loin d'entendre le cruel sens de ce billet, s'en saisit, le baise avec ardeur, renouvelle ses excuses au comte, et vole chez Ernestine lui apporter les tristes trophées de sa victoire.

Mlle Sanders blâma beaucoup Herman, elle l'accusa de n'avoir aucune confiance en elle, elle ajouta qu'après ce qu'elle avait dit, jamais Herman n'aurait dû se porter à de telles extrémités avec un homme si fort au-dessus de lui, qu'il était à craindre que le comte, n'ayant cédé que par prudence, la réflexion ne le portât ensuite à quelques extrémités peut-être bien fatales pour tous deux, et, dans tous les cas, sans doute, extrêmement nuisibles à son père. Herman rassura sa maîtresse, il lui fit valoir le billet... qu'elle avait également lu sans en comprendre l'ambiguïté ; on fit part de tout au colonel, qui désapprouva bien plus vivement encore que sa fille, la conduite du jeune Herman ; tout se concilia néanmoins, et nos trois amis, pleins de confiance dans les promesses du comte, se séparèrent assez tranquilles.

Cependant Oxtiern, après sa scène avec Herman, était aussitôt descendu dans l'appartement de la Scholtz, il lui avait raconté tout ce qui venait de se passer, et cette méchante femme, encore mieux convaincue, par cette démarche du jeune homme, qu'il devenait impossible de prétendre à le séduire, s'engagea plus solidement que jamais dans la cause du comte, et lui promit de la servir jusqu'à l'entière destruction du malheureux Herman.

— Je possède des moyens sûrs de le perdre, dit cette cruelle mégère... j'ai des doubles clefs de sa caisse, il ne le sait pas ; avant peu, je dois escompter pour cent mille ducats de lettres de change à des négociants de Hambourg, il ne tient qu'à moi de le trouver en faute ; de ce moment, il faut qu'il m'épouse, ou il faut qu'il soit perdu.

— Dans ce dernier cas, dit le comte, vous me le ferez savoir sur-le-champ ; soyez certaine qu'alors j'agirai comme il convient à notre mutuelle vengeance.

Ensuite les deux scélérats, trop cruellement unis d'intérêt, renouvelèrent leurs dernières mesures pour donner à leurs perfides desseins toute la consistance et toute la noirceur qu'ils y désiraient.

Ces arrangements décidés, Oxtiern vint prendre congé du colonel et de sa fille ; il se contraint devant celle-ci, lui témoigne, au lieu de son amour et de ses véritables intentions, toute la noblesse et le désintéressement que sa fausseté lui permet d'employer, il renouvelle à Sanders ses plus grandes offres de service, et convient avec lui du voyage à Stockholm ; le comte voulait leur faire préparer un appartement chez lui ; mais le colonel répondit qu'il préférait d'aller chez sa

cousine Plorman, dont il attendait la succession pour
sa fille, et que cette marque d'amitié deviendrait un
motif à Ernestine pour ménager cette femme qui
pouvait beaucoup augmenter sa fortune ; Oxtiern
approuva le projet, on convint d'une voiture, parce
qu'Ernestine craignait la mer, et l'on se sépara avec les
plus vives protestations de tendresse et d'estime réciproques, sans qu'il eût été question de la démarche du
jeune homme.

La Scholtz continuait de feindre avec Herman ;
sentant le besoin de se déguiser jusqu'à l'éclat qu'elle
préparait, elle ne lui parlait point de ses sentiments, et
ne lui témoignait plus, comme autrefois, que de la
confiance et de l'intérêt ; elle lui déguisa qu'elle était
instruite de son étourderie chez le sénateur, et notre
bon jeune homme crut que, comme la scène ne s'était
pas trouvée très à l'avantage du comte, il l'avait cachée
soigneusement.

Cependant Herman n'ignorait pas que le colonel et
sa fille allaient bientôt quitter Nordkoping ; mais plein
de confiance dans le cœur de sa maîtresse, dans
l'amitié du colonel et dans les promesses du comte, il
ne doutait pas que le premier usage qu'Ernestine ferait
à Stockholm de son crédit près du sénateur serait de
l'engager à les réunir incessamment ; la jeune Sanders
ne cessait d'en assurer Herman, et c'était bien sincèrement son projet.

Quelques semaines se passèrent ainsi, lorsqu'on vit
arriver dans Nordkoping une voiture superbe accompagnée de plusieurs valets, auxquels il était recommandé de remettre une lettre au colonel Sanders de la
part du comte Oxtiern, et de recevoir en même temps
les ordres de cet officier, relativement au voyage qu'il

devait faire à Stockholm avec sa fille, et pour lequel était destinée la voiture que l'on envoyait chez lui. La lettre annonçait à Sanders que, par les soins du sénateur, la veuve Plorman destinait à ses deux alliés le plus bel appartement de sa maison, qu'ils étaient l'un et l'autre les maîtres d'y arriver quand ils voudraient, et que le comte attendrait cet instant pour apprendre à son ami Sanders le succès des premières démarches qu'il avait entreprises pour lui ; à l'égard d'Herman, ajoutait le sénateur, il croyait qu'il fallait lui laisser finir en paix les affaires qu'il avait avec Mme Scholtz, à la conclusion desquelles, sa fortune étant mieux en ordre, il pourrait, avec plus de bienséance encore, venir présenter sa main à la belle Ernestine ; que tout gagnerait à cet arrangement, pendant l'intervalle duquel le colonel, lui-même honoré d'une pension et peut-être d'un grade, n'en deviendrait que plus en état de faire du bien à sa fille.

Cette clause ne plut pas à Ernestine ; elle éveilla quelques soupçons, dont elle fit aussitôt part à son père. Le colonel prétendit n'avoir jamais conçu les projets d'Oxtiern d'une manière différente de celle-là ; et quel moyen y aurait-il, d'ailleurs, continuait Sanders, de faire quitter Nordkoping à Herman, avant qu'il n'eût fini ses comptes avec la Scholtz ? Ernestine versa quelques larmes, et, toujours entre son amour et la crainte de nuire à son père, elle n'osa insister sur l'extrême envie qu'elle aurait eue de ne profiter des offres du sénateur qu'à l'instant où son cher Herman se serait trouvé libre.

Il fallut donc se déterminer au départ ; Herman fut invité par le colonel à venir souper chez lui pour se faire leurs mutuels adieux ; il s'y rendit, et cette cruelle scène ne se passa pas sans le plus vif attendrissement.

— Ô ma chère Ernestine, dit Herman en pleurs, je vous quitte, et j'ignore quand je vous reverrai. Vous me laissez avec une ennemie cruelle... avec une femme qui se déguise, mais dont les sentiments sont loin d'être anéantis ; qui me secourra, dans les tracasseries sans nombre dont va m'accabler cette mégère ?... quand elle me verra surtout plus décidé que jamais à vous suivre, et que je lui aurai déclaré que je ne veux jamais être qu'à vous... et vous-même, où allez-vous, grand Dieu ?... sous la dépendance d'un homme qui vous a aimée... qui vous aime encore... et dont le sacrifice est bien douteux ; il vous séduira, Ernestine, il vous éblouira, et le malheureux Herman, abandonné, n'aura plus pour lui que ses larmes.

— Herman aura toujours le cœur d'Ernestine, dit Mˡˡᵉ Sanders en pressant les mains de son amant ; peut-il jamais craindre d'être trompé, avec la possession de ce bien ?

— Ah ! puissé-je ne le jamais perdre, dit Herman, en se jetant aux pieds de sa belle maîtresse, puisse Ernestine, ne cédant jamais aux sollicitations qui vont lui être faites, se bien persuader qu'il ne peut exister un seul homme sur la terre dont elle soit aimée comme de moi !

Et l'infortuné jeune homme osa supplier Ernestine de lui laisser cueillir, sur ses lèvres de rose, un baiser précieux qui pût lui tenir lieu du gage qu'il exigeait de ses promesses ; la sage et prudente Sanders, qui n'en avait jamais tant accordé, crut devoir quelque chose aux circonstances, elle se pencha dans les bras d'Herman, qui, brûlé d'amour et de désir, succombant à l'excès de cette joie sombre qui ne s'exprime que par

des pleurs, scella les serments de sa flamme sur la plus
belle bouche du monde, et reçut de cette bouche,
encore imprimée sur la sienne, les expressions les plus
délicieuses et de l'amour et de la constance.

Cependant elle sonne, cette heure funeste du
départ; pour deux cœurs véritablement épris, quelle
différence y a-t-il entre celle-là et celle de la mort ? On
dirait, en quittant ce qu'on aime, que le cœur se brise,
ou s'arrache; nos organes, pour ainsi dire enchaînés à
l'objet chéri dont on s'éloigne, paraissent se flétrir en
ce moment cruel; on veut fuir, on revient, on se quitte,
on s'embrasse, on ne peut se résoudre; le faut-il à la
fin, toutes nos facultés s'anéantissent, c'est le principe
même de notre vie qu'il semble que nous abandon-
nions, ce qui reste est inanimé, ce n'est plus que dans
l'objet qui se sépare qu'est encore pour nous l'existence.

On avait décidé de monter en voiture en sortant de
table. Ernestine jette les yeux sur son amant, elle le
voit en pleurs, son âme se déchire...

— Ô mon père, s'écrie-t-elle en fondant en larmes,
voyez le sacrifice que je vous fais !

Et se rejetant dans les bras d'Herman :

— Toi que je n'ai jamais cessé d'aimer, lui dit-elle,
toi que j'adorerai jusqu'au tombeau, reçois en présence de mon père le serment que je te fais de n'être
jamais qu'à toi; écris-moi, pense à moi, n'écoute que
ce que je te dirai, et regarde-moi comme la plus vile
des créatures, si jamais d'autre homme que toi reçoit
ou ma main ou mon cœur.

Herman est dans un état violent, courbé à terre, il
baise les pieds de celle qu'il idolâtre, on eût dit qu'au
moyen de ces baisers ardents, son âme qui les impri-

mait, son âme entière dans ces baisers de feu eût voulu
captiver Ernestine...

— Je ne te verrai plus... je ne te verrai plus, lui
disait-il au milieu des sanglots... Mon père, laissez-moi
vous suivre, ne souffrez pas qu'on m'enlève Ernestine,
ou si le sort m'y condamne, hélas! plongez-moi votre
épée dans le sein.

Le colonel calmait son ami, il lui engageait sa parole
de ne jamais contraindre les intentions de sa fille; mais
rien ne rassure l'amour alarmé, peu d'amants se
quittaient dans d'aussi cruelles circonstances, Herman
le sentait trop bien, et son cœur se fendait malgré lui;
il faut enfin partir; Ernestine, accablée de sa douleur...
les yeux inondés de larmes, s'élance à côté de son père,
dans une voiture qui l'entraîne aux regards de celui
qu'elle aime. Herman croit voir, en cet instant, la mort
envelopper de ses voiles obscurs le char funèbre qui lui
ravit son plus doux bien, ses cris lugubres appellent
Ernestine, son âme égarée la suit, mais il ne voit plus
rien... tout échappe... tout se perd dans les ombres
épaisses de la nuit, et l'infortuné revient chez la
Scholtz, dans un état assez violent pour irriter davantage encore la jalousie de ce dangereux monstre.

Le colonel arriva à Stockholm le lendemain d'assez
bonne heure, et trouva, à la porte de Mme Plorman, où
il descendit, le sénateur Oxtiern, qui présenta la main
à Ernestine; quoiqu'il y eût quelques années que le
colonel n'eût vu sa parente, il n'en fut pas moins bien
reçu; mais il fut aisé de s'apercevoir que la protection
du sénateur avait prodigieusement influé sur cet
excellent accueil; Ernestine fut admirée, caressée; la
tante assura que cette charmante nièce éclipserait
toutes les beautés de la capitale, et, dès le même jour,

les arrangements furent pris pour lui procurer tous les plaisirs possibles, afin de l'étourdir, de l'enivrer et de lui faire oublier son amant.

La maison de la Plorman était naturellement solitaire ; cette femme, déjà vieille, et naturellement avare, voyait assez peu de monde ; et c'était peut-être en raison de cela que le comte, qui la connaissait, n'avait été nullement fâché du choix d'habitation que le colonel avait fait.

Il y avait, chez Mme Plorman, un jeune officier du régiment des Gardes, qui lui appartenait d'un degré de plus près qu'Ernestine, et qui, par conséquent, avait plus de droit qu'elle à la succession ; on le nommait Sindersen, bon sujet, brave garçon, mais naturellement peu porté pour des parents qui, plus éloignés que lui de sa tante, paraissaient néanmoins former sur elle les mêmes prétentions. Ces raisons établirent un peu de froid entre lui et les Sanders ; cependant il fit politesse à Ernestine, vécut avec le colonel, et sut déguiser, sous ce vernis du monde qu'on nomme politesse, les sentiments peu tendres qui devaient tenir la première place dans son cœur.

Mais laissons le colonel s'établir, et retournons à Nordkoping, pendant qu'Oxtiern met tout en œuvre pour amuser le père, pour éblouir la fille, et pour réussir enfin aux perfides projets dont il espère son triomphe.

Huit jours après le départ d'Ernestine, les négociants de Hambourg parurent, et réclamèrent les cent mille ducats dont la Scholtz leur était redevable ; cette somme, sans aucun doute, devait se trouver dans la caisse d'Herman ; mais la friponnerie était déjà faite, et par le moyen des doubles clefs, les fonds avaient

disparu ; Mme Scholtz, qui avait retenu les négociants à
dîner, fait aussitôt avertir Herman de préparer les
espèces, attendu que ses hôtes veulent s'embarquer dès
le même soir pour Stockholm. Herman depuis longtemps n'avait visité cette caisse, mais sûr que les fonds
doivent y être, il ouvre avec confiance, et tombe
presque évanoui quand il s'aperçoit du larcin qu'on lui
a fait ; il court chez sa protectrice...

— Oh ! madame, s'écrie-t-il éperdu, nous sommes
volés.

— Volés, mon ami ?... Personne n'est entré chez
moi, et je réponds de ma maison.

— Il faut pourtant bien que quelqu'un soit entré,
madame, il le faut bien, puisque les fonds n'y sont
plus... et que vous devez être sûre de moi.

— Je pouvais l'être autrefois, Herman, mais quand
l'amour tourne l'esprit d'un garçon tel que vous, tous
les vices, avec cette passion, doivent s'introduire dans
son cœur... Malheureux jeune homme, prenez garde à
ce que vous avez pu faire ; j'ai besoin de mes fonds
dans l'instant ; si vous êtes coupable, avouez-le-moi...
mais si vous avez tort, et que vous ne vouliez rien dire,
vous ne serez peut-être pas le seul que j'envelopperai
dans cette fatale affaire... Ernestine partie pour Stockholm au moment où mes fonds disparaissent... qui
sait si elle est encore dans le royaume ?... elle vous
précède... c'est un enlèvement projeté.

— Non, madame, non, vous ne croyez pas ce que
vous venez de dire, répond Herman avec fermeté...
vous ne le croyez pas, madame, ce n'est point par une
telle somme qu'un fripon débute ordinairement, et les
grands crimes, dans le cœur de l'homme, sont toujours
précédés par des vices. Qu'avez-vous vu de moi

jusqu'à présent qui doive vous faire croire que je puisse être capable d'une telle malversation ? Si je vous avais volé, serais-je encore dans Nordkoping ? Ne m'avez-vous pas averti depuis huit jours que vous deviez escompter cet argent ? Si je l'avais pris, aurais-je eu le front d'attendre paisiblement ici l'époque où ma honte se dévoilerait ? Cette conduite est-elle vraisemblable, et devez-vous me la supposer ?

— Ce n'est pas à moi qu'il appartient de rechercher les raisons qui peuvent vous excuser, quand je suis lésée de votre crime, Herman ; je n'établis qu'un fait, vous êtes chargé de ma caisse, vous seul en répondez, elle est vide quand j'ai besoin des fonds qui doivent s'y trouver, les serrures ne sont point endommagées, aucun de mes gens ne disparaît, ce vol, sans effraction, sans vestiges, ne peut donc être l'ouvrage que de celui qui possède les clefs ; pour la dernière fois, consultez-vous, Herman, je retiendrai ces négociants encore vingt-quatre heures ; demain, mes fonds... ou la justice me répond de vous.

Herman se retire dans un désespoir plus facile à sentir qu'à peindre ; il fondait en larmes, il accusait le ciel de le laisser vivre pour autant d'infortunes. Deux partis s'offrent à lui... fuir, ou se brûler la cervelle... mais il ne les a pas plus tôt formés, qu'il les rejette avec horreur... Mourir sans être justifié... sans avoir détruit des soupçons qui désoleraient Ernestine ; pourrait-elle jamais se consoler d'avoir donné son cœur à un homme capable d'une telle bassesse ? Son âme délicate ne soutiendrait pas le poids de cette infamie, elle en expirerait de douleur... Fuir était s'avouer coupable ; peut-on consentir à l'apparence d'un crime qu'on est aussi loin de commettre ? Herman aime mieux se livrer

à son sort, et réclame par lettres la protection du
sénateur et l'amitié du colonel ; il croyait être sûr du
premier, et ne doutait sûrement pas du second. Il leur
écrit le malheur affreux qui lui arrive, il les convainc de
son innocence, fait surtout sentir au colonel combien
une pareille aventure devient funeste pour lui, avec
une femme dont le cœur pétri de jalousie ne manquera
pas de saisir cette occasion pour l'anéantir. Il lui
demande les conseils les plus prompts dans cette fatale
circonstance, et se livre aux décrets du ciel, osant se
croire sûr que leur équité n'abandonnerait pas l'innocence.

Vous imaginez aisément que notre jeune homme dut
passer une nuit affreuse ; dès le matin, la Scholtz le fit
venir dans son appartement.

— Eh bien ! mon ami, lui dit-elle, avec l'air de la
candeur et de l'aménité, êtes-vous prêt à confesser vos
erreurs, et vous décidez-vous enfin à me dire la cause
d'un procédé si singulier de votre part ?

— Je me présente, et livre ma personne pour toute
justification, madame, répond le jeune homme avec
courage ; je ne serais pas resté chez vous si j'étais
coupable, vous m'avez laissé le temps de fuir, je
l'aurais fait.

— Peut-être n'eussiez-vous pas été loin sans être
suivi, et cette évasion achevait de vous condamner ;
votre fuite prouvait un fripon très novice, votre fermeté
m'en fait voir un qui n'est pas à son coup d'essai.

— Nous ferons nos comptes quand vous voudrez,
madame ; jusqu'à ce que vous y ayez trouvé des
erreurs, vous n'êtes pas en droit de me traiter ainsi, et
moi je le suis de vous prier d'attendre des preuves plus
sûres, avant de flétrir ma probité.

— Herman, est-ce là ce que je devais espérer d'un jeune homme que j'avais élevé, et sur qui je fondais toutes mes espérances?

— Vous ne répondez point, madame; ce subterfuge m'étonne, il me ferait presque naître des doutes.

— Ne m'irritez pas, Herman, ne m'irritez pas, quand vous ne devez chercher qu'à m'attendrir... (Et reprenant avec chaleur) Ignores-tu, cruel, les senti-ments que j'ai pour toi? quel serait donc, d'après cela, l'être le plus disposé à cacher tes torts?... T'en chercherais-je, quand je voudrais, au prix de mon sang, anéantir ceux que tu as?... Écoute, Herman, je puis tout réparer, j'ai dans la banque de mes corres-pondants dix fois plus qu'il n'est nécessaire pour couvrir cette faute... Avoue-la, c'est tout ce que je te demande... consens à m'épouser, tout s'oublie.

— Et j'achèterais le malheur de mes jours au prix d'un affreux mensonge?

— Le malheur de tes jours, perfide? quoi! c'est ainsi que tu regardes les nœuds où je prétends, quand je n'ai qu'un mot à dire pour te perdre à jamais?

— Vous n'ignorez pas que mon cœur n'est plus à moi, madame; Ernestine le possède en entier; tout ce qui troublerait le dessein que nous avons d'être l'un à l'autre ne peut devenir qu'affreux pour moi.

— Ernestine?... n'y compte plus, elle est déjà l'épouse d'Oxtiern.

— Elle?... cela ne se peut, madame, j'ai sa parole et son cœur; Ernestine ne saurait me tromper.

— Tout ce qui s'est fait était convenu, le colonel s'y prêtait.

— Juste ciel! Eh bien! je vais donc m'éclairer moi-même, je vole de ce pas à Stockholm... j'y verrai

Ernestine, je saurai d'elle si vous m'en imposez ou non... que dis-je ? Ernestine avoir pu trahir son amant ! non, non... son cœur ne vous est pas connu, puisqu'il vous est possible de le croire ; l'astre du jour cesserait de nous éclairer, plutôt qu'un tel forfait eût pu souiller son âme.

Et le jeune homme, à ces mots, veut s'élancer hors de la maison... Mme Scholtz, le retenant :

— Herman, vous allez vous perdre ; écoutez-moi, mon ami, c'est pour la dernière fois que je vous parle... Faut-il vous le dire ? six témoins déposent contre vous ; on vous a vu sortir mes fonds du logis, on sait l'emploi que vous en avez fait ; vous vous êtes méfié du comte Oxtiern ; muni de ces cent mille ducats, vous deviez enlever Ernestine et la conduire en Angleterre... La procédure est commencée, je vous le répète, je puis tout arrêter d'un mot... voilà ma main, Herman, acceptez-la, tout est réparé.

— Assemblage d'horreurs et de mensonges ! s'écrie Herman, regarde comme la fraude et l'inconséquence éclatent dans tes paroles ! Si Ernestine est, comme tu le dis, l'épouse du sénateur, je n'ai donc pas dû voler pour elle les sommes qui te manquent, et si j'ai pris cet argent pour elle, il est donc faux qu'elle soit l'épouse du comte ; dès que tu peux mentir avec tant d'impudence, tout ceci n'est qu'un piège où ta méchanceté veut me prendre ; mais je trouverai... j'ose m'en flatter au moins, des moyens de rétablir l'honneur que tu veux m'enlever, et ceux qui convaincront de mon innocence prouveront en même temps tous les crimes où tu te livres pour te venger de mes dédains.

Il dit : et repoussant les bras de la Scholtz, qui s'ouvrent pour le retenir encore, il se jette aussitôt dans

la rue avec le projet d'aller à Stockholm... Le malheureux ! il est loin d'imaginer que ses chaînes sont déjà
tendues... dix hommes le saisissent à la porte du logis,
et le traînent ignominieusement dans la prison des
scélérats, aux regards mêmes de la féroce créature qui
le perd, et qui semble jouir, en le conduisant des yeux,
de l'excès du malheur où sa rage effrénée vient
d'engloutir ce misérable.

— Eh bien ! dit Herman, en se voyant dans le séjour
du crime... et trop souvent de l'injustice, puis-je défier
le ciel, à présent, d'inventer des maux qui puissent
déchirer mon âme avec plus de fureur ? Oxtiern...
perfide Oxtiern, toi seul as conduit cette trame, et je ne
suis ici que la victime de la jalousie, de tes complices et
de toi... Voilà donc comme les hommes peuvent
passer, en un instant, au dernier degré de l'humiliation
et du malheur ! j'imaginais que le crime seul pouvait
les avilir jusqu'à ce point... Non... il ne s'agit que
d'être soupçonné pour être déjà criminel, il ne s'agit
que d'avoir des ennemis puissants pour être anéanti !
mais toi, mon Ernestine... toi dont les serments
consolent encore mon cœur, le tien me reste-t-il, au
moins, dans l'infortune ? ton innocence égale-t-elle la
mienne ? et n'as-tu pas trempé dans tout ceci ?... Ô
juste ciel ! quels odieux soupçons ! je suis plus oppressé
d'avoir pu les former un instant, que je ne suis anéanti
de tous mes autres maux... Ernestine coupable...
Ernestine avoir trahi son amant !... Jamais la fraude et
l'imposture naquirent-elles au fond de cette âme
sensible ?... Et ce tendre baiser que je savoure encore...
ce seul et doux baiser que j'ai reçu d'elle, peut-il avoir
été cueilli sur une bouche qu'aurait avili le mensonge ?... Non, non, chère âme, non... on nous trompe

tous deux... Comme ils vont profiter de ma situation, ces monstres, pour me dégrader dans ton esprit !... Ange du ciel, ne te laisse pas séduire à l'artifice des hommes, et que ton âme, aussi pure que le Dieu dont elle émane, soit à l'abri, comme son modèle, des iniquités de la terre !

Une douleur muette et sombre s'empare de ce malheureux ; à mesure qu'il se pénètre de l'horreur de son sort, le chagrin qu'il éprouve devient d'une telle force qu'il se débat bientôt au milieu de ses fers ; tantôt c'est à sa justification qu'il veut courir, l'instant d'après, c'est aux pieds d'Ernestine ; il se roule sur le plancher, en faisant retentir la voûte de ses cris aigus... il se relève, il se précipite contre les digues qui lui sont opposées, il veut les rompre de son poids, il se déchire, il est en sang, et retombant près des barrières qu'il n'a seulement point ébranlées, ce n'est plus que par des sanglots et des larmes... que par les secousses du désespoir, que son âme abattue tient encore à la vie.

Il n'y a point de situation dans le monde qui puisse se comparer à celle d'un prisonnier, dont l'amour embrase le cœur ; l'impossibilité de s'éclaircir réalise à l'instant, d'une manière affreuse, tous les maux de ce sentiment ; les traits d'un Dieu si doux dans le monde ne sont plus pour lui que des couleuvres qui le déchirent ; mille chimères l'offusquent à la fois ; tour à tour inquiet et tranquille, tour à tour crédule et soupçonneux, craignant et désirant la vérité, détestant... adorant l'objet de ses feux, l'excusant, et le croyant perfide, son âme, semblable aux flots de la mer en courroux, n'est plus qu'une substance molle, où toutes les passions ne s'imprègnent que pour la consumer plus tôt.

On accourut au secours d'Herman; mais quel funeste service lui rendait-on, en ramenant, sur ses tristes lèvres, la coupe amère de la vie, dont il ne lui restait plus que le fiel !

Sentant la nécessité de se défendre, reconnaissant que l'extrême désir qui le brûlait de revoir Ernestine ne pouvait être satisfait qu'en faisant éclater son innocence, il prit sur lui; l'instruction commença; mais la cause, trop importante pour un tribunal inférieur comme celui de Nordkoping, fut évoquée par-devant les juges de Stockholm. On y transféra le prisonnier... content... s'il est possible de l'être dans sa cruelle situation, consolé de respirer l'air dont s'animait Ernestine.

— Je serai dans la même ville, se disait-il avec satisfaction, peut-être pourrai-je l'instruire de mon sort... on le lui cache sans doute !... peut-être pourrai-je la voir; mais quoi qu'il en puisse arriver, je serai là, moins en butte aux traits dirigés contre moi; il est impossible que tout ce qui approche Ernestine ne soit épuré comme sa belle âme, l'éclat de ses vertus se répand sur tout ce qui l'entoure... ce sont les rayons de l'astre dont la terre est vivifiée... je ne dois rien craindre où elle est.

Malheureux amants, voilà vos chimères !... elles vous consolent, c'est beaucoup; abandonnons-y le triste Herman pour voir ce qui se passait à Stockholm parmi les gens qui nous intéressent.

Ernestine, toujours dissipée, toujours promenée de fête en fête, était bien loin d'oublier son cher Herman, elle ne livrait que ses yeux aux nouveaux spectacles dont on tâchait de l'enivrer; mais son cœur, toujours rempli de son amant, ne respirait que pour lui seul;

elle aurait voulu qu'il partageât ses plaisirs, ils lui devenaient insipides sans Herman, elle le désirait, elle le voyait partout, et la perte de son illusion ne lui rendait la vérité que plus cruelle. L'infortunée était loin de savoir dans quel affreux état se trouvait réduit celui qui l'occupait aussi despotiquement, elle n'en avait reçu qu'une lettre, écrite avant l'arrivée des négociants de Hambourg, et les mesures étaient prises de manière à ce que, depuis lors, elle n'en pût avoir davantage. Quand elle en témoignait son inquiétude, son père et le sénateur rejetaient ces retards sur l'immensité des affaires dont se trouvait chargé le jeune homme, et la tendre Ernestine, dont l'âme délicate craignait la douleur, se laissait doucement aller à ce qui semblait la calmer un peu. De nouvelles réflexions survenaient-elles ? on l'apaisait encore de même, le colonel de bien bonne foi, le sénateur en la trompant ; mais on la tranquillisait, et l'abîme, en attendant, se creusait toujours sous ses pas.

Oxtiern amusait également Sanders, il l'avait introduit chez quelques ministres ; cette considération flattait son orgueil, elle le faisait patienter sur les promesses du comte, qui ne cessait de lui dire que, quelque bonne volonté qu'il eût de l'obliger, tout était fort long à la cour.

Ce dangereux suborneur qui, s'il eût pu réussir d'une autre manière que par les crimes qu'il méditait, se les fût peut-être épargnés, essayait de revenir de temps en temps au langage de l'amour, avec celle qu'il brûlait de corrompre.

— Je me repens quelquefois de mes démarches, disait-il un jour à Ernestine, je sens que le pouvoir de vos yeux détruit insensiblement mon courage ; ma

probité veut vous unir à Herman, et mon cœur s'y
oppose ; ô juste ciel ! pourquoi la main de la nature
plaça-t-elle à la fois tant de grâces dans l'adorable
Ernestine, et tant de faiblesse dans le cœur d'Oxtiern ?
Je vous servirais mieux si vous étiez moins belle, ou
peut-être aurais-je moins d'amour, si vous n'aviez pas
tant de rigueur !

— Comte, dit Ernestine alarmée, je croyais ces
sentiments déjà loin de vous, et je ne conçois pas qu'ils
vous occupent encore !

— C'est rendre à la fois peu de justice à tous deux,
ou que de croire que les impressions que vous produi-
sez puissent s'affaiblir, ou que d'imaginer que quand
c'est mon cœur qui les reçoit, elles puissent n'y pas être
éternelles !

— Peuvent-elles donc s'accorder avec l'honneur ? et
n'est-ce point par ce serment sacré que vous m'avez
promis de ne me conduire à Stockholm que pour
l'avancement de mon père et ma réunion à Herman ?

— Toujours Herman, Ernestine ! Eh quoi ! ce nom
fatal ne sortira point de votre mémoire ?

— Assurément non, sénateur, il sera prononcé par
moi aussi longtemps que l'image chérie de celui qui le
porte embrasera l'âme d'Ernestine, et c'est vous
avertir que la mort en deviendra l'unique terme ; mais,
comte, pourquoi retardez-vous les promesses que vous
m'avez faites ?... je devais, selon vous, revoir bientôt ce
tendre et unique objet de ma flamme, pourquoi donc
ne paraît-il pas ?

— Ses comptes avec la Scholtz, voilà le motif
assurément de ce retard qui vous affecte.

— L'aurons-nous dès après cela ?

— Oui... vous le verrez, Ernestine... je vous pro-

mets de vous le faire voir à quelque point qu'il puisse
m'en coûter... dans quelque lieu que ce puisse être...
vous le verrez certainement... et quelle sera la récompense de mes services ?

— Vous jouirez du charme de les avoir rendus,
comte, c'est la plus flatteuse de toutes pour une âme
sensible.

— L'acheter au prix du sacrifice que vous exigez,
est la payer bien cher, Ernestine ; croyez-vous qu'il soit
beaucoup d'âmes capables d'un tel effort ?

— Plus il vous aura coûté, plus vous serez estimable
à mes yeux.

— Ah ! combien l'estime est froide pour acquitter le
sentiment que j'ai pour vous !

— Mais si c'est le seul que vous puissiez obtenir de
moi, ne doit-il pas vous contenter ?

— Jamais... jamais ! dit alors le comte, en lançant
des regards furieux sur cette malheureuse créature...
(Et se levant aussitôt pour la quitter) Tu ne connais
pas l'âme que tu désespères... Ernestine... fille trop
aveuglée... non, tu ne la connais pas, cette âme, tu ne
sais pas jusqu'où peuvent la conduire et ton mépris et
tes dédains !

Il est facile de croire que ces dernières paroles
alarmèrent Ernestine, elle les rapporta bien vite au
colonel qui, toujours plein de confiance en la probité
du sénateur, fut loin d'y voir le sens dont Ernestine les
interprétait ; le crédule Sanders, toujours ambitieux,
revenait quelquefois au projet de préférer le comte à
Herman ; mais sa fille lui rappelait sa parole ; l'honnête et franc colonel en était esclave, il cédait aux
larmes d'Ernestine, et lui promettait de continuer à
rappeler au sénateur les promesses qu'il leur avait

faites à tous deux, ou de ramener sa fille à Nordkoping, s'il croyait démêler qu'Oxtiern n'eût pas envie d'être sincère.

Ce fut alors que l'un et l'autre de ces honnêtes gens, trop malheureusement trompés, reçurent des lettres de la Scholtz, dont ils s'étaient séparés le mieux du monde. Ces lettres excusaient Herman de son silence, il se portait à merveille, mais accablé d'une reddition de comptes où se rencontrait un peu de désordre, qu'il ne fallait attribuer qu'au chagrin qu'éprouvait Herman d'être séparé de ce qu'il aimait, il était obligé d'emprunter la main de sa bienfaitrice pour donner de ses nouvelles à ses meilleurs amis ; il les suppliait de n'être pas inquiets, parce qu'avant huit jours Mme Scholtz elle-même amènerait, à Stockholm, Herman aux pieds d'Ernestine.

Ces écrits calmèrent un peu cette chère amante, mais ils ne la rassurèrent pourtant pas tout à fait...

— Une lettre est bientôt écrite, disait-elle, pourquoi Herman n'en prenait-il donc pas la peine ? Il devait bien se douter que j'aurais plus de foi en un seul mot de lui, qu'en vingt épîtres d'une femme dont on avait tant de raisons de se méfier.

Sanders rassurait sa fille ; Ernestine, confiante, cédait un instant aux soins que prenait le colonel pour la calmer, et l'inquiétude en traits de feux revenait aussitôt déchirer son âme.

Cependant l'affaire d'Herman se suivait toujours ; mais le sénateur, qui voyait les juges, leur avait recommandé la plus extrême discrétion ; il leur avait prouvé que si la poursuite de ce procès venait à se savoir, les complices d'Herman, ceux qui étaient munis des sommes, passeraient en pays étranger, s'ils n'y étaient pas encore, et qu'au moyen des sûretés qu'ils prendraient, on ne pourrait plus rien recouvrer ; cette raison spécieuse engageait les magistrats au plus grand silence ; ainsi tout se faisait, dans la ville même qu'habitaient Ernestine et son père, sans que l'un et l'autre le sussent, et sans qu'il fût possible que rien en pût venir à leur connaissance.

Telle était à peu près la situation des choses, lorsque le colonel, pour la première fois de sa vie, se trouva engagé à dîner chez le ministre de la Guerre. Oxtiern ne pouvait l'y conduire ; il avait, disait-il, vingt personnes lui-même ce jour-là, mais il ne laissa pas ignorer à Sanders que cette faveur était son ouvrage, et ne manqua pas, en le lui disant, de l'exhorter à ne pas se soustraire à une telle invitation ; le colonel était loin de l'envie d'être inexact, quoiqu'il s'en fallût pourtant bien que ce perfide dîner dût contribuer à son bonheur ; il s'habille donc le plus proprement qu'il peut, recommande sa fille à la Plorman, et se rend chez le ministre.

Il n'y avait pas une heure qu'il y était, lorsque Ernestine vit entrer Mme Scholtz chez elle ; les compliments furent courts.

— Pressez-vous, lui dit la négociante, et volons ensemble chez le comte Oxtiern ; je viens d'y descendre Herman, je suis venue vous avertir à la hâte que votre protecteur et votre amant vous attendent tous deux avec une égale impatience.

— Herman ?

— Lui-même.

— Que ne vous a-t-il pas suivie jusqu'ici ?

— Ses premiers soins ont été pour le comte, il les lui devait sans doute ; le sénateur, qui vous aime, s'im-

mole pour ce jeune homme ; Herman ne lui doit-il pas
de la reconnaissance ?... Ne serait-il pas ingrat d'y
manquer ?... mais vous voyez comme tous deux
m'envoient vers vous avec précipitation... c'est le jour
des sacrifices, mademoiselle, continua la Scholtz, lançant un regard faux sur Ernestine, venez les voir
consommer tous.

Cette malheureuse fille, partagée entre le désir
extrême de voler où on lui disait qu'était Herman, et la
crainte d'une démarche hasardée, en allant chez le
comte pendant l'absence de son père, reste en suspens
sur le parti qu'elle doit prendre ; et comme la Scholtz
pressait toujours, Ernestine crut devoir s'appuyer,
dans un tel cas, du conseil de sa tante Plorman, et lui
demander d'être accompagnée d'elle ou, au moins, de
son cousin Sindersen ; mais celui-ci ne se trouva point
à la maison, et la veuve Plorman, consultée, répondit
que le palais du sénateur était trop honnête pour
qu'une jeune personne eût rien à risquer en y allant ;
elle ajouta que sa nièce devait connaître cette maison,
puisqu'elle y avait été plusieurs fois avec son père, et
que, d'ailleurs, dès qu'Ernestine y allait avec une
dame de l'état et de l'âge de Mme Scholtz, il n'y avait
certainement aucun danger, qu'elle s'y joindrait assurément bien volontiers, si, depuis dix ans, d'horribles
douleurs ne la captivaient chez elle, sans en pouvoir
sortir.

— Mais vous ne risquez rien, ma nièce, continua la
Plorman. Allez en toute sûreté où l'on vous désire ; je
préviendrai le colonel dès qu'il paraîtra, afin qu'il vous
aille aussitôt retrouver.

Ernestine, enchantée d'un conseil qui s'accordait
aussi bien avec ses vues, s'élance dans la voiture de la

Scholtz, et toutes deux arrivent chez le sénateur, qui
vient les recevoir à la porte même de son hôtel.

— Accourez, charmante Ernestine, dit-il en lui
donnant la main, venez jouir de votre triomphe, du
sacrifice de Madame et du mien, venez vous convaincre que la générosité, dans des âmes sensibles,
l'emporte sur tous les sentiments...

Ernestine ne se contenait plus, son cœur palpitait
d'impatience, et si l'espoir du bonheur embellit, jamais
Ernestine sans doute n'avait été plus digne des hommages de l'univers entier... Quelques circonstances
l'alarmèrent pourtant, et ralentirent la douce émotion
dont elle était saisie ; quoiqu'il fît grand jour, pas un
valet ne paraissait dans cette maison... un silence
lugubre y régnait ; on ne disait mot, les portes se
refermaient avec soin, aussitôt qu'on les avait dépas-
sées ; l'obscurité devenait toujours plus profonde à
mesure que l'on avançait ; et ces précautions effrayèrent tellement Ernestine qu'elle était presque évanouie
quand elle entra dans la pièce où l'on voulait la
recevoir ; elle y arrive enfin ; ce salon, assez vaste,
donnait sur la place publique ; mais les fenêtres étaient
closes absolument de ce côté, une seule, sur les
derrières, faiblement entrouverte, laissait pénétrer
quelques rayons à travers les jalousies baissées sur elle,
et personne n'était dans cette pièce quand Ernestine y
parut. L'infortunée respirait à peine ; voyant bien
pourtant que sa sûreté dépendait de son courage :

— Monsieur, dit-elle avec sang-froid, que signifient
cette solitude, ce silence effrayant... ces portes que l'on
ferme avec tant de soin, ces fenêtres qui laissent un
léger accès à la lumière ? Tant de précautions sont
faites pour m'alarmer ; où est Herman ?

— Asseyez-vous, Ernestine, dit le sénateur en la plaçant entre la Scholtz et lui... calmez-vous, et écoutez-moi. Il s'est passé bien des choses, ma chère, depuis que vous avez quitté Nordkoping ; celui à qui vous aviez donné votre cœur a malheureusement prouvé qu'il n'était pas digne de le posséder.

— Ô ciel ! vous m'effrayez.

— Votre Herman n'est qu'un scélérat, Ernestine : il s'agit de savoir si vous n'avez point participé au vol considérable qu'il a fait à Mme Scholtz ; on vous soupçonne.

— Comte, dit Ernestine en se levant, avec autant de noblesse que de fermeté, votre artifice est découvert. Je sens mon imprudence... je suis une fille perdue... je suis dans les mains de mes plus grands ennemis... je n'éviterai pas le malheur qui m'attend...

Et tombant à genoux, les bras élevés vers le ciel :

— Être suprême ! s'écria-t-elle, je n'ai plus que toi pour protecteur, n'abandonne pas l'innocence aux mains dangereuses du crime et de la scélératesse !

— Ernestine, dit Mme Scholtz en la relevant, et l'asseyant malgré elle sur le siège qu'elle venait de quitter, il ne s'agit pas de prier Dieu ici, il est question de répondre. Le sénateur ne vous en impose point : votre Herman m'a volé cent mille ducats, et il était à la veille de venir vous enlever, lorsque tout s'est heureusement su. Herman est arrêté, mais les fonds ne se trouvent pas, il nie de les avoir distraits ; voilà ce qui a fait croire que ces fonds étaient déjà dans vos mains ; cependant l'affaire d'Herman prend la plus mauvaise tournure, des témoins déposent contre lui ; plusieurs particuliers de Nordkoping l'ont vu sortir la nuit de ma maison avec des sacs sous son manteau ; le délit enfin est plus que prouvé, et votre amant est dans les mains de la justice.

Ernestine. — Herman coupable ! Ernestine soupçonnée ! Et vous l'avez cru, monsieur ?... vous avez pu le croire ?

Le comte. — Nous n'avons, Ernestine, ni le temps de discuter cette affaire, ni celui de songer à autre chose qu'à y porter le plus prompt remède ; sans vous en parler, sans vous affliger en vain, j'ai tout voulu voir avant que d'en venir à la démarche que vous me voyez faire aujourd'hui ; il n'y a contre vous que des soupçons, voilà pourquoi je vous ai garanti l'horreur d'une humiliante captivité ; je le devais à votre père, à vous, je l'ai fait ; mais pour Herman, il est coupable... il y a pis, ma chère, je ne vous dis ce mot qu'en tremblant... il est condamné...

(Et Ernestine pâlissant). — Condamné, lui... Herman... l'innocence même !... Ô juste ciel !

— Tout peut se réparer, Ernestine, reprend vivement le sénateur en la soutenant dans ses bras, tout peut se réparer, vous dis-je... ne résistez point à ma flamme, accordez-moi sur-le-champ les faveurs que j'exige de vous, je cours trouver les juges... ils sont là, Ernestine, dit Oxtiern en montrant le côté de la place, ils sont assemblés pour terminer cette cruelle affaire... J'y vole... je leur porte les cent mille ducats, j'atteste que l'erreur vient de moi, et Mme Scholtz, qui se désiste de toute poursuite envers Herman, certifie de même que c'est dans les comptes faits dernièrement ensemble que cette somme a fait double emploi ; en un mot, je sauve votre amant... je fais plus, je vous tiens la parole que je vous ai donnée, huit jours après je vous rends son épouse... Prononcez, Ernestine, et surtout ne

perdons pas de temps... songez à la somme que je
sacrifie... au crime dont vous êtes soupçonnée... à
l'affreuse position d'Herman... au bonheur qui vous
attend, enfin, si vous satisfaites mes désirs.

Ernestine. — Moi, me livrer à de telles horreurs !
acheter à ce prix la rémission d'un crime dont Herman
ni moi ne fûmes jamais coupables !

Le comte. — Ernestine, vous êtes en ma puissance ; ce
que vous craignez peut avoir lieu sans capitulation ; je
fais donc plus pour vous que je ne devrais faire, en
vous rendant celui que vous aimez, aux conditions
d'une faveur que je puis obtenir sans cette clause... Le
moment presse... dans une heure, il ne sera plus
temps... dans une heure, Herman sera mort, sans que
vous en soyez moins déshonorée... songez que vos refus
perdent votre amant, sans sauver votre pudeur, et que
le sacrifice de cette pudeur, dont l'estime est imaginaire, redonne la vie à celui qui vous est précieux...
que dis-je, le rend dans vos bras à l'instant... Fille
crédule et faussement vertueuse, tu ne peux balancer
sans une faiblesse condamnable... tu ne le peux sans
un crime certain ; en accordant, tu ne perds qu'un bien
illusoire... en refusant, tu sacrifies un homme, et cet
homme, immolé par toi, c'est celui qui t'est le plus cher
au monde... Détermine-toi, Ernestine, détermine-toi,
je ne te donne plus que cinq minutes.

Ernestine. — Toutes mes réflexions sont faites, monsieur ; jamais il n'est permis de commettre un crime
pour en empêcher un autre. Je connais assez mon
amant pour être certaine qu'il ne voudrait pas jouir
d'une vie qui m'aurait coûté l'honneur, à plus forte
raison ne m'épouserait-il pas après ma flétrissure ; je
me serais donc rendue coupable, sans qu'il en devînt

plus heureux, je le serais devenue sans le sauver, puisqu'il ne survivrait assurément pas à un tel comble d'horreur et de calomnie ; laissez-moi donc sortir, monsieur, ne vous rendez pas plus criminel que je ne vous soupçonne de l'être déjà... j'irai mourir près de mon amant, j'irai partager son effroyable sort, je périrai, du moins, digne d'Herman, et j'aime mieux mourir vertueuse que de vivre dans l'ignominie...

Alors le comte entre en fureur :

— Sortir de chez moi ! dit-il, embrasé d'amour et de rage, t'en échapper avant que je ne sois satisfait, ne l'espère pas, ne t'en flatte pas, farouche créature... la foudre écraserait plutôt la terre, que je ne te rendisse libre avant que de t'avoir fait servir à ma flamme ! dit-il en prenant cette infortunée dans ses bras...

Ernestine veut se défendre... mais en vain... Oxtiern est un frénétique dont les entreprises font horreur...

— Un moment... un moment... dit la Scholtz, sa résistance vient peut-être de ses doutes ?

— Cela se peut, dit le sénateur, il faut la convaincre...

Et prenant Ernestine par la main, il la traîne vers une des fenêtres qui donnaient sur la place, ouvre avec précipitation cette fenêtre[8].

— Tiens, perfide ! lui dit-il, vois Herman et son échafaud.

Là se trouvait effectivement dressé ce théâtre sanglant, et le misérable Herman, prêt à perdre la vie, y paraissait aux pieds d'un confesseur... Ernestine le reconnaît... elle veut faire un cri... elle s'élance... ses organes s'affaiblissent... tous ses sens l'abandonnent, elle tombe comme une masse.

Tout précipite alors les perfides projets d'Oxtiern...

il saisit cette malheureuse, et, sans effroi pour l'état où elle est, il ose consommer son crime, il ose faire servir à l'excès de sa rage la respectable créature que l'abandon du ciel soumet injustement au plus affreux délire. Ernestine est déshonorée sans avoir recouvré ses sens ; le même instant a soumis au glaive des lois l'infortuné rival d'Oxtiern, Herman n'est plus.

A force de soins, Ernestine ouvre enfin les yeux ; le premier mot qu'elle prononce est *Herman ;* son premier désir est un poignard... elle se lève, elle retourne à cette horrible fenêtre, encore entr'ouverte, elle veut s'y précipiter, on s'y oppose ; elle demande son amant, on lui dit qu'il n'existe plus, et qu'elle est seule coupable de sa mort... elle frémit... elle s'égare, des mots sans suite sortent de sa bouche... des sanglots les interrompent... il n'y a que ses pleurs qui ne peuvent couler... ce n'est qu'alors qu'elle s'aperçoit qu'elle vient d'être la proie d'Oxtiern... elle lance sur lui des regards furieux.

— C'est donc toi, scélérat, dit-elle, c'est donc toi qui viens de me ravir à la fois l'honneur et mon amant ?

— Ernestine, tout peut se réparer, dit le comte.

— Je le sais, dit Ernestine, et tout se réparera sans doute ; mais puis-je sortir enfin ? ta rage est-elle assouvie ?

— Sénateur, s'écrie la Scholtz, ne laissons pas échapper cette fille... elle nous perdra ; que nous importe la vie de cette créature ?... qu'elle la perde, et que sa mort mette nos jours en sûreté.

— Non, dit le comte, Ernestine sent qu'avec nous les plaintes ne serviraient à rien ; elle a perdu son amant, mais elle peut tout pour la fortune de son père ; qu'elle se taise, et le bonheur encore peut luire pour elle.

— Des plaintes, sénateur, moi, des plaintes !...
Madame peut imaginer que j'en veuille faire ; oh ! non,
il est une sorte d'outrage dont une femme ne doit
jamais se plaindre... elle ne le pourrait sans s'avilir
elle-même, et des aveux, dont elle serait forcée de
rougir, alarmeraient bien plus sa pudeur que les
réparations qu'elle en recevrait ne satisferaient sa
vengeance. Ouvrez-moi, sénateur, ouvrez-moi, et
comptez sur ma discrétion.

— Ernestine, vous allez être libre... je vous le
répète, votre sort est entre vos mains.

— Je le sais, reprit fièrement Ernestine, ce sont elles
qui vont me l'assurer.

— Quelle imprudence ! s'écria la Scholtz ; oh !
comte, je n'aurais jamais consenti de partager un
crime avec vous, si je vous avais cru tant de faiblesse.

— Ernestine ne nous trahira point, dit le comte, elle
sait que je l'aime encore... elle sait que l'hymen peut
être le prix de son silence.

— Ah ! ne craignez rien, ne craignez rien, dit
Ernestine en montant dans la voiture qui l'attendait,
j'ai trop d'envie de réparer mon honneur, pour m'avilir par des moyens si bas... vous serez content de ceux
que j'emploierai, comte ; ils nous honoreront l'un et
l'autre. Adieu.

Ernestine se rend chez elle... elle s'y rend au milieu
de cette place où son amant vient de périr ; elle y
traverse la foule qui vient de repaître ses yeux de cet
effrayant spectacle ; son courage la soutient, ses résolutions lui donnent des forces ; elle arrive, son père
rentrait au même instant ; le perfide Oxtiern avait eu
soin de le faire retenir tout le temps utile à son crime...
Il voit sa fille échevelée... pâle, le désespoir dans l'âme,

mais l'œil sec néanmoins, la contenance fière et la
parole ferme.

— Enfermons-nous, mon père, j'ai à vous parler.

— Ma fille, tu me fais frémir... qu'est-il arrivé? tu
es sortie pendant mon absence... on parle de l'exécution d'un jeune homme de Nordkoping... je suis rentré
dans un trouble... dans une agitation, explique-toi... la
mort est dans mon sein.

— Écoutez-moi, mon père... retenez vos larmes...
(et se jetant dans les bras du colonel) : nous n'étions
pas nés pour être heureux, mon père ; il est de certains
êtres que la nature ne crée que pour les laisser flotter
de malheurs en malheurs, le peu d'instants qu'ils
doivent exister sur la terre ; tous les individus ne
doivent pas prétendre à la même portion de félicité, il
faut se soumettre aux volontés du ciel ; votre fille vous
reste au moins, elle consolera votre vieillesse, elle en
sera l'appui... Le malheureux jeune homme de Nordkoping, dont vous venez d'entendre parler, est Herman, il vient de périr sur un échafaud, sous mes yeux...
oui, mon père, sous mes yeux... on a voulu que je le
visse... je l'ai vu... il est mort victime de la jalousie de
la Scholtz et de la frénésie d'Oxtiern... Ce n'est pas
tout, mon père, je voudrais n'avoir à vous apprendre
que la perte de mon amant, j'en ai une plus cruelle
encore... votre fille ne vous est rendue que déshonorée... Oxtiern... pendant qu'on immolait une de ses
victimes... le scélérat flétrissait l'autre.

Sanders, se levant ici avec fureur :

— C'en est assez, dit-il, je sais mon devoir ; le fils du
brave ami de Charles XII n'a pas besoin qu'on lui
apprenne comment il faut se venger d'un traître ; dans
une heure, je serai mort, ma fille, ou tu seras satisfaite.

— Non, mon père, non, dit Ernestine en empêchant le colonel de sortir, j'exige, au nom de tout ce qui peut vous être le plus cher, que vous n'embrassiez pas vous-même cette vengeance. Si j'avais le malheur de vous perdre, pensez-vous à l'horreur de mon sort ? restée seule sans appui... aux mains perfides de ces monstres, croyez-vous qu'ils ne m'auraient pas bientôt immolée ?... Vivez donc pour moi, mon père, pour votre chère fille, qui, dans l'excès de sa douleur, n'a plus que vous pour secours et pour consolation... n'a plus que vos mains dans le monde qui puissent essuyer ses larmes... Écoutez mon projet ; il s'agit ici d'un léger sacrifice, qui peut-être même deviendra superflu, si mon cousin Sindersen a de l'âme : la crainte que ma tante ne nous préfère dans son testament est la seule raison qui met un peu de froid entre lui et nous ; je vais dissiper sa frayeur, je vais lui signer une entière renonciation à ce legs, je vais l'intéresser à ma cause ; il est jeune, il est brave... il est militaire comme vous, il ira trouver Oxtiern, il lavera mon injure dans le sang de ce traître, et, comme il faut que nous soyons satisfaits, s'il succombe, mon père, je ne retiendrai plus votre bras ; vous irez à votre tour chercher le sénateur, et vous vengerez à la fois l'honneur de votre fille et la mort de votre neveu ; de cette manière, le scélérat qui m'a trompée aura deux ennemis au lieu d'un ; saurions-nous trop les multiplier contre lui ?

— Ma fille, Sindersen est bien jeune pour un ennemi tel qu'Oxtiern.

— Ne craignez rien, mon père, les traîtres sont toujours des lâches, la victoire n'est pas difficile... ah ! qu'il s'en faut que je la regarde comme telle !... cet arrangement... je l'exige... j'ai quelques droits sur

vous, mon père, mon malheur me les donne, ne me
refusez pas la grâce que j'implore... c'est à vos pieds
que je la demande.

— Tu le veux, j'y consens, dit le colonel en relevant
sa fille, et ce qui me fait céder à tes désirs, c'est la
certitude de multiplier par là, comme tu le dis, les
ennemis de celui qui nous déshonore.

Ernestine embrasse son père, et vole aussitôt vers
son parent ; elle revient peu après.

— Sindersen est tout prêt, mon père, dit-elle au
colonel ; mais, à cause de sa tante, il vous prie
instamment de ne rien dire ; cette parente ne se
consolerait pas du conseil qu'elle m'a donné d'aller
chez le comte, elle était dans la bonne foi ; Sindersen
est donc d'avis de cacher tout à la Plorman, lui-même
vous évitera jusqu'à la conclusion, vous l'imiterez.

— Bon, dit le colonel, qu'il vole à la vengeance... je
le suivrai de près...

Tout se calme... Ernestine se couche tranquille en
apparence, et le lendemain, de bonne heure, le comte
Oxtiern reçoit une lettre d'une main étrangère, où se
trouvaient seulement ces mots :

*Un crime atroce ne se commet pas sans punition, une injustice
odieuse ne se consomme pas sans vengeance, une fille honnête ne
se déshonore pas, qu'il n'en coûte la vie au séducteur ou à celui
qui doit la venger. A dix heures, ce soir, un officier, vêtu de
rouge, se promènera près du port, l'épée sous le bras : il espère
vous y rencontrer ; si vous n'y venez pas, ce même officier,
demain, ira vous brûler la cervelle chez vous.*

Un valet sans livrée porte la lettre, et comme il avait
ordre de rapporter une réponse, il rend le même billet,

avec simplement au bas ces trois mots : *On y sera*.

Mais le perfide Oxtiern avait trop intérêt de savoir ce qui s'était passé chez la Plorman depuis le retour d'Ernestine, pour n'avoir pas employé à prix d'or tous les moyens qui devaient l'en instruire. Il apprend quel doit être l'officier vêtu de rouge ; il sait, de même, que le colonel a dit à son valet de confiance de lui préparer un uniforme anglais, parce qu'il veut se déguiser, pour suivre celui qui doit venger sa fille, afin de n'être point reconnu de ce vengeur et de prendre sur-le-champ sa défense si par hasard il est vaincu ; en voilà plus qu'il n'en faut à Oxtiern pour construire un nouvel édifice d'horreur.

La nuit vient, elle était extrêmement sombre, Ernestine avertit son père que Sindersen sortira dans une heure, et que, dans l'accablement où elle est, elle lui demande la permission de se retirer ; le colonel, bien aise d'être seul, donne le bonsoir à sa fille, et se prépare à suivre celui qui doit se battre pour elle ; il sort... il ignore comme sera vêtu Sindersen, Ernestine n'a pas montré le cartel ; pour ne pas manquer au mystère exigé par ce jeune homme, et ne donner aucun soupçon à sa fille, il n'a voulu faire aucune demande. Que lui importe ? il avance toujours, il sait le lieu du combat, il est bien sûr d'y reconnaître son neveu. Il arrive à l'endroit indiqué ; personne ne paraît encore ; il se promène ; en ce moment, un inconnu l'aborde, sans armes, et le chapeau bas.

— Monsieur, lui dit cet homme, n'êtes-vous pas le colonel Sanders ?

— Je le suis.

— Préparez-vous donc, Sindersen vous a trahi, il ne se battra point contre le comte ; mais ce dernier me suit, et c'est contre vous seul qu'il aura affaire.

— Dieu soit loué! dit le colonel avec un cri de joie, c'est tout ce que je désirais dans le monde.

— Vous ne direz mot, monsieur, s'il vous plaît, reprend l'inconnu; cet endroit-ci n'est pas très sûr, le sénateur a beaucoup d'amis: peut-être accourrait-on pour vous séparer... il ne veut pas l'être, il veut vous faire une pleine satisfaction... Attaquez donc vivement, et sans dire un mot, l'officier vêtu de rouge qui s'avancera vers vous de ce côté.

— Bon, dit le colonel, éloignez-vous promptement, je brûle d'être aux mains...

L'inconnu se retire; Sanders fait encore deux tours, il distingue enfin, au milieu des ténèbres, l'officier vêtu de rouge s'avançant fièrement vers lui, il ne doute point que ce ne soit Oxtiern, il fond sur lui l'épée à la main, sans dire un mot, de peur d'être séparé; le militaire se défend de même sans prononcer une parole, et avec une incroyable bravoure; sa valeur cède enfin aux vigoureuses attaques du colonel, et le malheureux tombe, expirant sur la poussière; un cri de femme échappe en cet instant, ce funeste cri perce l'âme de Sanders... il approche... il distingue des traits bien différents de l'homme qu'il croit combattre... Juste ciel!... il reconnaît sa fille... c'est elle, c'est la courageuse Ernestine qui a voulu périr ou se venger elle-même, et qui, déjà noyée dans son sang, expire de la main de son père.

— Jour affreux pour moi! s'écrie le colonel... Ernestine, c'est toi que j'immole! quelle méprise!... quel en est l'auteur?...

— Mon père, dit Ernestine d'une voix faible, en pressant le colonel dans ses bras, je ne vous ai pas connu, excusez-moi, mon père, j'ai osé m'armer contre vous... daignerez-vous me pardonner ?

— Grand Dieu ! quand c'est ma main qui te plonge au tombeau ! ô chère âme, par combien de traits envenimés le ciel veut-il donc nous écraser à la fois !

— Tout ceci est encore l'ouvrage du perfide Oxtiern... Un inconnu m'a abordée, il m'a dit, de la part de ce monstre, d'observer le plus grand silence, de crainte d'être séparé, et d'attaquer celui qui serait vêtu comme vous l'êtes, que celui-là seul serait le comte... Je l'ai cru, ô comble affreux de perfidie !... j'expire... mais je meurs au moins dans vos bras : cette mort est la plus douce que je puisse recevoir, après tout les maux qui viennent de m'accabler ; embrassez-moi mon père, et recevez les adieux de votre malheureuse Ernestine.

L'infortunée expire après ces mots ; Sanders la baigne de ses larmes... mais la vengeance apaise la douleur. Il quitte ce cadavre sanglant pour implorer les lois... mourir... ou perdre Oxtiern... ce n'est qu'aux juges qu'il veut avoir recours... il ne doit plus... il ne peut plus se compromettre avec un scélérat, qui le ferait assassiner, sans doute, plutôt que de se mesurer à lui ; encore couvert du sang de sa fille, le colonel tombe aux pieds des magistrats, il leur expose l'affreux enchaînement de ses malheurs, il leur dévoile les infamies du comte... il les émeut, il les intéresse, il ne néglige pas, surtout, de leur faire voir combien les stratagèmes du traître dont il se plaint les ont abusés dans le jugement d'Herman... On lui promet qu'il sera vengé.

Malgré tout le crédit dont s'était flatté le sénateur, il est arrêté dès la même nuit. Se croyant sûr de l'effet de ses crimes, ou mal instruit sans doute par ses espions, il reposait avec tranquillité ; on le trouve dans les bras de la Scholtz, les deux monstres[9] se félicitaient ensemble de la manière affreuse dont ils croyaient s'être vengés ; ils sont conduits l'un et l'autre dans les prisons de la justice. Le procès s'instruit avec la plus grande rigueur... l'intégrité la plus entière y préside ; les deux coupables se coupent dans leur interrogatoire... ils se condamnent mutuellement l'un et l'autre... La mémoire d'Herman est réhabilitée, la Scholtz va payer l'horreur de ses forfaits, sur le même échafaud où elle avait fait mourir l'innocent.

Le sénateur fut condamné à la même peine ; mais le roi en adoucit l'horreur par un bannissement perpétuel au fond des mines.

Gustave offrit sur le bien des coupables dix mille ducats de pension au colonel, et le grade de général à son service ; mais Sanders n'accepta rien.

— Sire, dit-il au monarque, vous êtes trop bon ; si c'est en raison de mes services que vous daignez m'offrir ces faveurs, elles sont trop grandes, je ne les mérite point... si c'est pour acquitter les pertes que j'ai faites, elles ne suffiraient pas, Sire ; les blessures de l'âme ne se guérissent ni avec de l'or ni avec des honneurs... Je prie votre majesté de me laisser quelque temps à mon désespoir ; dans peu, je solliciterai près d'elle la seule grâce qui puisse me convenir.

— Voilà, monsieur, interrompit Falkeneim, le détail que vous m'avez demandé ; je suis fâché de l'obligation où nous allons être, de revoir encore une fois cet Oxtiern : il va vous faire horreur.

— Personne n'est plus indulgent que moi, monsieur, répondis-je, pour toutes les fautes où notre organisation nous entraîne ; je regarde les malfaiteurs, au milieu des honnêtes gens, comme ces irrégularités dont la nature mélange les beautés qui décorent l'univers ; mais votre Oxtiern, et particulièrement la Scholtz, abusent du droit que les faiblesses de l'homme doivent obtenir des philosophes. Il est impossible de porter le crime plus loin ; il y a dans la conduite de l'un et de l'autre des circonstances qui font frissonner. Abuser de cette malheureuse, pendant qu'il fait immoler son amant... la faire assassiner ensuite par son père, sont des raffinements d'horreur qui font repentir d'être homme, quand on est assez malheureux pour partager ce titre avec d'aussi grands scélérats.

A peine avais-je dit ces mots qu'Oxtiern parut, en apportant sa lettre ; il avait le coup d'œil trop fin pour ne pas démêler sur mon visage que je venais d'être instruit de ses aventures... il me regarde.

— Monsieur, me dit-il en français, plaignez-moi ; des richesses immenses... un beau nom... du crédit, voilà les sirènes qui m'ont égaré ; instruit par le malheur, j'ai pourtant connu les remords, et je puis vivre maintenant avec les hommes, sans leur nuire ou les effrayer.

L'infortuné comte accompagna ces mots de quelques larmes, qu'il me fut impossible de partager ; mon guide prit sa lettre, lui promit ses services, et nous nous préparions à partir, lorsque nous vîmes la rue embarrassée par une foule qui approchait du lieu où nous étions... nous nous arrêtâmes ; Oxtiern était encore avec nous ; peu à peu nous démêlons deux hommes qui parlent avec chaleur et qui, nous apercevant, se dirigent aussitôt de notre côté ; Oxtiern reconnaît ces deux personnages.

— Ô ciel ! s'écria-t-il, qu'est ceci ?... Le colonel Sanders, amené par le ministre de la mine... oui, c'est notre pasteur qui s'avance, en nous conduisant le colonel... ceci me regarde, messieurs... Eh quoi ! cet irréconciliable ennemi vient-il donc me chercher jusque dans les entrailles de la terre !... mes cruelles peines ne suffisent-elles donc pas à le satisfaire encore !...

Oxtiern n'avait pas fini, que le colonel l'aborde.

— Vous êtes libre, monsieur, lui dit-il, dès qu'il est près de lui, et c'est à l'homme de l'univers le plus grièvement offensé par vous, que votre grâce est due... la voilà, sénateur, je l'apporte ; le roi m'a offert des grades, des honneurs, j'ai tout refusé, je n'ai voulu que votre liberté... je l'ai obtenue, vous pouvez me suivre.

— Ô généreux mortel ! s'écria Oxtiern, se peut-il ?... moi libre... et libre par vous ?... par vous qui, m'arrachant la vie, ne me puniriez pas encore comme je mérite de l'être ?...

— J'ai bien cru que vous le sentiriez, dit le colonel, voilà pourquoi j'ai imaginé qu'il n'y avait plus de risques à vous rendre un bien dont il devient impossible que vous abusiez davantage... vos maux, d'ailleurs, réparent-ils les miens ? puis-je être heureux de vos douleurs ? votre détention acquitte-t-elle le sang que vos barbaries ont fait répandre ? je serais aussi cruel que vous... aussi injuste, si je le pensais ; la prison d'un homme dédommage-t-elle la société des maux qu'il lui a faits ?... il faut le rendre libre, cet homme, si l'on veut qu'il répare, et, dans ce cas, il n'en est aucun qui ne le fasse, il n'en est pas un seul qui ne préfère le bien à l'obligation de vivre dans les fers ; ce que peut inventer sur cela le despotisme, chez quelques nations, ou la rigueur des lois, chez d'autres, le cœur de l'honnête homme le désavoue... Partez, comte, partez ; je vous le répète, vous êtes libre...

Oxtiern veut se jeter dans les bras de son bienfaiteur.

— Monsieur, lui dit froidement Sanders en résistant au mouvement, votre reconnaissance est inutile, et je ne veux pas que vous me sachiez tant de gré d'une chose où je n'ai eu que moi pour objet... Quittons aussitôt ces lieux, j'ai plus d'empressement que vous de vous en voir dehors, afin de vous expliquer tout.

Sanders, nous voyant avec Oxtiern et ayant appris qui nous étions, nous pria de remonter avec le comte et lui ; nous acceptâmes ; Oxtiern fut remplir avec le colonel quelques formalités nécessaires à sa délivrance ; on nous rendit nos armes à tous, et nous remontâmes.

— Messieurs, nous dit Sanders dès que nous fûmes dehors, ayez la bonté de me servir de témoins dans ce qui me reste à apprendre au comte Oxtiern ; vous avez vu que je ne lui avais pas tout dit dans la mine, il y avait là trop de spectateurs...

Et comme nous avancions toujours, nous nous trouvâmes bientôt aux environs d'une haie qui nous dérobait à tous les yeux ; alors le colonel, saisissant le comte au collet :

— Sénateur, lui dit-il... il s'agit maintenant de me faire raison, j'espère que vous êtes assez brave pour ne pas me refuser, et que vous avez assez d'esprit pour être convaincu que le plus puissant motif qui m'ait fait agir dans ce que je viens de faire, était l'espoir de me couper la gorge avec vous.

Falkeneim voulut servir de médiateur et séparer ces deux adversaires.

— Monsieur, lui dit sèchement le colonel, vous savez les outrages que j'ai reçus de cet homme ; les mânes de ma fille exigent du sang, il faut qu'un de nous deux reste sur la place ; Gustave est instruit, il sait mon projet ; en m'accordant la liberté de ce malheureux, il ne l'a point désapprouvé ; laissez-nous donc faire, monsieur.

Et le colonel, jetant son habit bas, met aussitôt l'épée à la main... Oxtiern la met aussi, mais à peine est-il en garde que, prenant son épée par le bout, en saisissant de la main gauche la pointe de celle du colonel, il lui présente la poignée de son arme, et, fléchissant un genou en terre :

— Messieurs, dit-il en nous regardant, je vous prends à témoin tous deux de mon action ; je veux que vous sachiez l'un et l'autre que je n'ai pas mérité l'honneur de me battre contre cet honnête homme, mais que je le laisse libre de ma vie, et que je le supplie de me l'arracher... Prenez mon épée, colonel, prenez-la, je vous la rends, voilà mon cœur, plongez-y la vôtre, je vais moi-même en diriger les coups ; ne balancez pas, je l'exige, délivrez à l'instant la terre d'un monstre qui l'a trop longtemps souillée.

Sanders, étonné du mouvement d'Oxtiern, lui crie de se défendre.

— Je ne le ferai pas, et si vous ne vous servez du fer que je tiens, répond fermement Oxtiern, en dirigeant sur sa poitrine nue la pointe de l'arme de Sanders, si vous ne vous en servez pour me ravir le jour, je vous le déclare, colonel, je vais m'en percer à vos yeux.

— Comte, il faut du sang... il en faut, il en faut, vous dis-je !

— Je le sais, dit Oxtiern, et c'est pourquoi je vous tends ma poitrine, pressez-vous de l'entr'ouvrir... il ne doit couler que de là.

— Ce n'est point ainsi qu'il faut que je me comporte, reprend Sanders, en cherchant toujours à dégager sa lame, c'est par les lois de l'honneur que je veux vous punir de vos scélératesses.

— Je ne suis pas digne de les accepter, respectable homme, réplique Oxtiern, et puisque vous ne voulez pas vous satisfaire comme vous le devez, je vais donc vous en épargner le soin...

Il dit, et s'élançant sur l'épée du colonel, qu'il n'a cessé de tenir à sa main, il fait jaillir le sang de ses entrailles ; mais le colonel, retirant aussitôt son épée :

— C'en est assez, comte, s'écria-t-il... Votre sang coule, je suis satisfait... que le ciel achève votre correction, je ne veux pas vous servir de bourreau.

— Embrassons-nous donc, monsieur, dit Oxtiern qui perdait beaucoup de sang.

— Non, dit Sanders, je peux pardonner vos crimes, mais je ne puis être votre ami.

Nous nous hâtâmes de bander la blessure du comte ; le généreux Sanders nous aida.

— Allez, dit-il alors au sénateur, allez jouir de la liberté que je vous rends ; tâchez, s'il vous est possible, de réparer, par quelques belles actions, tous les crimes où vous vous êtes livré ; ou sinon je répondrai à toute la Suède du forfait que j'aurai moi-même commis en lui rendant un monstre dont elle s'était déjà délivrée. Messieurs, continua Sanders, en regardant Falkeneim et moi, j'ai pourvu à tout ; la voiture qui est dans

l'auberge où nous nous dirigions, n'est destinée que
pour Oxtiern, mais il peut vous y ramener l'un et
l'autre, mes chevaux m'attendent d'un autre côté, je
vous salue ; j'exige votre parole d'honneur que vous
rendrez compte au roi de ce que vous venez de voir.

Oxtiern veut se jeter encore une fois dans les bras de
son libérateur, il le conjure de lui rendre son amitié, de
venir habiter sa maison et de partager sa fortune.

— Monsieur, dit le colonel en le repoussant, je vous
l'ai dit, je ne puis accepter de vous ni bienfaits, ni
amitié, mais j'en exige de la vertu, ne me faites pas
repentir de ce que j'ai fait... Vous voulez, dites-vous,
me consoler de mes chagrins ; la plus sûre façon est de
changer de conduite ; chaque beau trait que j'appren-
drai de vous, dans ma retraite, effacera peut-être de
mon âme les profondes impressions de douleurs que
vos forfaits y ont gravées ; si vous continuez d'être un
scélérat, vous ne commettrez pas un seul crime qui ne
replace aussitôt sous mes yeux l'image de celle que
vous avez fait mourir de ma main, et vous me
plongerez au désespoir ; adieu, quittons-nous, Oxtiern,
et surtout ne nous voyons jamais...

A ces mots le colonel s'éloigne... Oxtiern, en larmes,
veut le suivre, il se traîne vers lui... nous l'arrêtons,
nous l'emportons presque évanoui dans la voiture, qui
nous rend bientôt à Stockholm.

Le malheureux fut un mois entre la vie et la mort ;
au bout de ce temps, il nous pria de l'accompagner
chez le roi, qui nous fit rendre compte de tout ce qui
s'était passé.

— Oxtiern, dit Gustave au sénateur, vous voyez
comme le crime humilie l'homme, et comme il le
rabaisse. Votre rang... votre fortune... votre naissance,

tout vous plaçait au-dessus de Sanders, et ses vertus l'élèvent où vous n'atteindrez jamais. Jouissez des faveurs qu'il vous a fait rendre, Oxtiern, j'y ai consenti... Certain après une telle leçon, ou que vous vous punirez vous-même avant que je ne sache vos nouveaux crimes, ou que vous ne vous rendrez plus assez vil pour en commettre encore.

Le comte se jette aux pieds de son souverain, et lui fait le serment d'une conduite irréprochable.

Il a tenu parole : mille actions plus généreuses et plus belles les unes que les autres ont réparé ses erreurs, aux yeux de toute la Suède ; et son exemple a prouvé à cette sage nation que ce n'est pas toujours par les voies tyranniques, et par d'affreuses vengeances, que l'on peut ramener et contenir les hommes.

Sanders était retourné à Nordkoping ; il y acheva sa carrière dans la solitude, donnant chaque jour des larmes à la malheureuse fille qu'il avait adorée, et ne se consolant de sa perte que par les éloges qu'il entendait journellement faire de celui dont il avait brisé les chaînes.

— Ô vertu ! s'écriait-il quelquefois, peut-être que l'accomplissement de toutes ces choses était nécessaire pour ramener Oxtiern à ton temple ! Si cela est, je me console : les crimes de cet homme n'auront affligé que moi, ses bienfaits seront pour les autres.

Eugénie de Franval,

NOUVELLE TRAGIQUE

Instruire l'homme et corriger ses mœurs, tel est le seul motif que nous nous proposons dans cette anecdote. Que l'on se pénètre, en la lisar*, de la grandeur du péril, toujours sur les pas de ceux qui se permettent tout pour satisfaire leurs désirs. Puissent-ils se convaincre que la bonne éducation, les richesses, les talents, les dons de la nature, ne sont susceptibles que d'égarer, quand la retenue, la bonne conduite, la sagesse, la modestie ne les étayent, ou ne les font valoir : voilà les vérités que nous allons mettre en action. Qu'on nous pardonne les monstrueux détails du crime affreux dont nous sommes contraints de parler; est-il possible de faire détester de semblables écarts, si l'on n'a le courage de les offrir à nu ?

Il est rare que tout s'accorde dans un même être, pour le conduire à la prospérité. Est-il favorisé de la nature? la fortune lui refuse ses dons; celle-ci lui prodigue-t-elle ses faveurs? la nature l'aura maltraité; il semble que la main du ciel ait voulu, dans chaque individu, comme dans ses plus sublimes opérations, nous faire voir que les lois de l'équilibre sont les premières lois de l'univers, celles qui règlent à la fois tout ce qui arrive, tout ce qui végète, et tout ce qui respire.

Franval, demeurant à Paris, où il était né, possédait, avec quatre cent mille livres de rente, la plus belle taille, la physionomie la plus agréable, et les talents les plus variés ; mais sous cette enveloppe séduisante se cachaient tous les vices, et malheureusement ceux dont l'adoption et l'habitude conduisent si promptement aux crimes. Un désordre d'imagination, au delà de tout ce qu'on peut peindre, était le premier défaut de Franval ; on ne se corrige point de celui-là ; la diminution des forces ajoute à ses effets ; moins l'on peut, plus l'on entreprend ; moins on agit, plus on invente ; chaque âge amène de nouvelles idées, et la satiété, loin de refroidir, ne prépare que des raffinements plus funestes.

Nous l'avons dit, tous les agréments de la jeunesse, tous les talents qui la décorent, Franval les possédait avec profusion ; mais plein de mépris pour les devoirs moraux et religieux, il était devenu impossible à ses instituteurs de lui en faire adopter aucun.

Dans un siècle où les livres les plus dangereux sont dans la main des enfants, comme dans celles de leurs pères et de leurs gouverneurs, où la témérité du système passe pour de la philosophie, l'incrédulité pour de la force, le libertinage pour de l'imagination, on riait de l'esprit du jeune Franval, un instant peut-être après, en était-il grondé, on le louait ensuite. Le père de Franval, grand partisan des sophismes à la mode, encourageait, le premier, son fils à penser *solidement*[1] sur toutes ces matières ; il lui prêtait lui-même les ouvrages qui pouvaient le corrompre plus vite ; quel instituteur eût osé, après cela, inculquer des principes différents de ceux du logis où il était obligé de plaire ?

Quoi qu'il en fût, Franval perdit ses parents fort jeune, et à l'âge de dix-neuf ans, un vieil oncle, qui mourut lui-même peu après, lui remit, en le mariant, tous les biens qui devaient lui appartenir un jour.

M. de Franval, avec une telle fortune, devait aisément trouver à se marier ; une infinité de partis se présentèrent, mais ayant supplié son oncle de ne lui donner qu'une fille plus jeune que lui, et avec le moins d'entours [2] possible, le vieux parent, pour satisfaire son neveu, porta ses regards sur une certaine demoiselle de Farneille, fille de finance, ne possédant plus qu'une mère, encore jeune à la vérité, mais soixante mille livres de rente bien réelles, quinze ans, et la plus délicieuse physionomie qu'il y eût alors dans Paris... une de ces figures de vierge où se peignent à la fois la candeur et l'aménité, sous les traits délicats de l'Amour et des Grâces... de beaux cheveux blonds flottant au bas de sa ceinture, de grands yeux bleus où respiraient la tendresse et la modestie, une taille fine, souple et légère, la peau du lis et la fraîcheur des roses, pétrie de talents, une imagination très vive, mais un peu triste, un peu de cette mélancolie douce qui fait aimer les livres et la solitude ; attributs que la nature semble n'accorder qu'aux individus que sa main destine aux malheurs, comme pour les leur rendre moins amers, par cette volupté sombre et touchante qu'ils goûtent à les sentir, et qui leur font préférer des larmes à la joie frivole du bonheur, bien moins active et bien moins pénétrante [3].

Mme de Farneille, âgée de trente-deux ans, lors de l'établissement de sa fille, avait également de l'esprit, des charmes, mais peut-être un peu trop de réserve et de sévérité ; désirant le bonheur de son unique enfant, elle avait consulté tout Paris sur ce mariage ; et comme elle n'avait plus de parents et, pour conseils, que quelques-uns de ces froids amis à qui tout est égal, on la convainquit que le jeune homme que l'on proposait à sa fille était, sans aucun doute, ce qu'elle pouvait trouver de mieux à Paris, et qu'elle ferait une impardonnable extravagance, si elle manquait cet arrangement ; il se fit donc, et les jeunes gens, assez riches pour prendre leur maison, s'y établirent dès les premiers jours.

Il n'entrait dans le cœur du jeune Franval aucun de ces vices de légèreté, de dérangement ou d'étourderie qui empêchent un homme d'être formé avant trente ans ; comptant fort bien avec lui-même, aimant l'ordre, s'entendant au mieux à tenir une maison, Franval avait, pour cette partie du bonheur de la vie, toutes les qualités nécessaires. Ses vices, dans un genre absolument tout autre, étaient bien plutôt les torts de l'âge mûr que les inconséquences de la jeunesse... de l'art, de l'intrigue... de la méchanceté, de la noirceur, de l'égoïsme, beaucoup de politique, de fourberie, et gazant[4] tout cela, non seulement par les grâces et les talents dont nous avons parlé, mais même par de l'éloquence... par infiniment d'esprit, et par les dehors les plus séduisants. Tel était l'homme que nous avons à peindre.

Mlle de Farneille qui, selon l'usage, avait connu tout au plus un mois son époux avant que de se lier à lui, trompée par ces faux brillants, en était devenue la dupe ; les jours n'étaient pas assez longs pour le plaisir de le contempler, elle l'idolâtrait, et les choses étaient

même au point qu'on eût craint pour cette jeune
personne, si quelques obstacles fussent venus troubler
les douceurs d'un hymen où elle trouvait, disait-elle,
l'unique bonheur de ses jours.

Quant à Franval, philosophe sur l'article des
femmes comme sur tous les autres objets de la vie,
c'était avec le plus beau flegme qu'il avait considéré
cette charmante personne.

— La femme qui nous appartient, disait-il, est une
espèce d'individu que l'usage nous asservit ; il faut
qu'elle soit douce, soumise... fort sage, non que je
tienne beaucoup aux préjugés du déshonneur que peut
nous imprimer une épouse quand elle imite nos
désordres, mais c'est qu'on n'aime pas qu'un autre
s'avise d'enlever nos droits ; tout le reste, parfaitement
égal, n'ajoute rien de plus au bonheur.

Avec de tels sentiments dans un mari, il est facile
d'augurer que des roses n'attendent pas la malheureuse fille qui doit lui être liée. Honnête, sensible, bien
élevée et volant par amour au-devant des désirs du
seul homme qui l'occupait au monde, Mme de Franval
porta ses fers les premières années sans soupçonner
son esclavage ; il lui était aisé de voir qu'elle ne faisait
que glaner dans les champs de l'hymen, mais trop
heureuse encore de ce qu'on lui laissait, sa seule étude,
son attention la plus exacte, était que, dans ces courts
moments accordés à sa tendresse, Franval pût rencontrer au moins tout ce qu'elle croyait nécessaire à la
félicité de cet époux chéri.

La meilleure de toutes les preuves, pourtant, que
Franval ne s'écartait pas toujours de ses devoirs, c'est
que, dès la première année de son mariage, sa femme,
âgée pour lors de seize ans et demi, accoucha d'une

fille encore plus belle que sa mère, et que le père
nomma dès l'instant Eugénie... Eugénie, à la fois
l'horreur et le miracle de la nature.

M. de Franval qui, dès que cet enfant vit le jour,
forma sans doute sur elle les plus odieux desseins, la
sépara tout de suite de sa mère. Jusqu'à l'âge de sept
ans, Eugénie fut confiée à des femmes dont Franval
était sûr, et qui, bornant leurs soins à lui former un
bon tempérament et à lui apprendre à lire, se gardè-
rent bien de lui donner aucune connaissance des
principes religieux ou moraux, dont une fille de cet âge
doit communément être instruite.

Mme de Farneille et sa fille, très scandalisées de cette
conduite, en firent des reproches à M. de Franval, qui
répondit flegmatiquement que son projet étant de
rendre sa fille heureuse, il ne voulait pas lui inculquer
des chimères, uniquement propres à effrayer les
hommes, sans jamais leur devenir utiles; qu'une fille
qui n'avait besoin que d'apprendre à plaire, pouvait
au mieux ignorer des fadaises, dont la fantastique
existence, en troublant le repos de sa vie, ne lui
donnerait, ni une vérité de plus au moral ni une grâce
de plus au physique. De tels propos déplurent souverainement à Mme de Farneille, qui s'approchait d'autant plus des idées célestes qu'elle s'éloignait des
plaisirs de ce monde; la dévotion est une faiblesse
inhérente aux époques de l'âge, ou de la santé. Dans le
tumulte des passions, un avenir dont on se croit très
loin inquiète peu communément, mais quand leur
langage est moins vif... quand on avance vers le
terme... quand tout nous quitte enfin, on se rejette au
sein du Dieu dont on entendit parler dans l'enfance, et
si, d'après la philosophie, ces secondes illusions sont

aussi fantastiques que les autres, elles ne sont pas du moins aussi dangereuses.

La belle-mère de Franval n'ayant plus de parents... peu de crédit par elle-même, et tout au plus, comme nous l'avons dit, quelques-uns de ces amis de circonstance... qui s'échappent si nous les mettons à l'épreuve, ayant à lutter contre un gendre aimable, jeune, bien placé, s'imagina fort sensément qu'il était plus simple de s'en tenir à des représentations, que d'entreprendre des voies de rigueur, avec un homme qui ruinerait la mère et ferait enfermer la fille, si l'on osait se mesurer à lui; moyennant quoi, quelques remontrances furent tout ce qu'elle hasarda, et elle se tut, dès qu'elle vit que cela n'aboutissait à rien. Franval, sûr de sa supériorité, s'apercevant bien qu'on le craignait, ne se gêna bientôt plus, sur quoi que ce pût être, et se contentant d'une légère gaze, simplement à cause du public, il marcha droit à son horrible but.

Dès qu'Eugénie eut atteint l'âge de sept ans, Franval la conduisit à sa femme; et cette tendre mère, qui n'avait pas vu son enfant depuis qu'elle l'avait mise au monde, ne pouvant se rassasier de caresses, la tint deux heures pressée sur son sein, la couvrant de baisers, l'inondant de ses larmes. Elle voulut connaître ses petits talents; mais Eugénie n'en avait point d'autres que de lire couramment, que de jouir de la plus vigoureuse santé, et d'être belle comme les anges. Nouveau désespoir de Mme de Franval, quand elle reconnut qu'il n'était que trop vrai que sa fille ignorait même les premiers principes de la religion :

— Eh quoi! monsieur, dit-elle à son mari, ne l'élevez-vous donc que pour ce monde? ne daignerez-vous pas réfléchir qu'elle ne doit l'habiter qu'un instant, comme nous, pour se plonger après dans une éternité bien fatale, si vous la privez de ce qui peut l'y faire jouir d'un sort heureux, aux pieds de l'Être dont elle a reçu le jour.

— Si Eugénie ne connaît rien, madame, répondit Franval, si on lui cache avec soin ces maximes, elle ne saurait être malheureuse ; car, si elles sont vraies, l'Être suprême est trop juste pour la punir de son ignorance, et si elles sont fausses, quelle nécessité y a-t-il de lui en parler ? A l'égard des autres soins de son éducation, fiez-vous à moi, je vous prie ; je deviens dès aujourd'hui son instituteur, et je vous réponds que, dans quelques années, votre fille surpassera tous les enfants de son âge.

Mme de Franval voulut insister, appelant l'éloquence du cœur au secours de celle de la raison, quelques larmes s'exprimèrent pour elle ; mais Franval, qu'elles n'attendrirent point, n'eut pas même l'air de les apercevoir ; il fit enlever Eugénie, en disant à sa femme que, si elle s'avisait de contrarier, en quoi que ce pût être, l'éducation qu'il prétendait donner à sa fille, ou qu'elle lui suggérât des principes différents de ceux dont il allait la nourrir, elle se priverait du plaisir de la voir, et qu'il enverrait sa fille dans un de ses châteaux, duquel elle ne sortirait plus. Mme de Franval, faite à la soumission, se tut ; elle supplia son époux de ne la point séparer d'un bien si cher, et promit, en pleurant, de ne troubler en rien l'éducation que l'on lui préparait.

De ce moment, Mlle de Franval fut placée dans un très bel appartement, voisin de celui de son père, avec une gouvernante de beaucoup d'esprit, une sous-

gouvernante, une femme de chambre et deux petites
filles de son âge, uniquement destinées à ses amuse-
ments. On lui donna des maîtres d'écriture, de dessin,
de poésie, d'histoire naturelle, de déclamation, de géographie, d'astronomie, d'anatomie, de grec, d'anglais,
d'allemand, d'italien, d'armes, de danse, de cheval et de
musique. Eugénie se levait tous les jours à sept heures,
en telle saison que ce fût ; elle allait manger, en courant
au jardin [5], un gros morceau de pain de seigle, qui formait son déjeuner, elle rentrait à huit heures, passait
quelques instants dans l'appartement de son père, qui
folâtrait avec elle, ou lui apprenait de petits jeux de
société ; jusqu'à neuf, elle se préparait à ses devoirs ;
alors arrivait le premier maître ; elle en recevait cinq,
jusqu'à deux heures. On la servait à part avec ses deux
amies et sa première gouvernante. Le dîner était
composé de légumes, de poissons, de pâtisseries et de
fruits ; jamais ni viande, ni potage, ni vin, ni liqueurs,
ni café. De trois à quatre, Eugénie retournait jouer une
heure au jardin avec ses petites compagnes ; elles s'y
exerçaient ensemble à la paume, au ballon, aux
quilles, au volant, ou à franchir de certains espaces
donnés ; elles s'y mettaient à l'aise suivant les saisons ;
là, rien ne contraignait leur taille ; on ne les enferma
jamais dans ces ridicules baleines, également dangereuses à l'estomac et à la poitrine, et qui, gênant la
respiration d'une jeune personne, lui attaquent nécessairement les poumons [6]. De quatre à six, Mlle de
Franval recevait de nouveaux instituteurs ; et comme
tous n'avaient pu paraître dans le même jour, les
autres venaient le lendemain. Trois fois la semaine,
Eugénie allait au spectacle avec son père, dans de

petites loges grillées et louées à l'année pour elle. A
neuf heures, elle rentrait et soupait. On ne lui servait
alors que des légumes et des fruits. De dix à onze
heures, quatre fois la semaine, Eugénie jouait avec ses
femmes, lisait quelques romans et se couchait ensuite.
Les trois autres jours, ceux où Franval ne soupait pas
dehors, elle passait seule dans l'appartement de son
père, et ce temps était employé à ce que Franval
appelait ses *conférences*. Là, il inculquait à sa fille ses
maximes sur la morale et sur la religion ; il lui offrait,
d'un côté, ce que certains hommes pensaient sur ces
matières, il établissait de l'autre ce qu'il admettait lui-
même.

Avec beaucoup d'esprit, des connaissances étendues, une tête vive, et des passions qui s'allumaient
déjà, il est facile de juger des progrès que de tels
systèmes faisaient dans l'âme d'Eugénie ; mais comme
l'indigne Franval n'avait pas pour simple objet de
raffermir la tête, ses conférences se terminaient rarement sans enflammer le cœur ; et cet homme horrible
avait si bien trouvé le moyen de plaire à sa fille, il la
subornait avec un tel art, il se rendait si bien utile à son
instruction et à ses plaisirs, il volait avec tant d'ardeur
au-devant de tout ce qui pouvait lui être agréable,
qu'Eugénie, au milieu des cercles les plus brillants, ne
trouvait rien d'aimable comme son père ; et qu'avant
même que celui-ci ne s'expliquât, l'innocente et faible
créature avait réuni pour lui, dans son jeune cœur,
tous les sentiments d'amitié, de reconnaissance et de
tendresse qui doivent nécessairement conduire au plus
ardent amour ; elle ne voyait que Franval au monde ;
elle n'y distinguait que lui, elle se révoltait à l'idée de
tout ce qui aurait pu l'en séparer ; elle lui aurait

prodigué, non son honneur, non ses charmes, tous ces sacrifices lui eussent paru trop légers pour le touchant objet de son idolâtrie, mais son sang, mais sa vie même, si ce tendre ami de son âme eût pu l'exiger.

Il n'en était pas de même des mouvements du cœur de Mlle de Franval pour sa respectable et malheureuse mère. Le père, en disant adroitement à sa fille que Mme de Franval, étant sa femme, exigeait de lui des soins qui le privaient souvent de faire pour sa chère Eugénie tout ce que lui dictait son cœur, avait trouvé le secret de placer, dans l'âme de cette jeune personne, bien plus de haine et de jalousie, que de la sorte de sentiments respectables et tendres qui devaient y naître pour une telle mère.

— Mon ami, mon frère, disait quelquefois Eugénie à Franval, qui ne voulait pas que sa fille employât d'autres expressions avec lui... cette femme que tu appelles la tienne, cette créature qui, selon toi, m'a mise au monde, est donc bien exigeante, puisqu'en voulant toujours t'avoir près d'elle, elle me prive du bonheur de passer ma vie avec toi... Je le vois bien, tu la préfères à ton Eugénie. Pour moi, je n'aimerai jamais ce qui me ravira ton cœur.

— Ma chère amie, répondait Franval, non, qui que ce soit dans l'univers n'acquerra d'aussi puissants droits que les tiens ; les nœuds qui existent entre cette femme et ton meilleur ami, fruits de l'usage et des conventions sociales, philosophiquement vus par moi, ne balanceront jamais ceux qui nous lient... tu seras toujours préférée, Eugénie ; tu seras l'ange et la lumière de mes jours, le foyer de mon âme et le mobile de mon existence.

— Oh ! que ces mots sont doux ! répondait Eugénie,

répète-les souvent, mon ami... Si tu savais comme me flattent les expressions de ta tendresse !

Et prenant la main de Franval qu'elle appuyait contre son cœur :

— Tiens, tiens, je les sens toutes là, continuait-elle.

— Que tes tendres caresses m'en assurent, répondait Franval, en la pressant dans ses bras... et le perfide achevait ainsi, sans aucun remords, la séduction de cette malheureuse.

Cependant Eugénie atteignait sa quatorzième année, telle était l'époque où Franval voulait consommer son crime. Frémissons !... Il le fut.

[Le jour même qu'elle arrive à cet âge, ou plutôt celui qu'il est révolu, se trouvant tous deux à la campagne, sans parents et sans importuns, le comte, après avoir fait parer ce jour-là sa fille comme ces vierges qu'on consacrait jadis au temple de Vénus, la fit entrer, sur les onze heures du matin, dans un salon voluptueux dont les jours étaient adoucis par des gazes, et dont les meubles étaient jonchés de fleurs. Un trône de roses s'élevait au milieu ; Franval y conduit sa fille.

— Eugénie, lui dit-il en l'y asseyant, sois aujourd'hui la reine de mon cœur, et laisse-moi t'adorer à genoux !

— Toi m'adorer, mon frère, pendant que c'est moi qui te dois tout, que c'est toi qui m'a créée, qui m'as formée !... Ah ! laisse-moi plutôt tomber à tes pieds : c'est mon unique place, et c'est la seule où j'aspire avec toi.

— Ô ma tendre Eugénie, dit le comte, en se plaçant près d'elle sur ces sièges de fleurs qui devaient servir à son triomphe, s'il est vrai que tu me doives quelque chose, si les sentiments que tu me témoignes, enfin, sont aussi sincères que tu le dis, sais-tu les moyens de m'en convaincre ?

— Et quels sont-ils, mon frère ? Dis-les-moi donc bien vite, pour que je les saisisse avec empressement.

— Tous ces charmes, Eugénie, que la nature a prodigués dans toi, tous ces appas dont elle t'embellit, il faut me les sacrifier à l'instant.

— Mais que me demandes-tu ? n'es-tu donc pas le maître de tout ? ce que tu as fait ne t'appartient-il pas ? un autre peut-il jouir de ton ouvrage ?

— Mais tu conçois les préjugés des hommes.

— Tu ne me les as point déguisés.

— Je ne veux donc pas les franchir sans ton aveu.

— Ne les méprises-tu pas comme moi ?

— Soit, mais je ne veux pas être ton tyran, bien moins encore ton séducteur ; je veux ne tenir que de l'amour seul les bienfaits que je sollicite. Tu connais le monde, je ne t'ai dissimulé aucun de ses attraits : cacher les hommes à tes regards, ne t'y laisser voir que moi seul, fût devenu une supercherie indigne de moi. S'il existe dans l'univers un être que tu me préfères, nomme-le promptement : j'irai le chercher au bout du monde et le conduire à l'instant dans tes bras. C'est ton bonheur, en un mot, que je veux, mon ange, ton bonheur bien plus que le mien ; ces plaisirs doux que tu peux me donner ne seraient rien pour moi, s'ils n'étaient le prix de ton amour. Décide donc, Eugénie ; tu touches à l'instant d'être immolée, tu dois l'être ; mais nomme toi-même le sacrificateur : je renonce aux voluptés que m'assure ce titre, si je ne les obtiens pas de ton âme ; et, toujours digne de ton cœur, si ce n'est pas moi que tu préfères, en t'amenant celui que tu

peux chérir, j'aurai du moins mérité ta tendresse, si je
n'ai pu captiver ton cœur, et je serai l'ami d'Eugénie,
n'ayant pu devenir son amant.

— Tu seras tout, mon frère, tu seras tout! dit
Eugénie, brûlant d'amour et de désir. A qui veux-tu
que je m'immole, si ce n'est à celui que j'adore
uniquement? Quel être dans l'univers peut être plus
digne que toi de ces faibles attraits que tu désires... et
que déjà tes mains brûlantes parcourent avec ardeur?
Ne vois-tu donc pas, au feu qui m'embrase, que je suis
aussi pressée que toi de connaître le plaisir dont tu me
parles? Ah! jouis, jouis! mon tendre frère, mon
meilleur ami, fais de ton Eugénie ta victime : immolée
par tes mains chéries elle sera toujours triomphante.

L'ardent Franval qui, d'après le caractère que nous
lui connaissons, ne s'était paré de tant de délicatesse
que pour séduire plus finement, abusa bientôt de la
crédulité de sa fille, et, tous les obstacles écartés, tant
par les principes dont il avait nourri cette âme, ouverte
à toutes sortes d'impressions, que par l'art avec lequel
il la captivait en ce dernier instant, il acheva sa perfide
conquête, et devint lui-même impunément le destruc-
teur d'une virginité dont la nature et ses titres lui
avaient confié la défense.

Plusieurs jours se passèrent dans une ivresse
mutuelle. Eugénie, en âge de connaître le plaisir de
l'amour, encouragée par ses systèmes, s'y livrait avec
emportement. Franval lui en apprit tous les mystères,
il lui en traça toutes les routes; plus il multipliait ses
hommages, mieux il enchaînait sa conquête : elle
aurait voulu le recevoir dans mille temples à la fois;
elle accusait l'imagination de son ami de ne pas
s'égarer assez : il lui semblait qu'il lui cachait quelque

chose. Elle se plaignait de son âge, et d'une ingénuité qui peut-être ne la rendait pas assez séduisante ; et, si elle désirait d'être plus instruite, c'était pour qu'aucun moyen d'enflammer son amant ne pût lui rester inconnu.]

On revint à Paris, mais les criminels plaisirs dont s'était enivré cet homme pervers avaient trop délicieusement flatté ses facultés physiques et morales, pour que l'inconstance, qui rompait ordinairement toutes ses autres intrigues, pût briser les nœuds de celle-ci. Il devint éperdument amoureux, et de cette dangereuse passion dut naître inévitablement le plus cruel abandon de sa femme... quelle victime, hélas ! Mme de Franval, âgée pour lors de trente et un ans, était à la fleur de sa plus grande beauté ; une impression de tristesse, inévitable d'après les chagrins qui la consumaient, la rendait plus intéressante encore ; inondée de ses larmes, dans l'abattement de la mélancolie... ses beaux cheveux négligemment épars sur une gorge d'albâtre... ses lèvres amoureusement empreintes sur le portrait chéri de son infidèle et de son tyran, elle ressemblait à ces belles vierges que peignit Michel-Ange [7] au sein de la douleur ; elle ignorait cependant encore ce qui devait compléter son tourment. La façon dont on instruisait Eugénie, les choses essentielles qu'on lui laissait ignorer, ou dont on ne lui parlait que pour les lui faire haïr, la certitude qu'elle avait que ces devoirs, méprisés de Franval, ne seraient jamais permis à sa fille, le peu de temps qu'on lui accordait pour voir cette jeune personne, la crainte que l'éducation singulière qu'on lui donnait n'entraînât tôt ou tard des crimes, les égarements de Franval enfin, sa dureté journalière envers elle... elle qui n'était occupée

que de le prévenir, qui ne connaissait d'autres charmes
que de l'intéresser ou de lui plaire ; telles étaient
jusqu'alors les seules causes de son affliction. De quels
traits douloureux cette âme tendre et sensible ne
serait-elle pas pénétrée, aussitôt qu'elle apprendrait
tout !

Cependant l'éducation d'Eugénie continuait ; elle-
même avait désiré de suivre ses maîtres jusqu'à seize
ans, et ses talents, ses connaissances étendues... les
grâces qui se développaient chaque jour en elle... tout
enchaînait plus fortement Franval, il était facile de voir
qu'il n'avait jamais rien aimé comme Eugénie.

On n'avait changé, au premier plan de vie de Mlle de
Franval, que le temps des conférences ; ces tête-à-tête
avec son père se renouvelaient beaucoup plus, et se
prolongeaient très avant dans la nuit. La seule gouvernante d'Eugénie était au fait de toute l'intrigue, et l'on
comptait assez solidement sur elle, pour ne point
redouter son indiscrétion. Il y avait aussi quelques
changements dans les repas d'Eugénie, elle mangeait
avec ses parents. Cette circonstance, dans une maison
comme celle de Franval, mit bientôt Eugénie à portée
de connaître du monde, et d'être désirée pour épouse.
Elle fut demandée par plusieurs personnes. Franval,
certain du cœur de sa fille, et ne croyant point devoir
redouter ces démarches, n'avait pourtant pas assez
réfléchi que cette affluence de propositions parvien-
drait peut-être à tout dévoiler.

Dans une conversation avec sa fille, faveur si désirée
de Mme de Franval, et qu'elle obtenait si rarement,
cette tendre mère apprit à Eugénie que M. de Colunce
la voulait en mariage.

— Vous connaissez cet homme, ma fille, dit Mme de

Franval, il vous aime, il est jeune, aimable, il sera riche, il n'attend que votre aveu... que votre unique aveu, ma fille... quelle sera ma réponse ?

Eugénie, surprise, rougit, et répond qu'elle ne se sent encore aucun goût pour le mariage ; mais qu'on peut consulter son père ; elle n'aura d'autres volontés que les siennes. Mme de Franval, ne voyant rien que de simple dans cette réponse, patienta quelques jours ; et trouvant enfin l'occasion d'en parler à son mari, elle lui communiqua les intentions de la famille du jeune Colunce, et celles que lui-même avait témoignées, elle y joignit la réponse de sa fille. On imagine bien que Franval savait tout ; mais se déguisant, sans se contraindre néanmoins assez :

— Madame, dit-il sèchement à son épouse, je vous demande avec instance de ne point vous mêler d'Eugénie ; aux soins que vous m'avez vu prendre à l'éloigner de vous, il a dû vous être facile de reconnaître combien je désirais que ce qui la concernait ne vous regardât nullement. Je vous renouvelle mes ordres sur cet objet... vous ne les oublierez plus, je m'en flatte ?

— Mais que répondrai-je, monsieur, puisque c'est à moi qu'on s'adresse ?

— Vous direz que je suis sensible à l'honneur qu'on me fait, et que ma fille a des défauts de naissance qui s'opposent aux nœuds de l'hymen.

— Mais, monsieur, ces défauts ne sont point réels ; pourquoi voulez-vous que j'en impose, et pourquoi priver votre fille unique du bonheur qu'elle peut trouver dans le mariage ?

— Ces liens vous ont-ils rendue fort heureuse, madame ?

— Toutes les femmes n'ont pas les torts que j'ai eus,

sans doute, de ne pouvoir réussir à vous enchaîner (et avec un soupir) ou tous les maris ne vous ressemblent pas.

— Les femmes... fausses, jalouses, impérieuses, coquettes ou dévotes... les maris, perfides, inconstants, cruels ou despotes, voilà l'abrégé de tous les individus de la terre, madame, n'espérez pas trouver un phénix.

— Cependant tout le monde se marie.

— Oui, les sots ou les oisifs ; on ne se marie jamais, dit un philosophe, que *quand on ne sait ce qu'on fait, ou quand on ne sait plus que faire.*

— Il faudrait donc laisser périr l'univers ?

— Autant vaudrait ; une plante qui ne produit que du venin ne saurait être extirpée trop tôt.

— Eugénie vous saura peu de gré de cet excès de rigueur envers elle.

— Cet hymen paraît-il lui plaire ?

— Vos ordres sont ses lois, elle l'a dit.

— Eh bien ! madame, mes ordres sont que vous laissiez là cet hymen.

Et M. de Franval sortit, en renouvelant à sa femme les défenses les plus rigoureuses de lui parler de cela davantage.

Mme de Franval ne manqua pas de rendre à sa mère la conversation qu'elle venait d'avoir avec son mari, et Mme de Farneille, plus fine, plus accoutumée aux effets des passions que son intéressante fille, soupçonna tout de suite qu'il y avait là quelque chose de surnaturel.

Eugénie voyait fort peu sa grand-mère, une heure au plus, aux événements, et toujours sous les yeux de Franval. Mme de Farneille, ayant envie de s'éclaircir, fit donc prier son gendre de lui envoyer un jour sa petite-fille, et de la lui laisser un après-midi tout entier,

pour la dissiper, disait-elle, d'un accès de migraine
dont elle se trouvait accablée; Franval fit répondre
aigrement qu'il n'y avait rien qu'Eugénie craignît
comme les vapeurs, qu'il la mènerait pourtant où on la
désirait, mais qu'elle n'y pouvait rester longtemps, à
cause de l'obligation où elle était de se rendre de là à
un cours de physique qu'elle suivait avec assiduité.

On se rendit chez Mme de Farneille, qui ne cacha
point à son gendre l'étonnement dans lequel elle était
du refus de l'hymen proposé.

— Vous pouvez, je crois, sans crainte, poursuivit-
elle, permettre que votre fille me convainque elle-
même du défaut qui, selon vous, doit la priver du
mariage?

— Que ce défaut soit réel ou non, madame, dit
Franval, un peu surpris de la résolution de sa belle-
mère, le fait est qu'il m'en coûterait fort cher pour
marier ma fille, et que je suis encore trop jeune pour
consentir à de pareils sacrifices; quand elle aura vingt-
cinq ans, elle agira comme bon lui semblera : qu'elle
ne compte point sur moi jusqu'à cette époque.

— Et vos sentiments sont-ils les mêmes, Eugénie?
dit Mme de Farneille.

— Ils diffèrent en quelque chose, madame, dit
Mlle de Franval avec beaucoup de fermeté; monsieur
me permet de me marier à vingt-cinq ans, et moi je
proteste à vous et à lui, madame, de ne profiter de ma
vie d'une permission... qui, avec ma façon de penser,
ne contribuerait qu'au malheur de mes jours.

— On n'a point de façon de penser à votre âge,
mademoiselle, dit Mme de Farneille, et il y a dans tout
ceci quelque chose d'extraordinaire, qu'il faudra pourtant bien que je démêle.

— Je vous y exhorte, madame, dit Franval, en emmenant sa fille ; vous ferez même très bien d'employer votre clergé pour parvenir au mot de l'énigme, et quand toutes vos puissances auront habilement agi, quand vous serez instruite enfin, vous voudrez bien me dire si j'ai tort ou si j'ai raison de m'opposer au mariage d'Eugénie.

Le sarcasme qui portait sur les conseillers ecclésiastiques de la belle-mère de Franval avait pour but un personnage respectable, qu'il est à propos de faire connaître, puisque la suite des événements va le montrer bientôt en action.

Il s'agissait du directeur de Mme de Farneille et de sa fille... l'un des hommes les plus vertueux qu'il y eût en France ; honnête, bienfaisant, plein de candeur et de sagesse, M. de Clervil, loin de tous les vices de sa robe, n'avait que des qualités douces et utiles. Appui certain du pauvre, ami sincère de l'opulent, consolateur du malheureux, ce digne homme réunissait tous les dons qui rendent aimable, à toutes les vertus qui font l'homme sensible.

Clervil, consulté, répondit en homme de bon sens, qu'avant de prendre aucun parti dans cette affaire, il fallait démêler les raisons de M. de Franval, pour s'opposer au mariage de sa fille ; et quoique Mme de Farneille lançât quelques traits propres à faire soupçonner l'intrigue, qui n'existait que trop réellement, le prudent directeur rejeta ces idées, et les trouvant beaucoup trop outrageuses pour Mme de Franval et pour son mari, il s'en éloigna toujours avec indignation.

— C'est une chose si affligeante que le crime, madame, disait quelquefois cet honnête homme, il est

si peu vraisemblable de supposer qu'un être sage
franchisse volontairement toutes les digues de la
pudeur, et tous les freins de la vertu, que ce n'est jamais qu'avec la répugnance la plus extrême que je me
détermine à prêter de tels torts ; livrons-nous rarement
aux soupçons du vice ; ils sont souvent l'ouvrage de
notre amour-propre, presque toujours le fruit d'une
comparaison sourde, qui se fait au fond de notre âme ;
nous nous pressons d'admettre le mal, pour avoir droit
de nous trouver meilleurs. En y réfléchissant bien, ne
vaudrait-il pas mieux, madame, qu'un tort secret ne
fût jamais dévoilé, que d'en supposer d'illusoires par
une impardonnable précipitation, et de flétrir ainsi
sans sujet, à nos yeux, des gens qui n'ont jamais
commis d'autres fautes que celles que leur a prêtées
notre orgueil ? Tout ne gagne-t-il pas d'ailleurs à ce
principe ? N'est-il pas infiniment moins nécessaire de
punir un crime, qu'il n'est essentiel d'empêcher ce
crime de s'étendre ? En le laissant dans l'ombre qu'il
recherche, n'est-il pas comme anéanti ? le scandale est
sûr en l'ébruitant, le récit qu'on en fait réveille les
passions de ceux qui sont enclins au même genre de
délits ; l'inséparable aveuglement du crime flatte
l'espoir qu'a le coupable d'être plus heureux que celui
qui vient d'être reconnu ; ce n'est pas une leçon qu'on
lui a donnée, c'est un conseil, et il se livre à des excès
qu'il n'eût peut-être jamais osés, sans l'imprudent
éclat... faussement pris pour de la justice... et qui n'est
que de la rigueur mal conçue, ou de la vanité qu'on
déguise.

Il ne se prit donc d'autre résolution, dans ce premier
comité, que celle de vérifier avec exactitude les raisons
de l'éloignement de Franval pour le mariage de sa fille,

et les causes qui faisaient partager à Eugénie cette même manière de penser : on se décida à ne rien entreprendre que ces motifs ne fussent dévoilés.

— Eh bien! Eugénie, dit Franval, le soir, à sa fille, vous le voyez, on veut nous séparer : y réussira-t-on, mon enfant ?... Parviendra-t-on à briser les plus doux nœuds de ma vie ?

— Jamais... jamais, ne l'appréhende pas, ô mon plus tendre ami! ces nœuds que tu délectes me sont aussi précieux qu'à toi ; tu ne m'as point trompée, tu m'as fait voir, en les formant, à quel point ils choquaient nos mœurs ; et peu effrayée de franchir des usages qui, variant à chaque climat, ne peuvent avoir rien de sacré, je les ai voulus, ces nœuds, je les ai tissés sans remords : ne crains donc pas que je les rompe.

— Hélas! qui sait ?... Colunce est plus jeune que moi... Il a tout ce qu'il faut pour te charmer : n'écoute pas, Eugénie, un reste d'égarement qui t'aveugle sans doute ; l'âge et le flambeau de la raison, en dissipant le prestige, produiront bientôt des regrets, tu les déposeras dans mon sein, et je ne me pardonnerai pas de les avoir fait naître!

— Non, reprit Eugénie fermement, non, je suis décidée à n'aimer que toi seul ; je me croirais la plus malheureuse des femmes s'il me fallait prendre un époux... Moi, poursuivit-elle avec chaleur, moi, me joindre à un étranger qui, n'ayant pas comme toi de doubles raisons pour m'aimer, mettrait à la mesure de ses sentiments, tout au plus, celle de ses désirs!... Abandonnée, méprisée par lui, que deviendrai-je après ? Prude, dévote, ou catin ? Eh! non, non. J'aime mieux être ta maîtresse, mon ami. Oui, je t'aime mieux cent fois, que d'être réduite à jouer dans le monde l'un

ou l'autre de ces rôles infâmes... Mais quelle est la
cause de tout ce train? poursuivait Eugénie avec
aigreur... La sais-tu, mon ami? Quelle elle est?... Ta
femme?... Elle seule... Son implacable jalousie... N'en
doute point, voilà les seuls motifs des malheurs dont on
nous menace... Ah! je ne l'en blâme point : tout est
simple... tout se conçoit... tout se fait quand il s'agit de
te conserver. Que n'entreprendrais-je pas, si j'étais à
sa place, et qu'on voulût m'enlever ton cœur?

Franval, étonnamment ému, embrasse mille fois sa
fille; et celle-ci, plus encouragée par ces criminelles
caresses, développant son âme atroce avec plus d'énergie, hasarda de dire à son père, avec une impardonnable impudence, que la seule façon d'être moins
observés l'un et l'autre était de donner un amant à sa
mère. Ce projet divertit Franval; mais bien plus
méchant que sa fille, et voulant préparer impercepti-
blement ce jeune cœur à toutes les impressions de
haine qu'il désirait y semer pour sa femme, il répondit
que cette vengeance lui paraissait trop douce, qu'il y
avait bien d'autres moyens de rendre une femme
malheureuse quand elle donnait de l'humeur à son
mari.

Quelques semaines se passèrent ainsi, pendant
lesquelles Franval et sa fille se décidèrent enfin au
premier plan conçu pour le désespoir de la vertueuse
épouse de ce monstre, croyant, avec raison, qu'avant
d'en venir à des procédés plus indignes, il fallait au
moins essayer celui d'un amant qui, non seulement
pourrait fournir matière à tous les autres, mais qui, s'il
réussissait, obligerait nécessairement alors Mme de
Franval à ne plus tant s'occuper des torts d'autrui,
puisqu'elle en aurait elle-même d'aussi constatés.

Franval porta les yeux, pour l'exécution de ce projet, sur tous les jeunes gens de sa connaissance ; et, après avoir bien réfléchi, il ne trouva que Valmont[8] qui lui parût susceptible de le servir.

Valmont avait trente ans, une figure charmante, de l'esprit, bien de l'imagination, pas le moindre principe, et, par conséquent, très propre à remplir le rôle qu'on allait lui offrir. Franval l'invite un jour à dîner, et le prenant à part au sortir de table :

— Mon ami, lui dit-il, je t'ai toujours cru digne de moi ; voici l'instant de me prouver que je n'ai pas eu tort : j'exige une preuve de tes sentiments... mais une preuve très extraordinaire.

— De quoi s'agit-il ? explique-toi, mon cher, et ne doute jamais de mon empressement à t'être utile !

— Comment trouves-tu ma femme ?

— Délicieuse ; et si tu n'en étais pas le mari, il y a longtemps que j'en serais l'amant.

— Cette considération est bien délicate, Valmont, mais elle ne me touche pas.

— Comment ?

— Je m'en vais t'étonner... c'est précisément parce que tu m'aimes... précisément parce que je suis l'époux de Mme de Franval, que j'exige de toi d'en devenir l'amant.

— Es-tu fou ?

— Non, mais fantasque... mais capricieux, il y a longtemps que tu me connais sur ce ton... je veux faire faire une chute à la vertu, et je prétends que ce soit toi qui la prennes au piège.

— Quelle extravagance !

— Pas un mot, c'est un chef-d'œuvre de raison.

— Quoi ! tu veux que je te fasse... ?

— Oui, je le veux, je l'exige, et je cesse de te regarder comme mon ami, si tu me refuses cette faveur... je te servirai... je te procurerai des instants... je les multiplierai... tu en profiteras ; et, dès que je serai bien certain de mon sort, je me jetterai, s'il le faut, à tes pieds pour te remercier de ta complaisance.

— Franval, je ne suis pas ta dupe ; il y a là-dessous quelque chose de fort étonnant... Je n'entreprends rien que je ne sache tout.

— Oui... mais je te crois un peu scrupuleux, je ne te soupçonne pas encore assez de force dans l'esprit pour être susceptible d'entendre le développement de tout ceci... Encore des préjugés... de la chevalerie, je gage ?... tu frémiras comme un enfant quand je t'aurai tout dit, et tu ne voudras plus rien faire.

— Moi, frémir ?... je suis en vérité confus de ta façon de me juger : apprends, mon cher, qu'il n'y a pas un égarement dans le monde... non, pas un seul, de quelque irrégularité qu'il puisse être, qui soit capable d'alarmer un instant mon cœur.

— Valmont, as-tu quelquefois fixé Eugénie ?

— Ta fille ?

— Ou ma maîtresse, si tu l'aimes mieux.

— Ah ! scélérat, je te comprends.

— Voilà la première fois de ma vie où je te trouve de la pénétration.

— Comment ? d'honneur, tu aimes ta fille ?

— Oui, mon ami, comme Loth[9] ; j'ai toujours été pénétré d'un si grand respect pour les livres saints, toujours si convaincu qu'on gagnait le ciel en imitant ses héros !... Ah ! mon ami, la folie de Pygmalion[10] ne m'étonne plus... L'univers n'est-il donc pas rempli de ces faiblesses ? N'a-t-il pas fallu commencer par là

pour peupler le monde ? Et ce qui n'était pas un mal,
alors, peut-il donc l'être devenu ? Quelle extravagance ! Une jolie personne ne saurait me tenter, parce
que j'aurais le tort de l'avoir mise au monde ? Ce qui
doit m'unir plus intimement à elle deviendrait la
raison qui m'en éloignerait ? C'est parce qu'elle me
ressemblerait, parce qu'elle serait issue de mon sang,
c'est-à-dire parce qu'elle réunirait tous les motifs qui
peuvent fonder le plus ardent amour, que je la verrais
d'un œil froid ?... Ah ! quels sophismes... quelle absurdité ! Laissons aux sots ces ridicules freins, ils ne sont
pas faits pour des âmes telles que les nôtres ; l'empire
de la beauté, les saints droits de l'amour, ne connaissent point les futiles conventions humaines ; leur
ascendant les anéantit comme les rayons de l'astre du
jour épurent le sein de la terre des brouillards qui la
couvrent la nuit. Foulons aux pieds ces préjugés
atroces, toujours ennemis du bonheur ; s'ils séduisirent
quelquefois la raison, ce ne fut jamais qu'aux dépens
des plus flatteuses jouissances... qu'ils soient à jamais
méprisés par nous !

— Tu me convaincs, répondit Valmont, et je t'accorde bien facilement que ton Eugénie doit être une
maîtresse délicieuse ; beauté bien plus vive que sa
mère, si elle n'a pas tout à fait, comme ta femme, cette
langueur qui s'empare de l'âme avec tant de volupté,
elle en a ce piquant qui nous dompte, qui semble, en
un mot, subjuguer tout ce qui voudrait user de
résistance ; si l'une a l'air de céder, l'autre exige ; ce
que l'une permet, l'autre l'offre, et j'y conçois beaucoup plus de charmes.

— Ce n'est pourtant pas Eugénie que je te donne,
c'est sa mère.

— Eh! quelle raison t'engage à ce procédé?

— Ma femme est jalouse, elle me gêne, elle m'examine; elle veut marier Eugénie : il faut que je lui fasse avoir des torts, pour réussir à couvrir les miens, il faut donc que tu l'aies... que tu t'en amuses quelque temps... que tu la trahisses ensuite... que je te surprenne dans ses bras... que je la punisse, ou qu'au moyen de cette découverte, j'achète la paix de part et d'autre dans nos mutuelles erreurs... mais point d'amour, Valmont, du sang-froid, enchaîne-la, et ne t'en laisse pas maîtriser; si le sentiment s'en mêle, mes projets sont au diable.

— Ne crains rien, ce serait la première femme qui aurait échauffé mon cœur.

Nos deux scélérats convinrent donc de leurs arrangements, et il fut résolu que, dans très peu de jours, Valmont entreprendrait Mme de Franval avec pleine permission d'employer tout ce qu'il voudrait pour réussir... même l'aveu des amours de Franval, comme le plus puissant des moyens pour déterminer cette honnête femme à la vengeance.

Eugénie, à qui le projet fut confié, s'en amusa prodigieusement; l'infâme créature osa dire que si Valmont réussissait, pour que son bonheur, à elle, devînt aussi complet qu'il pourrait l'être, il faudrait qu'elle pût s'assurer, par ses yeux mêmes, de la chute de sa mère, qu'elle pût voir cette héroïne de vertu céder incontestablement aux attraits d'un plaisir qu'elle blâmait avec tant de rigueur.

Enfin le jour arrive où la plus sage et la plus malheureuse des femmes va, non seulement recevoir le coup le plus sensible qui puisse lui être porté, mais où elle va être assez outragée de son affreux époux pour être abandonnée... livrée par lui-même à celui par lequel il consent d'être déshonoré... Quel délire !... quel mépris de tous les principes, et dans quelles vues la nature peut-elle créer des cœurs aussi dépravés que ceux-là !... Quelques conversations préliminaires avaient disposé cette scène ; Valmont, d'ailleurs, était assez lié avec Franval, pour que sa femme, à qui cela était déjà arrivé sans risque, pût n'en imaginer aucun à rester en tête à tête avec lui. Tous trois étaient dans le salon, Franval se lève.

— Je me sauve, dit-il, une affaire importante m'appelle... C'est vous mettre avec votre gouvernante, madame, ajouta-t-il en riant, que de vous laisser avec Valmont : il est si sage... mais s'il s'oublie, vous me le direz, je ne l'aime pas encore au point de lui céder mes droits...

Et l'impudent s'échappe.

Après quelques propos ordinaires, nés de la plaisanterie de Franval, Valmont dit qu'il trouvait son ami changé depuis six mois.

— Je n'ai pas trop osé lui en demander la raison, continua-t-il, mais il a l'air d'avoir des chagrins.

— Ce qu'il y a de bien sûr, répondit Mme de Franval, c'est qu'il en donne furieusement aux autres.

— Oh, ciel ! que m'apprenez-vous ?... mon ami aurait avec vous des torts ?

— Puissions-nous n'en être encore que là !

— Daignez m'instruire ; vous connaissez mon zèle... mon inviolable attachement.

— Une suite de désordres horribles... une corruption de mœurs, des torts enfin de toutes les espèces... le croiriez-vous ? on nous propose pour sa fille le mariage le plus avantageux... il ne le veut pas...

Et ici l'adroit Valmont détourne les yeux, de l'air d'un homme qui pénètre... qui gémit... et qui craint de s'expliquer.

— Comment, monsieur, reprend Mme de Franval, ce que je vous dis ne vous étonne pas ? votre silence est bien singulier.

— Ah ! madame, ne vaut-il pas mieux se taire, que de parler pour désespérer ce qu'on aime ?

— Quelle est cette énigme ? expliquez-la, je vous conjure.

— Comment voulez-vous que je ne frémisse pas à vous dessiller les yeux ? dit Valmont, en saisissant avec chaleur une des mains de cette intéressante femme.

— Oh ! monsieur, reprit Mme de Franval très animée, ou ne dites plus mot, ou expliquez-vous, je l'exige... La situation où vous me tenez, est affreuse.

— Peut-être bien moins que l'état où vous me réduisez vous-même, dit Valmont, laissant tomber sur celle qu'il cherche à séduire, des regards enflammés d'amour.

— Mais que signifie tout cela, monsieur ? Vous commencez par m'alarmer, vous me faites désirer une explication, osant ensuite me faire entendre des choses que je ne dois ni ne peux souffrir, vous m'ôtez les moyens de savoir de vous ce qui m'inquiète aussi cruellement. Parlez, monsieur, **parlez**, ou vous allez me réduire au désespoir.

— Je serai donc moins obscur, puisque vous l'exigez, madame, et quoiqu'il m'en coûte à déchirer votre cœur... apprenez le motif cruel qui fonde les refus que votre époux fait à M. de Colunce... Eugénie...

— Eh bien !

— Eh bien ! madame, Franval l'adore ; moins son

père aujourd'hui que son amant, il préférerait l'obligation de renoncer au jour, à celle de céder Eugénie.

Mme de Franval n'avait pas entendu ce fatal éclair-
cissement sans une révolution qui lui fit perdre l'usage
de ses sens ; Valmont s'empresse de la secourir ; et dès
qu'il a réussi...

— Vous voyez, continue-t-il, madame, ce que coûte
l'aveu que vous avez exigé... Je voudrais pour tout au
monde...

— Laissez-moi, monsieur, laissez-moi, dit Mme de
Franval, dans un état difficile à peindre, après d'aussi
violentes secousses, j'ai besoin d'être un instant seule.

— Et vous voudriez que je vous quittasse dans cette
situation ? ah ! vos douleurs sont trop vivement ressen-
ties de mon âme, pour que je ne vous demande pas la
permission de les partager ; j'ai fait la plaie, laissez-moi
la guérir.

— Franval amoureux de sa fille, juste ciel ! cette
créature que j'ai portée dans mon sein, c'est elle qui le
déchire avec tant d'atrocité !... Un crime aussi épouvantable... ah ! monsieur, cela se peut-il ?... en êtes-
vous bien sûr ?

— Si j'en doutais encore, madame, j'aurais gardé le
silence ; j'eusse aimé mieux cent fois ne vous rien dire,
que de vous alarmer en vain ; c'est de votre époux
même que je tiens la certitude de cette infamie, il m'en
a fait la confidence ; quoi qu'il en soit, un peu de
calme, je vous en supplie ; occupons-nous plutôt
maintenant des moyens de rompre cette intrigue, que
de ceux de l'éclaircir ; or, ces moyens sont en vous
seule...

— Ah ! pressez-vous de me les apprendre !... ce
crime me fait horreur.

— Un mari du caractère de Franval, madame, ne se ramène point par de la vertu ; votre époux croit peu à la sagesse des femmes ; fruit de leur orgueil ou de leur tempérament, prétend-il, ce qu'elles font, pour se conserver à nous, est bien plus pour se contenter elles-mêmes, que pour nous plaire ou nous enchaîner... Pardon, madame, mais je ne vous déguiserai pas que je pense assez comme lui sur cet objet ; je n'ai jamais vu que ce fût avec des vertus qu'une femme parvînt à détruire les vices de son époux ; une conduite à peu près semblable à celle de Franval le piquerait beaucoup davantage, et vous le ramènerait bien mieux ; la jalousie en serait la suite assurée, et que de cœurs rendus à l'amour par ce moyen toujours infaillible ! Votre mari, voyant alors que cette vertu à laquelle il est fait, et qu'il a l'impudence de mépriser, est bien plus l'ouvrage de la réflexion que de l'insouciance ou des organes, apprendra réellement à l'estimer en vous, au moment où il vous croira capable d'y manquer... il imagine... il ose dire que si vous n'avez jamais eu d'amants, c'est que vous n'avez jamais été attaquée ; prouvez-lui qu'il ne tient qu'à vous de l'être... de vous venger de ses torts et de ses mépris ; peut-être aurez-vous fait un petit mal, d'après vos rigoureux principes ; mais que de maux vous aurez prévenus ! quel époux vous aurez converti ! et, pour un léger outrage à la déesse que vous révérez, quel sectateur n'aurez-vous pas ramené dans son temple ? Ah ! madame, je n'en appelle qu'à votre raison. Par la conduite que j'ose vous prescrire, vous ramenez à jamais Franval, vous le captivez éternellement ; il vous fuit, par une conduite contraire, il s'échappe pour ne plus revenir ; oui, madame, j'ose le certifier, ou vous n'aimez pas votre époux, ou vous ne devez pas balancer.

Mme de Franval, très surprise de ce discours, fut quelque temps sans y répondre ; reprenant ensuite la parole, en se rappelant les regards de Valmont et ses premiers propos :

— Monsieur, dit-elle avec adresse, à supposer que je cédasse aux conseils que vous me donnez, sur qui croiriez-vous que je dusse jeter les yeux pour inquiéter davantage mon mari ?

— Ah ! s'écria Valmont, ne voyant pas le piège qu'on lui tendait, chère et divine amie... sur l'homme de l'univers qui vous aime le mieux, sur celui qui vous adore depuis qu'il vous connaît, et qui jure à vos pieds de mourir sous vos lois...

— Sortez, monsieur, sortez ! dit alors impérieusement Mme de Franval, et ne reparaissez jamais devant mes yeux ! Votre artifice est découvert ; vous ne prêtez à mon mari des torts... qu'il est incapable d'avoir, que pour mieux établir vos perfides séductions ; apprenez que fût-il même coupable, les moyens que vous m'offrez, répugneraient trop à mon cœur pour les employer un instant ; jamais les travers d'un époux ne légitiment ceux d'une femme ; ils doivent devenir pour elle des motifs de plus d'être sage, afin que le juste, que l'Éternel trouvera dans les villes affligées et prêtes à subir les effets de sa colère, puisse écarter, s'il se peut, de leur sein, les flammes qui vont les dévorer.

Mme de Franval sortit à ces mots, et, demandant les gens de Valmont, elle l'obligea à se retirer... très honteux de ses premières démarches.

Quoique cette intéressante femme eût démêlé les ruses de l'ami de Franval, ce qu'il avait dit s'accordait si bien avec ses craintes et celles de sa mère, qu'elle se résolut de tout mettre en œuvre pour se convaincre de ces cruelles vérités. Elle va voir Mme de Farneille, elle lui raconte ce qui s'était passé, et revient, décidée aux démarches que nous allons lui voir entreprendre.

Il y a longtemps que l'on a dit, et avec bien de la raison, que nous n'avions pas de plus grands ennemis que nos propres valets; toujours jaloux, toujours envieux, il semble qu'ils cherchent à alléger leurs chaînes en développant des torts qui, nous plaçant alors au-dessous d'eux, laissent au moins, pour quelques instants, à leur vanité, la prépondérance sur nous que leur enlève le sort.

Mme de Franval fit séduire une des femmes d'Eugénie : une retraite sûre, un sort agréable, l'apparence d'une bonne action, tout détermine cette créature, et elle s'engage, dès la nuit suivante, à mettre Mme de Franval à même de ne plus douter de ses malheurs.

L'instant arrive. La malheureuse mère est introduite dans un cabinet voisin de l'appartement où son perfide époux outrage chaque nuit et ses nœuds et le ciel. Eugénie est avec son père; plusieurs bougies restent allumées sur une encoignure, elles vont éclairer le crime... l'autel est préparé, la victime s'y place, le sacrificateur la suit... Mme de Franval n'a plus pour elle que son désespoir, son amour irrité, son courage... elle brise les portes qui la retiennent, elle se jette dans l'appartement; et là, tombant à genoux et en larmes aux pieds de cet incestueux :

— Ô vous, qui faites le malheur de ma vie ! s'écrie-t-elle, en s'adressant à Franval, vous, dont je n'ai pas mérité de tels traitements... vous que j'adore encore, quelles que soient les injures que j'en reçoive, voyez mes pleurs... et ne me rejetez pas ! Je vous demande la

grâce de cette malheureuse, qui, trompée par sa
faiblesse et par vos séductions, croit trouver le bonheur
au sein de l'impudence et du crime... Eugénie, Eugénie, veux-tu porter le fer dans le sein où tu pris le jour ?
Ne te rends pas plus longtemps complice du forfait
dont on te cache l'horreur !... Viens... accours... vois
mes bras prêts à te recevoir ! Vois ta malheureuse
mère, à tes genoux, te conjurer de ne pas outrager à la
fois l'honneur et la nature !... Mais si vous me refusez
l'un et l'autre, continue cette femme désolée, en se
portant un poignard sur le cœur, voilà par quel moyen
je vais me soustraire aux flétrissures dont vous préten-
dez me couvrir ; je ferai jaillir mon sang jusqu'à vous,
et ce ne sera plus que sur mon triste corps que vous
pourrez consommer vos crimes.

Que l'âme endurcie de Franval pût résister à ce
spectacle, ceux qui commencent à connaître ce scélérat
le croiront facilement ; mais que celle d'Eugénie ne s'y
rendît point, voilà ce qui est inconcevable.

— Madame, dit cette fille corrompue, avec le
flegme le plus cruel, je n'accorde pas avec votre raison,
je l'avoue, le ridicule esclandre que vous venez faire
chez votre mari ; n'est-il pas le maître de ses actions ?
et quand il approuve les miennes, avez-vous quelques
droits de les blâmer ? Examinons-nous vos incartades
avec M. de Valmont ? vous troublons-nous dans vos
plaisirs ? Daignez donc respecter les nôtres, ou ne pas
vous étonner que je sois la première à presser votre
époux de prendre le parti qui pourra vous y contraindre...

En ce moment, la patience échappe à Mme de
Franval ; toute sa colère se tourne contre l'indigne
créature qui peut s'oublier au point de lui parler ainsi ;

et, se relevant avec fureur, elle s'élance sur elle... Mais l'odieux, le cruel Franval, saisissant sa femme par les cheveux, l'entraîne en furie loin de sa fille et de la chambre ; et, la jetant avec force dans les degrés [11] de la maison, il l'envoie tomber évanouie et en sang sur le seuil de la porte d'une de ses femmes, qui, réveillée par ce bruit horrible, soustrait en hâte sa maîtresse aux fureurs de son tyran, déjà descendu pour achever sa malheureuse victime... Elle est chez elle, on l'y enferme, on l'y soigne, et le monstre, qui vient de la traiter avec tant de rage, revole auprès de sa détestable compagne passer aussi tranquillement la nuit que s'il ne se fût pas ravalé au-dessous des bêtes les plus féroces, par des attentats tellement exécrables, tellement faits pour l'humilier... tellement horribles, en un mot, que nous rougissons de la nécessité où nous sommes de les dévoiler.

Plus d'illusions pour la malheureuse Franval ; il n'en était plus aucune qui pût lui devenir permise ; il n'était que trop clair que le cœur de son époux, c'est-à-dire le plus doux bien de sa vie, lui était enlevé... et par qui ? par celle qui lui devait le plus de respect... et qui venait de lui parler avec le plus d'insolence ; elle s'était également doutée que toute l'aventure de Valmont n'était qu'un détestable piège tendu pour lui faire avoir des torts, si l'on pouvait, et, dans le cas contraire, pour lui en prêter, pour l'en couvrir, afin de balancer, de légitimer par là, ceux, mille fois plus graves, qu'on osait avoir avec elle.

Rien n'était plus certain. Franval, instruit des mauvais succès de Valmont, l'avait engagé à remplacer le vrai par l'imposture et l'indiscrétion... à publier hautement qu'il était l'amant de Mme de Franval ; et il

avait été conclu dans cette société qu'on ferait contre-
faire des lettres abominables, qui statueraient, de la
manière la moins équivoque, l'existence du commerce
auquel cependant cette malheureuse épouse avait
refusé de se prêter.

Cependant, au désespoir, blessée même en plusieurs
endroits de son corps, Mme de Franval tomba sérieusement malade ; et son barbare époux, se refusant à la
voir, ne daignant pas même s'informer de son état,
partit avec Eugénie pour la campagne, sous prétexte
que la fièvre étant dans sa maison, il ne voulait pas
exposer sa fille.

Valmont se présenta plusieurs fois à la porte de
Mme de Franval pendant sa maladie, mais sans être
une seule fois reçu ; enfermée avec sa tendre mère et
M. de Clervil, elle ne vit absolument personne ;
consolée par des amis si chers, si faits pour avoir des
droits sur elle, et rendue à la vie par leurs soins, au
bout de quarante jours elle fut en état de voir du
monde. Franval alors ramena sa fille à Paris, et l'on
disposa tout avec Valmont pour se munir d'armes
capables de balancer celles qu'il paraissait que Mme de
Franval et ses amis allaient diriger contre eux.

Notre scélérat parut chez sa femme dès qu'il la crut
en état de le recevoir.

— Madame, lui dit-il froidement, vous ne devez pas
douter de la part que j'ai prise à votre état ; il m'est
impossible de vous déguiser que c'est à lui seul que
vous devez la retenue d'Eugénie ; elle était décidée à
porter contre vous les plaintes les plus vives sur la
façon dont vous l'avez traitée ; quelque convaincue
qu'elle puisse être du respect qu'une fille doit à sa
mère, elle ne peut ignorer cependant que cette mère se

met dans le plus mauvais cas du monde en se jetant sur sa fille, le poignard à la main ; une vivacité de cette espèce, madame, pourrait, en ouvrant les yeux du gouvernement sur votre conduite, nuire infailliblement un jour à votre liberté et à votre honneur.

— Je ne m'attendais pas à cette récrimination, monsieur, répondit Mme de Franval ; et quand, séduite par vous, ma fille se rend à la fois coupable d'inceste, d'adultère, de libertinage et de l'ingratitude la plus odieuse envers celle qui l'a mise au monde... oui, je l'avoue, je n'imaginais pas que, d'après cette complication d'horreurs, ce fût à moi de redouter des plaintes : il faut tout votre art, toute votre méchanceté, monsieur, pour, en excusant le crime avec autant d'audace, accuser l'innocence !

— Je n'ignore pas, madame, que les prétextes de votre scène ont été les odieux soupçons que vous osez former sur moi ; mais des chimères ne légitiment pas des crimes : ce que vous avez pensé est faux ; ce que vous avez fait n'a malheureusement que trop de réalité. Vous vous étonnez des reproches que vous a adressés ma fille à l'occasion de votre intrigue avec Valmont ; mais, madame, elle ne dévoile les irrégularités de votre conduite qu'après tout Paris : cet arrangement est si connu... les preuves, malheureusement, si constantes, que ceux qui vous en parlent commettent tout au plus une imprudence, mais non pas une calomnie.

— Moi, monsieur ! dit cette respectable épouse, en se levant indignée... moi, des arrangements avec Valmont ?... juste ciel ! c'est vous qui le dites ! (Et avec des flots de larmes) Ingrat ! voilà le prix de ma tendresse... voilà la récompense de t'avoir tant aimé :

tu n'es pas content de m'outrager aussi cruellement, il
ne te suffit pas de séduire ma propre fille ; il faut encore
que tu oses légitimer tes crimes en m'en prêtant qui
seraient plus affreux pour moi que la mort... (Et se
reprenant) Vous avez des preuves de cette intrigue,
monsieur, dites-vous, faites-les voir, j'exige qu'elles
soient publiques, je vous contraindrai de les faire
paraître à toute la terre, si vous refusez de me les
montrer.

— Non, madame, je ne les montrerai point à toute
la terre, ce n'est pas communément un mari qui fait
éclater ces sortes de choses ; il en gémit et les cache de
son mieux ; mais si vous les exigez, vous, madame, je
ne vous les refuserai certainement point... (Et sortant
alors un portefeuille de sa poche) Asseyez-vous, dit-il,
ceci doit être vérifié avec calme ; l'humeur et l'emportement nuiraient sans me convaincre : remettez-vous
donc, je vous prie, et discutons ceci de sang-froid.

Mme de Franval, bien parfaitement convaincue de
son innocence, ne savait que penser de ces préparatifs ;
et sa surprise, mêlée d'effroi, la tenait dans un état
violent.

— Voici d'abord, madame, dit Franval, en vidant
un des côtés du portefeuille, toute votre correspondance avec Valmont depuis environ six mois : n'accusez point ce jeune homme d'imprudence ou d'indiscrétion ; il est trop honnête sans doute pour oser vous
manquer à ce point. Mais un de ces gens, plus adroit
que lui n'est attentif, a trouvé le secret de me procurer
ces monuments précieux de votre extrême sagesse et de
votre éminente vertu. (Puis feuilletant les lettres qu'il
éparpillait sur la table) trouvez bon, continua-t-il, que
parmi beaucoup de ces bavardages ordinaires d'une

femme échauffée... par un homme fort aimable... j'en choisisse une qui m'a paru plus leste et plus décisive encore que les autres... La voici, madame :

Mon ennuyeux époux soupe ce soir à sa petite maison du faubourg avec cette créature horrible... et qu'il est impossible que j'aie mise au monde : venez, mon cher, me consoler de tous les chagrins que me donnent ces deux monstres... Que dis-je ? n'est-ce pas le plus grand service qu'ils puissent me rendre à présent, et cette intrigue n'empêchera-t-elle pas mon mari d'apercevoir la nôtre ? Qu'il en resserre donc les nœuds autant qu'il lui plaira ; mais qu'il ne s'avise point au moins de vouloir briser ceux qui m'attachent au seul homme que j'aie vraiment adoré dans le monde.

— Eh bien ! madame ?

— Eh bien ! monsieur, je vous admire, répondit Mme de Franval, chaque jour ajoute à l'incroyable estime que vous êtes fait pour mériter ; et quelques grandes qualités que je vous aie reconnues jusqu'à présent, je l'avoue, je ne vous savais pas encore celles de faussaire et de calomniateur.

— Ah ! vous niez ?

— Point du tout ; je ne demande qu'à être convaincue ; nous ferons nommer des juges... des experts ; et nous demanderons, si vous le voulez bien, la peine la plus rigoureuse pour celui des deux qui sera le coupable !

— Voilà ce qu'on appelle de l'effronterie : allons, j'aime mieux cela que de la douleur... poursuivons. Que vous ayez un amant, madame, dit Franval, en secouant l'autre partie du portefeuille, avec une jolie figure et un *ennuyeux époux*, rien que de très simple assurément ; mais qu'à votre âge vous entreteniez cet amant, et cela à mes frais, c'est ce que vous me permettrez de ne pas trouver aussi simple... Cependant voici pour cent mille écus de mémoires, ou payés par vous, ou arrêtés de votre main en faveur de Valmont ; daignez les parcourir, je vous conjure, ajouta ce monstre en les lui présentant sans les lui laisser toucher...

A Zaïde, bijoutier.

Arrêté le présent mémoire de la somme de vingt-deux mille livres pour le compte de M. de Valmont, par arrangement avec lui.

FARNEILLE DE FRANVAL.

A Jamet, marchand de chevaux, six mille livres... c'est cet attelage bai-brun qui fait aujourd'hui les délices de Valmont et l'admiration de tout Paris... Oui, madame, en voilà pour *trois cent mille deux cent quatre-vingt-trois livres dix sols,* dont vous devez encore plus d'un tiers, et dont vous avez très loyalement acquitté le reste... Eh bien ! madame ?

— Ah ! monsieur, quant à cette fraude, elle est trop grossière pour me causer la plus légère inquiétude ; je n'exige qu'une chose pour confondre ceux qui l'inventent contre moi... que les gens à qui j'ai, dit-on, arrêté ces mémoires, paraissent, et qu'ils fassent serment que j'ai eu affaire à eux.

— Ils le feront, madame, n'en doutez pas ; m'auraient-ils eux-mêmes prévenu de votre conduite, s'ils n'étaient décidés à soutenir ce qu'ils ont déclaré ? L'un d'eux devait même, sans moi, vous faire assigner aujourd'hui...

Des pleurs amers jaillissent alors des beaux yeux de
cette malheureuse femme; son courage cesse de la
soutenir, elle tombe dans un accès de désespoir, mêlé
de symptômes effrayants, elle frappe sa tête contre les
marbres qui l'entourent, elle se meurtrit le visage.

— Monsieur, s'écrie-t-elle, en se jetant aux pieds de
son époux, daignez vous défaire de moi, je vous en
supplie, par des moyens moins lents et moins affreux!
Puisque mon existence gêne vos crimes, anéantissez-la
d'un seul coup... ne me plongez pas si lentement au
tombeau... Suis-je coupable de vous avoir aimé?... de
m'être révoltée contre ce qui m'enlevait aussi cruellement votre cœur?... Eh bien! punis-m'en, barbare,
oui, prends ce fer, dit-elle, en se jetant sur l'épée de son
mari, prends-le, te dis-je, et perce-moi le sein sans
pitié; mais que je meure au moins digne de ton estime,
que j'emporte au tombeau, pour unique consolation, la
certitude que tu me crois incapable des infamies dont
tu ne m'accuses... que pour couvrir les tiennes...

Et elle était à genoux, renversée aux pieds de
Franval, ses mains saignantes et blessées du fer nu
dont elle s'efforçait de se saisir pour déchirer son sein;
ce beau sein était découvert, ses cheveux en désordre y
retombaient, en s'inondant des larmes qu'elle répan-
dait à grands flots; jamais la douleur n'eut plus de
pathétique et plus d'expression, jamais on ne l'avait
vue sous les détails plus touchants, plus intéressants et
plus nobles...

— Non, madame, dit Franval, en s'opposant au
mouvement, non, ce n'est pas votre mort que l'on veut,
c'est votre punition; je conçois votre repentir, vos
pleurs ne m'étonnent point, vous êtes furieuse d'être
découverte; ces dispositions me plaisent en vous, elles

me font augurer un amendement... que précipitera
sans doute le sort que je vous destine, et je vole y
donner mes soins.

— Arrête, Franval ! s'écrie cette malheureuse,
n'ébruite pas ton déshonneur, n'apprends pas toi-
même au public que tu es à la fois parjure, faussaire,
incestueux et calomniateur... Tu veux te défaire de
moi, je te fuirai, j'irai chercher quelque asile où ton
souvenir même échappe à ma mémoire... tu seras libre,
tu seras criminel impunément... oui, je t'oublierai... si
je le puis, cruel, ou si ta déchirante image ne peut
s'effacer de mon cœur, si elle me poursuit encore dans
mon obscurité profonde... je ne l'anéantirai pas, perfide, cet effort serait au-dessus de moi, non, je ne
l'anéantirai pas, mais je me punirai de mon aveuglement, et j'ensevelirai dès lors, dans l'horreur des
tombeaux, l'autel coupable où tu fus trop chéri...

A ces mots, derniers élans d'une âme accablée par
une maladie récente, l'infortunée s'évanouit et tomba
sans connaissance. Les froides ombres de la mort
s'étendirent sur les roses de ce beau teint, déjà flétries
par l'aiguillon du désespoir, on ne vit plus qu'une
masse inanimée, que ne pouvaient pourtant abandonner les grâces, la modestie, la pudeur... tous les attraits
de la vertu. Le monstre sort, il va jouir, avec sa
coupable fille, du triomphe effrayant que le vice, ou
plutôt la scélératesse, ose emporter sur l'innocence et
sur le malheur.

Ces détails plurent infiniment à l'exécrable fille de
Franval, elle aurait voulu les voir... il aurait fallu
porter l'horreur plus loin, il aurait fallu que Valmont
triomphât des rigueurs de sa mère, que Franval surprît
leurs amours. Quels moyens, si tout cela eût eu lieu,

quels moyens de justification fût-il resté à leur victime ? et n'était-il pas important de les ravir tous ?
Telle était Eugénie.

Cependant, la malheureuse épouse de Franval
n'ayant que le sein de sa mère qui pût s'entrouvrir à
ses larmes, ne fut pas longtemps à lui faire part de ses
nouveaux sujets de chagrin ; ce fut alors que Mme de
Farneille imagina que l'âge, l'état, la considération
personnelle de M. de Clervil, pourraient peut-être
produire quelques bons effets sur son gendre ; rien
n'est confiant comme le malheur ; elle mit, le mieux
qu'elle put, ce respectable ecclésiastique au fait de tous
les désordres de Franval, elle le convainquit de ce qu'il
n'avait jamais voulu croire, elle lui enjoignit surtout de
n'employer, avec un tel scélérat, que cette éloquence
persuasive, plutôt faite pour le cœur que pour l'esprit ;
après qu'il aurait causé avec ce perfide, elle lui
recommanda d'obtenir une entrevue d'Eugénie, où il
mettrait de même en usage tout ce qu'il croirait de plus
propre à éclairer cette jeune malheureuse sur l'abîme
ouvert sous ses pas, et à la ramener, s'il était possible
au sein de sa mère et de la vertu.

Franval, instruit que Clervil devait demander à voir
sa fille et lui, eut le temps de se combiner avec elle, et,
leurs projets bien disposés, ils firent savoir au directeur
de Mme de Farneille que l'un et l'autre étaient prêts à
l'entendre. La crédule Franval espérait tout de l'éloquence de ce guide spirituel ; les malheureux saisissent
les chimères avec tant d'avidité ; et, pour se procurer
une jouissance que la vérité leur refuse, ils réalisent
avec beaucoup d'art toutes les illusions !

Clervil arrive : il était neuf heures du matin ;
Franval le reçoit dans l'appartement où il avait

coutume de passer les nuits avec sa fille ; il l'avait fait
orner avec toute l'élégance imaginable, en y laissant
néanmoins régner une sorte de désordre qui constatait
ses criminels plaisirs... Eugénie, près de là, pouvait
tout entendre, afin de se mieux disposer à l'entrevue
qu'on lui destinait à son tour.

— Ce n'est qu'avec la plus grande crainte de vous
déranger, monsieur, dit Clervil, que j'ose me présenter
devant vous ; les gens de notre état sont communément
si à charge aux personnes qui, comme vous, passent
leur vie dans les voluptés de ce monde, que je me
reproche d'avoir consenti aux désirs de Mme de
Farneille, en vous faisant demander la permission de
vous entretenir un instant.

— Asseyez-vous, monsieur, et tant que le langage
de la justice et de la raison régnera dans vos discours,
ne redoutez jamais l'ennui pour moi.

— Vous êtes adoré d'une jeune épouse pleine de
charmes et de vertus, qu'on vous accuse de rendre bien
malheureuse, monsieur ; n'ayant pour elle que son
innocence et sa candeur, n'ayant que l'oreille de sa
mère qui puisse écouter ses plaintes, vous idolâtrant
toujours malgré vos torts, vous imaginez aisément
quelle doit être l'horreur de sa position !

— Je voudrais, monsieur, que nous allassions au
fait, il me semble que vous employez des détours ; quel
est l'objet de votre mission ?

— De vous rendre au bonheur, s'il était possible.

— Donc, si je me trouve heureux comme je suis,
vous ne devez plus rien avoir à me dire ?

— Il est impossible, monsieur, que le bonheur
puisse se trouver dans le crime.

— J'en conviens ; mais celui qui, par des études

profondes, par des réflexions mûres, a pu mettre son
esprit au point de ne soupçonner de mal à rien, de voir
avec la plus tranquille indifférence toutes les actions
humaines, de les considérer toutes comme des résultats
nécessaires d'une puissance, telle qu'elle soit, qui
tantôt bonne et tantôt perverse, mais toujours impérieuse, nous inspire tour à tour ce que les hommes
approuvent ou ce qu'ils condamnent, mais jamais rien
qui la dérange ou qui la trouble, celui-là, dis-je, vous
en conviendrez, monsieur, peut se trouver aussi heureux, en se conduisant comme je le fais, que vous l'êtes
dans la carrière que vous parcourez ; le bonheur est
idéal, il est l'ouvrage de l'imagination [12] ; c'est une
manière d'être mû, qui dépend uniquement de notre
façon de voir et de sentir ; il n'est, excepté la satisfaction des besoins, aucune chose qui rende tous les
hommes également heureux ; nous voyons chaque jour
un individu le devenir, de ce qui déplaît souverainement à un autre ; il n'y a donc point de bonheur
certain, il ne peut en exister pour nous d'autre que
celui que nous nous formons en raison de nos organes
et de nos principes.

— Je le sais, monsieur, mais si l'esprit nous trompe,
la conscience ne nous égare jamais, et voilà le livre où
la nature écrit tous nos devoirs.

— Et n'en faisons-nous pas ce que nous voulons, de
cette conscience factice ? l'habitude la ploie, elle est
pour nous une cire molle qui prend sous nos doigts
toutes les formes ; si ce livre était aussi sûr que vous le
dites, l'homme n'aurait-il pas une conscience invaria-
ble ? d'un bout de la terre à l'autre, toutes les actions
ne seraient-elles pas les mêmes pour lui ? et cependant
cela est-il ? l'Hottentot tremble-t-il de ce qui effraie le

Français ? et celui-ci ne fait-il pas tous les jours ce qui le ferait punir au Japon ? Non, monsieur, non, il n'y a rien de réel dans le monde, rien qui mérite louange ou blâme, rien qui soit digne d'être récompensé ou puni, rien qui, injuste ici, ne soit légitime à cinq cents lieues de là, aucun mal réel, en un mot, aucun bien constant.

— Ne le croyez pas, monsieur ; la vertu n'est point une chimère ; il ne s'agit pas de savoir si une chose est bonne ici, ou mauvaise à quelques degrés de là, pour lui assigner une détermination précise de crime ou de vertu, et s'assurer d'y trouver le bonheur en raison du choix qu'on en aura fait ; l'unique félicité de l'homme ne peut se trouver que dans la soumission la plus entière aux lois de son pays ; il faut, ou qu'il les respecte, ou qu'il soit misérable, point de milieu entre leur infraction ou l'infortune. Ce n'est pas, si vous le voulez, de ces choses en elles-mêmes, d'où naissent les maux qui nous accablent, quand nous nous y livrons lorsqu'elles sont défendues, c'est de la lésion que ces choses, bonnes ou mauvaises intrinsèquement, font aux conventions sociales du climat que nous habitons. Il n'y a certainement aucun mal à préférer la promenade des boulevards à celle des Champs-Élysées ; s'il se promulguait néanmoins une loi, qui interdît les boulevards aux citoyens, celui qui enfreindrait cette loi se préparerait peut-être une chaîne éternelle de malheurs, quoiqu'il n'eût fait qu'une chose très simple en l'enfreignant ; l'habitude, d'ailleurs, de rompre des freins ordinaires fait bientôt briser les plus sérieux, et, d'erreurs en erreurs, on arrive à des crimes, faits pour être punis dans tous les pays de l'univers, faits pour inspirer de l'effroi à toutes les créatures raisonnables qui habitent le globe, sous quelque pôle que ce puisse être. S'il n'y a pas une conscience universelle pour l'homme, il y en a donc une nationale, relative à l'existence que nous avons reçue de la nature, et dans laquelle sa main imprime nos devoirs, en traits que nous n'effaçons point sans danger. Par exemple, monsieur, votre famille vous accuse d'inceste; de quelques sophismes que l'on se soit servi pour légitimer ce crime, pour en amoindrir l'horreur, quelque spécieux qu'aient été les raisonnements entrepris sur cette matière, de quelque autorité qu'on les ait appuyés par des exemples pris chez les nations voisines, il n'en reste pas moins démontré que ce délit, qui n'est tel que chez quelques peuples, ne soit certainement dangereux, là où les lois l'interdisent; il n'en est pas moins certain qu'il peut entraîner après lui les plus affreux inconvénients, et des crimes nécessités par ce premier;... des crimes, dis-je, les plus faits pour être en horreur aux hommes. Si vous eussiez épousé votre fille sur les bords du Gange, où ces mariages sont permis, peut-être n'eussiez-vous fait qu'un mal très inférieur; dans un gouvernement où ces alliances sont défendues, en offrant ce tableau révoltant au public... aux yeux d'une femme qui vous adore, et que cette perfidie met au tombeau, vous commettez, sans doute, une action épouvantable, un délit qui tend à briser les plus saints nœuds de la nature, ceux qui, attachant votre fille à l'être dont elle a reçu le jour, doivent lui rendre cet être le plus respectable et le plus sacré de tous les objets. Vous obligez cette fille à mépriser des devoirs aussi précieux, vous lui faites haïr celle qui l'a portée dans son sein; vous préparez, sans vous en apercevoir, les armes qu'elle peut diriger contre vous; vous ne lui présentez aucun système, vous ne lui inculquez aucun principe, où ne soit gravée votre condamnation ; et si son bras attente un jour à votre vie, vous aurez vous-même aiguisé les poignards.

— Votre manière de raisonner, si différente de celle des gens de votre état, répondit Franval, va m'engager d'abord à de la confiance, monsieur ; je pourrais nier votre inculpation ; ma franchise à me dévoiler vis-à-vis de vous va vous obliger, je l'espère, à croire également les torts de ma femme, quand j'emploierai, pour vous les exposer, la même vérité qui va guider l'aveu des miens. Oui, monsieur, j'aime ma fille, je l'aime avec passion, elle est ma maîtresse, ma femme, ma sœur, ma confidente, mon amie, mon unique dieu sur la terre, elle a tous les titres enfin qui peuvent obtenir les hommages d'un cœur, et tous ceux du mien lui sont dus ; ces sentiments dureront autant que ma vie ; je dois donc les justifier, sans doute, ne pouvant parvenir à y renoncer.

Le premier devoir d'un père envers sa fille est incontestablement, vous en conviendrez, monsieur, de lui procurer la plus grande somme de bonheur possible [13] ; s'il n'y est point parvenu, il est en reste avec cette fille ; s'il a réussi, il est à l'abri de tous les reproches. Je n'ai ni séduit ni contraint Eugénie, cette considération est remarquable, ne la laissez pas échapper ; je ne lui ai point caché le monde, je lui ai développé les roses de l'hymen à côté des ronces qu'on y trouve ; je me suis offert ensuite ; j'ai laissé Eugénie libre de choisir, elle a eu tout le temps de réflexion, elle n'a point balancé, elle a protesté qu'elle ne trouvait le bonheur qu'avec moi ; ai-je eu tort de lui donner, pour la rendre heureuse, ce qu'avec connaissance de cause elle a paru préférer à tout ?

— Ces sophismes ne légitiment rien, monsieur ; vous ne deviez pas laisser entrevoir à votre fille, que l'être qu'elle ne pouvait préférer sans crime pouvait devenir l'objet de son bonheur ; quelque belle apparence que pût avoir un fruit, ne vous repentiriez-vous pas de l'offrir à quelqu'un, si vous étiez sûr que la mort fût cachée sous sa pulpe ? Non, monsieur, non, vous n'avez eu que vous pour objet, dans cette malheureuse conduite, et vous en avez rendu votre fille et la complice et la victime ; ces procédés sont impardonnables... et cette épouse vertueuse et sensible, dont vous déchirez le sein à plaisir, quels torts a-t-elle à vos yeux ? quels torts, homme injuste... quel autre que celui de vous idolâtrer ?

— Voilà où je vous veux, monsieur, et c'est sur cet objet que j'attends de vous de la confiance ; j'ai quelque droit d'en espérer, sans doute, après la manière pleine de franchise dont vous venez de me voir convenir de ce qu'on m'impute !

Et alors Franval, en montrant à Clervil les fausses lettres et les faux billets qu'il attribuait à sa femme, lui certifia que rien n'était plus réel que ces pièces, et que l'intrigue de Mme de Franval avec celui qu'elles avaient pour objet. Clervil savait tout :

— Eh bien ! monsieur, dit-il alors fermement à Franval, ai-je eu raison de vous dire qu'une erreur, vue d'abord comme sans conséquence en elle-même, peut, en nous accoutumant à franchir des bornes, nous conduire aux derniers excès du crime et de la méchanceté ? Vous avez commencé par une action nulle à vos yeux, et vous voyez, pour la légitimer ou la couvrir, toutes les infamies qu'il vous faut faire... Voulez-vous m'en croire, monsieur, jetons au feu ces impardonna-

bles noirceurs, et oublions-en, je vous conjure, jusqu'au plus léger souvenir.

— Ces pièces sont réelles, monsieur.

— Elles sont fausses.

— Vous ne pouvez être que dans le doute : cet état
suffit-il à me donner un démenti ?

— Permettez, monsieur, je n'ai pour les supposer
vraies que ce que vous me dites, et vous avez le plus
grand intérêt à soutenir votre accusation ; j'ai, pour
croire ces pièces fausses, les aveux de votre épouse, qui
aurait également le plus grand intérêt à me dire si elles
étaient réelles, dans le cas où elles le seraient ; voilà
comme je juge, monsieur... l'intérêt des hommes, tel
est le véhicule de toutes leurs démarches, le grand
ressort de toutes leurs actions ; où je le trouve, s'allume
aussitôt pour moi le flambeau de la vérité ; cette règle
ne me trompa jamais, il y a quarante ans que je m'en
sers ; et la vertu de votre femme n'anéantira-t-elle pas,
d'ailleurs, à tous les yeux cette abominable calomnie ?
est-ce avec sa franchise, est-ce avec sa candeur, est-ce
avec l'amour dont elle brûle encore pour vous, qu'on
se permet de telles atrocités ? Non, monsieur, non, ce
ne sont point là les débuts du crime, en en connaissant
aussi bien les effets, vous en deviez mieux diriger les
fils.

— Des invectives, monsieur !

— Pardon, l'injustice, la calomnie, le libertinage,
révoltent si souverainement mon âme, que je ne suis
quelquefois pas le maître de l'agitation où ces horreurs
me plongent ; brûlons ces papiers, monsieur, je vous le
demande encore avec instance... brûlons-les, pour
votre honneur et pour votre repos.

— Je n'imaginais pas, monsieur, dit Franval, en se

levant, qu'avec le ministère que vous exercez, on devînt aussi facilement l'apologiste... le protecteur de l'inconduite et de l'adultère ; ma femme me flétrit, elle me ruine, je vous le prouve ; votre aveuglement sur elle vous fait préférer de m'accuser moi-même et de me supposer plutôt un calomniateur, qu'elle une femme perfide et débauchée ! Eh bien, monsieur, les lois en décideront, tous les tribunaux de France retentiront de mes plaintes, j'y porterai mes preuves, j'y publierai mon déshonneur, et nous verrons alors si vous aurez encore la bonhomie, ou plutôt la sottise, de protéger contre moi une aussi impudente créature.

— Je me retirerai donc, monsieur, dit Clervil, en se levant aussi ; je n'imaginais pas que les travers de votre esprit altérassent autant les qualités de votre cœur, et qu'aveuglé par une vengeance injuste, vous devinssiez capable de soutenir de sang-froid ce que put enfanter le délire... Ah ! monsieur, comme tout ceci me convainc, mieux que jamais, que quand l'homme a franchi le plus sacré de ses devoirs, il se permet bientôt de pulvériser tous les autres... Si vos réflexions vous ramènent, vous daignerez me faire avertir, monsieur, et vous trouverez toujours, dans votre famille et moi, des amis prêts à vous recevoir... M'est-il permis de voir un instant mademoiselle votre fille ?

— Vous en êtes le maître, monsieur ; je vous exhorte même à faire valoir auprès d'elle, ou des moyens plus éloquents, ou des ressources plus sûres, pour lui présenter ces vérités lumineuses, où je n'ai eu le malheur d'apercevoir que de l'aveuglement et des sophismes.

Clervil passa chez Eugénie. Elle l'attendait dans le déshabillé le plus coquet et le plus élégant ; cette sorte d'indécence, fruit de l'abandon de soi-même et du crime, régnait impudemment dans ses gestes et dans ses regards, et la perfide, outrageant les grâces qui l'embellissaient malgré elle, réunissait, et ce qui peut enflammer le vice, et ce qui révolte la vertu.

N'appartenant pas à une jeune fille d'entrer dans des détails aussi profonds, qu'à un philosophe comme Franval, Eugénie s'en tint au persiflage ; peu à peu, elle en vint aux agaceries les plus décidées ; mais s'apercevant bientôt que ses séductions étaient perdues, et qu'un homme aussi vertueux que celui auquel elle avait affaire ne se prendrait pas à ses pièges, elle coupe adroitement les nœuds qui retiennent le voile de ses charmes, et, se mettant ainsi dans le plus grand désordre avant que Clervil ait le temps de s'en apercevoir :

— Le misérable ! dit-elle en jetant les hauts cris, qu'on éloigne ce monstre ! que l'on cache surtout son crime à mon père. Juste ciel ! j'attends de lui des conseils pieux... et le malhonnête homme en veut à ma pudeur !... Voyez, dit-elle à ses gens accourus sur ses cris, voyez l'état où l'impudent m'a mise ; les voilà, les voilà, ces bénins sectateurs d'une divinité qu'ils outragent ; ie scandale, la débauche, la séduction, voilà ce qui compose leurs mœurs, et, dupes de leur fausse vertu, nous osons sottement les révérer encore.

Clervil, très irrité d'un pareil esclandre, parvint pourtant à cacher son trouble ; et se retirant avec sang-froid, au travers de la foule qui l'entoure :

— Que le ciel, dit-il paisiblement, conserve cette infortunée... qu'il la rende meilleure s'il le peut, et que personne dans sa maison n'attente plus que moi sur des sentiments de vertu... que je venais bien moins pour flétrir que pour ranimer dans son cœur.

Tel fut le seul fruit que Mme de Farneille et sa fille recueillirent d'une négociation dont elles avaient tant espéré. Elles étaient loin de connaître les dégradations que le crime occasionne dans l'âme des scélérats ; ce qui agirait sur les autres, les aigrit, et c'est dans les leçons mêmes de la sagesse qu'ils trouvent de l'encouragement au mal.

De ce moment, tout s'envenima de part et d'autre, Franval et Eugénie virent bien qu'il fallait convaincre Mme de Franval de ses prétendus torts, d'une manière qui ne lui permît plus d'en douter ; et Mme de Farneille, de concert avec sa fille, projeta très sérieusement de faire enlever Eugénie. On en parla à Clervil : cet honnête ami refusa de prendre part à d'aussi vives résolutions ; il avait, disait-il, été trop maltraité dans cette affaire pour pouvoir autre chose qu'implorer la grâce des coupables, il la demandait avec instance, et se défendait constamment de tout autre genre d'office ou de médiation. Quelle sublimité de sentiments ! Pourquoi cette noblesse est-elle si rare dans les individus de cette robe ? ou pourquoi cet homme unique en portait-il une si flétrie ? Commençons par les tentatives de Franval.

Valmont reparut.

— Tu es un imbécile, lui dit le coupable amant d'Eugénie, tu es indigne d'être mon élève ; et je te tympanise aux yeux de tout Paris si, dans une seconde entrevue, tu ne te conduis pas mieux avec ma femme ; il faut l'avoir [14], mon ami, mais l'avoir authentiquement, il faut que mes yeux me convainquent de sa défaite... il faut enfin que je puisse ôter à cette détestable créature tout moyen d'excuse et de défense.

— Mais si elle résiste ? répondit Valmont.

— Tu emploieras la violence... J'aurai soin d'écarter tout le monde... Effraie-la, menace-la : qu'importe ?... Je regarderai comme autant de services signalés de ta part tous les moyens de ton triomphe.

— Écoute, dit alors Valmont, je consens à ce que tu me proposes, je te donne ma parole que ta femme cédera ; mais j'exige une condition, rien de fait si tu la refuses ; la jalousie ne doit entrer pour rien dans nos arrangements, tu le sais ; j'exige donc que tu me laisses passer un seul quart d'heure avec Eugénie... tu n'imagines pas comme je me conduirai, quand j'aurai joui du plaisir d'entretenir un moment ta fille...

— Mais, Valmont...

— Je conçois tes craintes ; mais si tu me crois ton ami, je ne te les pardonne pas, je n'aspire qu'aux charmes de voir Eugénie seule et de l'entretenir une minute.

— Valmont, dit Franval un peu étonné, tu mets à tes services un prix beaucoup trop cher ; je connais, comme toi, tous les ridicules de la jalousie, mais j'idolâtre celle dont tu me parles, et je céderais plutôt ma fortune que ses faveurs.

— Je n'y prétends pas, sois tranquille.

Et Franval, qui voit bien que, dans le nombre de ses connaissances, aucun être n'est capable de le servir comme Valmont, s'opposant vivement à ce qu'il échappe...

— Eh bien ! lui dit-il avec un peu d'humeur, je le répète, tes services sont chers ; en les acquittant de cette façon, tu me tiens quitte de la reconnaissance.

— Oh ! la reconnaissance n'est le prix que des services honnêtes ; elle ne s'allumera jamais dans ton cœur pour ceux que je vais te rendre ; il y a mieux, c'est qu'ils nous brouilleront avant deux mois... Va, mon ami, je connais l'homme... ses travers... ses écarts, et toutes les suites qu'ils entraînent ; place cet animal, le plus méchant de tous, dans telle situation qu'il te plaira, et je ne manquerai pas un seul résultat sur tes données. Je veux donc être payé d'avance, ou je ne fais rien.

— J'accepte, dit Franval.

— Eh bien ! répondit Valmont, tout dépend de ta volonté maintenant : j'agirai quand tu voudras.

— Il me faut quelques jours pour mes préparatifs, dit Franval, mais dans quatre au plus je suis à toi.

M. de Franval avait élevé sa fille de manière à être bien sûr que ce ne serait pas l'excès de sa pudeur qui lui ferait refuser de se prêter aux plans combinés avec son ami ; mais il était jaloux, Eugénie le savait ; elle l'adorait pour le moins autant qu'elle en était chérie, et elle avoua à Franval, dès qu'elle sut de quoi il s'agissait, qu'elle redoutait infiniment que ce tête-à-tête n'eût des suites. Franval, qui croyait connaître assez Valmont pour être sûr qu'il n'y aurait dans tout cela que quelques aliments pour sa tête, mais aucun danger pour son cœur, dissipa de son mieux les craintes de sa fille, et tout se prépara.

Tel fut l'instant où Franval apprit, par des gens sûrs et totalement à lui dans la maison de sa belle-mère, qu'Eugénie courait de grands risques, et que Mme de Farneille était au moment d'obtenir un ordre pour la faire enlever. Franval ne doute pas que le complot ne soit l'ouvrage de Clervil ; et laissant là pour un moment les projets de Valmont, il ne s'occupe que du soin de se défaire du malheureux ecclésiastique qu'il croit si faussement l'instigateur de tout ; il sème l'or, ce véhicule puissant de tous les vices est placé par lui dans mille mains diverses : six coquins affidés lui répondent enfin d'exécuter ses ordres.

Un soir, au moment où Clervil, qui soupait souvent chez Mme de Farneille, s'en retire seul, et à pied, on l'enveloppe... on le saisit... on lui dit que c'est de la part du gouvernement. On lui montre un ordre contrefait, on le jette dans une chaise de poste, et on le conduit en toute diligence dans les prisons d'un château isolé que possédait Franval, au fond des Ardennes. Là, le malheureux est recommandé, au concierge de cette terre, comme un scélérat qui a voulu attenter à la vie de son maître ; et les meilleures précautions se prennent pour que cette victime infortunée, dont le seul tort est d'avoir usé de trop d'indulgence envers ceux qui l'outragent aussi cruellement, ne puisse jamais reparaître au jour.

Mme de Farneille fut au désespoir. Elle ne douta point que le coup ne partît de la main de son gendre ; les soins nécessaires à retrouver Clervil ralentirent un peu ceux de l'enlèvement d'Eugénie ; avec un très petit nombre de connaissances et un crédit fort médiocre, il était difficile de s'occuper à la fois de deux objets aussi importants, d'ailleurs cette action vigoureuse de Franval en avait imposé. On ne pensa donc qu'au directeur ; mais toutes les recherches furent vaines ; notre scélérat avait si bien pris ses mesures, qu'il devint impossible de rien découvrir : Mme de Franval n'osait trop questionner son mari, ils ne s'étaient pas encore parlé depuis la dernière scène, mais la grandeur de l'intérêt anéantit toute considération ; elle eut enfin le courage de demander à son tyran si son projet était

d'ajouter à tous les mauvais procédés qu'il avait pour
elle, celui d'avoir privé sa mère du meilleur ami qu'elle
eût au monde. Le monstre se défendit ; il poussa la
fausseté jusqu'à s'offrir pour faire des recherches ;
voyant que pour préparer la scène de Valmont, il avait
besoin d'adoucir l'esprit de sa femme, en renouvelant
sa parole de tout mettre en mouvement pour retrouver
Clervil, il prodigua les caresses à cette crédule épouse,
l'assura que quelque infidélité qu'il lui fît, il lui
devenait impossible de ne pas l'adorer au fond de
l'âme ; et Mme de Franval, toujours complaisante et
douce, toujours heureuse de ce qui la rapprochait d'un
homme qui lui était plus cher que la vie, se prêta à tous
les désirs de cet époux perfide, les prévint, les servit, les
partagea tous [15], sans oser profiter du moment, comme
elle l'aurait dû, pour obtenir au moins de ce barbare
une conduite meilleure, et qui ne plongeât pas chaque
jour sa malheureuse épouse dans un abîme de tourments et de maux. Mais l'eût-elle fait, le succès eût-il
couronné ses tentatives ? Franval, si faux dans toutes
les actions de sa vie, devait-il être plus sincère dans
celle qui n'avait, selon lui, d'attraits qu'autant qu'on y
franchissait quelques digues ? Il eût tout promis, sans
doute, pour le seul plaisir de tout enfreindre, peut-être
même eût-il désiré qu'on exigeât de lui des serments,
pour ajouter les attraits du parjure à ses affreuses
jouissances.

Franval, absolument en repos, ne songea plus qu'à
troubler les autres ; tel était le genre de son caractère
vindicatif, turbulent, impétueux, quand on l'inquiétait, redésirant sa tranquillité à quelque prix que ce
pût être, et ne prenant maladroitement, pour l'avoir,
que les moyens les plus capables de la lui faire perdre

de nouveau. L'obtenait-il ? ce n'était plus qu'à nuire
qu'il employait toutes ses facultés morales et physiques ; ainsi, toujours en agitation, ou il fallait qu'il
prévînt les artifices qu'il contraignait les autres à
employer contre lui, ou il fallait qu'il en dirigeât contre
eux [16].

Tout était disposé pour satisfaire Valmont ; et son
tête-à-tête eut lieu près d'une heure dans l'appartement même d'Eugénie.

[Là, dans une salle décorée, Eugénie, nue sur un
piédestal, représentait une jeune sauvage fatiguée de la
chasse, et, s'appuyant sur un tronc de palmier, dont les
branches élevées cachaient une infinité de lumières
disposées de façon que les reflets, ne portant que sur
les charmes de cette belle fille, les faisaient valoir avec
le plus d'art. L'espèce de petit théâtre où paraissait
cette statue animée se trouvait environné d'un canal
plein d'eau et de six pieds de large, qui servait de
barrière à la jeune sauvage et l'empêchait d'être
approchée de nulle part. Au bord de cette circonvalla-
tion, était placé le fauteuil [de Valmont] ; un cordon de
soie y répondait : en manœuvrant ce filet, il faisait
tourner le piédestal en telle sorte que l'objet de son
culte pouvait être aperçu par lui de tous côtés, et
l'attitude était telle, qu'en quelque manière qu'elle fût
dirigée, elle se trouvait toujours agréable. [Franval],
caché derrière une décoration du bosquet, pouvait à la
fois porter ses yeux sur sa maîtresse et sur son ami, et
l'examen, d'après la dernière convention, devait être
d'une demi-heure... Valmont se place... il est dans
l'ivresse, jamais autant d'attraits ne se sont, dit-il,
offerts à sa vue ; il cède aux transports qui l'enflamment. Le cordon, variant sans cesse, lui offre à tout

instant des attraits nouveaux : auquel sacrifiera-t-il ?
lequel sera préféré ? il l'ignore ; tout est si beau dans
Eugénie ! Cependant les minutes s'écoulent ; elles
passent vite dans de telles circonstances ; l'heure
frappe : le chevalier s'abandonne, et l'encens vole aux
pieds du dieu dont le sanctuaire lui est interdit. Une
gaze tombe, il faut se retirer.]

— Eh bien ! es-tu content ? dit Franval, en rejoi-
gnant son ami.

— C'est une créature délicieuse, répondit Valmont ;
mais, Franval, je te le conseille, ne hasarde pas pareille
chose avec un autre homme, et félicite-toi des sentiments qui, dans mon cœur, doivent te garantir de tous
dangers.

— J'y compte, répondit Franval assez sérieusement, agis donc maintenant au plus tôt.

— Je préparerai demain ta femme... tu sens qu'il
faut une conversation préliminaire... quatre jours
après tu peux être sûr de moi.

Les paroles se donnent et l'on se sépare.

Mais il s'en fallut bien qu'après une telle entrevue,
Valmont eût envie de trahir Mme Franval, ou d'assurer
à son ami une conquête dont il n'était devenu que trop
envieux. Eugénie avait fait sur lui des impressions
assez profondes pour qu'il ne pût y renoncer ; il était
résolu de l'obtenir pour femme, à quelque prix que ce
pût être. En y pensant mûrement, dès que l'intrigue
d'Eugénie avec son père ne le rebutait pas, il était bien
certain que, sa fortune égalant celle de Colunce, il
pouvait à tout aussi juste titre prétendre à la même
alliance ; il imagina donc qu'en se présentant pour
époux, il ne pouvait pas être refusé, et qu'en agissant
avec ardeur, pour rompre les liens incestueux d'Eugé-

nie, en répondant à la famille d'y réussir, il obtiendrait
infailliblement l'objet de son culte... à une affaire près
avec Franval, dont son courage et son adresse lui
faisaient espérer le succès. Vingt-quatre heures
suffisent à ces réflexions, et c'est tout plein de ces idées
que Valmont se rend chez Mme de Franval. Elle était
avertie ; dans sa dernière entrevue avec son mari, on se
rappelle qu'elle s'était presque raccommodée, ou plutôt qu'ayant cédé aux artifices insidieux de ce perfide,
elle ne pouvait plus refuser la visite de Valmont. Elle
lui avait pourtant objecté les billets, les propos, les
idées qu'avait eues Franval ; mais lui, n'ayant plus
l'air de songer à rien, l'avait très assurée que la plus
sûre façon de faire croire que tout cela était faux, ou
n'existait plus, était de voir son ami comme à l'ordinaire ; s'y refuser, assurait-il, légitimerait ses soupçons ; la meilleure preuve qu'une femme puisse fournir
de son honnêteté, lui avait-il dit, est de continuer à voir
publiquement celui dont on a tenu des propos relatifs à
elle : tout cela était sophistique ; Mme de Franval le
sentait à merveille, mais elle espérait une explication
de Valmont ; le désir de l'avoir, joint à celui de ne
point fâcher son époux, avait fait disparaître à ses yeux
tout ce qui aurait dû raisonnablement l'empêcher de
voir ce jeune homme. Il arrive donc, et Franval, se
hâtant de sortir, les laisse aux prises comme la dernière
fois : les éclaircissements devaient être vifs et longs ;
Valmont, plein de ses idées, abrège tout et vient au
fait.

— Oh ! madame, ne voyez plus en moi le même
homme qui se rendit si coupable à vos yeux la dernière
fois qu'il vous entretint, se pressa-t-il de dire ; j'étais
alors le complice des torts de votre époux, j'en deviens

aujourd'hui le réparateur; mais prenez confiance en moi, madame; daignez vous pénétrer de la parole d'honneur que je vous donne de ne venir ici ni pour vous mentir, ni pour vous en imposer sur rien.

Alors il convint de l'histoire des faux billets et des lettres contrefaites; il demanda mille excuses de s'y être prêté; il prévint Mme de Franval des nouvelles horreurs qu'on exigeait encore de lui, et, pour constater sa franchise, il avoua ses sentiments pour Eugénie, dévoila ce qui s'était fait, s'engagea à tout rompre, à enlever Eugénie à Franval, et à la conduire en Picardie, dans une des terres de Mme de Farneille, si l'une et l'autre de ces dames lui en accordaient la permission, et lui promettaient en mariage, pour récompense, celle qu'il aurait retirée de l'abîme.

Ces discours, ces aveux de Valmont, portaient un tel caractère de vérité, que Mme de Franval ne put s'empêcher d'être convaincue; Valmont était un excellent parti pour sa fille; après la mauvaise conduite d'Eugénie, pouvait-elle espérer autant? Valmont se chargeait de tout, il n'y avait pas d'autre moyen de faire cesser le crime affreux qui désespérait Mme de Franval; ne devait-elle pas se flatter, d'ailleurs, du retour des sentiments de son époux, après la rupture de la seule intrigue qui réellement pût devenir dangereuse et pour elle et pour lui? Ces considérations la décidèrent, elle se rendit, mais aux conditions que Valmont lui donnerait sa parole de ne point se battre contre son mari, de passer en pays étranger après avoir rendu Eugénie à Mme de Farneille, et d'y rester jusqu'à ce que la tête de Franval fût devenue assez calme pour se consoler de la perte de ses illicites amours, et consentir enfin au mariage. Valmont s'engagea à tout;

Mme de Franval, de son côté, lui répondit des intentions de sa mère ; elle l'assura qu'elle ne contrarierait en rien les résolutions qu'ils prenaient ensemble, et Valmont se retira en renouvelant ses excuses à Mme de Franval, d'avoir pu se porter contre elle à tout ce que son malhonnête époux en avait exigé. Dès le lendemain, Mme de Farneille, instruite, partit pour la Picardie, et Franval, noyé dans le tourbillon perpétuel de ses plaisirs, comptant solidement sur Valmont, ne craignant plus Clervil, se jeta dans le piège préparé, avec la même *bonhomie*[17] qu'il désirait si souvent voir aux autres, quand à son tour il avait envie de les y faire tomber.

Depuis environ six mois, Eugénie, qui touchait à sa dix-septième année, sortait assez souvent seule, ou avec quelques-unes de ses amies. La veille du jour où Valmont, par arrangement pris avec son ami, devait attaquer Mme de Franval, elle était absolument seule à une pièce nouvelle des Français, et elle en revenait de même, devant aller chercher son père dans une maison où il lui avait donné rendez-vous, afin de se rendre ensemble dans celle où tous deux soupaient... A peine la voiture de Mlle de Franval a-t-elle quitté le faubourg Saint-Germain, que dix hommes masqués arrêtent les chevaux, ouvrent la portière, se saisissent d'Eugénie, et la jettent dans une chaise de poste, à côté de Valmont, qui, prenant toutes sortes de précautions pour empêcher les cris, recommande la plus extrême diligence, et se trouve hors de Paris en un clin d'œil.

Il était malheureusement devenu impossible de se défaire des gens et du carrosse d'Eugénie, moyennant quoi Franval fut averti fort vite. Valmont, pour se mettre à couvert, avait compté sur l'incertitude où serait Franval de la route qu'il prendrait, et sur les deux ou trois heures d'avance qu'il devrait nécessairement avoir. Pourvu qu'il touchât la terre de Mme de Farneille, c'était tout ce qu'il fallait, parce que, de là, deux femmes sûres, et une voiture de poste, attendaient Eugénie pour la conduire sur les frontières, dans un asile ignoré même de Valmont, qui, passant tout de suite en Hollande, ne reparaissait plus que pour épouser sa maîtresse, dès que Mme de Farneille et sa fille lui feraient savoir qu'il n'y avait plus d'obstacles; mais la fortune permit que ces sages projets échouassent, près des horribles desseins du scélérat dont il s'agit.

Franval, instruit, ne perd pas un instant, il se rend à la poste, il demande pour quelle route on a donné des chevaux depuis six heures du soir. A sept heures, il est parti une berline pour Lyon, à huit, une chaise de poste pour la Picardie; Franval ne balance pas, la berline de Lyon ne doit assurément pas l'intéresser, mais une chaise de poste faisant route vers une province où Mme de Farneille a des terres, c'est cela, en douter serait une folie; il fait donc mettre promptement les huit meilleurs chevaux de la poste sur la voiture dans laquelle il se trouve, il fait prendre des bidets à ses gens, achète et charge des pistolets pendant qu'on attelle, et vole comme un trait où le conduisent l'amour, le désespoir et la vengeance. En relayant à Senlis, il apprend que la chaise qu'il poursuit en sort à peine... Franval ordonne qu'on fende l'air; pour son malheur, il atteint la voiture; ses gens et lui, le pistolet à la main, arrêtent le postillon de Valmont, et l'impétueux Franval, reconnaissant son adversaire, lui brûle la cervelle avant qu'il ne se mette

en défense, arrache Eugénie mourante, se jette avec
elle dans son carrosse, et se retrouve à Paris avant dix
heures du matin. Peu inquiet de tout ce qui vient
d'arriver, Franval ne s'occupe que d'Eugénie... Le
perfide Valmont n'a-t-il point voulu profiter des
circonstances? Eugénie est-elle encore fidèle, et ses
coupables nœuds ne sont-ils pas flétris? Mlle de
Franval rassure son père. Valmont n'a fait que lui
dévoiler son projet, et plein d'espoir de l'épouser
bientôt, il s'est gardé de profaner l'autel où il voulait
offrir des vœux purs; les serments d'Eugénie rassurent
Franval... Mais sa femme... était-elle au fait de ces
manœuvres... s'y était-elle prêtée? Eugénie, qui avait
eu le temps de s'instruire, certifie que tout est l'ouvrage de sa mère, à laquelle elle prodigue les noms les
plus odieux, et que cette fatale entrevue, où Franval
s'imaginait que Valmont se préparait à le servir si
bien, était positivement celle où il le trahissait avec le
plus d'impudence.

— Ah! dit Franval, furieux, que n'a-t-il encore
mille vies... j'irais les lui arracher toutes, les unes après
les autres!... Et ma femme!... quand je cherchais à
l'étourdir... elle était la première à me tromper... cette
créature que l'on croit si douce... cet ange de vertu...
Ah! traîtresse, traîtresse, tu paieras cher ton crime... il
faut du sang à ma vengeance, et j'irai, s'il le faut, le
puiser de mes lèvres dans tes veines perfides... Tranquillise-toi, Eugénie, poursuit Franval dans un état
violent... oui, tranquillise-toi, le repos te devient
nécessaire, va le goûter pendant quelques heures, je
veillerai seul à tout ceci.

Cependant Mme de Farneille, qui avait placé des
espions sur la route, n'est pas longtemps sans être

avertie de tout ce qui vient de se passer ; sachant sa
petite-fille reprise et Valmont tué, elle accourt promptement à Paris... Furieuse, elle assemble sur-le-champ
son conseil ; on lui fait voir que le meurtre de Valmont
va livrer Franval entre ses mains, que le crédit qu'elle
redoute va s'éclipser dans un instant, et qu'elle
redevient aussitôt maîtresse et de sa fille et d'Eugénie ;
mais on lui recommande de prévenir l'éclat, et, dans la
crainte d'une procédure flétrissante, de solliciter un
ordre qui puisse mettre son gendre à couvert. Franval,
aussitôt instruit de ces avis et des démarches qui en
deviennent les suites, apprenant à la fois que son
affaire se sait, et que sa belle-mère n'attend, lui dit-on,
que son désastre pour en profiter, vole aussitôt à
Versailles, voit le ministre, lui confie tout, et n'en
reçoit pour réponse que le conseil d'aller se cacher
promptement dans celle de ses terres qu'il possède en
Alsace, sur les frontières de la Suisse. Franval revient à
l'instant chez lui, et, dans le dessein de ne pas
manquer sa vengeance, de punir la trahison de sa
femme et de se trouver toujours possesseur d'objets
assez chers à Mme de Farneille, pour qu'elle n'ose,
politiquement au moins, prendre parti contre lui, il se
résout de ne partir pour Valmor, cette terre que lui a
conseillée le ministre, de n'y aller, dis-je, qu'accompagné de sa femme et de sa fille... Mais Mme de
Franval acceptera-t-elle ? se sentant coupable de
l'espèce de trahison qui a occasionné tout ce qui arrive,
pourra-t-elle s'éloigner autant ? osera-t-elle se confier
sans crainte aux bras d'un époux outragé ? Telle est
l'inquiétude de Franval ; pour savoir à quoi s'en tenir,
il entre à l'instant chez sa femme, qui savait déjà tout.

— Madame, lui dit-il avec sang-froid, vous m'avez

plongé dans un abîme de malheurs par des indiscrétions bien peu réfléchies ; en en blâmant l'effet, j'en approuve néanmoins la cause, elle est assurément dans votre amour pour votre fille et pour moi ; et comme les premiers torts m'appartiennent, je dois oublier les seconds. Chère et tendre moitié de ma vie, continue-t-il, en tombant aux genoux de sa femme, voulez-vous accepter une réconciliation que rien ne puisse troubler désormais ; je viens vous l'offrir, et voici ce que je mets en vos mains pour la sceller...

Alors il dépose aux pieds de son épouse tous les papiers contrefaits de la prétendue correspondance de Valmont.

— Brûlez tout cela, chère amie, je vous conjure, poursuit le traître, avec des larmes feintes, et pardonnez ce que la jalousie m'a fait faire : bannissons toute aigreur entre nous ; j'ai de grands torts, je le confesse ; mais qui sait si Valmont, pour réussir dans ses projets, ne m'a point noirci près de vous bien plus que je ne le mérite ?... S'il avait osé dire que j'eusse pu cesser de vous aimer... que vous n'eussiez pas toujours été l'objet le plus précieux et le plus respectable qui fût pour moi dans l'univers ; ah ! cher ange, s'il se fût souillé de ces calomnies, que j'aurais bien fait de priver le monde d'un pareil fourbe et d'un tel imposteur !

— Oh ! monsieur, dit Mme de Franval en larmes, est-il possible de concevoir les atrocités que vous enfantâtes contre moi ? Quelle confiance voulez-vous que je prenne en vous, après de telles horreurs ?

— Je veux que vous m'aimiez encore, ô la plus tendre et la plus aimable des femmes ! je veux qu'accusant uniquement ma tête de la multitude de mes écarts, vous vous convainquiez que jamais ce cœur, où vous régnâtes éternellement, ne pût être capable de vous trahir... oui, je veux que vous sachiez qu'il n'est pas une de mes erreurs qui ne m'ait rapproché plus vivement de vous... Plus je m'éloignais de ma chère épouse, moins je voyais la possibilité de la retrouver dans rien ; ni les plaisirs, ni les sentiments n'égalaient ceux que mon inconstance me faisait perdre avec elle, et dans les bras mêmes de son image, je regrettais la réalité... Oh ! chère et divine amie, où trouver une âme comme la tienne ! où goûter les faveurs qu'on cueille dans tes bras ! Oui, j'abjure tous mes égarements... je ne veux plus vivre que pour toi seule au monde... que pour rétablir, dans ton cœur ulcéré, cet amour si justement détruit par des torts... dont j'abjure jusqu'au souvenir.

Il était impossible à Mme de Franval de résister à des expressions aussi tendres de la part d'un homme qu'elle adorait toujours ; peut-on haïr ce qu'on a bien aimé ? Avec l'âme délicate et sensible de cette intéressante femme, voit-on de sang-froid, à ses pieds, noyé des larmes du remords, l'objet qui fut si précieux ? Des sanglots s'échappèrent...

— Moi, dit-elle, en pressant sur son cœur les mains de son époux... moi qui n'ai jamais cessé de t'idolâtrer, cruel ! c'est moi que tu désespères à plaisir !... ah ! le ciel m'est témoin que de tous les fléaux dont tu pouvais me frapper, la crainte d'avoir perdu ton cœur, ou d'être soupçonnée par toi, devenait le plus sanglant de tous !... Et quel objet encore tu prends pour m'outrager ?... ma fille !... c'est de ses mains dont tu perces mon cœur... tu veux me forcer de haïr celle que la nature m'a rendue si chère ?

— Ah ! dit Franval, toujours plus enflammé, je veux

la ramener à tes genoux, je veux qu'elle y abjure,
comme moi, et son impudence et ses torts... qu'elle
obtienne, comme moi, son pardon. Ne nous occupons
plus tous trois que de notre mutuel bonheur. Je vais te
rendre ta fille... rends-moi mon épouse... et fuyons.

— Fuir, grand Dieu !

— Mon aventure fait du bruit... je puis être perdu
demain... Mes amis, le ministre, tous m'ont conseillé
un voyage à Valmor... Daigneras-tu m'y suivre, ô mon
amie ? Serait-ce à l'instant où je demande à tes pieds
mon pardon, que tu déchirerais mon cœur par un
refus ?

— Tu m'effraies... Quoi, cette affaire !...

— Se traite comme un meurtre, et non comme un
duel.

— Ô Dieu ! et c'est moi qui en suis cause !...
Ordonne... ordonne, dispose de moi, cher époux... Je
te suis, s'il le faut, au bout de la terre... Ah ! je suis la
plus malheureuse des femmes !

— Dis la plus fortunée sans doute, puisque tous les
instants de ma vie vont être consacrés à changer
désormais en fleurs les épines dont j'entourais tes pas...
un désert ne suffit-il pas quand on s'aime ? D'ailleurs
ceci ne peut être éternel : mes amis, prévenus, vont
agir.

— Et ma mère... je voudrais la voir...

— Ah ! garde-t'en bien, chère amie, j'ai des preuves
sûres qu'elle aigrit les parents de Valmont... qu'elle-
même, avec eux, sollicite ma perte...

— Elle en est incapable ; cesse d'imaginer ces
perfides horreurs ; son âme, faite pour aimer, n'a
jamais connu l'imposture... tu ne l'apprécias jamais
bien, Franval... que ne sus-tu l'aimer comme moi ?

nous eussions trouvé dans ses bras la félicité sur la terre, c'était l'ange de paix qu'offrait le ciel aux erreurs de ta vie, ton injustice a repoussé son sein, toujours ouvert à ta tendresse, et, par inconséquence ou caprice, par ingratitude ou libertinage, tu t'es volontairement privé de la meilleure et de la plus tendre amie qu'eût créée pour toi la nature : eh bien ! je ne la verrai donc pas ?

— Non, je te le demande avec instance... les moments sont si précieux ! Tu lui écriras, tu lui peindras mon repentir... Peut-être se rendra-t-elle à mes remords... peut-être recouvrerai-je un jour son estime et son cœur ; tout s'apaisera, nous reviendrons... nous reviendrons jouir dans ses bras de son pardon et de sa tendresse... Mais éloignons-nous maintenant, chère amie... il le faut dès l'heure même, et les voitures nous attendent...

Mme de Franval, effrayée, n'ose plus rien répondre ; elle se prépare : un désir de Franval n'est-il pas un ordre pour elle ? Le traître vole à sa fille ; il la conduit aux pieds de sa mère ; la fausse créature s'y jette avec autant de perfidie que son père : elle pleure, elle implore sa grâce, elle l'obtient. Mme de Franval l'embrasse ; il est si difficile d'oublier qu'on est mère, quelque outrage qu'on ait reçu de ses enfants... la voix de la nature est si impérieuse dans une âme sensible, qu'une seule larme de ces objets sacrés suffit à nous faire oublier dans eux vingt ans d'erreurs ou de travers.

On partit pour Valmor. L'extrême diligence qu'on était obligé de mettre à ce voyage légitima aux yeux de Mme de Franval, toujours crédule et toujours aveuglée, le petit nombre de domestiques qu'on emmenait. Le

crime évite les regards... il les craint tous ; sa sécurité
ne se trouvant possible que dans les ombres du
mystère, il s'en enveloppe quand il veut agir.

Rien ne se démentit à la campagne ; assiduités,
égards, attentions, respects, preuves de tendresse
d'une part... du plus violent amour de l'autre, tout fut
prodigué, tout séduisit la malheureuse Franval... Au
bout du monde [18], éloignée de sa mère, dans le fond
d'une solitude horrible, elle se trouvait heureuse,
puisqu'elle avait, disait-elle, le cœur de son mari, et
que sa fille, sans cesse à ses genoux, ne s'occupait que
de lui plaire.

Les appartements d'Eugénie et de son père ne se
trouvaient plus voisins l'un de l'autre ; Franval logeait
à l'extrémité du château, Eugénie tout près de sa
mère ; et la décence, la régularité, la pudeur, rempla-
çaient à Valmor, dans le degré le plus éminent, tous les
désordres de la capitale. Chaque nuit, Franval se
rendait auprès de son épouse, et le fourbe, au sein de
l'innocence, de la candeur et de l'amour, osait impudemment nourrir l'espoir de ses horreurs. Assez cruel
pour n'être pas désarmé par ces caresses naïves et
brûlantes, que lui prodiguait la plus délicate des
femmes, c'était au flambeau de l'amour même que le
scélérat allumait celui de la vengeance [19].

On imagine pourtant bien que les assiduités de
Franval pour Eugénie ne se ralentissaient pas. Le
matin, pendant la toilette de sa mère, Eugénie rencontrait son père au fond des jardins ; elle en obtenait à
son tour, et les avis nécessaires à la conduite du
moment et les faveurs qu'elle était loin de vouloir céder
totalement à sa rivale.

Il n'y avait pas huit jours que l'on était arrivé dans

cette retraite, lorsque Franval y apprit que la famille
de Valmont le poursuivait à outrance, et que l'affaire
allait se traiter de la manière la plus grave ; il devenait,
disait-on, impossible de la faire passer pour un duel, il
y avait eu malheureusement trop de témoins ; rien de
plus certain d'ailleurs, ajoutait-on à Franval, que
Mme de Farneille était à la tête des ennemis de son
gendre, pour achever de le perdre en le privant de sa
liberté, ou en le contraignant à sortir de France, afin de
faire incessamment rentrer sous son aile les deux objets
chéris qui s'en séparaient. Franval montra ces lettres à
sa femme ; elle prit à l'instant la plume pour calmer sa
mère, pour l'engager à une façon de penser différente,
et pour lui peindre le bonheur dont elle jouissait,
depuis que l'infortune avait amolli l'âme de son malheureux époux ; elle assurait d'ailleurs qu'on em-
ploierait en vain toute sorte de procédés pour la faire
revenir à Paris avec sa fille, qu'elle était résolue de
ne point quitter Valmor que l'affaire de son mari ne fût
arrangée ; et que si la méchanceté de ses ennemis, ou
l'absurdité de ses juges, lui faisait encourir un arrêt qui
dût le flétrir, elle était parfaitement décidée à s'expa-
trier avec lui. Franval remercia sa femme ; mais
n'ayant nulle envie d'attendre le sort que l'on lui
préparait, il la prévint qu'il allait passer quelque
temps en Suisse, qu'il lui laissait Eugénie, et les
conjurait toutes deux de ne pas s'éloigner de Valmor
que son destin ne fût éclairci ; que, quel qu'il fût, il
reviendrait toujours passer vingt-quatre heures avec sa
chère épouse pour aviser de concert au moyen de
retourner à Paris, si rien ne s'y opposait, ou d'aller,
dans le cas contraire, vivre quelque part en sûreté.

Ces résolutions prises, Franval, qui ne perdait point

de vue que l'imprudence de sa femme avec Valmont était l'unique cause de ses revers, et qui ne respirait que la vengeance, fit dire à sa fille qu'il l'attendait au fond du parc, et, s'étant enfermé avec elle dans un pavillon solitaire, après lui avoir fait jurer la soumission la plus aveugle à tout ce qu'il allait lui prescrire, il l'embrasse, et lui parle de la manière suivante :

— Vous me perdez, ma fille... peut-être pour jamais... (et voyant Eugénie en larmes)... Calmez-vous, mon ange, lui dit-il, il ne tient qu'à vous que notre bonheur renaisse, et qu'en France, ou ailleurs, nous ne nous retrouvions, à peu de chose près, aussi heureux que nous l'étions. Vous êtes, je me flatte, Eugénie, aussi convaincue qu'il est possible de l'être, que votre mère est la seule cause de tous nos malheurs ; vous savez que je n'ai pas perdu ma vengeance de vue ; si je l'ai déguisée aux yeux de ma femme, vous en avez connu les motifs, vous les avez approuvés, vous m'avez aidé à former le bandeau dont il était prudent de l'aveugler ; nous voici au terme, Eugénie, il faut agir, votre tranquillité en dépend, ce que vous allez entreprendre assure à jamais la mienne ; vous m'entendrez, j'espère, et vous avez trop d'esprit, pour que ce que je vous propose puisse vous alarmer un instant... Oui, ma fille, il faut agir, il le faut sans délais, il le faut sans remords, et ce doit être votre ouvrage. Votre mère a voulu vous rendre malheureuse, elle a souillé les nœuds qu'elle réclame, elle en a perdu les droits : dès lors, non seulement elle n'est plus pour vous qu'une femme ordinaire, mais elle devient même votre plus mortelle ennemie ; or, la loi de la nature la plus intimement gravée dans nos âmes est de nous défaire les premiers, si nous le pouvons, de ceux qui conspirent contre nous; cette loi sacrée, qui nous meut et qui nous inspire sans cesse, ne mit point en nous l'amour du prochain avant celui que nous nous devons à nous-mêmes... d'abord nous, et les autres ensuite, voilà la marche de la nature; aucun respect, par conséquent, aucun ménagement pour les autres, sitôt qu'ils ont prouvé que notre infortune ou notre perte était le seul objet de leurs vœux; se conduire différemment, ma fille, serait préférer les autres à nous, et cela serait absurde. Maintenant, venons aux motifs qui doivent décider l'action que je vous conseille.

Je suis obligé de m'éloigner, vous en savez les raisons; si jc vous laisse avec cette femme, avant un mois, gagnée par sa mère, elle vous ramène à Paris, et comme vous ne pouvez plus être mariée après l'éclat qui vient d'être fait, soyez bien sûre que ces deux cruelles personnes ne deviendront maîtresses de vous, que pour vous faire éternellement pleurer dans un cloître, et votre faiblesse et nos plaisirs. C'est votre grand-mère, Eugénie, qui poursuit contre moi, c'est elle qui se réunit à mes ennemis pour achever de m'é-craser; de tels procédés de sa part peuvent-ils avoir d'autre objet que celui de vous ravoir, et vous aura-t-elle sans vous renfermer? Plus mes affaires s'enveniment, plus le parti qui nous tourmente prend de la force et du crédit. Or, il ne faut pas douter que votre mère ne soit intérieurement à la tête de ce parti, il ne faut pas douter qu'elle ne le rejoigne dès que je serai absent; cependant ce parti ne veut ma perte que pour vous rendre la plus malheureuse des femmes; il faut donc se hâter de l'affaiblir, et c'est lui enlever sa plus grande énergie que d'en soustraire Mme de Franval. Prendrons-nous un autre arrangement? vous emmène-

rai-je avec moi ? Votre mère, irritée, rejoint aussitôt la
sienne, et dès lors, Eugénie, plus un seul instant de
tranquillité pour nous ; nous serons recherchés, pour-
suivis partout ; pas un pays n'aura le droit de nous
donner un asile, pas un refuge sur la surface du globe
ne deviendra sacré... inviolable, aux yeux des monstres
dont nous poursuivra la rage ; ignorez-vous à quelle
distance atteignent ces armes odieuses du despotisme
et de la tyrannie, lorsque, payées au poids de l'or, la
méchanceté les dirige ? Votre mère morte, au
contraire, Mme de Farneille, qui l'aime plus que vous,
et qui n'agit dans tout que pour elle, voyant son parti
diminué du seul être qui réellement l'attache à ce
parti, abandonnera tout, n'excitera plus mes ennemis... ne les enflammera plus contre moi. De ce
moment, de deux choses l'une, ou l'affaire de Valmont
s'arrange, et rien ne s'oppose plus à notre retour à
Paris, ou elle devient plus mauvaise, et, contraints
alors à passer chez l'étranger, au moins y sommes-
nous à l'abri des traits de la Farneille, qui, tant que
votre mère vivra, n'aura pour but que notre malheur,
parce que, encore une fois, elle s'imagine que la félicité
de sa fille ne peut être établie que sur notre chute.

De quelque côté que vous envisagiez notre position,
vous y verrez donc Mme de Franval traversant dans
tout notre repos, et sa détestable existence le plus sûr
empêchement à notre félicité.

Eugénie, Eugénie, poursuit Franval avec chaleur, en
prenant les deux mains de sa fille... chère Eugénie, tu
m'aimes, veux-tu donc, dans la crainte d'une action...
aussi essentielle à nos intérêts, perdre à jamais celui
qui t'adore ? ô chère et tendre amie ! décide-toi, tu n'en
peux conserver qu'un des deux ; nécessairement parri-

cide, tu n'as plus que le choix du cœur où tes criminels poignards doivent s'enfoncer ; ou il faut que ta mère périsse, ou il faut renoncer à moi... que dis-je ? il faut que tu m'égorges moi-même... Vivrais-je, hélas ! sans toi ?... crois-tu qu'il me serait possible d'exister sans mon Eugénie ? résisterai-je au souvenir des plaisirs que j'aurai goûtés dans ces bras... à ces plaisirs délicieux, éternellement perdus pour mes sens ? Ton crime, Eugénie, ton crime est le même en l'un et l'autre cas ; ou il faut détruire une mère qui t'abhorre et qui ne vit que pour ton malheur, ou il faut assassiner un père qui ne respire que pour toi. Choisis, choisis, donc, Eugénie, et si c'est moi que tu condamnes, ne balance pas, fille ingrate, déchire sans pitié ce cœur dont trop d'amour est le seul tort, je bénirai les coups qui viendront de ta main, et mon dernier soupir sera pour t'adorer.

Franval se tait pour écouter la réponse de sa fille ; mais une réflexion profonde paraît la tenir en suspens... elle s'élance à la fin dans les bras de son père.

— Ô toi que j'aimerai toute ma vie ! s'écrie-t-elle, peux-tu douter du parti que je prends ? peux-tu soupçonner mon courage ? Arme à l'instant mes mains, et celle que proscrivent ses horreurs et ta sûreté va bientôt tomber sous mes coups ; instruis-moi, Franval, règle ma conduite, pars, puisque ta tranquillité l'exige... j'agirai pendant ton absence, je t'instruirai de tout ; mais quelque tournure que prennent les affaires... notre ennemie perdue, ne me laisse pas seule en ce château, je l'exige... viens m'y reprendre, ou fais-moi part des lieux où je pourrai te joindre.

— Fille chérie, dit Franval, en embrassant le monstre qu'il a trop su séduire, je savais bien que je trouverais en toi tous les sentiments d'amour et de fermeté nécessaires à notre mutuel bonheur... Prends cette boîte... la mort est dans son sein...

Eugénie prend la funeste boîte, elle renouvelle ses serments à son père ; les autres résolutions se déterminent ; il est arrangé qu'elle attendra l'événement du procès, et que le crime projeté aura lieu ou non, en raison de ce qui se décidera pour ou contre son père... On se sépare, Franval revient trouver son épouse, il porte l'audace et la fausseté jusqu'à l'inonder de larmes, jusqu'à recevoir, sans se démentir, les caresses touchantes et pleines de candeur prodiguées par cet ange céleste. Puis étant convenu qu'elle restera sûrement en Alsace avec sa fille, quel que soit le succès de son affaire, le scélérat monte à cheval, et s'éloigne... il s'éloigne de l'innocence et de la vertu, si longtemps souillées par ses crimes.

Franval fut s'établir à Bâle, afin de se trouver, moyennant cela, et à l'abri des poursuites qu'on pourrait faire contre lui, et, en même temps, aussi près de Valmor qu'il était possible, pour que ses lettres pussent, à son défaut, entretenir dans Eugénie les dispositions qu'il y désirait... Il y avait environ vingt-cinq lieues de Bâle à Valmor, mais des communications assez faciles, quoique au milieu des bois de la Forêt-Noire, pour qu'il pût se procurer une fois la semaine des nouvelles de sa fille. A tout hasard, Franval avait emporté des sommes immenses, mais plus encore en papier qu'en argent. Laissons-le s'établir en Suisse, et retournons auprès de sa femme.

Rien de pur, rien de sincère comme les intentions de cette excellente créature ; elle avait promis à son époux de rester à cette campagne, jusqu'à ses nouveaux ordres ; rien n'eût fait changer ses résolutions, elle en assurait chaque jour Eugénie... Trop malheureusement éloignée de prendre en elle la confiance que cette respectable mère était faite pour lui inspirer, partageant toujours l'injustice de Franval, qui en nourrissait les semences par des lettres réglées, Eugénie n'imaginait pas qu'elle pût avoir au monde une plus grande ennemie que sa mère. Il n'y avait pourtant rien que ne fît celle-ci pour détruire dans sa fille l'éloignement invincible que cette ingrate conservait au fond de son cœur ; elle l'accablait de caresses et d'amitiés, elle se félicitait tendrement avec elle de l'heureux retour de son mari, portait la douceur et l'aménité au point de remercier quelquefois Eugénie, et de lui laisser tout le mérite de cette heureuse conversion ; ensuite, elle se désolait d'être devenue l'innocente cause des nouveaux malheurs qui menaçaient Franval ; loin d'en accuser Eugénie, elle ne s'en prenait qu'à elle-même, et, la pressant sur son sein, elle lui demandait avec des larmes, si elle pourrait jamais lui pardonner... L'âme atroce d'Eugénie résistait à ces procédés angéliques, cette âme perverse n'entendait plus la voix de la nature, le vice avait fermé tous les chemins qui pouvaient arriver à elle... Se retirant froidement des bras de sa mère, elle la regardait avec des yeux quelquefois égarés, et se disait, pour s'encourager : *Comme cette femme est fausse... comme elle est perfide... elle me caressa de même le jour où elle me fit enlever.* Mais ces reproches injustes n'étaient que les sophismes abominables dont s'étaie le crime, quand il veut étouffer l'organe du devoir. Mme de Franval, en faisant enlever Eugénie pour le bonheur de l'une... pour la tranquillité de l'autre, et pour les intérêts de la vertu, avait pu

déguiser ses démarches; de telles feintes ne sont
désapprouvées que par le coupable qu'elles trompent;
elles n'offensent pas la probité. Eugénie résistait donc
à toute la tendresse de Mme de Franval, parce qu'elle
avait envie de commettre une horreur, et nullement à
cause des torts d'une mère qui sûrement n'en avait
aucun vis-à-vis de sa fille.

Vers la fin du premier mois de séjour à Valmor,
Mme de Farneille écrivit à sa fille que l'affaire de son
mari devenait des plus sérieuses, et que, d'après la
crainte d'un arrêt flétrissant, le retour de Mme de
Franval et d'Eugénie devenait d'une extrême nécessité, tant pour en imposer au public, qui tenait les plus
mauvais propos, que pour se joindre à elle, et solliciter
ensemble un arrangement qui pût désarmer la justice,
et répondre du coupable sans le sacrifier.

Mme de Franval, qui s'était décidée à n'avoir aucun
mystère pour sa fille, lui montra sur-le-champ cette
lettre. Eugénie, de sang-froid, demanda, en fixant sa
mère, quel était, à ces tristes nouvelles, le parti qu'elle
avait envie de prendre.

— Je l'ignore, reprit Mme de Franval... Dans le fait,
à quoi servons-nous ici ? ne serions-nous pas mille fois
plus utiles à mon mari, en suivant les conseils de ma
mère ?

— Vous êtes la maîtresse, madame, répondit Eugénie, je suis faite pour vous obéir, et ma soumission vous
est assurée...

Mais Mme de Franval, voyant bien à la sécheresse de
cette réponse que ce parti ne convient pas à sa fille, lui
dit qu'elle attendra encore, qu'elle va récrire, et
qu'Eugénie peut être sûre que, si elle manque aux
intentions de Franval, ce ne sera que dans l'extrême

certitude de lui être plus utile à Paris qu'à Valmor.

Un autre mois se passa de cette manière, pendant lequel Franval ne cessait d'écrire à sa femme et à sa fille, et d'en recevoir les lettres les plus faites pour lui être agréables, puisqu'il ne voyait dans les unes qu'une parfaite condescendance à ses désirs, et dans les autres qu'une fermeté la plus entière aux résolutions du crime projeté, dès que la tournure des affaires l'exigerait, ou dès que Mme de Franval aurait l'air de se rendre aux sollicitations de sa mère ; car, disait Eugénie dans ses lettres, si je ne remarque dans votre femme que de la droiture et de la franchise, et si les amis qui servent vos affaires à Paris parviennent à les finir, je vous remettrai le soin dont vous m'avez chargée, et vous le remplirez vous-même quand nous serons ensemble, si vous le jugez alors à propos, à moins pourtant que, dans tous les cas, vous ne m'ordonniez d'agir, et que vous ne le trouviez indispensable, alors je prendrai tout sur moi, soyez-en certain.

Franval approuva dans sa réponse tout ce que lui mandait sa fille, et telle fut la dernière lettre qu'il en reçut et qu'il écrivit. La poste d'ensuite n'en apporta plus. Franval s'inquiéta ; aussi peu satisfait du courrier d'après, il se désespère, et son agitation naturelle ne lui permettant plus d'attendre, il forme dès l'instant le projet de venir lui-même à Valmor savoir la cause des retards qui l'inquiètent aussi cruellement.

Il monte à cheval, suivi d'un valet fidèle ; il devait arriver le second jour, assez avant dans la nuit pour n'être reconnu de personne ; à l'entrée des bois qui couvrent le château de Valmor, et qui se réunissent à la Forêt-Noire vers l'orient, six hommes bien armés arrêtent Franval et son laquais ; ils demandent la

bourse; ces coquins sont instruits, ils savent à qui ils
parlent, ils savent que Franval, impliqué dans une
mauvaise affaire, ne marche jamais sans son portefeuille et prodigieusement d'or... Le valet résiste, il est
étendu sans vie aux pieds de son cheval; Franval,
l'épée à la main, met pied à terre, il fond sur ces
malheureux, il en blesse trois, et se trouve enveloppé
par les autres; on lui prend tout ce qu'il a, sans
parvenir néanmoins à lui ravir son arme, et les voleurs
s'échappent aussitôt qu'ils l'ont dépouillé; Franval les
suit, mais les brigands, fendant l'air avec leur vol et les
chevaux, il devient impossible de savoir de quel côté se
sont dirigés leurs pas.

Il faisait une nuit horrible, l'aquilon, la grêle... tous
les éléments semblaient s'être déchaînés contre ce
misérable... Il y a peut-être des cas où la nature,
révoltée des crimes de celui qu'elle poursuit, veut
l'accabler, avant de le retirer à elle, de tous les fléaux
dont elle dispose... Franval, à moitié nu, mais tenant
toujours son épée, s'éloigne comme il peut de ce lieu
funeste, en se dirigeant du côté de Valmor. Connaissant mal les environs d'une terre dans laquelle il n'a
été que la seule fois où nous l'y avons vu, il s'égare
dans les routes obscures de cette forêt entièrement
inconnue de lui... Épuisé de fatigue, anéanti par la
douleur... dévoré d'inquiétude, tourmenté de la tempête, il se jette à terre, et là, les premières larmes qu'il
ait versées de sa vie viennent par flots inonder ses
yeux...

— Infortuné! s'écrie-t-il, tout se réunit donc pour
m'écraser enfin... pour me faire sentir le remords...
c'était par la main du malheur qu'il devait pénétrer
mon âme; trompé par les douceurs de la prospérité, je

l'aurais toujours méconnu. Ô toi, que j'outrageai si grièvement, toi, qui deviens peut-être en cet instant la proie de ma fureur et de ma barbarie !... épouse adorable... le monde, glorieux de ton existence, te posséderait-il encore ? la main du ciel a-t-elle arrêté mes horreurs ?... Eugénie ! fille trop crédule... trop indignement séduite par mes abominables artifices.. la nature a-t-elle amolli ton cœur[20] ?... a-t-elle suspendu les cruels effets de mon ascendant et de ta faiblesse ? est-il temps ?... est-il temps, juste ciel...

Tout à coup, le son plaintif et majestueux de plusieurs cloches, tristement élancé dans les nues, vient accroître l'horreur de son sort... Il s'émeut... il s'effraie...

— Qu'entends-je ? s'écrie-t-il en se levant... fille barbare... est-ce la mort ?... est-ce la vengeance ?... sont-ce les Furies de l'enfer qui viennent achever leur ouvrage ?... ces bruits m'annoncent-ils ?... où suis-je ? puis-je les entendre ?... Achève, ô ciel !... achève d'immoler le coupable... (et se prosternant)... Grand Dieu ! souffre que je mêle ma voix à ceux qui t'implorent en cet instant... vois mes remords et ta puissance, pardonne-moi de t'avoir méconnu... et daigne exaucer les vœux... les premiers vœux que j'ose élever vers toi ! Être suprême... préserve la vertu, garantis celle qui fut ta plus belle image en ce monde ; que ces sons, hélas ! que ces lugubres sons ne soient pas ceux que j'appréhende !

Et Franval égaré... ne sachant plus ni ce qu'il fait, ni où il va, ne proférant que des mots décousus, suit le chemin qui se présente... Il entend quelqu'un... il revient à lui... il prête l'oreille... c'est un homme à cheval...

— Qui que vous soyez, s'écrie Franval, s'avançant vers cet homme... qui que vous puissiez être, ayez pitié d'un malheureux que la douleur égare! Je suis prêt d'attenter à mes jours... instruisez-moi, secourez-moi, si vous êtes homme et compatissant... daignez me sauver de moi-même!

— Dieu! répond une voix trop connue de cet infortuné, quoi! vous ici... ô ciel! éloignez-vous!

Et Clervil... c'était lui, c'était ce respectable mortel échappé des fers de Franval, que le sort envoyait vers ce malheureux dans le plus triste instant de sa vie, Clervil se jette à bas de son cheval, et vient tomber dans les bras de son ennemi.

— C'est vous, monsieur, dit Franval en pressant cet honnête homme sur son sein, c'est vous envers qui j'ai tant d'horreurs à me reprocher?

— Calmez-vous, monsieur, calmez-vous, j'écarte de moi les malheurs qui viennent de m'entourer, je ne me souviens plus de ceux dont vous avez voulu me couvrir, quand le ciel me permet de vous être utile... et je vais vous l'être, monsieur, d'une façon cruelle sans doute, mais nécessaire... Asseyons-nous... jetons-nous au pied de ce cyprès, ce n'est plus qu'à sa feuille sinistre qu'il appartient de vous couronner maintenant... Ô mon cher Franval, que j'ai de revers à vous apprendre!... Pleurez... ô mon ami! les larmes vous soulagent, et j'en dois arracher de vos yeux de bien plus amères encore... ils sont passés les jours de délices... ils se sont évanouis pour vous comme un songe, il ne vous reste plus que ceux de la douleur.

— Oh! monsieur, je vous comprends... ces cloches...

— Elles vont porter aux pieds de l'Être suprême...
les hommages, les vœux des tristes habitants de
Valmor, à qui l'Éternel ne permit de connaître un ange
que pour le plaindre et le regretter...

Alors Franval, tournant la pointe de son épée sur
son cœur, allait trancher le fil de ses jours ; mais
Clervil, prévenant cette action furieuse :

— Non, non, mon ami, s'écrie-t-il, ce n'est pas
mourir qu'il faut, c'est réparer. Écoutez-moi, j'ai
beaucoup de choses à vous dire, il est besoin de calme
pour les entendre.

— Eh bien ! monsieur, parlez, je vous écoute ;
enfoncez par degrés[21] le poignard dans mon sein, il est
juste qu'il soit oppressé comme il a voulu tourmenter
les autres.

— Je serai court sur ce qui me regarde, monsieur,
dit Clervil. Au bout de quelques mois du séjour affreux
où vous m'aviez plongé, je fus assez heureux pour
fléchir mon gardien ; il m'ouvrit les portes ; je lui
recommandai surtout de cacher avec le plus grand soin
l'injustice que vous vous étiez permise envers moi. Il
n'en parlera pas, cher Franval, jamais il n'en parlera.

— Oh ! monsieur...

— Écoutez-moi, je vous le répète, j'ai bien d'autres
choses à vous dire. De retour à Paris, j'appris votre
malheureuse aventure... votre départ... Je partageai les
larmes de Mme de Farneille... elles étaient plus sincères
que vous ne l'avez cru ; je me joignis à cette digne
femme pour engager Mme de Franval à nous ramener
Eugénie, leur présence étant plus nécessaire à Paris
qu'en Alsace... Vous lui aviez défendu d'abandonner
Valmor... elle vous obéit... elle nous manda ces ordres,
elle nous fit part de ses répugnances à les enfreindre ;

elle balança tant qu'elle le put... vous fûtes condamné, Franval... vous l'êtes. Vous avez perdu la tête comme coupable d'un meurtre de grands chemins : ni les sollicitations de Mme de Farneille, ni les démarches de vos parents et de vos amis n'ont pu détourner le glaive de la justice, vous avez succombé... vous êtes à jamais flétri... vous êtes ruiné... tous vos biens sont saisis... (Et sur un second mouvement furieux de Franval) Écoutez-moi, monsieur, écoutez-moi, je l'exige de vous comme une réparation à vos crimes ; je l'exige au nom du ciel que votre repentir peut désarmer encore. De ce moment, nous écrivîmes à Mme de Franval, nous lui apprîmes tout : sa mère lui annonça que sa présence étant devenue indispensable, elle m'envoyait à Valmor pour la décider absolument au départ : je suivis la lettre ; mais elle parvint malheureusement avant moi ; il n'était plus temps quand j'arrivai... votre horrible complot n'avait que trop réussi ; je trouvai Mme de Franval mourante... Oh ! monsieur, quelle scélératesse !... Mais votre état me touche, je cesse de vous reprocher vos crimes... Apprenez tout. Eugénie ne tint pas à ce spectacle ; son repentir, quand j'arrivai, s'exprimait déjà par les larmes et les sanglots les plus amers... Oh ! monsieur, comment vous rendre l'effet cruel de ces diverses situations !... Votre femme expirante... défigurée par les convulsions de la douleur... Eugénie, rendue à la nature, poussant des cris affreux, s'avouant coupable, invoquant la mort, voulant se la donner, tour à tour aux pieds de ceux qu'elle implore, tour à tour collée sur le sein de sa mère, cherchant à la ranimer de son souffle, à la réchauffer de ses larmes, à l'attendrir de ses remords ; tels étaient, monsieur, les tableaux sinistres qui frappèrent mes yeux, quand j'entrai chez vous. Mme de Franval me reconnut... elle me pressa les mains... les mouilla de ses pleurs, et prononça quelques mots que j'entendis avec difficulté, ils ne s'exhalaient qu'à peine de ce sein comprimé par les palpitations du venin... elle vous excusait... elle implorait le ciel pour vous... elle demandait surtout la grâce de sa fille... Vous le voyez, homme barbare, les dernières pensées, les derniers vœux de celle que vous déchiriez étaient encore pour votre bonheur. Je donnai tous mes soins; je ranimai ceux des domestiques, j'employai les plus célèbres gens de l'art... je prodiguai les consolations à votre Eugénie; touché de son horrible état, je ne crus pas devoir les lui refuser; rien ne réussit : votre malheureuse femme rendit l'âme dans des tressaillements... dans des supplices impossibles à dire... A cette funeste époque, monsieur, je vis un des effets subits du remords qui m'avait été inconnu jusqu'à ce moment. Eugénie se précipite sur sa mère et meurt en même temps qu'elle : nous crûmes qu'elle n'était qu'évanouie... Non, toutes ses facultés étaient éteintes; ses organes, absorbés par le choc de la situation, s'étaient anéantis à la fois, elle était réellement expirée de la violente secousse du remords, de la douleur et du désespoir... Oui, monsieur, toutes deux sont perdues pour vous; et ces cloches, dont le son frappe encore vos oreilles, célèbrent à la fois deux créatures, nées l'une de l'autre pour votre bonheur, que vos forfaits ont rendues victimes de leur attachement pour vous, et dont les images sanglantes vous poursuivront jusqu'au sein des tombeaux.

Ô cher Franval! avais-je tort de vous engager autrefois à sortir de l'abîme où vous précipitaient vos passions; et blâmerez-vous, ridiculiserez-vous les sec-

tateurs de la vertu ? auront-ils tort enfin d'encenser ses
autels, quand ils verront autour du crime tant de
troubles et tant de fléaux ?

Clervil se tait. Il jette ses regards sur Franval ; il le
voit pétrifié par la douleur ; ses yeux étaient fixes, il en
coulait des larmes, mais aucune expression ne pouvait
arriver sur ses lèvres. Clervil lui demande les raisons
de l'état de nudité dans lequel il le voit : Franval le lui
apprend en deux mots.

— Ah ! monsieur, s'écria ce généreux mortel, que je
suis heureux, même au milieu des horreurs qui m'envi-
ronnent, de pouvoir au moins soulager votre état !
J'allais vous trouver à Bâle, j'allais vous apprendre
tout, j'allais vous offrir le peu que je possède...
Acceptez-le, je vous en conjure ; je ne suis pas riche,
vous le savez... mais voilà cent louis... ce sont mes
épargnes, c'est tout ce que j'ai... J'exige de vous...

— Homme généreux ! s'écrie Franval, en embrassant les genoux de cet honnête et rare ami, à moi ?...
Ciel ! ai-je besoin de quelque chose après les pertes que
j'essuie ! et c'est vous... vous que j'ai si mal traité...
c'est vous qui volez à mon secours.

— Doit-on se souvenir des injures quand le malheur
accable celui qui put nous les faire ? La vengeance
qu'on lui doit en ce cas est de le soulager ; et d'où
vient [22] l'accabler encore, quand ses reproches le
déchirent ?... monsieur, voilà la voix de la nature ; vous
voyez bien que le culte sacré d'un Être suprême ne la
contrarie pas comme vous vous l'imaginiez, puisque
les conseils que l'une inspire ne sont que les lois sacrées
de l'autre.

— Non, répondit Franval en se levant ; non, je n'ai
plus besoin, monsieur, de rien, le ciel, me laissant ce

dernier effet, poursuit-il en montrant son épée, m'apprend l'usage que j'en dois faire... (Et la regardant) C'est la même, oui, cher et unique ami, c'est la même arme que ma céleste femme saisit un jour pour s'en percer le sein, lorsque je l'accablais d'horreurs et de calomnies... c'est la même... Je trouverais peut-être des traces de ce sang sacré... il faut que le mien les efface... Avançons... gagnons quelque chaumière où je puisse vous faire part de mes dernières volontés... et puis nous nous quitterons pour toujours...

Ils marchent; ils allaient chercher un chemin qui pût les rapprocher de quelque habitation... La nuit continuait d'envelopper la forêt de ses voiles... de tristes chants se font entendre, la pâle lueur de quelques flambeaux vient tout à coup dissiper les ténèbres... vient y jeter une teinte d'horreur qui ne peut être conçue que par des âmes sensibles; le son des cloches redouble, il se joint à ces accents lugubres, qu'on ne distingue qu'à peine, la foudre, qui s'est tue jusqu'à cet instant, étincelle dans les cieux, et mêle ses éclats aux bruits funèbres qu'on entend. Les éclairs qui sillonnent la nue, éclipsant par intervalles le sinistre feu des flambeaux, semblent disputer aux habitants de la terre le droit de conduire au sépulcre celle qu'accompagne ce convoi, tout fait naître l'horreur, tout respire la désolation... il semble que ce soit le deuil éternel de la nature.

— Qu'est ceci? dit Franval ému.

— Rien, répond Clervil en saisissant la main de son ami, et le détournant de cette route.

— Rien, vous me trompez, je veux voir ce que c'est...

Il s'élance... il voit un cercueil :

— Juste ciel! s'écrie-t-il, la voilà, c'est elle... c'est
elle! Dieu permet que je la revoie...

A la sollicitation de Clervil, qui voit l'impossibilité
de calmer ce malheureux, les prêtres s'éloignent en
silence... Franval, égaré, se jette sur le cercueil, il en
arrache les tristes restes de celle qu'il a si vivement
offensée; il saisit le corps dans ses bras, il le pose au
pied d'un arbre, et se précipitant dessus avec le délire
du désespoir [23]...

— Ô toi, s'écrie-t-il hors de lui, toi, dont ma
barbarie put éteindre les jours, objet touchant que
j'idolâtre encore, vois à tes pieds ton époux oser
demander son pardon et sa grâce; n'imagine pas que
ce soit pour te survivre, non, non, c'est pour que
l'Éternel, touché de tes vertus, daigne, s'il est possible,
me pardonner comme toi... il te faut du sang, chère
épouse, il en faut pour que tu sois vengée... tu vas
l'être... Ah! vois mes pleurs avant, et vois mon
repentir; je vais te suivre, ombre chérie... mais qui
recevra mon âme bourrelée [24], si tu n'implores pour
elle? Rejetée des bras de Dieu comme de ton sein,
veux-tu qu'elle soit condamnée aux affreux supplices
des enfers, quand elle se repent aussi sincèrement de
ses crimes?... Pardonne, chère âme, pardonne-les, et
vois comme je les venge.

A ces mots, Franval, échappant à l'œil de Clervil, se
passe l'épée qu'il tient, deux fois au travers du corps;
son sang impur coule sur la victime et semble la flétrir
bien plus que la venger.

— Ô mon ami! dit-il à Clervil, je meurs, mais je
meurs au sein des remords... apprenez à ceux qui me
restent, et ma déplorable fin et mes crimes, dites-leur
que c'est ainsi que doit mourir le triste esclave de ses

passions, assez vil pour avoir éteint dans son cœur le
cri du devoir et de la nature. Ne me refusez pas la
moitié du cercueil de cette malheureuse épouse, je ne
l'aurais pas mérité sans mes remords, mais ils m'en
rendent digne, et je l'exige ; adieu.

Clervil exauça les désirs de cet infortuné, le convoi
se remit en marche ; un éternel asile ensevelit bientôt
pour jamais deux époux nés pour s'aimer, faits pour le
bonheur, et qui l'eussent goûté sans mélange, si le
crime et ses effrayants désordres, sous la coupable
main de l'un des deux, ne fussent venus changer en
serpents toutes les roses de leur vie.

L'honnête ecclésiastique rapporta bientôt à Paris
l'affreux détail de ces différentes catastrophes, personne ne s'alarma de la mort de Franval, on ne fut
fâché que de sa vie ; mais son épouse fut pleurée... elle
le fut bien amèrement ; et quelle créature en effet plus
précieuse, plus intéressante aux regards des hommes
que celle qui n'a chéri, respecté, cultivé les vertus de la
terre, que pour y trouver à chaque pas, et l'infortune et
la douleur ?

---

*Si les pinceaux dont je me suis servi pour te peindre le crime,
t'affligent et te font gémir, ton amendement n'est pas loin, et
j'ai produit sur toi l'effet que je voulais. Mais si leur vérité te
dépite, s'ils te font maudire leur auteur... malheureux, tu t'es
reconnu, tu ne te corrigeras jamais.*

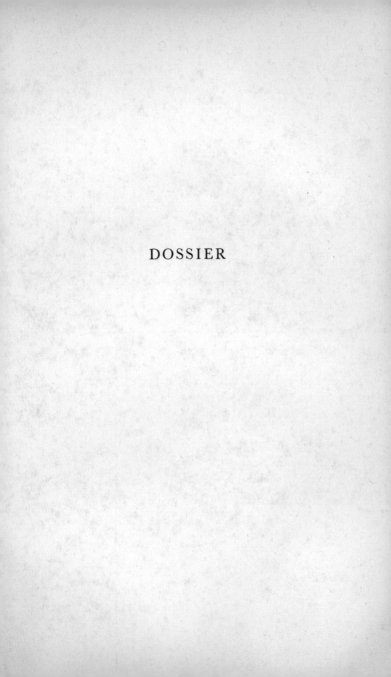

DOSSIER

VIE DE SADE

1740-1814

1733. 3 novembre. Mariage de Jean-Baptiste-François-Joseph, comte de Sade, issu d'une vieille famille provençale à laquelle était apparentée, au XIVe siècle, Laure chantée par Pétrarque, et de Marie-Éléonore de Maillé de Carman, liée aux Condé, princes du sang. La comtesse de Sade, dame d'accompagnement de la princesse de Condé, loge dans leur hôtel.

1740. 2 juin. Naissance de Donatien-Alphonse-François, dans l'hôtel de Condé à Paris. Il y passe ses premières années, en compagnie du jeune Louis-Joseph de Bourbon, prince de Condé, de quatre ans plus âgé.

1744. Il est envoyé en Provence chez ses tantes paternelles, à Avignon, puis chez son oncle, l'abbé de Sade, érudit et libertin, à Saumane, et à Saint-Léger d'Ébreuil, en Bourbonnais.

1750. De retour à Paris, il entre chez les jésuites du collège Louis-le-Grand, sous la responsabilité d'un précepteur privé, l'abbé Amblet.

1754. Élève à l'école des Chevau-Légers, réservée à la plus ancienne noblesse.

1755. Sous-lieutenant au régiment du Roi Infanterie.

1757. Commission de cornette au régiment des carabiniers du comte de Provence qui part à la guerre de Sept Ans. Expériences militaires et libertines.

1759. Capitaine au régiment de Bourgogne Cavalerie. Un de ses compagnons le décrit ainsi : « Sade est furieusement combustible : gare les Allemandes ! »

1763. Signature du traité de Paris qui met fin à la guerre : Sade est réformé comme capitaine de cavalerie. La situation financière de la famille est catastrophique. Son père cherche à le marier à une riche héritière, il choisit à cet effet Mlle Renée-Pélagie de Montreuil, fille d'un président à la Cour des Aides. Le jeune homme aurait sans doute préféré Mlle de Lauris, sa voisine provençale.

Le mariage est célébré, le 17 mai, à l'église Saint-Roch. La présidente de Montreuil raffole de son nouveau gendre qui loue une « petite maison » dans la capitale. Il s'y livre à des débauches qui attirent l'attention de la police.

18 octobre. Fustigations et impiétés avec Jeanne Testard, une jeune ouvrière. Dix jours plus tard, il est incarcéré au château de Vincennes, puis, le 13 novembre, assigné à résidence, au château d'Échauffour, en Normandie, chez sa belle-famille. L'inspecteur Marais est chargé de surveiller ses déplacements et ses amours.

1764. Il succède à son père dans la charge de lieutenant général pour le Roi aux provinces de Bresse, Bugey, Valromey et Gex. Il se rend à Dijon pour prononcer le discours de réception devant le Parlement.

Son oncle, l'abbé de Sade, publie des *Mémoires pour la vie de Pétrarque, tirés de ses œuvres et des auteurs contemporains*, en deux volumes. Un troisième volume de *Pièces justificatives* paraît en 1767.

Liaison avec une actrice, connue pour ses amours vénales avec de grands seigneurs, Mlle Colet.

1765. Liaison avec une actrice, Mlle de Beauvoisin. Il descend avec elle en Provence et fait restaurer le théâtre du château familial de Lacoste. Il y invite la noblesse locale qui prend la Beauvoisin pour sa parente sinon pour son épouse. Retour à Paris, rupture.

1766. Liaison avec des filles, non moins célèbres, non moins chères : Mlle Dorville, Mlle Le Clair... Réchauffé avec la Beauvoisin.

1767. Mort du comte de Sade. Son fils va se faire reconnaître à Lacoste comme seigneur du lieu. Il est nommé capitaine commandant au régiment du Mestre de camp Cavalerie.

27 août. Naissance de Louis-Marie, son premier fils. Le prince de Condé et la princesse de Conti sont ses parrains.

1768. 3 avril. Premier grand scandale : flagellations et sacrilèges avec Rose Keller, à Arcueil, le dimanche de Pâques. La victime porte plainte, puis, sous la pression de la famille, se désiste. Mais l'opinion publique est alertée et grossit l'événement. Sade est incarcéré à Saumur, puis à Pierre-Encise, près de Lyon. Sa famille s'agite pour obtenir sa libération.

16 novembre. Il est libéré et assigné à résidence à Lacoste.

1769. Vie mondaine et dettes, à Lacoste. Le marquis est menacé de saisie.
Retour à Paris, pour la naissance de son second fils, Donatien-Claude-Armand, le 27 juin.
Septembre-octobre. Voyage aux Pays-Bas. Il rédige un *Voyage en Hollande en forme de lettres.*

1770. Il veut reprendre du service dans l'armée, mais sa mauvaise réputation l'en empêche.

1771. 17 avril. Naissance d'une fille, Madeleine-Laure.
Courte incarcération pour dettes.

1772. Séjour en Provence, réceptions et spectacles à Lacoste et à Mazan. Liaison avec sa belle-sœur Anne-Prospère de Launay, chanoinesse.
27 juin. Second grand scandale. Absorption d'aphrodisiaques, flagellations, sodomie homo- et hétérosexuelle, au cours d'une partie avec son domestique Latour et quatre prostituées, à Marseille. Les filles craignent d'être empoisonnées et portent plainte. Perquisition à Lacoste. Sade fuit en Italie avec sa belle-sœur (?) et Latour.
3 septembre. Le marquis et son domestique sont condamnés à mort par contumace et exécutés en effigie quelques jours plus tard, à Aix-en-Provence.
Démarches auprès de l'ambassadeur du roi de Piémont-Sardaigne à Paris pour obtenir l'arrestation du fugitif qui se fait appeler comte de Mazan.
8 décembre. Arrestation et incarcération au fort de Miolans. Le gouverneur s'inquiète des menées de son prisonnier.

1773. 30 avril. Évasion du prisonnier qui se rend à Grenoble. Voyage dans le midi de la France et peut-être en Espagne. Puis retour à Lacoste.

1774. Perquisition à Lacoste : le marquis échappe aux recherches. Difficultés financières.

1775. Sade recrute cinq jeunes filles et un jeune secrétaire pour le château. Diverses orgies auxquelles participe la marquise. Risque d'une nouvelle « affaire » : « je passe pour le loup-garou ici. » Ses amis s'efforcent d'étouffer le scandale.
17 juillet. Nouvelle fuite en Italie : Turin, Plaisance, Parme, Modène, Florence, Rome, Naples.

1776. Sade remonte vers la France. Il rédige son *Voyage d'Italie.* A Lacoste, nouveaux domestiques engagés, nouveaux éclats.

1777. Le père d'une jeune servante vient réclamer sa fille et tire sur Sade. Ce dernier, apprenant que sa mère est gravement malade, se rend à son chevet à Paris. Il arrive trop tard. Il est arrêté et incarcéré à Vincennes, le 13 février.

1778. La condamnation à mort d'Aix-en-Provence est cassée, commuée en une amende, mais Sade sous le coup d'une lettre de cachet reste prisonnier. Il s'évade et ne reste que trente-neuf jours en liberté. Durant les douze années qui suivent, sa vie est une longue suite de récriminations, de recherche de *signaux* qui lui permettraient de deviner la date de sa libération, de pratiques onanistes soigneusement notées, de maux physiques, mais c'est aussi un temps de lecture et d'écriture.

1779. Nuit du 16 au 17 février : Sade s'endort sur la *Vie de Pétrarque* et voit en rêve Laure lui apparaître.
Correspondance avec Mlle de Rousset, son ancienne gouvernante provençale, et son valet Carteron, dit La Jeunnesse, passé au service de Mme de Sade.

1780. Altercation avec Mirabeau, également prisonnier à Vincennes.

1781. Rédaction de la comédie *L'Inconstant*.
Mme de Sade obtient le droit de visiter le prisonnier, ce qui déclenche une crise de jalousie chez lui : il se complaît à imaginer des infidélités de sa femme avec un jeune paysan dont il a fait son secrétaire.

1782. Sade écrit pour Mlle de Rousset des *Étrennes philosophiques*. Il rédige le *Dialogue entre un prêtre et un moribond* et entreprend les *Cent vingt journées de Sodome*.

1783. Rédaction de la tragédie *Jeanne Laisné*.
Douleurs à l'œil, provoquées par sa fringale de lecture. Obsessions alimentaires.

1784. Mort de Mlle de Rousset.
Février : Sade est transféré à la Bastille.
7 septembre : il récapitule six années de pratiques masturbatoires pour lesquelles il a réclamé à sa femme des *prestiges* (flacons et étuis de bois).

1785. Il recopie les brouillons des *Cent vingt journées de Sodome*.

1786. Il réclame à sa femme des renseignements sur l'Espagne et le Portugal, en vue d'*Aline et Valcour*.

1787. Fin juin-début juillet : rédaction d'un conte, *Les Infortunes de la vertu*.

1788. Première semaine de mars : rédaction d'*Eugénie de Franval*.
1er octobre : Sade établit un Catalogue raisonné de ses ouvrages.

1789. Il fait lire *Aline et Valcour* à sa femme.

2 juillet : « Il s'est mis hier à midi à sa fenêtre, et a crié de toutes ses forces, et a été entendu de tout le voisinage et des passants, qu'on égorgeait, qu'on assassinait les prisonniers de la Bastille, et qu'il fallait venir à leur secours », rapporte le marquis de Launay, gouverneur de la Bastille qui obtient le transfert du prisonnier au couvent de Charenton. Sade abandonne derrière lui à la Bastille des manuscrits, dont le rouleau des *Cent vingt journées*.

14 juillet : Prise de la Bastille, mort du marquis de Launay.

1790. 13 mars : décret de l'Assemblée qui abolit les lettres de cachet.

2 avril : Sade est libéré. Sa femme refuse de le recevoir et demande le divorce qui vient d'être lui aussi institué par la Révolution. La séparation de corps est prononcée le 9 juin. Sade cherche à faire jouer ses pièces. Liaison avec une actrice, Marie-Constance Quesnet, à laquelle il restera fidèle jusqu'à la fin de sa vie. Il s'installe avec elle à la Chaussée d'Antin. Il est citoyen actif de la section de la place Vendôme qui va devenir section des Piques.

1791. Fuite du roi. Sade publie une *Adresse d'un citoyen de Paris au roi des Français*.

Publication anonyme de *Justine ou les malheurs de la vertu*.

Représentation du *Comte Oxtiern ou les effets du libertinage*, avec succès, au Théâtre Molière.

1792. Échec de la comédie *Le Suborneur*.

Depuis Paris, Sade cherche à sauvegarder ses biens provençaux. Mais le château de Lacoste est pillé. Le ci-devant marquis n'ose pas se rendre en Provence. Ses fils émigrent. Il est quant à lui secrétaire de sa section, puis commissaire pour les hôpitaux. Il lit à la section son *Idée sur le mode de la sanction des lois*.

1793. Juré pour les affaires de faux assignats. Il dirige des délégations de sa section à la Convention.

Assassinat de Marat : il rédige un *Discours aux mânes de Marat et de Le Pelletier*, puis un projet pour changer les noms des rues de l'arrondissement.

Décembre : *Aline et Valcour* est composé, mais l'imprimeur est arrêté. Sade lui-même se voit incarcérer pour modérantisme.

1794. 27 juillet : condamnation à mort.

28 juillet (9 thermidor) : chute de Robespierre.

15 octobre : libération de Sade.

1795. Publication d'*Aline et Valcour*, sous la signature de Sade, et de *La Philosophie dans le boudoir*, anonyme.

1796. Vente du château de Lacoste au thermidorien Rovère.

1797. Difficultés administratives pour faire rayer son nom de la liste des émigrés du département du Vaucluse, à cause de changements de prénoms et de confusion avec ses fils, réellement émigrés.
Publication de *La Nouvelle Justine, ou les malheurs de la vertu, suivie de l'Histoire de Juliette, sa sœur, ou les prospérités du vice.*

1798. Sade et Marie-Constance Quesnet dans la misère.

1799. Sade dans une lettre de demande de secours se présente comme « employé au spectacle de Versailles ». Il se débat toujours dans des complications administratives pour faire reconnaître qu'il n'a pas émigré.
Nouvelle représentation d'*Oxtiern*.

1800. Saisie d'une édition de *Justine*.
Publication d'*Oxtiern ou les malheurs du libertinage* et des *Crimes de l'amour, nouvelles héroïques et tragiques, précédées d'une Idée sur les romans.*
Attaqué par Villeterque, Sade répond dans *L'Auteur des Crimes de l'amour à Villeterque, folliculaire.* Mais les dénonciations nominales se multiplient dans la presse et dans des libelles satiriques.

1801. 6 mars. Arrestation et incarcération à Sainte-Pélagie.

1803. 14 mars. Après avoir cherché à séduire de jeunes détenus, Sade est déplacé de Sainte-Pélagie à Bicêtre, puis, le 27 avril, à Charenton.

1804. Sade rédige les *Journées de Florbelle ou la nature dévoilée* dont le manuscrit sera saisi par la police en 1807 et ultérieurement détruit.

1805. Sade sert la messe de Pâques.

1808. Il organise des représentations théâtrales à l'intérieur de l'hospice.

1812. Rédaction d'*Adélaïde de Brunswick, princesse de Saxe.*
Couplets de circonstance pour la visite de Mgr Maury, archevêque de Paris.

1813. Ultime liaison avec une jeune fille de 16 ans.
Rédaction de l'*Histoire secrète d'Isabelle de Bavière* et publication de *La Marquise de Gange.*

1814. 2 décembre. Mort de Sade. Malgré son testament, il est enterré religieusement, mais selon son souhait, toute trace de sa tombe disparaît.

1904. Publication à Berlin par Eugen Dühren des *Cent vingt journées de Sodome.*

1926. Publication par Maurice Heine des *Historiettes, contes et fabliaux,* ainsi que du *Dialogue entre un prêtre et un moribond.*

1930. Publication par Maurice Heine des *Infortunes de la vertu.*

1953. Publication par Gilbert Lely de l'*Histoire secrète d'Isabelle de Bavière.*

1964. Publication par G. Lely d'*Adélaïde de Brunswick.*

1967. Publication par G. Daumas et G. Lely du *Voyage d'Italie.*

1970. Publication par J.-J. Brochier du *Théâtre* et par G. Daumas du *Journal de Charenton.*

1980. Publication par G. Daumas et G. Lely des *Mélanges littéraires.*

NOTICE

1. *Manuscrits et projets.*

Le conte fait partie des premières formes littéraires pratiquées par Sade. Durant ses années d'emprisonnement à la Bastille, il en compose une cinquantaine dont il se propose de tirer plusieurs recueils. Dans le Catalogue raisonné de ses œuvres qu'il rédige le 1ᵉʳ octobre 1788, il mentionne des *Contes et fabliaux du XVIIIᵉ siècle par un troubadour provençal* qui, en quatre volumes précédés d'un avertissement, devaient rassembler une trentaine de nouvelles. Seize historiettes, plus courtes, devaient faire partie du *Portefeuille d'un homme de let!res* à côté des voyages et de divers essais historiques et philosophiques.

Dix-huit cahiers de papier bleu, couverts de brun, témoignent du travail de rédaction. Ils constituent le manuscrit 4010 des nouvelles acquisitions françaises de la Bibliothèque nationale. Les cahiers 2 et 7, détachés de l'ensemble, ont disparu : ils ont été détruits ou dorment dans une collection. Sade a rédigé ses historiettes et ses contes à la suite l'un de l'autre. Les corrections importantes et les rédactions nouvelles qui ne trouvent pas de place dans les marges ou entre les lignes sont donc séparées de la première version. Sade ajoute des indications sur la chronologie de son travail (dates de rédaction, de relecture, de correction), sur certaines sources. Il récapitule souvent en fin de cahier la liste des textes écrits, en propose un arrangement, le plan du recueil projeté et note ses remarques pour éviter des redites ou améliorer son style. Parfois même un cahier est utilisé des deux côtés.

De cet ensemble narratif, Sade a tiré *Les Infortunes de la vertu* qui, remaniées et étendues, sont devenues *Justine ou les malheurs de la vertu* (1791), puis, après une nouvelle extension, *La Nouvelle Justine* (1797). En 1791 également, il a utilisé la matière de la nouvelle *Ernestine* pour composer un drame en trois actes et en prose, *Le Comte Oxtiern ou les effets du libertinage*, représenté en octobre de cette année et repris en décembre 1799. Ce n'est qu'en 1800 que Sade fait imprimer un recueil de onze nouvelles, *Les Crimes de l'amour*, dans une version parfois différente du brouillon que représente le manuscrit 4010. Parmi les onze nouvelles se trouve *Rodrigue ou la tour enchantée*, déjà employé dans *Aline et Valcour* comme un récit enchâssé.

Quelques années plus tard, en 1803-1804, le prisonnier de Charenton reprend son dossier. Il envisage d'étoffer son recueil des *Crimes de l'amour* en doublant le nombre des nouvelles et de regrouper ses autres récits sous le titre de *Boccace français*. Il entreprend des corrections en ce sens et projette des contes nouveaux. On conserve de ce travail des notes publiées par G. Lely dans les *Cahiers personnels* (*Œuvres complètes*, Club du livre précieux, t. XV, p. 15-38). C'est dire que la forme de la nouvelle a retenu l'attention de l'écrivain tout au long de sa carrière littéraire. Elle permet un agencement des textes courts à l'intérieur du recueil qui les regroupe. Les projets de 1788, repris en 1803-1804, font alterner des nouvelles gaies (ou encore, selon la terminologie de l'auteur, *plaisantes* ou *à faire plaisir*) et des nouvelles sérieuses ou sombres. Un équilibre est également cherché entre textes relativement longs, qui tendent à devenir de petits romans, et textes courts, d'une ou deux pages. En revanche, *Les Crimes de l'amour* de l'an VIII, intitulés *nouvelles héroïques et tragiques*, manifestent une relative homogénéité de ton et de longueur. Sade a peut-être voulu s'adapter au goût du temps pour le roman noir.

L'ensemble des contes destinés aux recueils de 1788 ou de 1803-1804, non repris dans les *Crimes*, et dont une version se trouve dans le manuscrit 4010, a été publié par Maurice Heine en 1926 sous le titre de *Historiettes, contes et fabliaux*. Ce manuscrit fournit par ailleurs le premier jet de l'*Idée sur les romans* et des cinq nouvelles que nous avons retenues pour notre édition :

— *Avertissement*, première version de l'*Idée sur les romans*, Cahier 16, f° 354-358. Les *Cahiers personnels* fournissent un paragraphe supplémentaire, rédigé en 1803-1804.

— *Faxelange*, intitulé initialement *La Fille trompée*, puis *Le Mariage trompeur*, Cahier 4 et 5, f° 55-75.

— *Florville et Courval*, intitulé *Le Fatalisme*, Cahier 3 et 4, f° 31-50.

— *Laurence et Antonio*, sous-titré initialement *ou le rival de son fils*, Cahier 15, f° 309-332 et Cahier 14, f° 291-292 (suite et fin).

— *Ernestine*, intitulée tout d'abord *ou la suite de la séduction*, *nouvelle suédoise*, Cahier 14, f° 299-305, Cahier 16, f° 334-349, Cahier 18, f° 386-389 et 402-405.

— *Eugénie de Franval*, Cahier 17, f° 360-383, Cahier 18, f° 389-402.

2. *Sources et titres d'époque.*

Sade mentionne sur ses brouillons l'origine de certains récits : *moi, Amblet* (il s'agit de son précepteur, l'abbé Amblet, promu ensuite au rang de conseiller littéraire), *entendu dire, mon père, Dunoyer* (Mme Dunoyer, *Lettres historiques et galantes*, Londres, 1739). On peut apporter quelques autres précisions sur les goûts du temps et les titres qui sont réemployés d'une œuvre à l'autre.

Le titre initial du recueil *Contes et fabliaux du XVIII* siècle par un troubadour provençal* a été suggéré à Sade par le recueil de Legrand d'Aussy, *Fabliaux et contes du XII* et du XIII* siècle* (Paris, 1781, 5 vol.) et par l'essai de l'abbé Millot, *Histoire littéraire des troubadours* (Paris, 1774), deux livres que Sade a lus à la Bastille.

La nouvelle insérée dans *Aline et Valcour* est intitulée *Le Crime du sentiment ou les délires de l'amour*. *Les Crimes de l'amour* viennent après *Les Désordres de l'amour* de Mme de Villedieu (1675), titre repris en 1768 par Laplace *(Les Désordres de l'amour ou les étourderies du chevalier Des Brières)*, et *Les Malheurs de l'amour* de Catherine Bernard et Fontenelle (1687), repris par Mme de Tencin en 1747. La fin du XVIII* siècle cherche à forcer la note, en donnant *Lindor ou les excès de l'amour* (anonyme, 1772), *Le Délire des passions* de Pagès (1799)... Lesuire intitule en 1789 un roman *Le Crime* et la production révolutionnaire affectionne les titres qui dénoncent les crimes de la monarchie, de la noblesse ou de la papauté.

L'expression *nouvelles héroïques et tragiques* renvoie également à une tradition bien ancrée. Dès le XVI* siècle, les Français adaptant l'Italien Bandello publient des *histoires tragiques*. Tel est le titre choisi par Pierre Boaistuau et Belleforest en 1559. Au siècle suivant, François de Rosset, Claude Malingre et Jean-Nicolas de Parival donnent à leur tour des *Histoires tragiques de notre temps*, et Jean-Pierre Camus des *Spectacles d'horreur où se découvrent plusieurs tragiques effets de notre siècle*. Cette veine se poursuit à travers le XVIII* siècle sous forme de rééditions ou de créations nouvelles. Ainsi, par exemple, en 1793, Mercier de Compiègne publie des *Nouvelles galantes et tragiques*. La série héroïque pourrait de même être suivie, des *Nouvelles héroïques et amoureuses* de Boisrobert (1657) à *L'Honneur perdu, nouvelle héroïque* de Cazotte (1776). Sade s'inscrit dans ce sillage. Quant à son *Boccace français*, il aurait fait suite au *Décaméron français* de M. d'Ussieux (1772-1774) ou à *L'Arétin français* de Félix Nogaret (1787).

L'*Idée sur les romans* est vraisemblablement inspirée par les *Idées sur les romans* qui servent de préface aux *Sacrifices de l'amour* de Dorat en 1771. Sade rédige également en 1792 un opuscule politique, *Idée sur le mode de la sanction des lois*.

Le Fatalisme, sous-titre de la nouvelle *Florville et Courval*,[1] est fréquent dans la seconde moitié du XVIIIe siècle, époque agitée par les débats philosophiques entre partisans du libre arbitre et défenseurs de ce qui sera nommé plus tard le déterminisme et ne s'appelle encore que le fatalisme. Sade connaît *Jacques le fataliste*, publié seulement en 1796, auquel il fait allusion dans ses *Notes littéraires* (t. XV, p. 28) et *Le Fatalisme, ou collection d'anecdotes pour prouver l'influence du sort sur l'histoire du cœur humain* du chevalier de La Morlière (1769). La Morlière prétend illustrer par ses anecdotes « l'enchaînement de causes secrètes qui ne nous laisse que l'exécution machinale de ce dont nous paraissons les principaux agents », « cette espèce de fatalité inévitable qui préside à toutes les actions des hommes ». On pourrait également citer une imitation anonyme de *Zadig ou la destinée* intitulée *Isman ou le fatalisme* (1785) ou la nouvelle *Le Fatalisme* que Baculard d'Arnaud insère dans les *Délassements de l'homme sensible ou anecdotes diverses* (seconde année, 1786) : « A suivre effectivement ce qui frappe les regards *matériels*, ne croirait-on pas qu'il est parmi nous des victimes marquées d'un sceau de réprobation, condamnées au malheur, et dévouées aux barbares caprices d'un mauvais génie ? » L'intrigue même de la nouvelle de Sade fait songer à *La Mère mystérieuse*, la trentième nouvelle de l'*Heptaméron* de Marguerite de Navarre qui avait fasciné Walpole : une mère a de son fils une fille qu'il épouse, il est donc à la fois son père, son frère et son mari.

Le titre de la nouvelle, non retenue ici, *Dorgeville ou le criminel par vertu*, évoque *Milord Stanley, ou le criminel vertueux* de La Morlière (Cadix, 1747), *Le Criminel vertueux* (extrait du *Monde comme il est* de J.-Fr. Bastide dans la *Bibliothèque universelle des romans* en 1782) ou *Le Criminel sans le savoir* (anonyme, Paris, 1783). La série comprendrait après Sade le roman de Nougaret, *L'Amante coupable sans le savoir ou les amants criminels et vertueux* (Paris, 1802). Il s'agit généralement d'histoires d'inceste. *Le Criminel sans le savoir* s'achève sur l'épitaphe des deux héros :

> Ci-gît l'enfant, ci-gît le père,
> Ci-gît la sœur, ci-gît le frère,
> Ci-gît la femme, et le mari,
> Et si ne sont que deux corps ici.

Sade a utilisé plusieurs fois dans les *Cent vingt journées de Sodome* et dans *Juliette* un épisode d'*Ernestine*, le chantage puis le viol de l'héroïne pendant l'exécution de son amant. Il a pu le trouver chez les historiens de la Révolution anglaise (Rapin de Thoyras, R. Dodsley, Hume...) ou chez les romanciers qui en avaient déjà tiré un sujet de fiction (Dorat, *Sylvie et Moléshoff*, à la suite des *Deux Reines*, 1770 ; Delisle de Sales, *Histoire de Jenny Lille*, dans *La Philosophie de la nature*,

1770...). Voir Michel Delon, « Chantage et trahison. La récurrence d'un scénario sadique au XVIIIᵉ siècle », *Le siècle de Voltaire, Hommage à René Pomeau,* Oxford, 1987.

3. *Publication et accueil.*

La parution des *Crimes de l'amour* est annoncée chez Massé par le *Journal typographique et bibliographique* du 20 thermidor an VIII, c'est-à-dire du 8 juillet 1800. Le livre se présente en 4 tomes, comportant chacun un frontispice non signé et une épigraphe, tirée des *Nuits* de Young :

Tome I : Idée sur les romans ; Juliette et Raunai, ou la conspiration d'Amboise, nouvelle historique ; La Double Épreuve.

Tome II : Miss Henriette Stralson, ou les effets du désespoir, nouvelle anglaise ; Faxelange, ou les torts de l'ambition ; Florville et Courval, ou le fatalisme.

Tome III : Rodrigue, ou la tour enchantée, conte allégorique ; Laurence et Antonio, nouvelle italienne ; Ernestine, nouvelle suédoise.

Tome IV : Dorgeville, ou le criminel par vertu ; La Comtesse de Sancerre, ou la rivale de sa fille, anecdote de la cour de Bourgogne ; Eugénie de Franval, nouvelle tragique.

Des comptes rendus paraissent à l'automne. *Les Veillées des Muses* se contentent de décrire le recueil parmi les annonces de livres nouveaux, dans son numéro de brumaire an IX (octobre-novembre 1800) (3ᵉ année, VIII, p. 186). Le *Journal de Paris* du 6 brumaire (28 octobre) salue la « fécondité et l'imagination de l'écrivain » et la « grande variété de ses tableaux ». Il mentionne sans commentaire le désaveu de *Justine* qui suscite les réactions des autres critiques. Villeterque (1759-1811), dans le *Journal des arts, des sciences et de littérature* qui avait annoncé la saisie d'une nouvelle édition « du roman affreux connu sous le nom de *Justine* » (1ᵉʳ fructidor, 19 août), attaque violemment *Les Crimes de l'amour*, ce « livre détestable d'un homme soupçonné d'en avoir fait un plus horrible » (30 vendémiaire, 22 octobre) *. Auteur des *Veillées philosophiques* (1795), il avait déjà polémiqué avec Bernardin de Saint-Pierre. Sade réplique à cet éreintement par une brochure, *L'Auteur des Crimes de l'amour à Villeterque, folliculaire,* parue chez Massé, l'an IX. Pour Gilbert Lely, défenseur des privilèges de l'esprit, cet opuscule est « la canne d'un grand seigneur s'abattant à coups redoublés sur le dos d'un laquais insolent ». Mais Sade semble avoir cherché à désamorcer le conflit

---

* Voir la section « Documents », p. 399-410.

par une lettre personnelle à Villeterque, c'est du moins ce que ce dernier affirme, le 15 nivôse an IX (5 janvier 1801).

La Décade philosophique, littéraire et politique qui regroupe des héritiers des Lumières, s'en prend également aux *Crimes de l'amour*, dans la *Revue du mois*, signée V. D. M., du 30 frimaire an IX (21 décembre 1800). Le ton est donné dès le début de l'article qui évoque plusieurs publications récentes : « il peut arriver que l'auteur d'un ouvrage contre les mœurs, où la pudeur est attaquée, où la saine morale est combattue, tarde trop longtemps à *mourir ;* et alors le mal qu'il ne cesse de faire doit être promptement arrêté. Hâter sa chute est donc une noble entreprise. Dans ce cas, pour l'honnête homme, différer est un crime ». L'honnête rédacteur de *La Décade* ne veut pas encourir ce reproche, il dénonce *Les Crimes de l'amour*. Voir Document.

Une traduction allemande de six nouvelles parut trois ans plus tard à Leipzig, sans nom d'auteur, prétendument adaptée de l'anglais, selon l'habitude du moment :

Verbrechen der Liebe. Eine Reihe heroisch-tragischer Gemälde. Aus dem Englischen. 2 vol., Leipzig, Wilh. Rein, 1803.

I. Miss Henriette Stralson ; Mathilde von Faxelange ; Florville und Courtvall.

II. Roderich oder der Zauberthurm, ein allegorisches Gemälde ; Lorenzo und Antonio, eine italiänische Novelle ; Ernestine, eine schwedische Novelle.

L'histoire de la fortune littéraire des *Crimes de l'amour* reste à faire. Charles Merouvel réutilisera la formule en 1890 pour surtitrer son succès populaire et bien-pensant, *Chaste et flétrie,* puis en 1894 l'ensemble de la série composée de *Chaste et flétrie, Abandonnée, Morts et vivants* et *Fleur de Corse.* La série suivante s'intitule, quatre ans plus tard, *Les Crimes de l'argent.*

4. *Notre texte.*

Sur les onze nouvelles choisies par Sade parmi toutes celles qu'il avait composées, nous en avons retenu cinq. Elles sont représentatives du recueil, dans la mesure où elles comprennent un récit historique et des histoires contemporaines, des intrigues étrangères (l'Italie pour le Sud, la Suède pour le Nord) et des intrigues françaises. Notre choix comprend *Faxelange, Florville et Courval* et *Eugénie de Franval* qui sont considérées comme les plus réussies par la critique et qui ont inspiré ses commentaires les plus nombreux. Nous y avons joint *Ernestine* qui, avec *Eugénie de Franval,* semble avoir eu la préférence de l'auteur. Il note en effet dans le Catalogue raisonné de ses œuvres à l'époque du 1er octobre 1788 : *Ernestine,* « cette nouvelle est la meilleure du recueil », et *Eugénie de Franval,* « aucune histoire, aucun roman ne dévoile d'une manière plus énergique encore les enchaînements et les malheurs du libertinage ». *Laurence et Antonio*, enfin, a été retenu comme « chronique italienne », pour permettre la comparaison avec Stendhal. *Dorgeville* et *La Comtesse de Sancerre* sont des doublets respectifs de *Florville et Courval* et de *Laurence et Antonio* : variations sur l'inceste et le crime involontaires *(Dorgeville, Florville et Courval)*, ou sur la rivalité entre parents et enfants *(Laurence et Antonio* est initialement sous-titré *Le Rival de son fils* à la façon dont *La Comtesse de Sancerre* est *La Rivale de sa fille)*.

Le texte a été établi sur l'édition originale. Une douzaine de passages en étaient altérés dans l'édition des *Œuvres complètes*. L'orthographe a été modernisée, mais la ponctuation maintenue, dans la plupart de ses particularités. Les brouillons du manuscrit 4010 n'en comportent pour ainsi dire pas. La phrase de la version imprimée est généralement longue, composée de plusieurs propositions qui ne sont pas séparées systématiquement les unes des autres. Les ensembles grammaticaux sont marqués par une seule virgule, un point-virgule ou des points de suspension. Les points d'interrogation et d'exclamation ne se trouvent pas toujours en fin de phrase. A ce rythme général, plus expressif qu'analytique, avait été substituée dans les rééditions une ponctuation strictement grammaticale et logique, hachée, qui transforme les virgules en points-virgules et ces derniers en points. Nous sommes pourtant intervenus pour rétablir certains points d'interrogation (mais non dans les conditionnelles présentées par simple inversion, sans conjonction *si*) et pour présenter les dialogues sous leur forme typographique moderne, avec le nom de l'interlocuteur et le passage à la ligne. La deuxième moitié du XVIIIe siècle hésite en effet entre diverses formules avant d'adopter la présentation théâtrale. Les répliques dans *Les Crimes de l'amour* ne sont séparées que par un tiret ou des points de suspension, parfois même une simple virgule, sans distinguer récit et discours. Les fragments de récit dans le dialogue ont été isolés par un passage à la ligne ou par des parenthèses.

Nous avons suivi la tradition inaugurée par Maurice Heine et Gilbert Lely qui rétablit dans *Eugénie de Franval* deux passages du manuscrit, le dépucelage d'Eugénie par son père (p. 302-305) et son exposition, nue, aux yeux de Valmont (p. 348-349). Ils permettent de mieux apprécier le jeu entre l'implicite et l'explicite. Ils sont indiqués entre crochets. Nous avons fourni dans l'annotation d'autres exemples de variantes entre le manuscrit 4010 et la version imprimée.

DOCUMENTS

I

Compte rendu de Villeterque dans le
Journal des arts, des sciences et de littérature.

Livre détestable d'un homme soupçonné d'en avoir fait un plus horrible encore ; je ne sais ni ne veux savoir à quel point ce soupçon est fondé. Un journaliste a le droit de juger les livres et non pas celui d'accuser les hommes. Je dis plus, il doit plaindre celui qui est poursuivi par un soupçon aussi terrible, jusqu'à ce que, déclaré coupable, il soit dévoué à l'exécration publique.

Dans un morceau ayant pour titre *Idée sur les romans*, et qui précède *Les Crimes de l'amour*, l'Auteur se propose trois questions à résoudre : Pourquoi ce genre porte-t-il le nom de roman ? — Chez quel peuple devons-nous en chercher la source et quels sont les plus célèbres ? — Quelles sont enfin les règles qu'il faut suivre pour parvenir à l'art de l'écrire ?

Je ne m'arrêterai point aux deux premières questions, qui ont été plusieurs fois et parfaitement traitées, et sur lesquelles, avec une apparente érudition toute remplie d'erreurs, l'auteur divague complètement. Je passe aux principes de ce qu'il appelle à cet égard le perfectionnement de l'art.

« Ce n'est pas, dit l'auteur, en faisant triompher la vertu qu'on intéresse. — Cette règle n'est nullement essentielle dans le roman, elle n'est pas même celle qui doit conduire à l'intérêt ; car lorsque la vertu triomphe, les choses étant ce qu'elles doivent être, nos larmes sont taries avant que de couler ; mais si, après les plus rudes épreuves, nous voyons enfin LA VERTU TERRASSÉE PAR LE VICE, indispensablement nos âmes se déchirent, et l'ouvrage nous ayant excessivement émus, doit indubitablement produire l'intérêt qui seul assure des lauriers. »

N'est-ce pas là réduire en principes le plan de l'infâme ouvrage que l'auteur désavoue ? N'est-ce pas là en repoussant seulement l'infamie attachée à la forme exécrable de ce livre, s'exposer au danger de paraître en adopter les bases premières qui, en dernier résultat, ne présentent que l'intention de montrer LA VERTU TERRASSÉE PAR LE VICE ?

Quelle peut donc être d'ailleurs l'utilité de ces tableaux du crime triomphant ? Ils réveillent dans le méchant ses inclinations malfaisantes, ils arrachent à l'homme vertueux, mais ferme dans ses principes, des cris d'indignation, et à l'homme faible et bon des pleurs de découragement. Ces horribles peintures du crime ne peuvent même servir à le rendre plus odieux ; elles sont donc inutiles et dangereuses.

Ces principes désastreux sont si évidemment faux qu'ils sont démentis par celui même qui les soutient. Dans la nouvelle, ayant pour titre : *Eugénie de Franval,* l'auteur dit, « En laissant le crime dans l'ombre qu'il recherche, n'est-il pas comme anéanti ? Le scandale est sûr en l'ébruitant ; le récit qu'on en fait éveille les passions de ceux qui sont enclins au même genre de délits. »

Voilà l'auteur en contradiction avec lui-même, et cela doit arriver souvent lorsqu'on soutient des opinions erronées.

Je n'ai pu lire sans indignation ces quatre volumes d'atrocités révoltantes ; on n'est pas même dédommagé du dégoût qu'elles inspirent par le style ; celui de l'auteur, dans cet ouvrage, est pitoyable, toujours hors de mesure, plein de phrases de mauvais goût, de contre-sens, de réflexions triviales. On remarque dans quelques pages des pensées raisonnables et fondées sur des principes de justice, mais elles y sont comme clouées, on sent qu'elles ne tiennent à rien de ce qui les précède ou de ce qui les suit.

Qu'on n'imagine pas qu'un seul crime suffise à l'auteur pour chacune de ses nouvelles ; il les entasse : c'est un tissu d'horreurs. Ici une femme est violée par son fils, elle le tue, elle conduit sa mère à l'échafaud, elle épouse son père, etc. ; là c'est un père qui élève sa fille dans des principes exécrables, vit avec elle, et la détermine à empoisonner sa mère, etc. ; et c'est là cependant ce que l'auteur appelle le perfectionnement de l'art.

Vous, qui écrivez des romans ! ce n'est plus dans le monde, dans le cours des événements qui troublent ou embellissent la vie ; ce n'est plus dans la connaissance parfaite et délicate du cœur humain que vous devez chercher vos sujets : c'est dans l'histoire des empoisonneurs, des débauchés, des assassins, qu'il faut puiser. Montrez-nous des scélérats heureux, le tout pour la plus grande gloire et l'encouragement de la vertu.

Rousseau, Voltaire, Marmontel, Fielding, Richardson, etc., vous n'avez pas fait de romans ; vous avez peint des mœurs, il fallait peindre des crimes. Vous faites aimer la vertu, en nous prouvant qu'elle seule conduit au bonheur ; ce n'est pas cela : vous deviez nous montrer LA VERTU TERRASSÉE PAR LE VICE ; c'est ainsi qu'on instruit et qu'on intéresse. Mais vous n'étiez pas du nombre des élus que la nature a créés pour la peindre ; vous n'avez pas été *ses amants dès que celle-ci vous mit au monde.* Vous n'avez pas *entr'ouvert avec frémissement son sein, pour y chercher son art.* Vous n'aviez pas *la soif ardente de tout décrire ;* vous ne saviez pas donner treize coups de poignard à propos. On ne voit pas dans vos pâles ouvrages, de mères qui étranglent leurs enfants, d'enfants qui empoisonnent leurs mères, de fils qui les violent. Adieu Rousseau, Voltaire, Marmontel, Fielding et Richardson, on ne vous lira plus.

VILLETERQUE.
Journal des Arts, 30 vendémiaire an IX
(22 octobre 1800).

II

L'AUTEUR
DES
Crimes de l'amour
A VILLETERQUE,

Folliculaire*.

Je suis convaincu il y a bien longtemps que les injures dictées par l'envie, ou par quelque autre motif plus vil encore, parvenant ensuite à nous par le souffle empesté d'un folliculaire, ne doivent pas affecter

---

* On appelle journaliste un homme instruit, un homme en état de raisonner sur un ouvrage, de l'analyser, et d'en rendre au public un compte éclairé, qui le lui fasse connaître ; mais celui qui n'a ni l'esprit, ni le jugement nécessaire à cette honorable fonction, celui qui compile, imprime, diffame, ment, calomnie, déraisonne, et tout cela pour vivre, celui-là, dis-je, n'est qu'un *folliculaire ;* et cet homme, c'est *Villeterque.* (Voy. sa feuille du 30 vendémiaire an IX, n° 90.)

davantage un homme de lettres, que ne l'est des aboiements du mâtin de basse-cour, le voyageur paisible et raisonnable. Plein de mépris en conséquence pour l'impertinente diatribe du folliculaire Villeterque, je ne prendrais assurément pas la peine d'y répondre, si je ne voulais mettre le public en garde contre les perpétuelles diffamations de ces messieurs.

Par le sot compte que Villeterque rend des *Crimes de l'Amour*, il est clair qu'il ne les a pas lus ; s'il les connaissait, il ne me ferait pas dire ce à quoi je n'ai jamais pensé ; il n'isolerait pas des phrases qu'on lui a dictées sans doute, pour, en les tronquant à sa guise, leur donner ensuite un sens qu'elles n'eurent jamais.

Cependant, sans l'avoir lu (je viens de le prouver), Villeterque débute par traiter mon ouvrage de DÉTESTABLE et par assurer CHARITABLEMENT « *que cet ouvrage* DÉTESTABLE *vient d'un homme soupçonné d'en avoir fait un plus* HORRIBLE *encore* ».

Ici, je somme Villeterque de deux choses auxquelles il ne peut se refuser : 1° de publier, non des phrases isolées, tronquées, défigurées, mais des traits entiers qui prouvent que mon livre mérite la qualification de DÉTESTABLE, tandis que ceux qui l'ont lu conviennent, au contraire, que la morale la plus épurée en forme la base principale ; ensuite, je le somme de PROUVER que je suis l'auteur de ce livre plus HORRIBLE encore. Il n'y a qu'un calomniateur qui jette ainsi, sans aucune preuve, des soupçons sur la probité d'un individu. L'homme véritablement honnête prouve, nomme, et ne soupçonne pas. Or, Villeterque dénonce sans prouver ; il fait planer sur ma tête un affreux soupçon, sans l'éclaircir, sans le constater ; Villeterque est donc un calomniateur ; donc Villeterque ne rougit pas de se montrer comme un calomniateur, même avant que de commencer sa diatribe.

Quoi qu'il en soit, j'ai dit et affirme que je n'avais point fait de *livres immoraux*, que je n'en ferai jamais ; je le répète encore ici, et non pas au folliculaire Villeterque, j'aurais l'air d'être jaloux de son opinion, mais au public dont je respecte le jugement autant que je méprise celui de Villeterque*.

---

* C'est ce même mépris qui me fit garder le silence sur l'imbécile rhapsodie diffamatoire d'un nommé *Despaze*, qui prétendait aussi que j'étais l'auteur de ce livre infâme que pour l'intérêt même des mœurs on ne doit jamais nommer. Sachant que ce polisson n'était qu'un chevalier d'industrie, vomi par la Garonne pour venir stupidement dénigrer à Paris des arts dont il n'avait pas la moindre idée, des ouvrages qu'il n'avait jamais lus, et d'honnêtes gens qui auraient dû se réunir pour le faire mourir sous le bâton ; parfaitement instruit que cet homme obscur, ce bélître, n'avait durement forgé quelques détestables vers que dans cette perfide intention, des effets de laquelle le mendiant attendait un morceau de pain, je m'étais décidé à le laisser honteusement

Après cette première gentillesse, l'écrivassier entre en matière ; suivons-le, si le dégoût ne nous arrête pas ; car il est difficile de suivre Villeterque sans dégoût : il en fait éprouver pour ses opinions, il en fait naître pour ses écrits, ou plutôt, pour ses plagiats, il en inspire... N'importe, un peu de courage.

Dans mon *Idée sur les romans*, le très ignare Villeterque assure qu'avec une *apparente érudition*, je tombe dans une infinité d'erreurs. Ne serait-ce pas encore ici le cas de prouver ? Mais il faudrait avoir soi-même un peu d'*érudition* pour relever des erreurs en *érudition*, et Villeterque, qui va bientôt prouver qu'il n'a même pas connaissance des livres scolastiques, est bien loin de l'*érudition* qu'il faudrait pour prouver mes erreurs. Aussi se contente-t-il de dire que j'en commets, sans oser les relever. Certes, il n'est pas difficile de critiquer ainsi ; je ne m'étonne plus s'il y a tant de critiques et si peu de bons ouvrages ; et voilà pourquoi la plupart de ces journaux de littérature, à commencer par celui de Villeterque, ne seraient nullement connus, si leurs rédacteurs ne les glissaient dans les poches, comme ces adresses de charlatans lancées dans les rues.

Mes erreurs bien établies, bien démontrées, comme on le voit, sur la parole du savant Villeterque, qui n'ose pourtant en citer une, l'aimable folliculaire passe à mes principes, et c'est ici où il est profond, c'est ici où Villeterque tonne, foudroie : on ne tient point à la finesse, à la sagacité de ses raisonnements ; ce sont des éclairs, c'est de la foudre ; malheur à qui n'est pas convaincu, dès qu'Aliboron-Villeterque a parlé !

Oui, docte et profond *Vile stercus*, j'ai dit, et je dis encore, que l'étude des grands maîtres m'avait prouvé que ce n'était pas toujours en faisant triompher la vertu qu'on pouvait prétendre à l'intérêt, dans un roman ou dans une tragédie ; que cette règle, ni dans la nature, ni dans Aristote, ni dans aucun de nos poétiques, est seulement celle à laquelle il faudrait que tous les hommes s'assujettissent pour leur bonheur commun, sans être absolument essentielle dans un ouvrage dramatique, de quelque genre qu'il soit. Mais ce ne sont point mes principes que je donne ici ; je n'invente rien : qu'on

languir dans l'humiliation et l'opprobre où le plongeait incessamment son barbouillage, craignant de souiller mes idées en les laissant errer, même une minute, sur un être aussi dégoûtant. Mais comme ces messieurs ont imité les ânes qui braient tous à la fois, quand ils ont faim, il a bien fallu, pour les faire taire, frapper sur tous indistinctement. Voilà ce qui me contraint à les tirer un instant, par les oreilles, du bourbier où ils périssaient, pour que le public les reconnaisse au sceau de l'ignominie dont se couvre leur front ; et, ce service rendu à l'humanité, je les replonge d'un coup de pied, l'un et l'autre, au fond de l'égout infect où leur bassesse et leur avilissement les feront croupir à jamais.

me lise, et l'on verra que, non seulement ce que je rapporte, en cet endroit de mon discours, n'est que le résultat de l'effet produit par l'étude des grands maîtres, mais que je ne me suis même pas assujetti à cette maxime, telle bonne, telle sage que je la croie. Car enfin, quels sont les deux principaux ressorts de l'art dramatique ? Tous les bons auteurs ne nous ont-ils pas dit que c'était la *terreur* et la *pitié ?* Or, d'où peut naître la *terreur*, si ce n'est des tableaux du crime triomphant, et d'où naît la *pitié*, si ce n'est de ceux de la vertu malheureuse ? Il faut donc ou renoncer à l'intérêt, ou se soumettre à ces principes. Que Villeterque n'ait pas assez lu pour être persuadé de la bonté de ces bases, rien de plus simple. Il est inutile de connaître les règles d'un art, quand on s'en tient à faire des *Veillées* qui *endorment*, ou à copier de petits contes dans les *Mille et une Nuits*, pour les donner ensuite *orgueilleusement* sous son nom. Mais si le plagiaire Villeterque ignore ces principes, parce qu'il ignore à peu près tout, du moins il ne les conteste pas ; et quand, pour prix de son journal, il a escroqué quelques billets de comédie, et que, placé au rang des *gratis*, on lui donne, pour sa mauvaise monnaie, la représentation des chefs-d'œuvre de Racine et de Voltaire, qu'il apprenne donc là, en voyant *Mahomet*, par exemple, que Palmire et Séide périssent l'un et l'autre innocents et vertueux, tandis que Mahomet triomphe ; qu'il se convainque, à *Britannicus*, que ce jeune prince et sa maîtresse meurent vertueux et innocents pendant que Néron règne ; qu'il voie la même chose dans *Polyeucte*, dans *Phèdre*, etc., etc. ; qu'en ouvrant Richardson, lorsqu'il est de retour chez lui, il voie à quel degré ce célèbre Anglais intéresse en rendant la vertu malheureuse. Voilà des vérités dont je voudrais que Villeterque se convainquît, et, s'il pouvait l'être, il blâmerait moins *bilieusement*, moins *arrogamment*, moins *sottement* enfin, ceux qui les mettent en pratique, à l'exemple de nos plus grands maîtres. Mais c'est que Villeterque, qui n'est pas un grand maître, ne connaît pas les ouvrages des grands maîtres ; c'est qu'aussitôt qu'on arrache la cognée du bilieux Villeterque, le cher homme ne sait plus où il en est. Écoutons, néanmoins, cet *original*, quand il parle de l'usage que je fais des principes ; oh ! c'est ici que le *pédant* est bon à entendre.

Je dis que pour intéresser, il faut quelquefois que le vice offense la vertu ; je dis que c'est un moyen sûr de prétendre à l'intérêt, et sur cet axiome, Villeterque attaque ma moralité. *En vérité, en vérité*, je vous le dis, Villeterque, mais vous êtes aussi *bête* en jugeant les hommes qu'en prononçant sur leurs ouvrages. Ce que j'établis ici est peut-être le plus bel éloge qu'il soit possible de faire de la vertu, et, en effet, si elle n'était pas aussi belle, pleurerait-on ses infortunes ? Si moi-même je ne la croyais pas l'idole la plus respectable des hommes, dirais-je aux auteurs dramatiques : Quand vous voudrez inspirer la pitié, osez attaquer un instant ce que le ciel et la terre ont de plus beau, et vous verrez de quelle amertume sont les larmes produites par ce sacrilège ? Je fais donc l'éloge de la vertu, quand Villeterque m'accuse de rébellion à son culte ; mais Villeterque, qui n'est pas vertueux sans doute, ne sait pas comment on adore la vertu. Aux seuls sectateurs d'une divinité appartient l'accès de son temple, et Villeterque, qui n'a peut-être ni divinité ni culte, ne connaît pas un mot de tout cela. Mais quand, la page d'ensuite, Villeterque assure que penser comme nos grands maîtres, qu'hono-rer comme eux la vertu, devient une preuve indubitable que je suis l'auteur du livre où elle est le plus humiliée, on avouera que c'est là où la logique de Villeterque éclate dans tout son jour. Je prouve que sans mettre en action la vertu, il est impossible de faire un bon ouvrage dramatique ; je l'élève, puisque je pense et que je dis que l'indignation, la colère, les larmes doivent être le résultat des insultes qu'elle reçoit ou des malheurs qu'elle éprouve, et de là, selon Villeterque, il s'ensuit que je suis l'auteur du livre exécrable où l'on voit précisément tout le contraire des principes que je professe et que j'établis ! Oui, certes, tout le contraire ; car l'auteur du livre dont il s'agit ne semble prêter au vice de l'empire sur la vertu que par méchanceté... que par libertinage ; dessein perfide, duquel sans doute il n'a pas cru devoir retirer aucun intérêt dramatique, tandis que les modèles que je cite ont toujours pris une marche contraire, et que moi, tant que ma faiblesse m'a permis de suivre ces maîtres, je n'ai montré le vice dans mes ouvrages que sous les couleurs les plus capables de le faire à jamais détester, et que si, parfois, je lui ai laissé quelque succès sur la vertu, ce n'a jamais été que pour rendre celle-ci plus intéressante et plus belle. En agissant par des voies opposées à celles de l'auteur du livre en question, je n'ai donc pas consacré les principes de cet auteur ; en abhorrant ces principes, et m'en éloignant dans mes ouvrages, je n'ai donc pas pu les adopter ; et l'inconséquent Villeterque, qui imagine prouver mes torts, précisé-ment par ce qui m'en disculpe, n'est donc plus qu'un lâche *calomniateur* qu'il est important de démasquer.

Mais à quoi servent ces tableaux du crime triomphant, dit le folliculaire. Ils servent, Villeterque, à mettre les tableaux contraires dans un plus beau jour, et c'est assez prouver leur utilité. Au surplus, où le crime triomphe-t-il, dans ces nouvelles que vous attaquez avec autant de *bêtise* que d'*impudence ?* Qu'on m'en permette une très courte analyse, seulement pour prouver au public que Villeterque ne sait ce qu'il dit, quand il prétend que je donne dans ces nouvelles le plus grand ascendant au vice sur la vertu.

Où la vertu se trouve-t-elle mieux récompensée que dans *Juliette et Raunai ?*

Si elle est malheureuse dans *la Double Épreuve,* y voit-on le crime triompher ? Assurément non, puisqu'il n'y a pas un seul personnage criminel dans cette nouvelle toute sentimentale.

La vertu, comme dans *Clarisse*, succombe, j'en conviens, dans *Henriette Stralson* ; mais le crime n'y est-il pas puni par la main même de la vertu ?

Dans *Faxelange*, ne l'est-il pas plus rigoureusement encore, et la vertu n'est-elle pas délivrée de ses fers ?

Le fatalisme de *Florville et Courval* laisse-t-il triompher le crime ? Tous ceux qui s'y commettent involontairement ne sont que les effets de ce fatalisme dont les Grecs armaient la main de leurs dieux : ne voyons-nous pas tous les jours les mêmes événements dans les malheurs d'*Œdipe* et de sa famille ?

Où le crime est-il plus malheureux et mieux puni que dans *Rodrigue* ?

Le plus doux hymen ne couronne-t-il point la vertu, dans *Laurence et Antonio*, et le crime n'y succombe-t-il pas ?

Dans *Ernestine*, n'est-ce pas de la main du vertueux père de cette infortunée qu'Oxtiern est puni ?

N'est-ce pas sur un échafaud que monte le crime, dans *Dorgeville* ?

Les remords qui conduisent *la Comtesse de Sancerre* au tombeau ne vengent-ils pas la vertu qu'elle outrage ?

Dans *Eugénie de Franval*, enfin, le monstre que j'ai peint ne se perce-t-il pas lui-même ?

Villeterque... folliculaire Villeterque, où donc le crime triomphe-t-il dans mes nouvelles ? Ah ! si je vois quelque chose triompher ici, ce n'est, en vérité, que ton ignorance et ton lâche désir de diffamation !

A présent, je demande à mon *méprisable censeur* de quel front il ose appeler un tel ouvrage *une complication d'atrocités révoltantes*, quand aucun des reproches qu'il lui prête ne se trouve fondé ? Et cela prouvé, que résulte-t-il du jugement porté par cet inepte *phraseur* ? De la satire sans esprit, de la critique sans discernement, et du fiel sans aucun motif ; et tout cela parce que Villeterque est un sot, et que, d'un sot, il n'émana jamais que des sottises.

Je suis en contradiction avec moi-même, ajoute le *pédagogue* Villeterque, quand je fais parler un de mes héros d'une manière opposée à celle dont j'ai parlé dans ma préface. Mais, détestable ignorant, apprends donc que chaque acteur d'un ouvrage dramatique doit y parler le langage établi par le caractère qu'il porte ; qu'alors c'est le personnage qui parle, et non l'auteur, et qu'il est on ne saurait plus simple, dans ce cas, que ce personnage, absolument inspiré par son rôle, dise des choses totalement contraires à ce que dit l'auteur quand c'est lui-même qui parle. Certes, quel homme eût été Crébillon s'il eût toujours parlé comme Atrée ; quel individu que Racine, s'il eût pensé comme Néron ; quel monstre que Richardson, s'il n'eût eu d'autres principes que ceux de Lovelace ! Oh ! monsieur

Villeterque, que vous êtes bête ! voilà, par exemple, une vérité sur laquelle les personnages de mes romans et moi, nous nous entendrons toujours, quand il nous arrivera, soit aux uns, soit aux autres, de nous entretenir de votre fastidieuse existence. Mais quelle faiblesse de ma part ! dois-je donc employer des raisons où il ne faut que du mépris ? Et, en effet, que mérite de plus un lourdaud qui ose dire à celui qui partout a puni le vice : *Montrez-moi des scélérats heureux, c'est ce qu'il faut au perfectionnement de l'art ; l'auteur des* Crimes de l'Amour *vous le prouve !* Non, Villeterque, je n'ai ni dit, ni prouvé cela ; et, pour en convaincre, j'en appelle de ta bêtise au public éclairé : j'ai dit tout le contraire, Villeterque, et c'est le contraire qui sert de base à mes ouvrages.

Une belle invocation termine enfin la basse diatribe de notre barbouilleur : « Rousseau, Voltaire, Marmontel, Fielding, Richardson, vous n'avez pas fait de romans, s'écrie-t-il : vous avez peint des *mœurs,* il fallait peindre des *crimes !* » Comme si les crimes ne faisaient pas partie des mœurs, et comme s'il n'y avait pas des *mœurs criminelles* et des *mœurs vertueuses !* Mais ceci est trop fort pour Villeterque, il n'en sait pas tant.

Au reste, était-ce à moi que devaient s'adresser de tels reproches, moi qui, plein de respect pour ceux que nomme Villeterque, n'ai cessé de les exalter dans mon *Esquisse sur les romans ?* Et d'ailleurs ces mortels perpétuellement loués par moi, et que cite Villeterque, n'ont-ils aussi présenté des crimes ? Est-ce une fille bien vertueuse que la *Julie* de Rousseau ? Est-ce un homme bien moral que le héros de *Clarisse ?* Y a-t-il beaucoup de vertu dans *Zagid* et dans *Candide*, etc., etc. ? Oh ! Villeterque, j'ai dit quelque part que quand on voulait écrire sans aucun talent pour ce métier, il valait beaucoup mieux faire des escarpins ou des bottes : je ne savais pas alors que ce conseil s'adresserait à vous ; suivez-le, mon ami, suivez-le, vous serez peut-être un cordonnier passable, mais à coup sûr vous ne serez jamais qu'un triste écrivain. Eh ! console-toi, Villeterque, on lira toujours Rousseau, Voltaire, Marmontel, Fielding et Richardson ; tes stupides plaisanteries sur cela ne prouveront à qui que ce soit que j'ai dénigré ces grands hommes, quand je ne cesse au contraire de les offrir pour modèles ; mais ce qu'on ne lira sûrement jamais, Villeterque, ce sera vous : premièrement parce qu'il n'existe rien de vous qui puisse vous survivre, et qu'à supposer même que l'on rencontrât quelques-uns de vos vols littéraires, on aimera mieux les lire dans l'original, où ils s'offrent dans toute leur pureté, que souillés par une plume aussi grossière que la vôtre.

Villeterque, vous avez déraisonné, menti, vous avez entassé des bêtises sur des calomnies, des inepties sur des impostures, et tout cela pour venger des auteurs *à la glace,* au rang desquels vos ennuyeuses compilations vous placent à si juste titre* ; je vous ai donné une leçon, et suis prêt à vous en donner de nouvelles, s'il vous arrive encore de m'insulter.

D.-A.-F. SADE.

III

L'auteur du libelle de vingt pages, vomi contre moi, à l'occasion de ma critique d'un de ses ouvrages, LE CIT. DESADE, désavoue, par un écrit que j'ai entre les mains, tout ce qui est offensant pour moi. Ceux qui connaissent cet exécrable libelle, trouveront peut-être que cette réparation n'est pas suffisante ; mais ceux qui en connaissent l'auteur ne douteront pas que c'est la seule que je pouvais parvenir à obtenir de lui. Je ne parle ici ni du titre ni du contenu de ce libelle, par des raisons que ceux qui l'ont lu et qui respectent l'opinion générale doivent approuver.

VILLETERQUE,
ancien militaire et associé de l'Institut national.
Journal des Arts, 15 nivôse an IX
(5 janvier 1801).

IV

Compte rendu dans le
Journal de Paris.

Les Crimes de l'Amour, Nouvelles héroïques et tragiques ; par D.A.F. Sade auteur d'*Aline et Valcour.* 4 vol. in-12, ornés de grav. — Prix

---

* On ne connaît, Dieu merci ! de ce gribouilleur, que des *Veillées* qu'il appelle *philosophiques*, quoiqu'elles ne soient que *soporifiques ;* ramassis dégoûtant, monotone, ennuyeux, où le pédagogue, toujours sur des échasses, voudrait bien qu'aussi bêtes que lui, nous consentissions à prendre son bavardage pour de l'élégance, son style ampoulé pour de l'esprit, et ses plagiats pour de l'imagination ; mais malheureusement, on ne trouve en le lisant que des platitudes quand il est lui-même, et du mauvais goût quand il pille les autres.

6 ᵗˢ — A Paris, chez *Massé*, rue Helvétius, n° 580; et chez les M^{nds} de Nouveautés.

Ce recueil de nouvelles est précédé d'une *Idée sur les romans*, morceau historique et didactique, dans lequel les lecteurs ne donneront probablement pas leur assentiment aux jugements de l'auteur sur le *Télémaque*, ni à sa diatribe contre l'auteur du *Paysan perverti* et de *La Vie de mon père*.

Sade termine sa poétique, par le désaveu formel d'un roman qu'on a la cruauté de lui attribuer, et dont le titre seul suffirait pour salir un journal.

Parmi les *Nouvelles* de ce recueil, on distinguera la première comme un excellent morceau d'histoire; elle est remplie d'intentions dramatiques. Peut-être fera-t-il penser que si l'auteur s'en était tenu à l'histoire, ses succès eussent été plus durables.

Ses *Nouvelles* ont des longueurs; on pourra les attribuer à la fécondité de l'imagination de l'écrivain. Il en résulte du moins une grande variété dans ses tableaux. Le dernier roman de cette collection est bien sombre. Dans un siècle et dans un pays où il y aurait plus de mœurs, de telles peintures ne serviraient qu'à flétrir l'âme en pure perte.

Mais l'auteur a sans doute pensé que cette teinte nous convenait encore pour quelque temps, puisque dans ce genre, la réalité parmi nous continue à surpasser la fiction.

Journal de Paris, 6 brumaire an IX
(28 octobre 1800).

V

Compte rendu dans
La Décade philosophique.

Les Crimes de l'amour, par D.A.F. Sade, auteur d'*Aline et Valcour*.

Fidèle aux principes qu'il a établis dans *Aline et Valcour*, D.A.F. Sade continue d'attribuer à l'amour, presque tous les crimes qui déshonorent l'espèce humaine. On (je ne dis pas *il*) l'avait déjà fait dans un ouvrage qu'il était destiné à notre siècle de produire : ouvrage infâme dont on n'ose même répéter le titre, tout décent qu'il paraît. L'auteur des *Crimes de l'Amour* a fait une *dénégation solennelle* de cette infernale production. Malheureusement dans tous ses ouvrages, il est question et toujours question des *crimes de l'amour* :

dans ceux *qu'il nie,* comme dans ceux qu'il avoue, ce sont toujours les *crimes de l'amour !* Voilà sans doute ce qui a fait attribuer le premier à l'auteur des autres. Quand on voit les mêmes *principes,* la même *morale,* le même *style,* on a quelque droit de porter ce jugement. Je plains bien sincèrement D.A.F. Sade, d'être dans le cas de se justifier.

La Décade philosophique, littéraire et politique,
30 frimaire an IX
(21 décembre 1800).

BIBLIOGRAPHIE

1. Éditions des *Crimes de l'amour*.

Les Crimes de l'amour, nouvelles héroïques et tragiques, Paris, Massé, an VIII, 4 vol.
Les Crimes de l'amour, Sceaux, Pauvert, 1953, 3 vol.

En laissant de côté les collections de gare et les traductions étrangères, on trouve un choix de nouvelles dans :

Les Crimes de l'amour, Bruxelles, Gay et Doucé, 1881 *(Idée sur les romans, Florville et Courval)*.
Les Crimes de l'amour, intr. Gilbert Lely, U.G.E.-10/18, 1971 *(Idée sur les romans, Faxelange, Florville et Courval, La Comtesse de Sancerre, Eugénie de Franval)*.
Les Crimes de l'amour, intr. Béatrice Didier, Le Livre de poche, 1972 *(Faxelange, Florville et Courval, Dorgeville, La Comtesse de Sancerre, Eugénie de Franval)*.
Les Crimes de l'amour, intr. Hubert Juin, Presses de la Renaissance, 1975 *(Idée sur les romans, Faxelange, Florville et Courval, Rodrigue, Laurence et Antonio, Ernestine, Dorgeville, La Comtesse de Sancerre, Eugénie de Franval)*.

Certaines nouvelles ont trouvé place dans des anthologies :

Œuvres de Sade, intr. J.-J. Pauvert, Club français du livre, 1953 *(Idée sur les romans, Eugénie de Franval)*.
Romanciers du XVIIIᵉ siècle, intr. Etiemble, Bibliothèque de la Pléiade, 1965, t. II *(Florville et Courval, Eugénie de Franval)*.
Le Portefeuille du marquis de Sade, intr. G. Lely, Éd. de la Différence, 1977 *(Florville et Courval)*.

Éditions illustrées :

Ernestine, avec dix eaux-fortes de Sylvain Sauvage, J. Fort, 1926.

Eugénie de Franval, illustrée de huit pointes sèches gravées et tirées par Valentine Hugo, G. Artigues, 1948.

Les Crimes de l'amour. Eugénie de Franval, lithographies originales de Xavier de Saint-Justh, Paris, 1966.

Éditions séparées de l'*Idée sur les romans* :

– présentée par Octave Uzanne, E. Rouveyre, 1878, rééd. Slatkine, 1967.
– présentée par Frédéric Prince, Sceaux, Palimugre, 1947.
– présentée par Jean Glastier, Bordeaux, Ducros, 1971.

L'ensemble du recueil se trouve dans les collections des *Œuvres complètes* :

– Pauvert, 1961, t. III-V.
– Club du livre précieux, 1962, rééd. 1966, t. X. C'est à cette dernière édition que font référence toutes nos citations.
– Pauvert, en cours de réédition.

2. Présentation générale de Sade.

Ouvrages classiques qui ont fait date :

Nadeau (Maurice), « Exploration de Sade », dans Sade, *Œuvres*, la Jeune Parque, 1947.

Klossowski (Pierre), *Sade, mon prochain*, Le Seuil, 1947.

Blanchot (Maurice), *Lautréamont et Sade*, Minuit, 1949.

Heine (Maurice), *Le Marquis de Sade*, Gallimard, 1950.

Bataille (Georges), *La Littérature et le mal*, Gallimard, 1954.

Beauvoir (Simone de), « Faut-il brûler Sade ? », *Privilèges*, Gallimard, 1955.

Lely (Gilbert), *Vie du marquis de Sade*, Gallimard, 1952 et 1957, 2 vol., dernière rééd. remaniée, Pauvert-Garnier, 1982, 1 vol.

Essais plus récents :

Brochier (Jean-Jacques), *Le Marquis de Sade et la conquête de l'unique*, Le Terrain vague, 1966, et *Sade*, Éd. universitaires, 1966.

Deprun (Jean), « Sade et le rationalisme des Lumières », *Raison présente*, 3, 1967.

Barthes (Roland), *Sade, Fourier, Loyola*, Le Seuil, 1971.

Laugaa-Traut (Françoise), *Lectures de Sade*, Colin, 1973.

Didier (Béatrice), *Sade. Une écriture du désir*, Denoël-Gonthier, 1976.

Roger (Philippe), *Sade. La Philosophie dans le pressoir*, Grasset, 1976.

Hénaff (Marcel), *Sade. L'Invention du corps libertin*, P.U.F., 1978.

Fauville (Henri), *Lacoste. Sade en Provence*, Aix-en-Provence, Édisud, 1984.

Le Brun (Annie), *Soudain un bloc d'abîme, Sade*, Pauvert, 1986.
Pauvert (Jean-Jacques), *Sade vivant*, Robert Laffont, 1986.

Recueils collectifs :
La Pensée de Sade, Tel Quel, 28, Hiver 1967.
Le Marquis de Sade, colloque d'Aix-en-Provence, Colin, 1968.
Sade, Obliques, 12-13, 1977.
Sade. Écrire la crise, colloque de Cerisy, Belfond, 1983.

On trouvera d'autres références, en particulier en langues étrangères, chez :
Cerruti (Giorgio), « Il marchese di Sade : la sua recente fortuna e gli ultimi studi critici (1958-1968) », *Studi francesi*, 39, 1969.
Delon (Michel), « Dix ans d'études sadiennes (1968-1978) », *Dix-huitième siècle*, 11, 1979.

3. Études sur *Les Crimes de l'amour*.

Roubine (Jean-Jacques), « Oxtiern, mélodrame et palimpseste », *Revue d'histoire du théâtre*, 1970 (sur les rapports entre la pièce *Oxtiern* et la nouvelle *Ernestine*).
Benrekassa (Georges), « Loi naturelle et loi civile : l'idéologie des Lumières et la prohibition de l'inceste », *Studies on Voltaire*, 87, 1972, repris dans *Le Concentrique et l'excentrique : marges des Lumières*, Payot, 1980 (sur *Eugénie de Franval*).
Lacombe (Anne), « Du théâtre au roman : Sade », *Studies on Voltaire*, 129, 1975.
André (Arlette), « Recherches sur l'épicurisme de Sade : Florville et Courval », *Studies on Voltaire*, 151, 1976.
Perkins (M. L.), « The psychoanalytic *Merveilleux :* suspense in Sade's *Florville et Courval* », *Sub-stance*, 13, 1976.
Finas (Lucette), « Le choc de la baguette sur la peau de tambour », *Obliques*, 12-13, 1977, repris dans *Le Bruit d'Iris*, Flammarion, 1979 (sur *Florville et Courval*).
– « L'increvable féminin dans *Faxelange ou les torts de l'ambition* », *Sade. Écrire la crise*, Belfond, 1983.
Seifert (Hans-Ulrich), *Sade : Leser und Autor. Quellenstudien, Kommentare und Interpretationen zu Romanen und Romantheorie von D.A.F. de Sade*, Francfort-sur-le-Main, Peter Lang, 1983.

Les Crimes de l'amour peuvent être replacés dans l'histoire des formes romanesques grâce à :
Coulet (Henri), *Le Roman jusqu'à la Révolution*, Colin, 1967.
Godenne (René), *Histoire de la nouvelle française aux XVIIᵉ et XVIIIᵉ siècles*, Genève, Droz, 1970.

Martin (Angus), Mylne (Vivienne) et Frautschi (Richard), *Bibliographie du genre romanesque français 1751-1800*, Londres-Paris, 1977.

Fabre (Jean), *Idées sur le roman, de M*^me^ *de La Fayette au marquis de Sade*, Klincksieck, 1979.

NOTES

1. Chacun des quatre volumes porte en épigraphe une citation des *Nuits,* traduites par Letourneur en 1769. Les épigraphes des trois autres volumes sont :

[2.]

Les tableaux du malheur sont la véritable école de l'homme ; quand la douleur pénétrante brise et déchire l'âme, la sagesse vient en riant répandre ses semences dans nos cœurs amollis par les larmes.

[3.]

J'ouvre sous tes yeux le livre de la nature, j'en parcours devant toi les pages les plus étonnantes, je cherche à intéresser tes sens, à captiver ton oreille pour introduire la vérité dans ton cœur.

[4.]

Tu me demandes pourquoi je m'obstine à n'offrir à tes yeux que des idées de mort ; sache que cette pensée est un levier puissant qui soulève l'homme de la poussière et le redresse sur lui-même : elle comble l'effroyable profondeur de l'abîme infernal, et nous fait descendre au tombeau par une pente plus douce.

On les trouve respectivement dans la 13ᵉ Nuit (*Les Nuits,* seconde éd. corrigée et augmentée, Paris, 1769, t. I, p. 329-330), la 24ᵉ (t. II, p. 202) et la 6ᵉ (t. I, p. 166, note a). Le texte de Letourneur dans la 13ᵉ Nuit est : « Ô tristesse, c'est dans ton école que la sagesse instruit le mieux ses disciples (...). Quand la douleur pénétrante brise et déchire l'âme (...). » Celui de la 6ᵉ Nuit est : « Tu me demanderas, Lorenzo, pourquoi je m'obstine à battre tes oreilles du nom de la mort. Écoute : cette pensée est un levier puissant (...). »

La même année que *Les Crimes de l'amour*, Regnault-Warin choisit également une épigraphe tirée des *Nuits* de Young pour *Le Cimetière de la Madeleine*, roman contre-révolutionnaire à propos du cimetière où furent jetés les corps de la famille royale.

IDÉE SUR LES ROMANS

Page 27

1. On peut comparer cette définition à celles que proposaient Huet dans son *Traité de l'origine des romans* et Jaucourt dans l'*Encyclopédie*. « Ce que l'on appelle proprement romans sont des fictions d'aventures amoureuses, écrites en prose avec art, pour le plaisir et pour l'instruction des lecteurs » (Huet). « Récit fictif de diverses aventures merveilleuses ou vraisemblables de la vie humaine » (Jaucourt).

Page 28.

2. « Contre Huet et contre ceux qui regardent vers l'Inde ou la Grèce, Sade tranche sans appel », remarque Jean Fabre. Huet défend une origine orientale : « Ce n'est ni en Provence, ni en Espagne, comme plusieurs le croient, qu'il faut espérer de trouver les premiers commencements de cet agréable amusement des honnêtes paresseux ; il faut les chercher dans des pays plus éloignés, et dans l'Antiquité la plus reculée » « rééd. an VII, p. 2). Mais il n'exclut pas l'Égypte, parmi les pays d'Orient, à côté des Arabes, des Perses et des Syriens (p. 11-12). L'abbé Jacquin désigne nettement l'Égypte : « Plusieurs écrivains se sont imaginé que ce fut la Grèce qui donna naissance aux romans (...) Je regarde l'Égypte comme le berceau de la Romancie » (*Entretiens sur les romans*, Paris, 1755, p. 26). Sade avait composé une *Dissertation sur l'Égypte, berceau des religions* dont on trouve une discussion dans le *Portefeuille d'un homme de lettres* (*Lettres et Mélanges littéraires*, Borderie, 1980, t. I, p. 213).

Page 29.

3. Simon Pelloutier publia en 1741 une *Histoire des Celtes, et plus particulièrement des Gaulois et des Germains* dont une édition corrigée et augmentée par Chiniac parut en 1770-1771. Il explique que les Romains avaient cru reconnaître Hercule dans le culte des Germains, mais qu'il s'agissait en fait des *Carl* ou *Kerl,* nom qu'ils donnaient à tous leurs braves (*Histoire des Celtes,* 1741, p. 133-134).

Page 30.

4. Huet, dans le *Traité de l'origine des romans*, publié initialement en tête de *Zayde* de Mme de La Fayette en 1669, rééd. an VII, p. 117.

5. Le livre d'Esdras est un des livres historiques de l'Ancien

Testament, *Les Éthiopiques ou Théagène et Chariclée* sont attribuées à Héliodore d'Éphèse (iiie siècle après n. è.).

Page 31.

6. Huet était plus sévère : « Ce roman bien que défectueux en plusieurs choses, et rempli de fadaises, et de récits peu vraisemblables, et à peine excusables même dans un poète, se peut néanmoins appeler régulier » (p. 36-37). « C'est le premier roman grec », affirme Jaucourt. Le P. Jacquin en résume l'intrigue (p. 41-42). J.-L. Lesueur avait publié en 1745 *Dianas et Dercillade*.

7. *Daphnis et Chloé*, traduit par Amyot (1559), a été republié régulièrement au xviiie siècle. L'édition de 1718 est célèbre par ses figures d'Audran, gravées d'après des dessins du Régent.

8. *Pétrone.* Le projet d'Avertissement évoquait Pétrone pour justifier les « polissonneries » : « Pétrone consul nous amusa des débauches de Néron. Quel est le censeur assez sévère pour ne pas sourire à la candeur, à l'ingénuité de l'écolier de Pergame (...) ? » (Sade, *Œuvres complètes*, t. X, p. 501.) Même allusion à l'écolier de Pergame dans *La Nouvelle Justine* (t. VI, p. 439) et citation de Néron d'après Pétrone dans *La Philosophie dans le boudoir* (t. III, p. 400) et dans *La Nouvelle Justine* (t. VII, p. 140).

Page 32.

9. *Gaulois.* Voir *Florville et Courval*, note 4.

Page 33.

10. D'après La Harpe, Dante et Pétrarque surent fixer la langue italienne avant l'invention de l'imprimerie : « Ce fut l'Italie qui eut cette gloire ; ce qui prouve que sa langue est celle des langues modernes qui a été perfectionnée la première, et que ce fut le pays de l'Europe où, dans les temps de barbarie, il se conservait encore le plus d'esprit et de goût pour les arts » (*Cours de littérature*, éd. 1826, t. VI, p. 22). Contre La Harpe, Sade suit son oncle qui affirmait dans les *Mémoires pour la vie de Pétrarque*. « Des auteurs italiens très versés dans la connaissance de leur poésie et de leur langue sont convenus de bonne foi, que la poésie provençale est mère de la poésie italienne » (t. I, p. 78).

11. *Ce siècle.* Jean-Jacques Rousseau en porte témoignage dans les *Confessions :* « Je me rappelle (...) qu'en approchant de Lyon je fus tenté de prolonger ma route pour aller voir les bords du Lignon ; car parmi les romans que j'avais lus avec mon père *l'Astrée* n'avait pas été oubliée, et c'était celui qui me revenait au cœur le plus fréquemment » (*Œuvres complètes*, Bibliothèque de la Pléiade, t. I, p. 164).

12. *Bergers du Lignon.* Voir Jaucourt : « Au lieu de prendre comme

M. d'Urfé pour leurs héros des bergers occupés du seul souci de gagner le cœur de leurs maîtresses, ils prirent non seulement des princes et des rois, mais les plus fameux capitaines de l'antiquité qu'ils peignirent pleins du même esprit que ces bergers, ayant à leur exemple fait comme une espèce de vœu de ne parler jamais et de n'entendre jamais parler que d'amour » (*Encyclopédie*, t. XIV, col. 342 a).

Page 34.

13. « Je puis lire toute ma vie *Don Quichotte* sans en être dégoûté un seul moment. De tous les livres que j'ai jamais lus, *Don Quichotte* est celui que j'aimerais le mieux avoir fait (...) » (*A Monsieur le maréchal de Créqui*, dans *Œuvres en prose* de Saint-Évremond, éd. René Ternois, Nizet, 1969, t. IV, p. 115-116).

Page 35.

14. *Ariane* de Desmarets de Saint-Sorlin (1632), *Cléopâtre* (1647-1656) et *Pharamond* (1661-1670) de La Calprenède, *Polexandre* de Gomberville (1619-1645), *Zayde* (1669-1671) et *La Princesse de Clèves* (1678) de Mme de La Fayette.

15. Fénelon est plusieurs fois cité par Sade qui avait projeté une *Réfutation de Fénelon*. Les aventures de Sainville dans *Aline et Valcour* se souviennent du *Télémaque*, critiqué ici, et la séduction du libertin Dolmancé, dans *La Philosophie dans le boudoir*, est comparée à « l'onction mystique » de l'archevêque de Cambrai. C'est à lui encore que Sade emprunte certains développements de ses personnages dévots. Voir Ph. Roger, « La trace de Fénelon », *Sade. Écrire la crise,* Belfond, 1983. Voir aussi plus loin p. 100.

Page 36.

16. *Comédiens du Mans.* Personnages du *Roman comique* (1651-1657) de Scarron qui retrace les aventures d'une troupe de comédiens dans la région du Mans.

17. *Mme de Gomez.* Fille du comédien Paul Poisson, elle vécut de 1684 à 1770, publia les *Journées amusantes* (8 vol., 1722-1731) et les *Cent Nouvelles nouvelles* (19 vol., 1732-1739).

18. Marguerite de Lussan (1686?-1758) publia des recueils d'anecdotes historiques sur la cour de Philippe Auguste, François 1er, Henri II, etc.; Mme de Tencin (1682-1749) est surtout l'auteur des *Mémoires du comte de Comminge* (1735, voir rééd. Desjonquères, 1985), Mme de Graffigny (1695-1758) celui des *Lettres d'une Péruvienne* (1747, voir rééd. à la suite des *Lettres portugaises*, coll. G.F., 1983); Mme Leprince de Beaumont (1711-1780) composa de nombreux recueils pédagogiques et moraux et Mme Riccoboni

(1713-1792) plusieurs romans, dont les *Lettres de Milady Catesby* (1759, voir rééd. Desjonquères, 1983).

19. Cette formule par laquelle Buffon oppose la simplicité de la nature chez les animaux aux perversions apportées aux hommes par les passions (*Discours sur les animaux*, 1753) a frappé les contemporains. J.-J. Rousseau la reprend pour opposer l'homme de la nature à l'homme social. Sade se complaît à citer la formule qu'il attribue à Fontenelle dans le projet d'Avertissement au recueil primitif des *Crimes de l'amour* (t. X, p. 497) et qu'il restitue à Buffon dans *La Philosophie dans le boudoir* (t. III, p. 468), dans une lettre à l'abbé Amblet de janvier 1782 (t. XII, p. 347) et ici. On trouve des développements proches de la maxime de Buffon, attribués à Ninon de Lenclos par Bret dans les *Mémoires sur la vie de Mlle de Lenclos* (Amsterdam-Paris, 1751) et par Damours dans les *Lettres de Ninon de Lenclos au marquis de Sévigné* (Amsterdam, 1750, éd. remaniée en 1757). Sur la diffusion du thème, voir R. Mauzi, *L'Idée du bonheur au XVIIIe siècle*, Colin, 1960, p. 468-469, J. Deprun, « Le topos de l'inquiétude dans *Les Mois* », *Cahiers Roucher-Chénier*, I, déc. 1980, p. 92-93 et, pour son emploi chez Sade, H. U. Seifert, *Sade : Leser und Autor*, Peter Lang, 1983, p. 166 et 385. Épicuréisme est la forme lexicale employée au XVIIIe siècle, par exemple, par Diderot dans l'*Encyclopédie*.

Page 37.

20. *Le Sopha* (1740), *L'Écumoire ou Tanzaï et Néadarné* (1734), *Les Égarements du cœur et de l'esprit* (1736-1738).

21. *Marivaux.* Auteur de *La Vie de Marianne* (1731-1742) et du *Paysan parvenu* (1734-1735), il est un des premiers défenseurs de l'originalité en littérature.

22. *Momus.* Dieu grec de la raillerie et de la folie.

Page 38.

23. *Âme de feu.* Voir *Florville et Courval*, note 9.

24. Le quinzième chapitre de *Bélisaire*, roman de Marmontel (1767), fait exposer au héros son idéal religieux de tolérance : « La révélation n'est que le supplément de la conscience : c'est la même voix qui se fait entendre du haut du Ciel et du fond de mon âme » (p. 238). Marmontel publia ses *Contes moraux* à partir de 1755.

Page 39.

25. *Diderot.* La formule ne se trouve pas dans l'*Éloge de Richardson*, ni, à ma connaissance, dans un texte de Diderot. Peut-être Sade fait-il référence à une tradition orale ou attribue-t-il au philosophe le propos d'un autre.

Page 40.

26. *Prévost.* Il traduisit les *Lettres anglaises ou Histoire de Miss Clarisse Harlowe* (1751) et les *Nouvelles Lettres anglaises ou Histoire du chevalier Grandison* (1755).

27. *Implexes.* Dont l'intrigue est compliquée. Corneille dans son *Examen de Cinna* parle des « pièces embarrassées, qu'en termes de l'art on nomme complexes, par un mot emprunté du latin ». Marmontel précise à l'article *Dénouement* de l'*Encyclopédie :* « Aristote divise les fables en simples, qui finissent sans reconnaissance et sans péripétie ou changement de fortune, et en implexes qui ont la péripétie ou la reconnaissance, ou toutes les deux » (*Encyclopédie,* t. IV, col. 831 b).

28. *La Harpe.* « Le grand défaut de l'abbé Prévost, c'est de ne savoir ni borner son plan ni régler sa démarche. Il s'avance au hasard, oubliant d'où il est parti, et ne sachant où il va » *(Cours de littérature,* t. XVI, p. 274).

29. *Cleveland* (1731-1739), *Histoire d'une Grecque moderne* (1740), *Le Monde moral* (1760), *Manon Lescaut* dans les *Mémoires d'un homme de qualité* (1731).

Page 41.

30. **D**orat (1734-1780) est l'auteur des *Sacrifices de l'amour ou lettres de la vicomtesse de Senanges et du chevalier de Versenay* (1771) et des *Malheurs de l'inconstance ou lettres de la marquise de Syrcé et du comte de Mirbelle* (1772, voir rééd. Desjonquères, 1983). *Les Sacrifices de l'amour* sont précédés d'*Idées sur les romans.*

31. Boufflers (1738-1815), auteur d'un conte, *Aline, reine de Golconde* (1761), émigra après le 10 août et rentra à Paris en 1800. Sade profite de ce retour pour flatter le Premier consul.

32. Baculard d'Arnaud (1718-1805) multiplia les recueils lar-moyants et bien-pensants, *Épreuves du sentiment* (1772-1778), *Nouvelles historiques* (1774-1784), *Délassements de l'homme sensible* (1783-1787).

33. Rétif de la Bretonne (1734-1806) possédait une imprimerie personnelle et produisait plusieurs volumes par an. Il avait attaqué Sade dans ses *Nuits de Paris* (voir notre édition, Folio, 1986, p. 194 et 266-267) et entreprit une *Anti-Justine.* Mais dès 1783, le prisonnier de la Bastille se plaignait à sa femme : « Surtout n'achetez rien de M. Rétif, au nom de Dieu ! C'est un auteur de Pont-Neuf et de Bibliothèque bleue, dont il est inouï que vous ayez imaginé de m'envoyer quelque chose » (*Œuvres complètes,* t. XIII, p. 416).

Page 42.

34. *Romans nouveaux.* On est alors en pleine mode du roman noir anglais. Ainsi *Le Moine* de Lewis, *Les Enfants de l'Abbaye* de Regina

Maria Roche, *Les Mystères d'Udolphe* et *L'Italien ou le confessionnal des Pénitents noirs* d'Ann Radcliffe sont traduits en 1797. Traductions supposées et imitations se succèdent. Le résumé que *Le Mercure de France* du 1ᵉʳ vendémiaire an IX (23 septembre 1800) propose de l'une d'entre elles peut valoir pour toutes : « On meurt à la première page ; à la seconde ce sont les cachots de la Bastille qui s'ouvrent pour une victime ; et à partir de là, c'est bien la plus belle succession dont on puisse se faire une idée, de meurtres de toute espèce, variée sous toutes les formes, et embellie d'apparitions, de fantômes, de souterrains, de ruines, enfin de tous les accessoires du genre. » *Zoloe et ses deux acolytes*, pamphlet autrefois attribué à Sade et paru en l'an VIII, ironise pareillement sur « ces pompeux galimatias d'invraisemblances, entassés dans les romans modernes », sur « ces tours, ces souterrains, ces descriptions hideuses, ces tourments qui n'ont jamais existé que dans les cervelles dérangées des romanciers » (p. 126). Le lien établi par Sade et ses contemporains entre roman noir et Révolution a été exploité par les surréalistes (Voir encore l'essai d'Annie Le Brun, *Les Châteaux de la subversion*, Pauvert-Garnier, 1982, et Folio, 1986). Il est discuté dans *Romantisme noir* (*Cahiers de l'Herne*, 34, 1978) et *Le Roman gothique* (*Europe*, mars 1984).

Page 44.

35. Souvenir du *Suave mari magno* de Lucrèce : l'écrivain moderne comme le sage antique doit voir les passions à distance.

36. *Parle peu.* J. Glastier rapproche cette recommandation d'une notation de Diderot dans l'*Éloge de Richardson* : « On m'a rapporté que Richardson avait passé plusieurs années dans la société presque sans parler. »

37. *Amant de sa mère.* L'inceste est métaphore dans le propos théorique avant d'être pratiqué dans la fiction. Villeterque s'indigne, voir *supra Documents*, p. 400.

38. *Tout peindre.* Tel est le principe de l'écriture sadienne. « La philosophie doit tout dire » (*Histoire de Juliette*, t. IX, p. 586). Voir les analyses suggestives de M. Hénaff, « Tout dire ou l'encyclopédie de l'excès », dans *Sade. L'Invention du corps libertin*, P.U.F., 1978.

Page 45.

39. *Ton existence.* Belle dénégation du ci-devant marquis qui, réduit à la misère, tente de vivre de sa plume, comme Rétif, mais cultive d'autant plus sa morgue de grand seigneur. Dans l'*Histoire de Juliette* déjà, il affirmait à propos de la littérature érotique : « la luxure, fille de l'opulence et de la supériorité, ne peut être traitée que par des gens d'une certaine trempe... que par des individus enfin qui, caressés d'abord par la nature, le soient assez bien ensuite par la

fortune pour avoir eux-mêmes essayé ce que trace leur pinceau luxurieux » (t. VIII, p. 443).

Page 47.

40. *Encyclopédie*. Marmontel, dans l'article *Dénouement*, demande pourtant que celui-ci soit imprévu, mais il note que les connaisseurs tendent à prévoir les situations et admet surtout que « le dénouement le plus parfait » puisse être « celui où succombe le crime et où l'innocence triomphe » (t. IV, col. 832 b).

41. *Volcan*. On sait la place qu'occupent les volcans dans la fiction sadienne, que ce soit Pietra-Mala ou le Vésuve, mais aussi dans l'imaginaire de toute l'époque.

42. *Sublime*. Sur cet usage du sublime comme dépassement des catégories morales, voir M. Delon, « Le sublime et l'idée d'énergie, de la théologie au matérialisme », *R.H.L.F.*, janvier-février 1986 et l'ensemble du numéro consacré au sublime.

Page 50.

43. Venaient de paraître deux contrefaçons de l'épisode central d'*Aline et Valcour, Sainville et Léonore : Valmor et Lydia, ou voyage autour du monde de deux amants qui se cherchaient*, dû à Mennegaud (3 vol.), et *Alzonde et Koradin* (2 vol.).

FAXELANGE

Page 53.

1. *Rentes*. Leurs revenus font de M. et Mme de Faxelange de riches bourgeois. Jean Sgard évalue les revenus « bourgeois » à plus de 5 000 livres de rente par an, les revenus « nobles » à plus de 40 000 livres, les revenus princiers à plus de 100 000 livres (« L'échelle des revenus », *Dix-huitième siècle*, XIV, 1982). On peut comparer cette situation à celle qu'affiche Franlo (p. 60) et à celles dont jouissent les héros des autres nouvelles : 15 000 livres de rente de Courval (p. 93), 400 000 livres de rente de Franval (p. 292).

2. *Servi*. C'est-à-dire servi le roi comme officier, dans l'armée.

3. *Ces espèces de figures romantiques*. L'adjectif, emprunté à l'anglais, désignait dans la seconde moitié du XVIIIe siècle des lieux et des paysages qui frappent la sensibilité. Rousseau l'emploie en ce sens dans la *Cinquième Rêverie* pour caractériser les rives du lac de Bienne. Avant de devenir le mot d'ordre de la nouvelle littérature par opposition à la littérature classique chez Mme de Staël, il désigne également des personnages et des caractères. Ainsi le « Paysan perverti » semble à son créateur un « personnage romantique » (Rétif, *Monsieur Nicolas*, éd. Pauvert, t. VI, p. 491). Sade utilise

l'adjectif à propos de ses héroïnes sensibles et vertueuses, au premier rang desquelles Justine (t. VI, p. 91). Plus explicitement, il dit d'un personnage féminin secondaire de l'*Histoire de Juliette* : « plus est romantique, en elle, le genre de sa beauté, mieux elle a ce qu'il faut pour ce rôle » (de victime) (t. IX, p. 240).

Page 56.

4. *Remise.* Emploi archaïque au masculin.

Page 64.

5. *Rêves.* Le paragraphe et la note sont absents du manuscrit. Le rêve fait l'objet, au XVIIIᵉ siècle, d'une réflexion des philosophes et sert fréquemment aux romanciers. Voltaire lui consacre l'article *Songes* du *Dictionnaire philosophique* et Diderot compose *Le Rêve de d'Alembert*, tandis que Rousseau introduit dans *Julie ou la Nouvelle Héloïse* un songe prémonitoire (Vᵉ partie, lettre 9). Bernardin de Saint-Pierre justifie un songe prémonitoire similaire par un long développement dans *Paul et Virginie* : « Pour moi, je n'ai besoin à cet égard que de ma propre expérience, et j'ai éprouvé plus d'une fois que les songes sont des avertissements que nous donne quelque intelligence qui s'intéresse à nous » (Éd. J. Ehrard, Folio, p. 243). Voir aussi plus loin, dans *Florville et Courval*, p. 129.

Page 72.

6. *Branché.* Pendu à une branche d'arbre ou à un gibet.

Page 76.

7. *Vin de l'Hermitage.* Vin réputé d'une région de la Drôme, aux environs de Tain.

Page 82.

8. Cette référence est ajoutée en marge sur le manuscrit (fᵒ 68). Elle vient sans doute de l'abbé Du Bos ou d'un de ses imitateurs. Du Bos réfléchissant sur le plaisir tragique au théâtre avait avancé l'exemple des combats de gladiateurs à Rome. Tout était fait pour que « le spectateur pût jouir ainsi plus longtemps des horreurs de leur agonie » et on leur apprenait même « à expirer de bonne grâce » (*Réflexions critiques sur la poésie et sur la peinture*, Paris, 1719, t. I, p. 14 et 15). Le thème est souvent repris au XVIIIᵉ siècle. L'article *Homme* de l'*Encyclopédie* note : « Les jeux de cirque où les gladiateurs ne reçoivent que des blessures parurent bientôt insipides aux dames romaines. On vit ce sexe, fait pour la pitié, poursuivre à grands cris la mort des combattants. On exigea dans la suite qu'ils expirassent avec grâce, dit l'abbé Du Bos, et ce spectacle affreux devint nécessaire pour achever l'émotion et compléter le plaisir » (t. VIII,

col. 276 b). Delisle de Sales conclut dans *La Philosophie de la nature :* « quand les femmes tranquilles autour d'une arène sanglante exigeaient des gladiateurs qu'ils expirassent avec grâce, on pouvait prononcer que le corps politique tendait à se dissoudre » (Londres, 1777, t. III, p. 36).

Page 88.

9. *Local.* Au sens ancien de lieu.

Page 91.

10. Une première version de la conclusion insistait sur la véracité de l'anecdote : « une histoire qui, tout affreuse qu'on ait pu la trouver, n'est malheureusement que trop réelle... » (f⁰ 75). La nouvelle commençait initialement ainsi : « Puisse la malheureuse histoire qu'on va lire, apprendre aux parents (*corrigé :* persuader aux pères et aux mères) qui ont des filles à marier que ce n'est ni dans le bien ni dans la naissance que consiste le véritable bonheur (félicité) qu'une femme doit attendre de son époux, mais seulement dans la conduite de cet époux, dans ses mœurs et dans le sentiment » (f⁰ 55). Sade a dû juger que ce début faisait double emploi avec la conclusion.

FLORVILLE ET COURVAL

Page 93.

1. Le manuscrit porte la trace d'une hésitation sur l'espérance de vie de Courval : vingt, vingt-cinq ou trente ans.

2. *Rente.* Florville dispose d'une rente de 4 000 livres (p. 98) auxquelles s'en ajoutent quatre mille autres, lors de son mariage (p. 142). Voir *Faxelange,* note 1.

Page 101.

3. *L'avoir.* L'italique indique un terme qui appartient au jargon libertin, selon l'une des habitudes des romans du temps.

Page 103.

4. *Gauloise.* Contrairement au sens actuel, *gaulois* peut alors désigner un amour courtois. Voir, par exemple, *Cécile, ou l'amour gaulois, anecdote de la cour de Siegebert, roi d'Austrasie,* dans le *Recueil de nouveaux contes amusants* (Londres-Paris, 1781).

Page 105.

5. *Doublé son existence.* Formule fréquente à l'époque pour désigner un accroissement de sensations (Laclos, *Les Liaisons dangereuses,* lettre

LXXIV) ou la procréation (*Julie philosophe*, 1791, éd. Tchou, 1968, t. I, p. 163). Sade l'emploie dans cette dernière acception ici et dans une autre nouvelle des *Crimes de l'amour* : « une pauvre fille qui, trop livrée au sentiment le plus naturel, a doublé son existence par excès de sensibilité » (*Dorgeville*, t. X, p. 389). Voir aussi l'*Histoire de Juliette*, t. IX, p. 187, note. L'expression concerne l'expansion de la bienfaisance à la fin du *Dialogue entre un prêtre et un moribond* (t. XIV, p. 64).

Page 109.

6. D'après Gilbert Lely, cette note s'adresse à Marie-Constance Quesnet, dédicataire de *Justine* en 1791.

Page 115.

7. Paraphrase du pari de Pascal : « Si vous gagnez, vous gagnez tout ; si vous perdez, vous ne perdez rien. »

Page 116.

8. *Se raréfiait.* Emploi métaphorique, courant à l'époque, d'un terme scientifique. Rousseau parle de l'épanouissement de la joie « qui semble raréfier tout notre être » (*Émile*, livre V).

Page 123.

9. *Âme de feu.* Cette formule qu'on trouve dans *La Nouvelle Héloïse* (IVe partie, lettre 17) et chez tous ses imitateurs, est appliquée par Sade à Rousseau lui-même dans l'*Idée sur les romans* (voir *supra* p. 38). Il l'utilise dans sa production ésotérique pour caractériser les libertins. Voir, par exemple, le lien entre âme de feu, goûts énergiques et partis violents de l'intérêt et de l'ambition, dans l'*Histoire de Juliette* (t. IX, p. 235). L'amour incestueux du fils de Clairville peut avoir été inspiré à Sade par un épisode de la vie de Ninon de Lenclos, raconté par Bret dans les *Mémoires sur la vie de Mlle de Lenclos* (Amsterdam-Paris, 1751, p. 120-132).

Page 130.

10. Sur les songes prémonitoires, voir *Faxelange*, note 5.

11. *Stoïcisme.* Sade réduit la philosophie stoïcienne à l'idéal du repos, de l'apathie, comme l'explique Clairwill à Juliette : « voilà les principes qui m'ont amenée à cette tranquillité, à ce repos des passions, à ce stoïcisme... » (t. VII, p. 271). Un tel stoïcisme est compatible avec le matérialisme et l'épicurisme dont l'héroïne de Sade se réclame plus loin.

Page 133.

12. *Épicurienne.* L'épicurisme de Mme de Verquin est celui de Sade qui mêle l'idéal de l'ataraxie et celui de l'apathie. Il actualise le

matérialisme atomiste de Démocrite et de Lucrèce selon les perspec-
tives de Diderot et de d'Holbach, et interprète la notion de plaisir
dans une acception essentiellement sexuelle. Sur l'épicurisme à la fin
du XVIIᵉ siècle et au début du siècle suivant, voir l'*Idée sur les romans*,
p. 36.

Page 134.

13. *Être des êtres.* Nom de Dieu, traditionnel chez les mystiques des
XVIIᵉ et XVIIIᵉ siècles aussi bien que chez les philosophes, Voltaire
ou Rousseau. Robespierre l'emploie dans son discours sur l'Être
suprême. Voir J. Deprun, « Les noms divins dans deux discours de
Robespierre », *Annales historiques de la Révolution française*, 1972,
p. 167-169. On trouvera Être suprême dans *Eugénie de Franval.*

Page 140.

14. Dans ce parallèle entre la mort de l'athée et celle du croyant,
Sade répond à l'argumentation traditionnelle de l'apologétique qui
mettait en avant le désespoir de l'athée et les consolations de la
religion. Il avait déjà joué de ce contraste dans le *Dialogue entre un
prêtre et un moribond.*

Page 144.

15. *Roman anglais d'une incroyable noirceur.* L'*Idée sur les romans*
témoigne de l'engouement du public, sous le Directoire et le
Consulat, pour les romans noirs anglais (p. 42 et note 34).

Page 148.

16. Turin était la capitale du royaume de Piémont-Sardaigne que
Sade connaît. On se souvient que Mme de Dulfort, « femme d'un
certain âge », a été « autrefois attachée à la princesse de Piémont »
(p. 118). Les échanges matrimoniaux étaient fréquents entre les
cours de Paris et de Turin. La princesse évoquée ici est peut-être
Anne-Marie d'Orléans, nièce de Louis XIV, qui épousa Victor-
Amédée II (1666-1732).

Page 152.

17. *Déchirée en détail.* La formule est celle-là même qu'affection-
nent les libertins qui rêvent de la souffrance maximale pour leurs
victimes. Ainsi cet ordre donné par Catherine de Russie dans
l'*Histoire de Juliette* : « de quart d'heure en quart d'heure, on
interrompra ce supplice, pour la pendre en détail et pour la rouer à
demi » (t. IX, p. 279).

LAURENCE ET ANTONIO

Page 155.

1. Sade a hésité sur l'ouverture de cette nouvelle. Il en a rédigé plusieurs débuts : « L'an 1538 fut celui de la plus grande élévation de la maison des Strozzi, rivale de celle des Médicis », « Les neuf années qui s'écoulèrent de 1528 à 1537 furent celles où la maison Strozzi se trouva au plus haut degré de grandeur » (f° 309). Il a préféré rappeler en un paragraphe la concurrence des intérêts européens en Italie. Les « marchands de laine » sont les Médicis (qui étaient plutôt des banquiers) et, si les personnages sont à peu près exactement situés, la chronologie de Sade est de pure fantaisie, don Philippe en particulier (le futur Philippe II) n'ayant que cinq ans et nulle possession dans la péninsule au moment où Alexandre de Médicis devient (en 1532) duc de Florence et épouse une des filles naturelles de Charles Quint.

Page 158.

2. *L'esprit.* Maxime qui rappelle celle des moralistes classiques, en particulier la maxime 102 de La Rochefoucauld : « l'esprit est toujours la dupe du cœur », nuancée par Marivaux : « L'esprit est souvent la dupe du cœur » (*Le Cabinet du philosophe*, 1734). Chez les femmes, « l'esprit n'est jamais que le résultat des syncopes du cœur », dit encore un libertin dans *Aline et Valcour* (t. V, p. 350) tandis que le héros sensible s'effraie de ce que « les travers de l'esprit » ne trouvent pas toujours de digue « dans les qualités du cœur » (t. V, p. 256). Les débats moraux dans *Eugénie de Franval* reprennent cette opposition du cœur et de l'esprit.

Page 173.

3. *Valombroza.* L'abbaye de Vallombrosa *(Vallée sombre)* est située à une trentaine de kilomètres à l'est de Florence.

Page 175.

4. *Métaphysique de l'amour.* L'expression est attribuée à Mme de Lambert, elle correspond à ce qu'on a pu nommer la « nouvelle préciosité » du début du XVIII° siècle. Elle sert d'argument à Sade pour confondre dans une même hargne illusion religieuse et illusion sentimentale. A cette métaphysique, il oppose la formule de Buffon selon laquelle, en amour, seul le physique est bon, qui est citée dans l'*Idée sur les romans*, p. 36.

Page 180.

5. « Il faut gagner les hommes ou se défaire d'eux : ils peuvent se venger des offenses légères, mais non des offenses graves », *Le Prince*, Folio, p. 44. Sade tire sans doute le second précepte des remarques de Machiavel sur le Syracusain Hiéron qui « abandonna ses anciennes amitiés, s'en fit de nouvelles » (p. 60). De telles remarques avaient déjà retenu l'attention de Frédéric II dans *L'Anti-Machiavel* : « Hiéron se défit de ses amis et de ses soldats, qui l'avaient aidé à l'exécution de ses desseins ; il lia de nouvelles amitiés, et il leva d'autres troupes. Je soutiens, en dépit de Machiavel et des ingrats, que la politique d'Hiéron était très mauvaise, et qu'il y a beaucoup plus de prudence à se fier à des troupes dont on a expérimenté la valeur, et à des amis dont on a éprouvé la fidélité, qu'à des inconnus desquels l'on n'est point assuré. » *Le Prince* est lu le plus souvent au XVIIIᵉ siècle comme une apologie du crime. « Machiavel n'avait pas besoin de tant se tourmenter pour enseigner une politique artificieuse et corrompue. Les hommes, méchants sans maîtres, ont pratiqué sa morale longtemps avant qu'il eût écrit », affirme Young dans *Les Nuits* (t. II, p. 19). Aussi Sade qui lit *Le Prince* en prison en 1780, y fait-il fréquemment référence. Dolmancé dans *La Philosophie dans le boudoir*, le président de Blamont dans *Aline et Valcour*, Jérôme dans *La Nouvelle Justine* le citent pour se débarrasser de leurs complices. Saint-Fond, Henri de Prusse se réclament du machiavélisme en politique...

Page 196.

6. Sade, dans une première version manuscrite, insérait une justification de l'uxoricide et faisait citer par Charles en exemple les droits du sultan sur son harem : « Une femme n'est que l'esclave de son mari... » (fᵒ 326).

Page 203.

7. Le poème de Pétrarque, la note infrapaginale, la traduction et la note finale proviennent des *Mémoires sur la vie de Pétrarque* que l'oncle du marquis, l'abbé de Sade, commence à publier en 1764. Ce dernier présente Simon de Sienne d'après Vasari. Il ajoute : « Soit que Simon, en faisant le portrait de Laure, se fût tellement rempli l'imagination de ses traits que son image se présentait à lui toutes les fois qu'il se proposait de peindre une belle femme, soit qu'il voulût obliger Pétrarque et lui marquer sa reconnaissance, il peignit Laure en plusieurs occasions, où il s'agissait de toute autre chose que de faire son portrait. On la voit habillée de vert aux pieds de saint Georges à cheval qui la délivre du dragon, dans cette peinture à fresque qui est sous le portique de Notre-Dame de Dons, fort maltraitée par le temps. (...) Simon imagina encore de placer Laure

dans une peinture qu'il fit dans l'église de Sainte-Marie Novella à Florence (...) On montre à Sienne un tableau de la Vierge fait par le même Simon qu'on dit être encore un portrait de Laure (...) » (t. I, p. 401-402). Le romancier ne précise pas avec son oncle : « On conserve à Avignon dans la Maison de Sade un ancien portrait de Laure qui pourrait bien être une copie de celui que Simon fit à la réquisition de Pétrarque. Dans ce portrait Laure vêtue de rouge, tenant une fleur à la main, présente une physionomie modeste, douce et même un peu tendre : c'est à quoi fait allusion le sonnet suivant » (t. I, p. 399).

Page 212.

8. Sur Pygmalion, voir plus loin *Eugénie de Franval*, p. 315.
9. *Ma chère image.* L'abbé de Sade traduit : ma belle image.

ERNESTINE

Page 213.

1. Une première version manuscrite débute ainsi : « Dévoré du désir de voir une contrée aussi admirable aujourd'hui par la vertu du grand roi qui la gouverne (*corrigé :* prince qui la régit), par les qualités célestes de ce monarque qui sut établir solidement sa puissance sur les débris de l'autorité chimérique d'une foule de rivaux subalternes (...) » (f⁰ 299). Une prétendue *Note de l'éditeur* aurait précisé : « il paraît par le début que c'est l'auteur qui parle ici lui-même » (f⁰ 299 et 389).

2. La présence en Suède d'Alaric, d'Attila et de Théodoric, chefs des invasions barbares, s'explique sans doute par la thèse de Simon Pelloutier qui rattache aux Celtes tous les peuples, du Danube jusqu'au nord de l'Europe. Voir aussi plus loin les références à la Scythie, Ernestine est traitée de « jeune Scythe » (p. 232, 234).

3. Gustave Vasa monta sur le trône de Suède en 1523. Il travailla avec application, dit l'abbé Vertot, « à abaisser le clergé qui lui était suspect et odieux par ses grands biens, et par le penchant qu'il conservait toujours pour la domination danoise » (*Histoire des révolutions de Suède*, Paris, 1695, t. II, p. 32). Il était le héros d'un roman de Mme Caumont La Force, *Gustave Vasa, histoire de Suède* (1698) et de deux tragédies de Piron (1733) et de La Harpe (1766). Christine est mieux connue, elle régna dix ans de 1644 à 1654. Quant à la vie de Charles XII (1682-1718), elle avait été largement diffusée au XVIIIᵉ siècle par l'*Histoire de Charles XII* de Voltaire (1731).

Page 214.

4. *Abbé Prévost.* « Aventure intéressante dans une mine de Suède », article du *Pour et Contre*, repris dans les *Contes, aventures et faits singuliers, etc.* en 1764 (*Œuvres de Prévost*, sous la direction de Jean Sgard, Presses universitaires de Grenoble, 1985, t. VII, p. 185-188). On connaît l'admiration que Sade porte à Prévost (*Idée sur les romans*, p. 40-41). Les mines suédoises avaient également été décrites par Regnard dans son *Voyage de Laponie* publié en 1731 et, à sa suite, par Delisle de Sales dans une des nouvelles de *La Philosophie de la nature*, « L'élève de la nature dans la mine de Coperberit » (5ᵉ éd., Londres, 1789, t. II, p. 81-113).

Page 215.

5. *Europe.* Prévost parle de « ces mines si vantées, dans lesquelles on assure qu'il se trouve des habitations aussi régulières que sur la surface de terre, composées d'un grand nombre de familles qui ont leur chef, leurs juges, leurs maisons, leurs marchands, leurs boutiques, leurs ministres et leurs églises » (p. 185).

Page 226.

6. *Esprit.* Voir la maxime dans *Laurence et Antonio*, p. 158 et note 2. note 2.

Page 232.

7. *Juste.* Justaucorps, veste très ajustée.

Page 273.

8. *Fenêtre.* La topologie correspond au motif traditionnel du chantage et de la trahison. « Il n'eut pas plus tôt assouvi sa passion que, prenant par la main cette infortunée victime de sa brutalité, il la conduisit à la fenêtre, et avec un sourire insultant, il lui montra le corps de son père, qui était pendu au poteau de l'enseigne » (R. Dodsley, traduit en français par Fougeret de Monbron, *Chronique des rois d'Angleterre*, Londres, 1743, p. 136). « Venez voir, me dit-il, le spectacle que je vous ai préparé ; il m'entraîne ; je le suis... Que vois-je ? Grand Dieu !... Moléshoff entre les mains d'un bourreau ! » (Dorat, *Sylvie et Moléshoff*, à la suite des *Deux Reines*, Paris, 1770, p. 156). « Votre époux ? dit le colonel, il vous attend dans la place publique : venez, Jenny... et voyez. A ces mots, il l'entraîne vers la fenêtre du cabinet, l'entr'ouvre, et lui montre le cadavre de Sydnei, suspendu à un gibet de trente pieds... » (Delisle de Sales, « Histoire de Jenny Lille », *De la philosophie de la nature*, Londres, 1789, t. III, p. 79). Sade, quant à lui, fait coïncider le viol de la jeune fille et la mise à mort de son fiancé. Sur toutes ces variantes d'un même

scénario, voir notre article cité p. 395, « Chantage et trahison. La récurrence d'un scénario sadique au XVIIIᵉ siècle ».

Page 282.

9. *Les deux monstres.* Le thème du couple criminel est fréquent dans le roman libertin du XVIIIᵉ siècle. Il culmine avec le vicomte de Valmont et la marquise de Merteuil, mais L. Versini a pu relever d'autres exemples avant Laclos : voir *Laclos et la tradition*, Klincksieck, 1968, p. 134-135.

EUGÉNIE DE FRANVAL

Page 292.

1. *Solidement.* L'italique marque le jargon du roué ou de l'esprit fort. Voir *Florville et Courval*, p. 101.

Page 293.

2. *Entours.* Entourage, ensemble des gens qui fréquentent quelqu'un.

3. *Pénétrante.* On se souvient de l'évocation, dans *Ernestine*, p. 251-252, de « cette joie sombre qui ne s'exprime que par des pleurs ». Mme de Blamont, personnage sensible d'*Aline et Valcour*, écrivait déjà : « Eh ! s'imagine-t-on d'ailleurs qu'il n'y ait pas quelque jouissance... même dans l'excès du malheur ? A force d'aiguiser notre âme, il en augmente la sensibilité ; ses impressions sur elle, en développant d'une manière plus énergique toutes les manières de sentir, lui font éprouver des plaisirs inconnus à ces êtres froids, assez malheureux pour n'avoir jamais vécu que dans le calme et dans la prospérité ; il y a des larmes si douces dans nos situations » (t. IV, p. 133).

Page 294.

4. *Gazant.* Gazer signifie placer derrière une gaze, donc voiler, dissimuler. Voir plus loin, page 297, « se contentant d'une légère gaze », et notre préface, p. 14.

Page 299.

5. *En courant au jardin.* Telle était la nouvelle hygiène recommandée par les médecins modernistes, à la suite du docteur Tronchin qui faisait marcher ses patientes, le matin, à l'air libre. Dans les années qui précèdent la Révolution, Mme de Genlis défraie la chronique en appliquant ces principes pour élever les enfants du duc d'Orléans, filles et garçons. Laclos conseille également de « tronchiner » : « gardez [vos filles] encore d'une vie trop sédentaire ; les chairs

mollissent et perdent leur ressort dans l'air stagnant et étouffé de vos appartements ; le frottement de l'air extérieur les rend au contraire fermes et vivaces » (*Des femmes et de leur éducation*, dans *Œuvres complètes*, éd. L. Versini, Bibliothèque de la Pléiade, p. 431).

6. *Poumons.* Autre principe de la nouvelle médecine hygiéniste, le refus des « corps baleinés » pour les jeunes filles et des maillots pour les nouveau-nés. Dès 1741, l'anatomiste Winslow présente à l'Académie des sciences un *Mémoire sur les mauvais effets de l'usage des corps de baleine* et en 1770, Bonnaud publie une brochure au titre éloquent : *Dégradation de l'espèce humaine par l'usage des corps à baleine, ouvrage dans lequel on démontre que c'est aller contre les lois de la nature, augmenter la dépopulation et abâtardir pour ainsi dire l'homme que de le mettre à la torture dans les premiers moments de son existence sous prétexte de le former.* Sur cette polémique, voir Philippe Perrot, *Le Travail des apparences ou les transformations du corps féminin. XVIII*e*-XIX*e* siècle*, Seuil, 1984.

Page 305.

7. *Michel-Ange.* Une œuvre ésotérique, telle que *La Nouvelle Justine*, explicite le contenu sadique de la référence picturale : « quand Michel-Ange voulut rendre un Christ au naturel, se fit-il un cas de conscience de crucifier un jeune homme et de le copier dans les angoisses ? La sublime *Madeleine en pleurs* du Guide fut prise sur une belle fille que les élèves de ce grand homme avaient flagellée à outrance : tout le monde sait qu'elle en mourut » (t. VI, p. 262). Le portrait de Mme de Franval est celui des victimes. Voir, par exemple, dans l'*Histoire de Juliette :* « Déjà déshabillées par les vieilles, leurs beaux cheveux noirs flottent en désordre sur leur sein d'albâtre, leurs larmes, inondant les pieds de ce bourreau, rendent d'un intérêt au-dessus de tout ce qu'on peut dire, le déchirant spectacle de leur douleur et de leur désespoir » (t. IX, p. 460).

Page 314.

8. *Valmont.* Le lecteur aujourd'hui pense bien sûr immédiatement au héros des *Liaisons dangereuses* (1782), mais le nom avait déjà été employé avant Laclos par l'abbé Gérard dans *Le Comte de Valmont ou les égarements de la raison* (1774), en même temps que lui par Mme de Genlis dans *Adèle et Théodore* (1782) et après lui par Olympe de Gouges dans les *Mémoires de madame de Valmont* (1788) ou par Chaussard dans une des nouvelles de l'*Histoire de la galanterie chez les différents peuples* (1793).

Page 315.

9. *Loth.* Cette référence biblique pour justifier l'inceste est courante dans le roman libertin : Mirabeau, *Erotika Biblion* (1783) dans *L'Enfer de la Bibliothèque nationale*, t. I, Fayard, 1984, p. 557 ; Sade, *Histoire de Juliette*, t. VIII, p. 177.

10. *Pygmalion.* Le mythe du créateur qui tombe amoureux de sa statue Galatée, revient souvent au XVIIIe siècle, du *Pygmalion ou la statue animée* de Bourreau-Deslandes (1741) au *Pygmalion, scène lyrique* de Jean-Jacques Rousseau (1762) et du groupe sculpté par Falconet au *Nouveau Pygmalion* que Rétif de la Bretonne insère dans *Les Contemporaines* (1780).

Page 325.

11. *Degrés.* Escaliers.

Page 335.

12. *Imagination.* Sade revient fréquemment sur la relativité et l'idéalité du bonheur : « Les voluptés ne sont que ce que l'imagination les fait », déclare Clairwill (t. VIII, p. 469) et le comte de Belmor cite La Mettrie : « Heureux, cent fois heureux ceux dont l'imagination vive et lubrique tient toujours les sens dans l'avant-goût du plaisir » (*Ibid.*, p. 500).

Page 338.

13. *La plus grande somme de bonheur possible.* Formule fréquente au XVIIIe siècle que Sade met tantôt dans la bouche d'un monarque utopique comme Zamé dans *Aline et Valcour* (« je n'ai adopté dans ma vie qu'un principe : travailler à réunir autour de moi la plus grande somme de bonheur possible, en commençant par faire celui des autres », t. IV, p. 258), tantôt dans celle des libertins qui ne peuvent « douter que la plus grande somme de bonheur possible que doive trouver l'homme sur la terre ne soit irrévocablement dans le crime » (*La Nouvelle Justine*, t. VII, p. 76).

Page 343.

14. *L'avoir.* Voir déjà p. 317 et *Florville et Courval*, p. 101, note 3.

Page 347.

15. *Tous.* Le lecteur attentif ou, selon la terminologie sadienne, *délicat* doit entendre par là les complaisances apprises à Eugénie et censurées dans l'édition de l'an VIII : « Franval lui en apprit tous les mystères, il lui en traça toutes les routes » (p. 304).

Page 348.

16. *Contre eux.* Cette belle évocation de l'agitation et de l'inquiétude de Franval annonce les grandes scènes finales : « Franval s'inquiéta... son agitation naturelle ne lui permettant plus d'attendre... » (p. 369), « dévoré d'inquiétude, tourmenté de la tempête » (p. 370). Elle est éclairée par l'analyse que propose Jean Deprun du lien entre inceste, nomadisme et inquiétude dans *Abufar* de Ducis qui

date de 1795 (*La Philosophie de l'inquiétude en France au XVIIIe siècle*, Vrin, 1979, p. 176-177).

Page 352.

17. *Bonhomie.* L'italique marque l'ironie du narrateur ou du destin, d'autant que Franval a utilisé le terme contre Clervil, p. 341 : « nous verrons alors si vous aurez encore la bonhomie, ou plutôt la sottise... »

Page 360.

18. *Au bout du monde.* Perversion du thème rousseauiste de l'île lointaine protégée du mal. Saint-Preux écrit : « J'ai séjourné trois mois dans une île déserte et délicieuse, douce et touchante image de l'antique beauté de la nature, et qui semble confinée au bout du monde pour y servir d'asile à l'innocence et l'amour persécutés » (*La Nouvelle Héloïse*, IVe partie, lettre 3).

19. *Vengeance.* L'idée de l'assassiner rend assidu le président de Blamont auprès de sa femme, de la même façon : « Aussi, depuis que ces desseins sont pris, depuis qu'ils sont sûrs, ce sont des sensations d'une violence !... Ce qui me divertit, c'est que la bonne dame met tout cela sur le compte de ses attraits » (*Aline et Valcour*, t. V, p. 280).

Page 371.

20. *Amolli ton cœur.* Franval se met à parler le langage de sa femme (voir plus haut, p. 361 : « depuis que l'infortune avait amolli l'âme de son malheureux époux ») et du pieux Young (voir l'épigraphe du deuxième tome des *Crimes de l'amour*, p. 415).

Page 373.

21. *Par degrés.* On se souvient de Florville « déchirée en détail » par le récit de son fils (p. 152 et note 17) et de Mme de Franval qui demandait à mourir « par des moyens moins lents et moins affreux » (p. 331).

Page 376.

22. *D'où vient.* Équivalent dans la langue du temps de Pourquoi Rétif écrit en 1788 : « D'où vient m'affliges-tu ? » (*Les Nuits de Paris*, éd. Varloot-Delon, Folio, 1986, p. 42, note 1).

Page 378.

23. Sade retrouve ici l'un des frontispices des *Nuits* de Young, le poète enterrant sa fille tient le corps dans le linceul, la nuit, à la lueur d'une lanterne, mais c'est le corps de sa femme dont se saisit Franval.

24. *Bourrelée.* Torturée par le bourreau.

COLLECTION FOLIO

Impression Bussière Camedan Imprimeries
à Saint-Amand (Cher),
le 21 juillet 1999.
Dépôt légal : juillet 1999.
1ᵉʳ dépôt légal dans la collection : mars 1987.
Numéro d'imprimeur : 993132/1.
ISBN 2-07-037817-9./Imprimé en France.